BASTEI
LÜBBE

Juliet E. McKenna

# LIVAKS LETZTE SCHLACHT

Roman

Ins Deutsche übertragen von
Irmhild Seeland

BASTEI LÜBBE

BASTEI LÜBBE TASCHENBUCH
Band 20 557

1. Auflage: Februar 2007

Bastei Lübbe Taschenbücher in der Verlagsgruppe Lübbe

Originaltitel: Assassin's Edge (Part 2)

Lektorat: Gerhard Arth/Ruggero Leò
Titelillustration: Geoff Taylor
Umschlaggestaltung: Bianca Sebastian
Satz: SatzKonzept, Düsseldorf
Druck und Verarbeitung:
Ebner & Spiegel, Ulm
Printed in Germany
ISBN 13: 978-3-404-20557-8

# Livaks letzte Schlacht

## Rettasekke, Inseln der Elietimm
## 6. Vorsommer

»Diese Leute haben eine bizarre Vorstellung davon, was essbar ist«, murmelte ich Sorgrad zu. Die Tageszeit ließ vermuten, dass dies hier das Frühstück war, aber wir bekamen praktisch bei jeder Mahlzeit das Gleiche. »Hatten wir das meiste davon nicht auch gestern Abend?« Olret hielt sich vielleicht für den Herrn über alles, was er überblickte, aber meine Mutter, einfache Haushälterin eines wohlhabenden Kaufmanns, hätte verächtlich darauf herabgesehen, die Überreste des Vorabends zu servieren.

»Eingelegtes Moos?« Sorgrad bot mir unschuldig eine Schale mit marinierten grünen Klumpen an.

»Nein danke.« Ich griff nach ein paar winzigen süßen Beeren und häufte darauf etwas, das auf halbem Wege zwischen dickem Rahm und wenig gepresstem Käse schien, und erstaunlicherweise nicht nach Ziege schmeckte. »Oh, du willst das doch nicht etwa essen!«

'Gren betrachtete misstrauisch eine Platte mit gräulichen Klumpen, die ich schon unappetitlich fand, ehe ich feststellte, dass der Geruch zwischen ranziger Milch und dem Abtritt einer Siechenhalle daraus entströmte.

Er hob eine goldblonde Augenbraue. »Warum nicht?«

»Wie du willst.« Ich nahm meinen Löffel. »Aber dann sitze ich nicht neben dir.«

»Schon gut.« Er hörte auf mit der Neckerei und zog eine Keule aus einem vage gänseähnlichen Vogel. Ich hatte davon am vergangenen Abend probiert und hätte schwören können, dass ich Fisch aß, hätte ich den Vogel nicht selbst zerlegt.

»Wo ist Ryshad?« Shiv schnitt ein Stück Fleisch, das zu dunkel und zu fest war, um von einer Ziege zu stammen, also vermutete ich, dass es irgendein Meerestier war. Vielleicht würden die Mahlzeiten einfacher, wenn ich aufhörte zu rätseln, aus was sie wohl bestehen mochten.

»Kommt gerade.« Ich deutete auf die Tür, während ich mir Brot nahm. Davon gab es reichlich, und wenn das Getreide und die Konsistenz auch nicht vertraut waren, so schmeckte es doch wenigstens nach etwas Bekanntem.

Ryshad legte kurz seine Hand auf meine Schulter, als er hinter mir vorbeiging und sich einen Hocker heranzog. »Das ist ziemlich ungezwungen.«

»Jedenfalls verglichen mit gestern Abend«, stimmte Sorgrad zu und betrachtete den langen Tisch, an dem Leute, denen wir noch nicht vorgestellt worden waren, in kleinen Gruppen zusammensaßen, miteinander schwatzten und sich von den zahlreichen Schüsseln und Platten bedienten.

»Worum gingen diese ganzen Geschichten eigentlich?«, fragte Ryshad. Wir hatten ein endloses, wenn auch gut präsentiertes Bankett über uns ergehen lassen, als Ehrengäste Olrets, und der Abend wurde abgerundet mit endlosen Rezitationen, in denen die schweren Rhythmen der alten Bergsagen widerhallten. Da mehr als hundert von Olrets Leuten in der Halle zusammengepfercht waren und ganz gespannte Aufmerksamkeit, hatte Sorgrad nicht übersetzen mögen.

»Drachen und Lindwürmer, das übliche Zeug«, antwortete 'Gren mit vollem Mund.

»Eine warnte vor Reisenden, die von jenseits des Sonnenuntergangs kommen.« Sorgrad kaute und schluckte. »Sie erinnerte mich an eine gidestanische Geschichte über das Zaubervolk, auch wenn sie es anders nannten.«

»Gib mir mal bitte das Wasser.« Shiv sah nachdenklich

drein. »Geris vermutete, dass die Mythen über das Elfenvolk halb erinnerte Geschichten des Ebenenvolkes waren.«

Ich trank selbst etwas von dem wunderbar rein schmeckenden Wasser, nachdem ich ein Horn für Shiv gefüllt hatte. »Was entnehmen wir daraus?«

»Noch eine Kuriosität für die Gelehrten Vanams?«, versuchte es Ryshad.

»Es gab eine ganze Reihe von Geschichten über das Leben unter den Elietimm hier.« Ich sah Sorgrad fragend an.

»Was Olrets Aussage bestätigt, dass es keinen Oberherrn gibt«, nickte er. »Und wie es scheint, kann selbst der niedrigst Geborene damit enden, einem Clan vorzustehen, wenn er genügend Leute davon überzeugen kann, ihn zu unterstützen.«

»Wenn er den Mumm dafür hat.« 'Gren war nicht beeindruckt. »Die Hälfte dieser Geschichten handelte von jemandem, der ein bisschen Grips hatte und mit dem es ein schlechtes Ende nahm. Wo liegt dabei der Spaß?«

»Der Böse und der Tollkühne wurden ins Exil geschickt oder schlimmer, während die Sanften und Milden genug zu essen bekamen und ihre Enkel heranwachsen sahen«, sagte ich zu Ryshad.

Er dachte darüber nach. »Also, während theoretisch jeder zur Herrschaft aufsteigen konnte, war es in der Praxis so, dass die Starken ihre Macht an ihre Söhne weitergaben?«

»So ungefähr.« Ich runzelte die Stirn. Meine Kenntnis der Bergsprache hatte sich schon oft als unzulänglich herausgestellt. »Ich war mir nicht ganz über die Töchter im Klaren, Sorgrad.« Nach den Gebräuchen des Bergvolkes wurde der Wohlstand ihrer Minen und Wälder immer über die weibliche Linie weitergegeben, was auch vernünftig war, wenn man solche Mittel in der Familie halten wollte. Es wird immer Frauen geben, die dafür bürgen, dass ein Kind einer bestimmten Mutter geboren wurde, aber unabhängige Zeugen für eine Empfängnis sind nicht leicht zu beschaffen.

»Nach dem, was ich herausbekommen konnte, stärkt die Heirat in eine etablierte Clan-Linie den Anspruch auf Macht, aber das ist nicht so unumstößlich wie in der Tradition der Anyatimm.« Sorgrad musterte vorsichtig die Halle und die Menschen, die zum Tisch kamen und gingen.

»Sie mögen es nicht, wenn ihre Frauen ihnen überlegen sind«, bemerkte ich. Verschiedene Geschichten hatten beiläufig Ehefrauen erwähnt, die ihren Gatten für einen unerschrockenen Liebhaber verlassen hatten und entweder im Exil verhungert waren oder einen blutigen Tod erlitten hatten, bei dem jedermann die Hand gegen sie erhob.

Sorgrad dachte noch immer über Ryshads Frage nach. »Ihre Lieder loben harte Arbeit und Bescheidenheit, aber wenn man das nicht macht, verurteilt einen auch keiner, solange man auf der Gewinnerseite ist. Dieses letzte Lied fing mit einer Frau an, die sich vor ihren Pflichten drückte, um ein Kind bloßzustellen, das die Konkubine ihres Mannes geboren hatte. Der Junge lebte, wuchs heran und wurde wild, und schließlich kehrte er aus dem Exil zurück, brannte das Haus seines Vaters völlig nieder und tötete jeden, der darin war. Der Sohn herrschte und niemand machte ihm dieses Recht streitig, das er durch Gewalt und auch Blutsverwandtschaft hatte.«

»War das das Lied, das Olret abbrechen ließ?«, fragte Shiv.

Ich nickte. »Zweifellos weil das die Art von Tradition ist, auf die Ilkehan baut.«

»Und es gibt keinen Oberherrscher oder eine Vereinigung der anderen Herrscher, um jemanden in Schach zu halten, der dazu neigt, seine Macht zu missbrauchen.« Ryshad schnitt eine Grimasse. »Früher war es üblich, wenn zwei Anführer einen Streit hatten, dass sie sich auf einen Dritten als Schlichter oder Rechtsprecher verständigten.« Sorgrad blickte finster. »Aber das ist eine Tradition, die Ilkehan abgeschafft zu haben scheint.«

Wir schwiegen, als ein Dienstmädchen erschien, um die leeren Teller einzusammeln und die halb geleerten Schalen durch Umfüllen wieder aufzufüllen.

Ein lautes Krachen an der Flügeltür unterbrach die Mahlzeit. Der ledergesichtige Lehnsmann Maedror trat ein und schwang seinen Knochenstab, als ob er am liebsten jemanden damit niedergeschlagen hätte. Ein uniformierter Wachmann folgte ihm, ungeschminkte Furcht stand in seinem Gesicht, als er einen sich duckenden Hund hinter sich herzerrte. Er war gescheckt und mit seinen langen, schlanken Beinen und dem schmalen Kopf für die Jagd gezüchtet, aber jetzt bot er den bemitleidenswerten Anblick einer Kreatur, die auf dem cremefarbenen Bauch kroch. Während er mit herzzerreißendem Winseln gegen die Leine kämpfte, sahen wir die blutige Höhle, wo irgendein Widerling ihm ein Auge ausgestochen hatte.

Wütend brüllte Maedror ein Mädchen an, das Fersengeld gab. Wir waren angespannt und genau wie alle anderen von dieser Wendung der Ereignisse völlig überrascht. Wer von den Dienern konnte, verschwand hinter den Wandbehängen. Olret kam kurz darauf in die Halle gelaufen, die Tunika ungegürtet über losen Hosen und in Pantoffeln aus weichem Leder statt in seinen herrschaftlichen Stiefeln. Er kam rutschend zum Stehen, als er den gescheckten Hund sah.

»Was ist das?« Da Olret bewusst langsam und deutlich mit kalter Ruhe sprach, konnte ich ihn leicht verstehen.

Maedrors Antwort kam zu hastig und stammelnd, um klar verständlich zu sein, aber ich erkannte das Wort Ilkehan. Ein Schauer lief durch die Halle, als ob jemand bei Schneesturm ein Fenster geöffnet hätte.

Olret ging langsam durch die Halle. Er umkreiste den winselnden Hund und bückte sich, um den Rumpf näher zu untersuchen. Das Tier kauerte sich flach auf den Boden, den Schwanz zwischen die Beine geklemmt. Außer sich vor Zorn schnappte sich Olret Maedrors Stab, ließ das armdicke Holz auf den Hund niedersausen und zerschmetterte ihm mit einem deutlich hörbaren Krachen das Rückgrat. Das Tier heulte in verständnisloser Qual auf, seine Hinterbeine waren nutzlos, Blase und Darm entleerten sich auf den Fußboden. Die Vorderpfoten kratzten noch einen nervenzermürbenden Augenblick über die Steinplatten, dann schlug ihm Olret mit der Spitze des Stabes den Schädel ein. Aber das war noch nicht genug. Er schlug auf den armen toten Hund ein, dass Blut und Hirnmasse weit umherspritzten. Ohne auf seine Schuhe zu achten, trat er immer wieder gegen das Bündel aus Haut und Knochen und verschmierte den Boden mit Blut.

Obwohl es mich anwiderte, wagte ich nicht den Blick abzuwenden. Auch sonst hatte sich niemand geregt, nicht einmal der Wachmann mit der Leine, der sich in die Finger biss. Maedror stand so still wie eine Statue, selbst als Olret, der vor Anstrengung keuchte, ihm den Stab zuwarf. Der schwere Stab, stumpf von Blut und Dreck, fiel klappernd zu Boden, weil es Maedror nicht gelang, ihn zu fangen. Olret starrte seinen Lehnsmann mit fast demselben Hass an, den er für den Hund gezeigt hatte. Maedror bückte sich, um den Stab aufzuheben, und selbst durch die halbe Halle hinweg konnte ich die Angst in seinem Gesicht sehen.

'Gren stieß mich an und wisperte: »Wenn das der hiesige Sport ist, ist das nichts für mich.« Kämpfen ist für 'Gren nur solange Spaß, wenn der Gegner den Schmerz und die Gefahr kommen sehen kann.

»Halt die Klappe«, sagte Sorgrad leise.

Olret beugte sich über den verwüsteten Kadaver des Hundes und hob ein Hinterbein an. Was immer er sah, veranlasste ihn zu einem langsamen Nicken. Der unglückliche Wachmann duckte sich, weil er einen Schlag erwartete, als Olret herumfuhr, aber er marschierte nur durch die Halle, das Gesicht wie gemeißelt. Auf seinen weichen, besudelten Schuhen rutschte er aus und stürzte beinahe. Niemand lächelte auch nur, als er seine Schuhe auszog.

»Ihr, kommt mit.« Er winkte uns mit einem blutigen Finger.

Ein Lakai schaffte es knapp einen Atemzug vor seinem Herrn zur Tür und riss sie auf. Wir folgten hastig, als Olret immer zwei oder drei Stufen der Haupttreppe auf einmal nehmend, die Festung hinaufstürmte. Mit Maedror dicht hinter uns kamen wir an dem Stockwerk vorbei, in dem wir unsere Zimmer hatten und eilten ohne Atempause die nächsten Stufen hinauf. Olret ging einen Korridor entlang und blieb vor einer massiven Tür stehen.

»Ilkehan hat mir diesen Hund als Geschenk für meinen Sohn geschickt.« Gefühle ließen die kalte Maske seines Gesichtes zerbrechen. »Sie haben sich zur Tagundnachtgleiche auf neutralem Boden getroffen, um über die Bedingungen eines Waffenstillstandes zu verhandeln. Wenn sie sich nicht getroffen hätten, könnte Ilkehan das Recht beanspruchen, zu tun, was immer er will. Ihr könnt sehen, wie Ilkehan mir meinen Sohn zurückgeschickt hat.«

Er öffnete die Tür und winkte uns in einen stillen, abgedunkelten Raum, der nach hiesigen Maßstäben reich ausgestattet war, mit Truhen entlang einer Wand, gepolsterten Stühlen entlang einer anderen, einem Bett mit gestickten Vorhängen. Eine reglose Gestalt lag unter einer leichten Decke im Bett. Der junge Mann war etwa in Temars Alter, vielleicht etwas jünger. Es war schwer zu sagen bei den Bandagen, die den weizenblonden Schopf des Jungen umgaben. Gelbliche Flecken waren auf den Leinenstreifen zu sehen an der Stelle, wo ich nur vermuten konnte, dass darunter eine genauso leere Augenhöhle war wie bei dem Hund. Eine Krankenschwester sah uns wachsam von ihrem Hocker her an, wo die Schlitze in den Läden genügend Licht hinfallen ließen für ihre Näharbeiten. Olret rief sie mit einer herrischen Handbewegung herbei. Ihr langsamen Bewegungen verrieten ihr Unbehagen, als sie sanft die Decken zurückschlug. Der junge Mann war nackt unter der weichen Wolle, bis auf die Verbände, die seine Lenden bedeckten, die unverkennbar nur noch eitrige Wunden waren. Jetzt verstand ich Olrets Reaktion auf den Hund.

Die bedauernswerte Kreatur auf dem Bett regte sich, die Krankenschwester deckte ihn wieder zu, und Olret scheuchte uns aus dem Zimmer. »Ich weiß nicht, ob ich mir wünschen soll, dass er am Leben bleibt oder dass er stirbt, damit er nichts von seinen Verstümmelungen erfährt.« Er sprach, als ob jedes Wort für ihn eine Qual war. »Ich kann nicht ertragen, wie er mich ansieht.«

»Deswegen hat Ilkehan ihm auch nicht beide Augen genommen.« Sorgrad sprach mit kalter Wut. In all den Jahren, die ich ihn kannte, konnte ich die Male, bei denen ich das erlebt hatte, an den Fingern einer Hand abzählen. Ich hatte auch die blutigen Folgen gesehen. Die meisten Leute erkannten eben nicht, dass Sorgrad in Wirklichkeit viel gefährlicher war als sein Bruder. 'Gren reagiert immer nur impulsiv. Sorgrad dachte genau darüber nach, welche Körperverletzung er beabsichtigte.

Ryshads Gesicht war eine Studie des Abscheus. »Bleiben solche Verbrechen denn ungesühnt?«

Olret sah von Sorgrad zu Shiv. »Wollt ihr Ilkehan wirklich töten oder euer Leben bei dem Versuch riskieren? Wenn ich euch helfe, sagt ihr ihm dann zum Schluss, dass ihr für meinen Sohn handelt?«

»Ich werde ihm eigenhändig den Namen des Jungen in die Stirn ritzen«, versprach Sorgrad. Mein Herz sank ein wenig, weil das keine bloße Drohung war.

Olret sah ihm einen langen Moment in die Augen, dann nickte er zufrieden. »Ritz Aretrin ein, bis auf die Knochen.«

»Vielleicht kann das Wissen des Waldes deinem Sohn helfen«, bot ich langsam an. Halcarion hilf mir, falls es einen Zauber gibt, um dem Jungen zumindest die Qualen eines Todes durch Wundbrand zu ersparen, dann sollte ich es versuchen.

»Ich werde einen von Ilkehans Vorposten angreifen, damit ihr unbemerkt in sein Land kommt.« Olret ignorierte mich völlig und wandte sich nur an Sorgrad, Ryshad und Shiv. »Kommt, ich zeige es euch.« Er ging den Korridor entlang zu der schmaleren Treppe.

Ich blieb zurück, um zu sehen, welche Reaktion das hervorrief. Gar keine. 'Gren stand neben mir und sah den anderen nach. »Wir sind in diesem Eselsgespann die Ersatztiere.« Er schien unbekümmert. »Nett zu wissen, dass dieser Olret ebenso viel Grund hat, Ilkehan zu hassen wie wir.«

»Hmm.« Ich war nicht so optimistisch. »Olret hat ihn vielleicht provoziert. Wenn du Disteln säst, wirst du schließlich Stacheln ernten.«

»Du traust ihm nicht«, sagte 'Gren mit eifriger Neugier.

»Ich weiß nicht«, sagte ich achselzuckend. »Ich weiß nicht, mit wem wir es zu tun haben, und das bereitet mir immer Unbehagen. Erinnerst du dich noch an die Geschichte mit Cordainer?«

»Unser Mann hat bestimmt etwas zu verbergen«, gab 'Gren mir Recht. »Hast du dieses Tor da auf der Treppe gesehen?«

»Nein.« Was war mir da entgangen?

»Hier lang.« 'Gren führte mich wieder zur Haupttreppe. Ein metallenes Tor versperrte die Biegung auf der nächsten Treppe, fest in die Steinmauern eingemörtelt und mit dem ersten beinahe anständigen Schloss gesichert, das ich auf diesen Inseln gesehen hatte. »Was versteckt er wohl da oben?«

Ein uniformierter Wachmann erschien auf der Treppe unter uns und starrte uns mit unverhohlenem Misstrauen an. Ich drehte 'Gren mit fester Hand herum, und wir stiegen die Treppe hinunter an dem Wachmann vorbei. Ich schenkte ihm ein beruhigendes Lächeln, aber ich erntete nur einen misstrauischen finsteren Blick.

»Und nun?«, fragte 'Gren verdrießlich. »Ich habe keine Lust herumzusitzen und mich zu langweilen, während sie über Karten und Taktik und dem ganzen Kram brüten.«

Da ich auch nicht scharf darauf war, weiter von Olret die kalte Schulter gezeigt zu bekommen, hatte ich schon überlegt, wie ich meine Zeit besser nutzen konnte. »Warum schauen wir nicht mal, was diese Leute von unserem Gastgeber halten? Wenn seine Leute ihn mögen, können wir ihm vielleicht vertrauen.«

»Wo fangen wir an?«, fragte 'Gren entgegenkommend.

»Sehen wir mal, warum alle so beschäftigt sind?« Ich ging durch die große Halle voran nach draußen. Der Hof rund um den Burgfried war leer, abgesehen von ein paar Wachen, die mit hölzernen Stäben übten, die mit Leder umwickelt waren, damit sie nicht splitterten. Auf das rare Holz wurde hier gut geachtet.

»Sie können sich gut bewegen«, sagte 'Gren mit fachmännischem Blick.

»Sie fangen wahrscheinlich an zu üben, wenn sie noch am Gängelband hängen«, meinte ich. Selbst wenn sie keine Zauberkunst zu Hilfe hatten, hatten wir festgestellt, dass jeder Kampftrupp der Elietimm ein beachtlicher Gegner war.

Wir gingen durch das Haupttor, ohne dass irgendjemand eine Frage stellte.

»Lass uns mal sehen, was die Boote mitgebracht haben«, schlug ’Gren mit lebhaftem Interesse vor.

Es waren noch mehr Körbe voller glitzernder Fische, die ungefähr eine Hand lang waren und in silbernen Strömen in lange Tröge geschüttet wurden, wo Mütter und Großmütter sie mit geübten Messerstichen aufschlitzten. Jungen, die mir gerade bis zur Schulter reichten, schleppten Körbe voll ausgenommener Fische zu einer weiteren Reihe von Trögen, wo Mädchen aller Altersstufen sie wuschen. Ein paar pfiffen und summten eine ansteckende Melodie, die in die Beine ging. Ich fragte mich, ob in diesem Lied Zauberkunst steckte, sodass diese Menschen trotz Müdigkeit und Mühsal weitermachen konnten. Das würde zu dem passen, was ich von der Kaltherzigkeit der Elietimm wusste. Hinter ihnen schichteten ein paar ernste alte Männer die gesäuberten Fische in Fässer und fügten genau bemessene Hände voll Salz und Gewürze hinzu. Ein Böttcher stand bereit, um die Fässer zu versiegeln.

»Fisch für den ganzen Winter«, sagte ’Gren ohne Begeisterung.

»Mehr als genug für die Leute hier.« Keiner hielt auch nur für einen Augenblick mit seiner Arbeit inne, um einen Blick auf uns zu werfen.

»Du hast sie gestern Abend gehört. Es gibt Höfe und Güter über die ganze Insel verstreut.« ’Gren zuckte die Achseln. »Und alle haben Leute geschickt, um bei diesem Überfluss zu helfen.«

Solche bäuerlichen Überlegungen hatten mich in Vanam nie geschert, wo ich mit dem Geld ihres Dienstherrn Fisch, eingelegt oder getrocknet, bei den Kaufleuten erstand, die meine Mutter bevorzugte. Einige machten einen ordentlichen Gewinn bei ihrem Geschäft. Fragen plagten mich, während ich die Inselbewohner bei ihrer Arbeit beobachtete. Aßen Olrets Leute wirklich die ganzen Früchte ihrer Mühen? Wo bekam er die Gewürze für die Pökellauge her? Ich wollte einen dieser kleinen Fische roh und mit Stumpf und Stiel essen, wenn hier auf den Inseln irgendwo Pfeffer wuchs. Und wo wir schon dabei waren, wo bekam er all das Holz für die Fässer her? Ich schätzte, dass er ein wenig zu verschwiegen war über die Geschäfte, die er mit der Welt jenseits dieser öden Felsbrocken machte. Kein Wunder, dass Olret Ilkehan am liebsten tot sähe, wenn der Schurke alle fremden Schiffe versenkte, die sich aufs Meer hinauswagten. Das war eine Beruhigung, ich traue im Allgemeinen einem Motiv, das sich mit barer Münze aufwiegen lässt.

'Gren hüstelte. »Lass uns irgendwohin gehen, wo die Luft frischer ist.«

Hinter den Leuten, die mit dem Ausnehmen und Einsalzen beschäftigt waren, schnitten Männer und Frauen mit mörderisch scharfen Messern größere Fische in Filets. Noch mehr Jungen hingen sie auf Gestelle, wo sie dem Wind ausgesetzt waren, während eine Gruppe kleinerer Kinder die abgeschnittenen Köpfe aufsammelte und zum Trocknen ausbreitete. Eine frühere Ernte von Stockfisch war flach unter schweren Steinen gestapelt, und die letzte Feuchtigkeit tropfte langsam als fischiger Schleim herab, der die festgetrampelte Erde bedeckte und von eifrigen Katzen aufgeschleckt wurde, die nur auf eine Gelegenheit warteten, sich näher heranzuschleichen.

Eine junge Frau sah, wie ich die Fischköpfe betrachtete, hielt in ihrer Arbeit inne und steckte sich eine blonde Locke zurück, die unter ihrem straff gebundenen Kopftuch hervorlugte. »Für den Winter, für die Ziegen.«

»Ach so, ich verstehe.« Dann würde sogar die Milch nach Fisch schmecken.

»Seid ihr zu Besuch?«

»Aus dem Westen.« 'Gren strahlte beifällig die gut geformte Figur unter ihrem groben und salzfleckigen Mieder an. Sie wollte schon antworten, erstarrte aber bei dem scharfen Tadel einer älteren Frau, die ein Stück entfernt an der steinernen Werkbank stand. 'Gren machte eine schwungvolle Verbeugung in Richtung der alten Hexe, doch die war schon wieder mit ihren Fischfilets beschäftigt.

»Vielleicht solltest du deinen Charme besser zügeln«, schlug ich vor, als wir zum Rand der Siedlung schlenderten.

»Das kannst du nicht von mir verlangen, nicht, wo so viele gutaussehende Frauen hier sind«, protestierte er. »Und herzlich wenige Männer dazu.«

Er hatte Recht. »Alle draußen beim Fischen?«, vermutete ich.

»Nicht zu dieser Tageszeit.« 'Gren schüttelte den Kopf. »Wir wollen mal sehen, ob diese Schönheiten hier ein paar Antworten haben.« Wir waren bei einer von einer hohen Mauer umschlossenen Einfriedung angelangt, in der sich noch mehr von den streunenden Ziegen befanden. Ich sah mit Erstaunen, wie geduldig sie stillhielten, als die Mädchen ihnen die Winterwolle aus dem dicken Fell kämmten und ihre Körbe mit weichen Flocken wolliger Haare füllten.

Ein dralles Mädel richtete sich auf, um ihren Rücken zu entlasten und lächelte 'Gren scheu an. Zwei andere Mädchen schauten von ihrer Arbeit mit kaum verhohlenem Interesse auf. »Einen guten Tag euch.«

'Gren legte sein Kinn auf die Hände, die er auf die Mauer stützte. »Lasst euch nicht von mir stören.«

Eine ältere Frau, vermutlich die Mutter der Mädchen, die gewiss auf ihre Interessen achtete, schätzte ihn ungefähr genauso ab, wie sie die Ziegenhaarflocken begutachtete.

Ich lächelte sie an. »Das ergibt wundervoll weiche Decken, nicht wahr?«

Wenn ich eine Ziege gewesen wäre, hätte sie mir bestimmt keine Fischköpfe zukommen lassen. 'Gren dagegen gewann den verstohlenen Beifall aller.

»Sieh zu, was du aus ihnen herausbekommst, wenn ich nicht dabei bin.« Ich schlug 'Gren auf die Schulter und sprach in dem Gossenslang von Selerima. »Wir treffen uns später wieder im Burgfried.«

'Gren nickte, die Augen auf ein Mädchen gerichtet, das sich bückte, um Blätter aus dem zottigen Stirnfell einer Ziege zu pflücken und ihm ungekünstelt einen tiefen Einblick in ihren Ausschnitt zu gewähren.

»Wir sind hier, um Freunde zu gewinnen, nicht um Babys zu machen«, ermahnte ich ihn.

»Ich bleibe so keusch wie ein mitgiftloses Dienstmädchen – bis ich weiß, wie hoch die Strafe dafür ist, einem Mädchen an die Wäsche zu gehen«, setzte er mit einem listigen Lächeln hinzu.

Ich stieß ihn in die Brust. »Ich war auch ein mitgiftloses Dienstmädchen, also bleibst du gefälligst noch keuscher.«

»Ich werde wohl kaum das erste Mädchen flachlegen, das mir schöne Augen macht«, protestierte er. »Nicht, wenn es so viele gibt, unter denen ich wählen kann.«

»Wir sehen uns später.« Wenn ich bedachte, wie gern 'Gren flirtete, war ich wohl besser zurück, ehe er bereit war, unser aller Hälse zu riskieren, um an das Höschen eines Mädchens zu kommen.

Sobald ich ihm den Rücken zuwandte, fingen die Mädchen alle gleichzeitig an zu reden. Solange er seinen Verstand aus der Hose heraushielt, war er gut aufgehoben, um so einiges über diesen Ort herauszufinden.

Hinter den Ziegenställen lagen nur noch der Teich und

der Damm. Ein Gebäude mit schmalen Fenstern stand solide in der Mitte des steinernen Dammes, und als ich näher kam, erkannte ich, dass es sich um eine Mühle handelte. Dort würde ich nur beschäftigte Männer antreffen, die eine Unterbrechung bestimmt nicht schätzten. Wo konnte ich etwas Nützliches finden, wie gelangweilte Wachmänner, die zu einem Spielchen und einem bisschen Klatsch bereit waren?

Ich ging langsam zurück zum Burgfried und kam an einem Gebäude vorbei, das sowohl eine Wäscherei mit offener Front als auch das Badehaus war. Frauen schrubbten grobes ungebleichtes Tuch in Wannen, die sie aus einer dampfenden, aus dem Boden entspringenden Quelle füllten. Ich persönlich würde lieber Holz schleppen, um mein Wasser zum Kochen zu bringen, als zu riskieren, dass der Boden unter mir aufweichte, nur um es mit der Wäsche einfacher zu haben. Ohne Verlegenheit zogen sich Mädchen aus, um sich zu waschen, nachdem sie die Fische ausgenommen hatten, übergossen sich gegenseitig mit Wasser und seiften sich mit etwas ein, das aussah wie Stücke von fettigem Leder. 'Gren war bestimmt nicht erfreut, diesen Leckerbissen verpasst zu haben, aber so besessen, wie diese Leute von Reinlichkeit waren, bekam er vermutlich noch eine zweite Gelegenheit.

Andere Mädchen kicherten und plauderten, während sie sich in der Sonne die feuchten Haare kämmten. Ich überlegte, ob ich mich zu ihnen gesellen sollte, aber sie beobachteten junge Männer, die auf einer von der Sonne getrockneten, glatten Lehmfläche miteinander rangen. Die Burschen waren nackt bis auf Gürtel um ihre Taillen, an denen Lederbänder hingen, die mit geflochtenen Lederschnüren an den Schenkeln und an einem knappen Lendenschurz festgebunden waren, um zu verhindern, dass ein Gegner einen unerwarteten Halt fand. Ziel schien es zu sein, den Gegner an diesen Schnüren von den Füßen zu reißen. Ich schaute dem Spiel und den Spielern einen Augenblick zu, kam aber zu dem Schluss, dass die Mädchen mich nicht willkommen heißen würden.

Dann hörte ich ein hastig unterdrücktes Kichern von irgendwo hinter der Wäscherei. Ein paar scheinbar lässige Schritte führten mich um die Ecke zu einem Trockenhof, in dem Hemden und Decken im Wind flatterten. Ich duckte mich unter feuchten Tüchern hindurch und fand einen Trupp Kinder, die die ihnen übertragenen Aufgaben links liegen gelassen hatten. Einige warfen die knotigen Gräten eines größeren Fisches in einen Kreis, den sie auf dem Boden gezogen hatten, während andere einander eine mit Federn bestückte Rübe zuwarfen. Alle sahen mich mit lebhafter Neugier an.

»Guten Tag«, sagte ich mit einem freundlichen Lächeln.

»Wie heißt du?«, fragte ein keckes kleines Mädchen mit einer sommersprossigen Stupsnase und dunklen Augen, die ihr gemischtes Blut verrieten.

»Livak«, antwortete ich. »Und du?«

»Gliffa«, antwortete sie prompt. »Du bist nicht von hier.«

»Nein, bin ich nicht.« Ich machte eine vage Armbewegung in Richtung Meer. »Meine Leute leben in einem Wald mit Bäumen, die höher sind als eure Häuser.« Das müsste eigentlich junges Gemüse faszinieren, in einem Land, in dem die Bäume kaum Kniehöhe erreichten.

»Was willst du hier?« Gliffa war eindeutig ein Kind, das ständig Fragen stellte.

»Ich wollte das Meer sehen«, sagte ich achselzuckend.

»Was ist mit deinem Haar passiert?«, fragte ein kleiner Junge, dessen eigene Locken so kurz geschnitten waren, dass sie kaum mehr als ein goldener Flaum waren.

»Nichts.« Ich setzte mich mit verschränkten Beinen. »Das

hatte immer schon diese Farbe, so wie bei allen meinen Leuten.«

»Bist du eine Gebaedim?«, fragte das Kind misstrauisch.

Das war ein Wort, das ich letzte Nacht aufgeschnappt hatte. Ich schüttelte den Kopf. »Was ist das?«

»Gebaedim leben in den Ländern im Westen.« Eins der älteren Mädchen beugte sich näher heran, um meine Haare und meine Augen zu untersuchen. »Sie sehen aus wie echte Menschen, bis sie aus der Sonne heraustreten. Dann sieht man, dass sie schattenblaue Haut und schwarze Augen haben wie Tiere.« Kleinere Kinder, die entschieden nervös gewirkt hatten, entspannten sich bei ihrer herrischen Behauptung.

Also hatte Sorgrad Recht gehabt. Ich lächelte wieder. »Wir nennen sie das Elfenvolk.«

»Hast du sie gesehen?« Der Blick des kurzgeschorenen Knaben war ehrfürchtig.

»Das hat niemand, schon seit langer, langer Zeit nicht mehr.« Ich schüttelte beruhigend den Kopf. »Wir erzählen uns Geschichten über sie. Möchtet ihr eine hören?« Das trug mir ringsum eifriges Nicken ein.

»Es war einmal ein Mann, der hieß Marsile, und der jagte einen Hasen in der Erdfestung eines Elfenmannes. Der Elfenmann hieß ihn willkommen und machte ihm Gastgeschenke.« Die Geschichte von Marsile konnte ich im Schlaf, und ich erzählte den Kindern die Version, die mein Vater mir als kleines Mädchen erzählt hatte, voll mit wundersamen Dingen wie dem Blatt, das Fische dazu brachte, aus dem Wasser zu springen, wenn Marsile es in ihren Teich warf, und dem blühenden Zweig, der ihn gegen Feuer feite, selbst gegen den Atem eines Drachen. Ich mochte am liebsten den Geldbeutel, der allen Münzen befahl, mit denen zusammenzubleiben, die er hineintat.

»Als der Abend kam, sagte Marsile dem Elfenmann, er müsse nach Hause zu seiner Frau zurück.« Ich senkte die Stimme und beugte mich vor, die Kinder taten unbewusst dasselbe. »Der Elfenmann wurde wütend. Er sagte, er hätte ihm die Geschenke nur gegeben, weil er glaubte, dass Marsile seine Tochter heiraten wolle, und um die Wahrheit zu sagen, sie war eine große Schönheit.« Die Versionen, die ich später kennen gelernt hatte, ergingen sich in Einzelheiten über die Reize des Elfenmädchens, die entschieden nicht für Kinder geeignet waren, ebenso wie darüber, was genau Marsile mit ihr machte, dass der Elfenmann so zornig wurde. Ich ging lieber weiter zu Marsiles verzweifeltem Verhandeln um seine Freiheit.

»Endlich war der Elfenmann damit einverstanden, Marsile gehen zu lassen, aber«, ich hob einen warnenden Finger, »nur, wenn er eine Nacht lang blieb, während der Elfenmann zu Marsiles Haus ging und sich nahm, was er wollte, als Gegenleistung für die Geschenke, die er ihm gemacht hatte. Weil, wie wir alle wissen, ein einmal gegebenes Geschenk nicht zurückgenommen werden kann.« Alle Kinder nickten feierlich, diese Regel galt offenbar auch in diesen von Armut gezeichneten Landstrichen.

Ich erzählte ihnen von Marsiles verzweifelter Nacht, in der er sich Sorgen darüber machte, was er verlieren könnte, statt von seiner begeisterten Bumserei mit der Elfentochter, die in der Kneipenversion vorkam. In einigen Geschichten trieb es der Elfenmann genauso freizügig mit Marsiles Frau. Darin kehrt der unglückliche Mann zurück und stellt fest, dass ein Jahr vergangen ist für jeden Glockenschlag, den er bei dem Erdwall verbrachte, und das letzte Geschenk des Elfenmannes war eine Brut von schwarzhaarigen Blagen an seinem Herd und eine Ehefrau, die hinfort immer sein Essen anbrennen ließ, weil sie sich nach ihrem magischen Liebsten verzehrte. Aber das war auch keine Geschichte für Kinder. Was sie wollten, war ein aufregendes Ende.

»Als der Himmel wieder heller wurde, kehrte der Elfenmann zurück und befahl Marsile zu gehen. Er warnte ihn, dass er seine Hunde loslassen würde, falls Marsile nicht bei Tagesanbruch jenseits des Flusses wäre. Marsile rannte, doch die Sonne ging auf, und er hatte den Fluss noch nicht erreicht. Er hörte Geheul hinter sich und schnelle Pfoten.« Ich trommelte mit den Händen auf meine Schenkel, und die Kleinen schauderten. »Er rannte um sein Leben, während das Gebell immer näher kam. Er wagte nicht, sich umzusehen, nicht einmal, als etwas an seinem Mantel zerrte. Er riss ihn sich von den Schultern und warf ihn weg, und er hörte, wie die Hunde stehen blieben und sich darin verbissen. Aber schon bald fühlte er wieder ihren eisigen Atem in seinem Nacken, und so warf er seine Tasche weg, und dann sein Wams. Er leerte seine Hosentaschen, er verlor das Blatt, er verlor die verzauberte Blüte und die magische Börse, aber gerade als die Sonne über den östlichen Horizont stieg, kam er am Fluss an. Er stürzte sich hinein und schwamm auf die andere Seite.« Die Kinder stießen einen Seufzer der Erleichterung aus.

»Er kroch ans Ufer, und endlich drehte er sich um.« Ich hielt inne und sah in die gespannten Gesichter. »Riesige schwarze Hunde liefen am anderen Ufer auf und ab. Sie hatten Augen so weiß wie Schnee, und von Zähnen wie Eiszapfen tropfte Frost.« Ich lehnte mich zurück. »Dann zerschmolz die Sonne sie zu Rauch.«

Die Kinder jubelten und klatschten, doch wie immer war eins unter meinen Zuhörern, das nicht so begeistert war. »Sie hätten ihn sowieso nicht gekriegt.« Ein älterer Junge im Hintergrund der Gruppe erklärte das mit selbstsicherer Verachtung. »Gebaedim können nicht übers Wasser.«

»Wie sind sie denn dann nach Kehannasekke gekommen …?« Das Mädchen brach ab und sah mich schuldbewusst an. Ich konnte zwar eine gute Geschichte erzählen, aber ich war trotzdem eine Erwachsene, und ich hätte ihre Zöpfe darauf verwettet, dass sie solche Dinge nicht diskutieren durften.

»Wir sind so lange sicher, wie der Hargeard hält.« Der ältere Junge sah sie finster an. »Sagt mein Vater.«

Ich sah, wie er nervös drei konische Schneckenhäuser und ein erbsengroßes rötliches Steinchen von einer Hand in die andere warf. »Was ist das für ein Spiel?«

»Nur Unsinn für die Kleinen.« Er sah mich schlau an. »Könntest du den Stein finden?«

Ich schürzte die Lippen. »Das kann ja nicht so schwer sein, oder?«

»Es ist ganz leicht«, versicherte er mir mit den Instinkten eines geborenen Taschenspielers.

»Du sollst das doch nicht spielen«, piepste ein scheinheiliges Fräulein.

»Ich verrate es nicht«, grinste ich.

Der Junge funkelte das gehorsame Mädchen wütend an. »Wir spielen ja nur zum Spaß. Und das ist erlaubt.« Er klang ein wenig zu trotzig, als dass es sich dabei um die ganze Wahrheit handeln konnte.

Ich freute mich, wenn er dachte, dass wir um nichts von Wert spielten, während ich die Muscheln unter seinen flinken Händen beobachtete. Bei mir zu Hause machen wir diesen Trick mit Nussschalen und einer Erbse und nennen es das Eichhörnchenspiel. Ich war ein paar Jahre älter gewesen als dieser Bursche hier, als ich es zum ersten Mal spielte, und hatte geübt, bis ich einen Krampf in den Fingern hatte, als ich begriff, dass ein mittelloses Mädchen auf der Straße zwischen Betrug und Prostitution wählen musste, und ich hatte keine

Lust zu huren. Ich wusste genau, wo das Steinchen des Jungen war und zeigte mit meinem Finger unbeirrbar auf die Muschel daneben. »Da.«

»Nein!« Er musste noch lernen, seinen Triumph zu verbergen, wenn er wollte, dass die Leute so lange spielten, bis ihre Taschen leer waren.

»Lass mich noch mal versuchen.« Wir spielten noch ein paar Runden. Ich ließ ihn oft genug gewinnen, dass er allmählich keck wurde, machte es aber auch ein paarmal richtig, mit entsprechend vorgetäuschter Überlegung. Das machte ihn scharf darauf, zu beweisen, dass er mir überlegen war. Die meisten der anderen Kinder widmeten sich wieder ihren eigenen Spielen.

»Wieso kann ein Hargeard euch vor den Gebaedim schützen? Da, wo ich herkomme, wird in keiner Geschichte gesagt, wie man das Elfenvolk abwehren kann.» Ich hob die Muschel auf, unter der das Steinchen lag. Das war jetzt das zweite Mal hintereinander.

Der Junge reckte das Kinn, entschlossen, mich irgendwie zu übertrumpfen. »Gebaedim leben jenseits des Sonnenunterganges, wo es weder Licht noch Wasser gibt«, erklärte er mir überlegen. »Wo die Toten hingehen.«

Das war eine recht zutreffende Beschreibung für die Schatten, zu denen nach der beharrlichen Ansicht der Frommen diejenigen hinkamen, denen der Zugang zur Anderwelt durch Saedrin versperrt wurde. »Und was dann?«

»Die Toten haben Macht.« Er sprach, als ob das selbstverständlich wäre, und es passte auf jeden Fall zu dem, was ich über die Verehrung des Bergvolkes für die Gebeine seiner Vorfahren wusste. »Der Hargeard bindet ihre Macht an die Lebenden. Solange wir das Wissen haben, diese Macht zu benutzen, können uns die Gebaedim nichts anhaben.« Er warf einen Blick zu Olrets Burgfried.

»Und Olret hat dieses Wissen.« Ich nickte, als ob er etwas sagte, das ich bereits wusste. In gewissem Sinn war es auch so. Ich hatte schon vermutet, dass Olret über Zauberkunst verfügte. »Aber deine Freundin sagte, es seien Gebaedim in Kehannasekke?«

»Das sagt mein Vater.« Der Junge wirkte sehr jung, als er das sagte und Angst seine Augen umschattete. »Er sagt, Ilkehan benutzt sie in seiner Armee, und deswegen wurde er noch nie besiegt.«

»Aber Olret hält euren Hargeard und dadurch seid ihr alle in Sicherheit«, erinnerte ich ihn. Ich wollte keine Albträume von Bösewichtern hervorrufen, die elterliches Misstrauen darüber erregten, mit wem die Kinder gesprochen hatten. Ich nahm eine Muschel. »Hier ist sie. Ich habe den Trick jetzt raus.«

Dreimal bricht immer den Bann, und es funktionierte bei dem Jungen. »Ich habe genug gespielt. Ich muss noch arbeiten.« Er stampfte davon, zu beleidigt, um sich über das Elfenvolk Gedanken zu machen. Als er ein Laken aus seinem Weg fegte, sah ich, wie sich ein kleines Mädchen zu verstecken versuchte, das dahinter gesessen hatte.

»Geh weg!« Gliffa schlug wütend nach dem kleinen Mädchen. »Du sollst nicht hierher kommen.«

Der Eindringling floh, die nackten Füße zeigten schmutzige Sohlen. Sie trug nichts weiter als ein zerlumptes Hemd, was mir seltsam vorkam, da alle anderen ordentliche Röcke oder Hosen trugen, grob gewebte Hemden und Tuniken, die am Kragen liebevoll bestickt waren, und die Füße in fein genähtem Leder steckten, das in der Form zwischen Stiefeln und Strümpfen lag.

»Erzählst du uns noch eine Geschichte?«, fragte Gliffa schüchtern.

»Vielleicht später.« Ich lächelte sie an. »Ich gehe jetzt lieber. Meine Freunde werden sich schon fragen, wo ich bin, und ich möchte nicht, dass du Ärger bekommst.« Ich lächelte sie verschwörerisch an, ehe ich gerade so schnell davonging, um zu sehen, dass das zerlumpte kleine Mädchen über den uneben gepflasterten Hof huschte, der hinter den Lagerschuppen entlanglief. Die Erwachsenen, die mit ihrer Arbeit beschäftigt waren, ignorierten sie, abgesehen von einem Mann, der seine Hand in unmissverständlicher Drohgebärde gegen sie erhob. Sie duckte sich davon und verschwand durch ein Ausfalltor in der Mauer um den Burgfried.

Der Jalquezan-Refrain aus der Ballade von Viyenne und den Rehen müsste mich unsichtbar machen, wenn ich ihn in Gedanken ständig wiederholte. »*Fae dar amenel, sor dar redicorle.*« Es klappte, niemand sah auch nur in meine Richtung, als ich lautlos rannte, um das Kind einzuholen. Ich erreichte das Ausfalltor gerade rechtzeitig, um zu sehen, wie das Mädchen durch ein Fenster kletterte, das sich nach meiner raschen Berechnung von der kleineren Treppe aus öffnen ließ.

Ihr Hemd rutschte hoch und entblößte einen jämmerlich dünnen Rumpf und Beinchen, die nur aus Haut und Knochen bestanden. Das halb verhungerte kleine Ding durfte sich nicht an Vögeln, die nach Fisch schmeckten, oder fleischigen Meerestieren satt essen, und dass sie sich durch ein Fenster stahl, zeigte, dass sie nichts Gutes im Schilde führte. Vernachlässigt wie sie war, war Groll das Einzige, womit sie sich den Bauch füllen konnte. Falls ich sie einholte, konnte ich sie vielleicht dazu bringen, mir ein paar weniger angenehme Wahrheiten über diesen Ort zu verraten.

Es war niemand in Sicht, aber ich hielt den Zauber trotzdem aufrecht, als ich mich selbst durch das schmale Fenster quetschte. Ich konnte hören, wie die Kleine atemlos die Treppe hinaufrannte, ihre bloßen Füße machten kaum einen

Laut auf den Steinen. Sie blieb nicht in dem Stockwerk über der großen Halle stehen, auch nicht im nächsten, sondern eilte weiter. Ich hielt mit ihr Schritt, presste mich flach an die Wand und spähte um die Ecke, um zu sehen, wie sie vor einem weiteren dieser Eisentore stand. Die waren ja auch schön und gut, es sei denn, man war so dünn, dass man sich zwischen den Stäben hindurchzwängen konnte. Ich beobachtete, wie das Kind sich vorsichtig hindurchwand. Das Dickste an ihr war ein plüschiges Tier, das sie an einem Bein festhielt. Es wurde mühelos zusammengedrückt, als sie es hinter sich herzerrte. Sie hielt inne, um ihren Schatz wieder in Form zu drücken und küsste liebevoll das namenlose Tier wie zur Entschuldigung, ehe sie die Treppen hinauf verschwand.

Eine Erinnerung überfiel mich wie ein Schlag auf den Schädel. Ich hatte dieses wollige Tier schon einmal gesehen, und ich wusste genau wo. Dieses kleine Mädchen hatte gerade laufen gelernt, aber es schleppte sein Kuscheltier durch die Hallen des Shernasekke-Hauses, das wir völlig zerstört als Ruine gesehen hatten. Wie war sie dieser Zerstörung entkommen? Falls Olret sie gerettet hatte, sorgte er jetzt nicht gerade gut für sie.

Was hielt er sonst noch hinter Schloss und Riegel verborgen? Ich schlich vorsichtig den Gang hinunter, in dem Olrets verstümmelter Sohn sein Zimmer hatte. Er war leer, also rannte ich leichtfüßig die nächste Treppe hinunter und verschwand in meinem eigenen Kaninchenloch. Das Bett zeigte keine Spur unserer leidenschaftlichen Übungen der vergangenen Nacht, die Laken waren straff und glatt. Meine Tasche hing am Fußende, und ich sah, dass das Haar, das sich scheinbar zufällig in der Schnalle verfangen hatte, jetzt gerissen war. Egal, ich bewahrte da drin nichts von Wert oder Interesse auf. Ich setzte mich aufs Bett und öffnete meine Gürteltasche. Zwischen den Stichen des Futters steckte ein dünner stählerner Dietrich, und ich zog ihn geduldig heraus und steckte ihn in die Scheide des Dolches, die an der Innenseite meines Unterarms festgeschnallt war. Ich zog auch das Pergament mit meinem spärlichen Wissen über Zauberkunst heraus und strich es glatt. Mit diesem in der Hand und einer Unschuldsmiene, die nur meine Hilfsbereitschaft zeigte, marschierte ich kühn die Stufen zum oberen Stockwerk hinauf. Es war immer noch niemand da, also steckte ich das Pergament zurück in meine Tasche und verschwand um die Biegung der Treppe.

Es gab keine Möglichkeit, mich durch die Gitterstäbe zu quetschen, also kniete ich vor dem verschlossenen Tor nieder. Ich hätte die meisten Schlösser auf diesen Inseln mit einem nassen Strohhalm öffnen können, aber dies hier war anders. Als ich den verborgenen Mechanismus untersuchte, fragte ich mich, woher Olret so ein Ding hatte. Hier gab es nicht genügend Metall, um einem Elietimm Gelegenheit zu geben, eine solche Handwerkskunst zu erwerben. Aber es war nicht so kompliziert wie die in den Bergen hergestellten Schlösser, an denen Sorgrad mich ausgebildet hatte. Es ging mit einem leisen Klicken auf.

Ich ging vorsichtig weiter, tief geduckt, um über die oberste Stufe zu sehen, da jeder Wachmann nur auf Kopfhöhe achten würde. Es war niemand da, aber ein ranziger Geruch wie von einem Stallabfluss stieg mir in die Nase. Ich stand auf und ging leise durch den Flur. Auf beiden Seiten standen Türen etwas offen, die den Blick auf unmöblierte Zimmer, nackte Wände und geschrubbte Fußböden freigaben, aber von dem kleinen Mädchen war keine Spur zu sehen. Es kauerte nicht einmal hinter irgendeiner Tür. Nachdem ich jedes Zimmer durchsucht hatte, blieb nur noch eins übrig, das geschlossen war, und wenig überraschend, die

Quelle des Gestanks. Die Tür war nicht abgeschlossen, aber zweifach verriegelt.

Was war da drinnen, abgesehen von dem kleinen Mädchen? Was es auch war, es war etwas, das Olret fein säuberlich wegsperrte, und das hieß, es musste einen gewissen Wert haben. Ich griff zu dem oberen Riegel, hielt dann jedoch inne. Wie war das Kind da hineingekommen und hatte dann hinter sich die Tür verriegeln können? Nein, sie musste sich an der anderen Treppe verstecken. Ich ließ die Hand sinken und wollte mich gerade abwenden, als beide Riegel sich von allein zu bewegen begannen. Sie glitten geräuschlos durch die Halterungen und hoben sich. Ein Schauer lief mir über den Rücken.

Die Tür blieb allerdings trotzdem zu. Sie zu öffnen, wäre meine Entscheidung. Wo war diese Idee hergekommen? Ich musterte das blanke Holz. Könnte ich weggehen, ohne zu wissen, was sie verbarg? Neugier brachte Amit an den Galgen, wie meine Mutter immer sagte. Vielleicht, aber das hatte mich noch nie abhalten können. Ich stieß gegen die Tür, und sie schwang in wohlgeölten Angeln auf. Es gelang mir, nicht zu husten bei dem Gestank, der nun zu mir drang.

Das Zimmer war das größte, das ich in den oberen Stockwerken des Burgfriedes gesehen hatte, und es war voller Käfige. In einem Land, das so arm an Metall war, betrachtete ich ein Vermögen, das den gierigsten Kaufmann bei mir zu Hause hätte ersticken lassen. Trotzdem hatte ich nicht das Gefühl, dass die Frauen, die durch die Gitterstäbe schauten, dieses Vermögen zu schätzen wussten. Eine zerbrechlich wirkende Großmutter und zwei Mädchen, die kaum an der Schwelle zur Frau standen. Die anderen drei waren ungefähr in meinem Alter, eine hielt ein ängstliches Kind dicht an sich gepresst. Sie waren ihren Hautfarben und Gesichtszügen nach alle Elietimm, und nach hiesigen Maßstäben waren ihre

Kleider gut geschnitten und sachkundig genäht. Aber sie hingen lose an ihnen, klafften am Hals auf und saßen in der Taille locker. Die Gesichter der Gefangenen waren ausgemergelt vor Hunger, von einem klugen Gefängniswächter knapp vor dem Verhungern bewahrt.

Das kleine Mädchen sah mich an und drückte ihr Plüschtier an sich. Das blaue Kleid ihrer Mutter war fleckig und zerknittert von langem Tragen, die Säume schmutzig, wo sie es nicht hatte vermeiden können, an den sich ausbreitenden Haufen Unrat zu kommen, den sie so gut wie möglich in einer Ecke des Gefängnisses zu halten versuchte. Konnte Olret seinen Gefangenen nicht einmal einen Nachttopf geben? Oder war das der Punkt? Wie konnte man diese Frauen besser demütigen, als ihnen selbst die grundlegendsten Dinge zu verwehren? Alle hatten Fingernägel mit schwarzen Schmutzrändern, das helle Haar war strähnig vor Schmutz, Dreck hatte sich in die Falten von Gesicht und Hals gelegt. Sie hatten nichts, worauf sie sitzen konnten, nicht einmal eine Decke, um die Eisenstäbe unter ihren Füßen zu polstern. Nur ein grobes Stück Leder, das unter jedem Käfig lag, an den Ecken festgebunden, um den Unrat aufzufangen, ehe er auf die Dielenbretter fiel und womöglich durch die Decken der unteren Stockwerke zu sickern drohte.

Ich hatte zwar nicht gerade entschieden zu gehen, überlegte aber, ob ich mich zurückziehen sollte, als ich merkte, dass ich nicht konnte. Nichts hinderte meine Füße, aber ich wusste genau, dass der einzige Weg für mich nur vorwärts ging. All die Frauen beobachteten mich angespannt. Ich hätte wetten können, dass eine von ihnen Zauberkunst anwandte, aber seltsamerweise fühlte ich mich nicht besonders bedroht.

»Guten Tag, meine Damen.« Ein Schritt vorwärts war ziemlich leicht, aber ich wusste auf der Stelle, dass ich nicht zurückkonnte.

»Bitte komm von der Tür weg.« Die Mutter sprach drängend, ihr Tormalin war ebenso gut, wenn nicht besser als meine Beherrschung der Bergsprache. Das war schon mal etwas. Ich trat vor, und die Tür schwang hinter mir zu, die Riegel schlossen sich mit einem leisen Klirren hinter mir, als die Großmutter rasch einen Zauber sprach.

»Wer bist du?«, fragte die Großmutter. Eingesperrt in einem stinkenden Gefängnis hätte ich mich auch nicht mit Höflichkeiten aufgehalten.

»Ein Besucher von jenseits des Ozeans.« Vielleicht ist es nur kindischer Aberglaube, dass es dem Elfenvolk Macht über jemanden verleiht, wenn man seinen Namen nennt, aber ich wollte mit unbekannten Meistern der Zauberkunst kein Risiko eingehen. »Wer seid ihr?«

»Ich war die Frau Ashernans, des Herrn von Shernasekke.« Die Mutter wollte mit niemandem um den heißen Brei herumreden, der ihr vielleicht helfen konnte. »Wir gehören alle zu diesem Clan, meine Mutter, meine Schwestern und ihre Töchter.«

»Ich dachte, Ilkehan hätte Shernasekke zerstört.« Ich erwiderte ihre Direktheit, durchaus im Klaren darüber, dass uns jederzeit jemand unterbrechen konnte. Dann hätte ich Probleme, aber damit würden wir uns beschäftigen, wenn die Runen gefallen waren.

»Ilkehan mit Olret als treuem Hund.« Die Großmutter spuckte in wortloser Abscheu aus.

Mit dem Rücken gegen die Gitterstäbe saß eine der Schwestern, die kupfergoldenen Röcke als Polster geschürzt. »Was Evadesekke sieht, versteckt er. Was Evadesekke versteckt, stiehlt Kehannasekke. Was Kenannasekke stiehlt, verbirgt Rettasekke.« Die rätselhafte Verkündung hatte den bitteren Klang einer altbekannten Wahrheit in der Sprache der Elietimm.

»Wie kommt ihr hierher?«, fragte ich die Herrin von Shernasekke.

»Olret hat uns direkt unter Ilkehans Augen geraubt.« Sie machte eine verächtliche Handbewegung auf ihr stinkendes Gefängnis. »Er lässt uns die Wahl: Heirat mit seinem Blut oder diesen Dreck hier.« Ihre Mutter stieß ein müdes Lachen aus.

»Heirat würde Olret ein Anrecht auf das Land der Shernasekke verleihen und Ilkehans Recht der Eroberung streitig machen?«, riet ich und warf einen Blick auf die zwei heiratsfähigen Schwestern. Heirat durch Vergewaltigung hat eine lange und unehrenhafte Tradition in Lescar, wo die Erbstreitigkeiten von Generation zu Generation weiterschwären und mehr als eine Herzogin ihren Hochzeitsschwur mit einem Dolch an der Kehle geleistet hat.

»Er hat nur dann einen Anspruch, wenn die Blutlinien durch ein Kind miteinander verbunden werden.« Die andere Schwester blickte finster aus ihrem mit Kot übersäten Käfig und zupfte an ihrem moosgrünen Rock.

Die Herrin von Shernasekke lächelte. »Er hat uns vielleicht von Heim und Hargeard abgeschnitten, aber wir können Macht von unserem gemeinsamen Geburtsrecht herbeirufen, um in diesem Raum zu herrschen.«

Also konnte diese Vernachlässigung eher eine Vorsichtsmaßnahme als berechnete Quälerei sein.

»Es ist beides«, sagte die Frau in Grün.

»Lest ihr meine Gedanken?«, fragte ich misstrauisch.

Sie zuckte die Achseln. »Ein ziemlich einfacher Trick.«

»Einer, den Olret nicht beherrscht.« Die Großmutter kam an die Gitterstäbe ihres Käfigs. Ihre Augen waren von einem Spinnennetz feiner Fältchen umringt und tief in ihrem faltigen Gesicht eingesunken. »Das ist der andere Grund, weshalb er Ilkehans Zorn riskiert, um uns gefangen zu halten.

Wir besitzen alles, was von dem Wissen Shernasekkes übrig ist, und Olret würde das nur zu gern seinen eigenen Kenntnissen hinzufügen.«

»Mutter!«, protestierte die Schwester in Grün.

»Warum heucheln?«, wandte die andere Schwester ein. »Olret hat unseren Clan dazu verdammt, unter Ilkehans Absatz zertreten zu werden, wenn wir nicht da sind, um Shernasekke zu verteidigen.«

»Diese hier ist keine Freundin von Olret.« Die alte Frau starrte mich an. Mit ihren verschleierten Augen bezweifelte ich, dass sie viel weiter als auf Armeslänge sehen konnte, aber etwas verlieh ihr eine unangenehm genaue Einsicht. Sie grunzte zufrieden. »Und ihre Freunde auch nicht.«

»Du bist mit anderen hier?« Eins der jungen Mädchen sprach zum ersten Mal, auf ihrem Gesicht lag deutlich Hoffnung.

»Könnt ihr eine Nachricht nach Evadesekke bringen?« Die Frau in Gold erhob sich. »Wir haben Verwandte dort.«

»Dachasekke wird uns helfen, sobald sie wissen, dass wir noch am Leben sind«, beharrte ihre Schwester in Grün. »Froilasekke auch.«

»Wir haben eine Rechnung mit Ilkehan zu begleichen«, sagte ich vorsichtig. »Wir haben wenig Interesse, uns in Streitigkeiten einzumischen, an denen wir nicht beteiligt sind.« Wenn du den Grund eines Flusses nicht sehen kannst, fängst du nicht an zu waten.

»Olret wird uns bei Ilkehan eintauschen, wenn eine Wendung des Schicksals ihm das günstig erscheinen lässt oder wenn unsere Herausgabe die einzige Möglichkeit ist, seine eigene Haut zu retten.« Shernasekkes Herrin sah mich an, und ich wusste, dass ihre Worte die schlichte Wahrheit waren.

Diese Frauen verfügten gemeinsam über mächtige Zauberkunst, und wie Guinalle über die Fähigkeit, ihre Zauber zu wirken, ohne dabei ständig Sprüche zu murmeln. Es war auch eine Erleichterung zu wissen, dass Olret nicht in meinen Kopf schauen und herausfinden konnte, dass ich hier oben gewesen war. Dies war nicht die brutale, zerstörerische Hexerei, mit der Ilkehan mich und meine Freunde malträtiert hatte, doch trotzdem schien keine dieser Frauen auch nur die geringsten Gewissensbisse zu haben, alles was sie wollten, aus meinen Gedanken zu holen oder meinem Körper ihren Willen aufzuzwingen. War es nun der Widerhall unleugbarer Wahrheit, die ich aus ihren Worten heraushörte oder trügerische Magie, die mich von ihren Lügen überzeugte? Bei der Zauberkunst der Elietimm schien es keine ethische Tradition zu geben wie bei Guinalle, sie war einfach brutal oder heimtückisch.

»Sprecht ihr wirklich aufrichtig?« Ich hob fragend die Augenbraue in Richtung der Herrin Shernasekkes.

Sie zuckte die Achseln. »Das kannst du nur für dich allein entscheiden.«

»Wenn ich das getan habe, komme ich zurück.« Als ich mich umdrehte, um zu gehen, merkte ich, dass ich nicht durch Zauberei gehindert wurde. Die Riegel glitten auf ein Wispern des jüngeren Mädchens zurück. Als ich durch die Tür schlüpfte, sah ich, dass sie mir mit alldem Unglück nachsah, das die Älteren sich weigerten sich einzugestehen.

Ich eilte durch den Flur. Diese Frauen bekamen Essen und Wasser, wie unzulänglich auch immer, und ich wollte nicht demjenigen begegnen, der es ihnen brachte. Auf der Treppe wurde ich langsamer, holte ein Fläschchen Parfüm aus meiner Gürteltasche und tupfte mir etwas an die Kehle. Der Geruch vertrieb den Gefängnisgestank aus meiner Nase und hoffentlich auch jede Spur, die an meinen Kleidern haftete. Dann hörte ich Schritte in dem Gang, in dem Olrets Sohn seine Fieberträume verschlief, und erstarrte. Ich kauerte mich lautlos nieder, spähte verstohlen um die Ecke und sah die Krankenschwester davongehen. Ich eilte weiter, hörte aber Stiefeltritte unter mir. Ich machte kehrt, fischte mein Pergament aus meiner Tasche und ging wieder nach oben, als hätte ich jedes Recht, dort zu sein.

Ich bekam keine Antwort, als ich klopfte, also wartete ich an der Tür auf die Krankenschwester des jungen Mannes. Olrets Sohn würde die Blutlinie mit keinem der Mädchen da oben weiterführen. Vermutlich war das Ilkehans Entschuldigung dafür, dass er ihm die Eier abgeschnitten hatte, wie einem Fohlen, das nicht für die Zucht gebraucht wurde. Wusste Shernasekkes Herrin, dass dies geschehen war?

Sollte ich den anderen erzählen, was ich entdeckt hatte? Wie würden sie reagieren? Es war klar, dass 'Gren ebenso wenig von so einer Sache die Finger lassen konnte, wie er seine Finger aus einem Riss in seiner Hose halten konnte. Er würde den oberen Flur stürmen und die Gefangenen befreien wollen. Und wenn ich es recht bedachte, würde Sorgrad einen überzeugenden Grund brauchen, warum wir das nicht tun sollten.

Ryshad überlegte vielleicht, dass selbst der Verlust eines so unangenehmen Verbündeten wie Olret ein zu hoher Preis für die Freiheit der Frauen war. Unser Ziel hier war es, Ilkehan zu töten, nicht uns in größere Streitereien zu verwickeln. Ryshad empfand gewiss ihre lässige Beherrschung unbekannter Zauberkunst schon als hinreichenden Grund, den Frauen zu misstrauen und sie in Ruhe zu lassen, zumindest bis wir wussten, ob sie nun Freund oder Feind waren.

Aber Shiv würde bestimmt einwenden, dass wir jedes nur mögliche Ätherwissen auf unserer Seite und gegen Ilkehan brauchten. Ob der Magier damit falsch lag? Konnten wir dies untereinander ausmachen, ohne dass Olret Wind davon bekam?

Ich hatte ein paar Zahlen aus einer belanglosen Partie Runen mit 'Gren auf die Rückseite des Pergaments gekritzelt. Was für ein Spiel war eigentlich dieser dreiseitige Streit zwischen Ilkehan, Olret und der Herrin von Shernasekke, die den Platz ihres toten Mannes an der Tafel eingenommen zu haben schien? Ich war ihr genauso wenig schuldig, wie ich den anderen traute. Würde es sich für uns auszahlen, wenn ich aufstand und einen eigenen Glückswurf versuchte?

»Was wollt Ihr?« Das war die Schwester, die zurückgekommen war.

Ich wedelte mit meinem Pergament. »Mein Volk, wir aus dem Wald, wir haben Lieder, um den Kranken und Verwundeten Linderung zu bringen.« Ich wollte nicht behaupten, Ätherkenntnisse zu haben, nicht, wenn ich nicht sicher sein konnte, ob ich dem Burschen überhaupt helfen konnte.

Die Frau dachte darüber nach. »Wenigstens für ein Weilchen.« Ihr Gesicht sagte so deutlich wie gesprochene Worte, dass ich zwar nicht viel Gutes ausrichten konnte, jedoch auch keinen Schaden, und für ihren Schützling gab es in jedem Fall herzlich wenig Hoffnung.

Der Raum war noch immer dämmrig, und der süßlich-säuerliche Geruch des Verfalls war stärker als zuvor. Der junge Mann lag reglos auf dem Rücken, eine ungesunde Röte auf den Wangen unter seinen verbundenen Augen.

Ich räusperte mich und begann leise zu singen. Guinalle vermutete, dass in »Mazirs Heilenden Händen« Zauberkunst in dem Jalquezan-Refrain verborgen war, und ich hatte eine weise Frau aus dem Waldvolk gesehen, die es für ein fast ertrunkenes Mädchen gesungen hatte, das sich mit Sicherheit schneller erholt hatte, als ihm von Rechts wegen zustand. Die Schwester setzte sich mit ihrer Näharbeit ans Fenster, und ich sah, wie sie über die Geschichte von Kespar lächelte, der eine Wette mit Poldrion verlor, dass er schneller über den

Fluss zwischen dieser Welt und der Anderen schwimmen konnte, als der Fährmann sein Boot hinüberruderte. Er hatte seinen Preis mit Blut bezahlt, als die Dämonen des Gottes ihn einholten. Mazir hatte ihren Liebsten mit Kräutern und weisen Worten geheilt und ihn die ganze Zeit für seine Torheit geneckt. Als ich sang, fragte ich mich, ob der arme Junge jemanden hatte, der ihn liebte und tröstete. Wir hatten keine Spur von einer Frau oder Geliebten Olrets gesehen und auch keine anderen Kinder. Trotzdem, wie Sorgrad sagen würde, das ging uns nichts an. Noch leiser brachte ich den letzten Refrain zu Ende. Vielleicht bildete ich es mir nur ein, aber ich hatte das Gefühl, dass sein Atem weniger verzweifelt in seiner Kehle rasselte.

Die Schwester legte ihre Näharbeit zur Seite und legte ihm sanft die Hand auf die Stirn. »Er schläft jetzt ruhiger.«

»Vielleicht erholt er sich doch«, sagte ich, aber bei Saedrin, ich konnte mir keinen Mann vorstellen, der ein solches Leben wünschte.

Die Frau schüttelte bedauernd den Kopf. »Da er ihn von seiner Zukunft abgeschnitten hat, hat Ilkehan ihn auch gleichzeitig von seiner Vergangenheit abgeschnitten. Ohne den Segen derer, die schon gegangen sind, kann er nicht mehr lange leben.«

Mir fiel nicht ein, was ich darauf sagen konnte. »Wenigstens hat er ein bisschen Ruhe gefunden.«

»Es ist besser, wenn du nicht wieder kommst.« Die Miene der Schwester war nicht zu deuten.

»Na gut.« Ich wandte mich an der Tür noch einmal um. »Ich werde nicht darüber sprechen. Wirst du auch schweigen?«

Sie nickte.

Ich tat dasselbe und verließ den Raum. Das wäre das Beste für alle. Ich wollte nicht gern versuchen, Ryshad oder Sorgrad zu erklären, was ich getan hatte, nicht, wenn ich nicht einmal selbst eine klare Vorstellung davon hatte, warum ich es getan hatte. Außerdem, wie Sorgrad und Ryshad mir bestimmt erklären würden, gab es keinen Grund, dass Olret wissen sollte, welche Zauberkunst wir zur Verfügung haben mochten.

# Kapitel 6

*Eine Erwiderung auf Gamar Tilot und seine Gedanken über die Alten Völker,*
*vorgelegt der dialektischen Assoziation zu Wrede*
*von Pirip Marne, Gelehrter der Universität zu Vanam*

*Der Gelehrte Tilot liefert mit seiner Erinnerung daran, dass viele Menschen mit Wald- oder Bergblut unter uns leben, einen wertvollen Beitrag zur Debatte unter den Gelehrten und Wohlhabenden. Ich gebe zu, wir versuchen gelegentlich allzu sehr, eine geheimnisvolle Erklärung für die Mysterien der Vergangenheit zu finden, wenn die Ängste und Wünsche, die uns alle treiben, uns vielleicht klüger geleitet hätten. Die Alten Völker wollten zweifellos ebenso essen, Erfolg haben und sich fortpflanzen, wie wir es uns heute wünschen.*

*Nichtdestoweniger muss ich dem Gelehrten Tilot widersprechen. Es stimmt, ein Teil unserer Bevölkerung hat gemeinsame Vorfahren mit den Völkern aus Wald und Bergen, aber in keinem Sinne ist eins der beiden Völker unter einer Flut gemeinsamen Blutes fortgespült worden und verschwunden. Ich vermute, dass Tilot ausgiebig in den Bibliotheken umhergestreift ist, aber wohl selten einmal darüber hinausgekommen ist. Ich bin weit gereist und habe Waldleute getroffen, deren Kinder verblüfft meine braunen Augen anstarrten, da sie bislang nur grüne oder blaue kannten. Solche Familien führen ein behagliches Leben in den weglosen Tiefen des Waldes, mit der Hilfe ihres Wissens über ihre Welt, die Stadtbewohner nicht einmal im Ansatz begreifen. Ich habe die Pässe der Berge überquert, die Solura von Mandarkin trennen, und gleichfalls Bergclans gefunden, die kaum die Sprachen des Tieflandes kannten und noch weniger Interesse an unserem Lebensstil hatten, so zufrieden waren sie mit ihren eigenen Sitten und Annehmlichkeiten.*

*Als junger Student hoffte ich sogar, dass ich in entlegene Gebiete des dalasorischen Graslandes reisen und dort die kräftigen Gesichtszüge und die dunkle Haut der Ebenen bei einem isolierten Nomadenclan finden könnte. Doch heute tadle ich mich für solche Ideen, nicht weil ich den Legenden Glauben schenke, dass das Volk der Ebenen hinter den Regenbogen geflohen sei, sondern weil ich erkennen musste, dass die brutalen Kohorten des Alten Tormalin-Reiches ihre Arbeit nur allzu gründlich verrichtet hatten. Sein Streifzug durch die Bibliotheken hat Tilot unbegreiflicherweise nicht zu den zahlreichen Berichten über Feindseligkeiten geführt, die kennzeichnend für die Eroberungen unwilliger Länder durch das Alte Reich waren. Die Geschichte erzählt nicht von friedlicher Vereinigung. Nirgendwo wüteten diese Kämpfe schlimmer als im Grasland von Dalasor. Immer wieder sprechen die Archive der tormalinischen Häuser von dem fremden Volk, das bereits damals jenseits der Astmarschen lebte. Wer an Besitz oder Lehen in Caladhria und Lescar gebunden war, gab vielleicht lieber den Eindringlingen nach als zuzusehen, wie ihm Heim und Lebensunterhalt über dem Kopf niedergebrannt wurde, doch die Viehzüchter zwischen dem Dalas und dem Drax konnten sich in die Wildnis zurückziehen, wann immer die Kohorten kamen, und im Schutze der Nacht zurückkehren, um ihren Quälgeistern einen Schlag zu versetzen.*

*Wir haben zahlreiche Tagebücher und Briefe, geschrieben von den jungen Junkern, die diese Kohorten befehligten. Alle empfinden das Ebenenvolk als ganz und gar anders als sie selbst. Sie sprechen davon, dass sie sich in Schatten hüllen, um ungesehen zu bleiben. Wir lesen von Plänen, die vereitelt wurden, wenn Informationen, die nur einem einzigen Gefangenen bekannt waren, an seine Kameraden in Freiheit übermittelt wurden, sodass sie sich der Verfolgung entziehen oder selbst als Erstes angreifen konnten. Im Gegensatz dazu wird Gnade und Freundlichkeit mit Geschenken belohnt, die von unsicht-*

*baren Händen gebracht und von Männern gefunden wurden, die niemandem gesagt hatten, wo sie jagen oder baden wollten. Diese echten und zweifellos beunruhigenden Erfahrungen sind uns überliefert als Kindergeschichten über das Elfenvolk. Selbst die blühendste Fantasie kann solche schauerlichen Vorstellungen nicht ohne eine gewisse Grundlage hervorbringen.*

*Noch vor ein paar Jahren hätte ich diese Grundlagen nicht erklären können, aber wir wollen es Tilot nicht gleichtun und das Thema Zauberkunst ignorieren. Die umfassenden Studien unseres geschätzten Mentors Keran Tonin bieten den besten Wegweiser für jeden, der neugierig auf dieses Thema ist, aber es genügt hier zu sagen, dass ich von seiner Theorie überzeugt bin, dass diese alte Magie allen dreien der frühen Völker bekannt war und untrennbar in ihre Religionen verwoben war. Von ihnen lernten die aufstrebenden Kräfte Tormalins ihre Kunst und verwendeten sie zu ihrem Vorteil. Jetzt sehen wir, dass diese Macht sich letztendlich als zweischneidiges Schwert entpuppt, da ihr Verlust eine Katastrophe über Toremals Kaiser brachte, als sie auf dem Höhepunkt ihrer Macht waren. Für das Ebenenvolk war sie keine Rettung, sondern fraglos der Ursprung der geheimnisvollen Geschichten über das Elfenvolk.*

*Was hat dies nun zu tun mit Tilots Argumenten? Bedenkt einmal: Durch die Ereignisse der vergangenen Jahre angeregt, über den Tellerrand und unsere allgemeinen Annahmen hinauszugehen, haben die Gelehrten Vanams entdeckt, dass sowohl das Berg- als auch das Waldvolk Äthermagie besitzt, wohl verborgen vor neugierigen Blicken. Wenn wir aus Ensaimin und den anderen ehemaligen westlichen Provinzen des Alten Reiches wirklich von dem Ebenenvolk abstammen, wie kommt es dann, dass wir keinerlei Erinnerung an solches Wissen haben? Ich fürchte, es ist leider so, dass die Geheimnisse der Magie der Ebenen in alle Winde zerstreut wurden, als die Nomaden unter den Schwertern Tormalins fielen. Da das Wiederauftauchen der Zauberkunst faszinierende Möglichkeiten bietet, bin ich gewiss nicht der Einzige, der diesen Verlust bedauert.*

## Rettasekke, Inseln der Elietimm
## 7. Vorsommer

»Entweder hast du Langeweile oder du führst etwas im Schilde.« Sorgrad musterte mich, nachdem er in mein Zimmer gekommen war, wo ich im Schneidersitz auf dem Bett saß.

»Langeweile«, sagte ich mit einem reuigen Grinsen. Ich spielte müßig mit meinen Runen und warf die Steine von einer Hand in die andere. »Niemand scheint hier wild darauf zu sein, mit mir zu schwatzen.« Ich hatte mein Bestes getan, um hilfsbereit und freundlich zu sein, nach einem weiteren seltsam zusammengestellten Frühstück, aber keine der Frauen im Burgfried wollte mehr als nur ein paar Worte mit mir wechseln.

Ich warf einen Satz Runen aufs Bett und zählte aus alter Gewohnheit zusammen. Die Sonne war beherrschend, die Messerhand hatte das Schilf, Pinie und Glocke schlugen Horn, Trommel und Meer der linken Hand.

»Sie sind nur eifersüchtig.« 'Gren spähte seinem Bruder über die Schulter. »Wo du so verheerend schön bist und es einen so schockierenden Mangel an Männern gibt.« Er seufzte in gespieltem Bedauern.

»Wo hast du letzte Nacht geschlafen?«, fragte ich, während ich die Runenstäbe verstaute.

»Direkt neben mir, und er hat so laut geschnarcht, dass selbst die Gebeine, die unsere Heimat bewachen, gebebt haben«, erwiderte Sorgrad mit leichter Bosheit.

»Ich hätte es mit mindestens fünf hübschen Mädchen treiben können.« 'Gren schüttelte den Kopf. »Aber mein ach so keuscher Bruder hier glaubt, es ist besser, wenn wir unter uns bleiben.«

»Fünf wären sogar für dich ein Rekord.« Wir gingen jetzt den Flur hinunter. »Wieso wird eigentlich ein Kerl wie du willkommen geheißen, als wärst du Halcarions beste Idee seit Erfindung des Sexes?«

'Gren streckte mir die Zunge heraus. »Weil sie seit dem Äquinoktium fünf Schiffe verloren haben, und alle an Bord ertrunken sind, dank Ilkehan, meiner Quelle zufolge.«

Ich zuckte zusammen. »Das sind viele Witwen und Waisen.«

»Und beansprucht Olrets Reserven, ausgerechnet dann, wenn ihm ohnehin starke Arme und Rücken fehlen, um das Heu zu mähen und die Ernte einzubringen.« Sorgrad zuckte die Achseln. »Ilkehan ist nicht dumm.«

»Wird er aber sein, wenn er erst tot ist. Haben wir schon einen Plan?«, fragte 'Gren eifrig.

»Es gibt ein Felsengebiet in Richtung des nördlichen Endes der Meerenge zwischen hier und Ilkehans Gebiet.« Sorgrad lächelte. »Es gehörte zu Rettasekke, und Olret will es schon seit geraumer Weile haben. Er wird angreifen, während wir mit einem Boot zum nördlichen Ende von Kehannasekke fahren.«

Ich runzelte die Stirn. »Was uns einen verdammt langen Marsch einträgt, wenn ich die Karte richtig in Erinnerung habe, und zwar über ödes Land.«

»Das zentrale Hochland ist im Sommer passierbar, Olret zufolge.« Sorgrad war ungerührt. »Jedenfalls müssen wir Ilkehan ein paar Tage geben, damit er all seine Soldaten zum Kampf schicken und seine Festung unbewacht zurücklassen kann.«

»Aber wie wollen wir Ilkehan dann töten?«, fragte 'Gren.

»Wir haben noch Zeit genug, uns das zu überlegen, wenn

wir unterwegs sind.« Sorgrad warf seinem Bruder einen durchdringenden blauen Blick zu. »Deine Füße laufen immer schneller als deine Stiefel.«

Und wenn wir unsere Pläne erst unterwegs schmiedeten, dachte ich, konnte sie hier niemand verraten, weder zufällig noch absichtlich.

»Man pflügt auch kein Feld, indem man es in Gedanken umgräbt«, gab 'Gren zurück. Aber er ließ das Thema fallen, als wir Olret in der Haupthalle mit Ryshad und Shiv fanden, die über einer Karte auf dem langen Tisch grübelten.

»Ich werde hier und hier Männer und Boote zusammenziehen.« Olret stieß mit dem Finger auf das Pergament. »Wir können morgen angreifen.«

»Dann brechen wir heute auf.« Sorgrad sah Ryshad an.

Ich duckte mich unter Ryshads Arm und schob eine Hand um seine Taille, als er Sorgrad zunickte. »Gut geseift ist halb rasiert.«

Olret runzelte die Stirn, entweder aus Misstrauen oder einfach aus Verblüffung über die besondere häusliche Weisheit. »So bald schon?«

Ryshad drückte mich an sich, ehe er sich vorbeugte und mit einem Finger die zerklüfteten Berge entlangfuhr, die Kehannasekkes Rückgrat bildeten. »Das wird ein harter Marsch. Je mehr Zeit wir zur Verfügung haben, umso besser.«

»Wie lange wirst du gegen Ilkehan kämpfen?«, wollte Sorgrad wissen. »Falls du ihn von diesen Felsen vertrieben hast, ehe wir kaum den halben Weg hinter uns gebracht haben, haben wir praktisch verloren.«

»Oder wenn er eure Leute in den Treibsand hetzt«, setzte 'Gren hinzu, ganz höfliche Hilfsbereitschaft.

Olret sah ihn finster an. »Wir werden nicht zurückgetrieben.«

»Umso mehr Grund für uns, so schnell wie möglich bereit zum Zuschlagen zu sein«, sagte Ryshad entschieden.

Shiv studierte noch immer die Karte. »Könntest du ein paar andere Boote zum Fischen oder so schicken, zur gleichen Zeit, wenn wir aufbrechen? Das wird neugierige Blicke von uns ablenken.«

»Maedror kann das arrangieren, während er für euch ein Boot und eine Besatzung sucht«, stimmte Olret widerstrebend zu.

Sorgrad schüttelte den Kopf. »Wir rudern selbst. Wenn wir gefangen werden, ist das unser Risiko. Wenn deine Leute gefangen werden, wird das Ilkehan verraten, dass du uns hilfst.«

»Wir wollen deinen Leuten nicht noch mehr Ärger einhandeln«, sagte Shiv ernst.

Olret verzog verdrießlich das Gesicht. »Ilkehan hält sich ja für so mächtig, für unberührbar.«

»Wir beweisen ihm das Gegenteil«, versicherte ihm ’Gren munter.

»Wir holen unsere Sachen, während Maedror ein Boot besorgt.« Ryshads respektvolle Höflichkeit ließ Olret keine andere Wahl, als den Wachmann zu rufen, der aufmerksam an der Tür stand. Als wir unsere wenigen Habseligkeiten gepackt hatten und wieder zurück in der großen Halle waren, wartete Maedror schon auf uns.

»Der Herr trifft uns am Ufer«, sagte er knapp, während er jedem von uns ein in Öltuch gewickeltes Bündel reichte. Ich fand in meinem Brot und getrocknetes Fleisch, während er uns zu den steinernen Anlegern vorausging, wo ein namenloses, zugedecktes Boot sanft an seinen Leinen schaukelte.

Statt mit seiner schlechten Laune von vorhin begrüßte uns Olret mit einem Lächeln. Ich fragte mich, ob es wohl genauso falsch war wie mein eigenes. »Ihr seid nur für kurze Zeit meine Gäste gewesen, aber ihr sollt wissen, dass ich die

Freundschaft zu schätzen weiß, die ihr uns bietet.« Er sprach laut genug, dass die Neugierigen, die in ihrem unablässigen Fischausnehmen innehielten, es hören konnten. »Da ihr nun abreist, möchte ich euch Geschenke machen als Vorgeschmack auf unsere künftigen Hoffnungen.«

Ryshad und Shiv bekamen jeder ein geflochtenes Armband aus hellem Leder, in das Perlen aus dunkelrotem Stein eingewebt waren.

»Wir nennen es Maewelins Blut.« Olret bot 'Gren und Sorgrad ähnliche Armbänder an. »Der Sage nach hat die Mutter sich geschnitten, als sie solche scharfzackigen Berge schuf.« Er kicherte leise, und wir lachten pflichtschuldig über den Scherz.

»Hat es irgendwelche Kräfte?« Ich hätte beinahe Zauberkunst gesagt, konnte mich aber gerade noch zusammenreißen.

»Keine außer seiner Schönheit.« Olret sah mich verblüfft an. »Aber es verliert seinen Glanz, wenn es nicht der Sonne ausgesetzt wird, was wir als Zeichen dafür nehmen, dass es den Segen der Mutter in sich trägt.« Er hatte einen Anhänger an einem dünnen Band für mich, aber ich hielt ihn mit einem ablehnenden Lächeln davon ab, es mir über den Kopf zu legen. »Darf ich mal sehen?« Niemand legt mir etwas, das mich erdrosseln könnte, um den Hals. Ich musterte den roten Stein, der in der hellen Sonne strahlte, durchzogen von grünen und gelben Adern, die das Auge narrten, wenn sie in dem Stück verschwanden, das kunstvoll in Form einer geschlossenen Blütenknospe gearbeitet war. »Es ist sehr schön.« Ich legte das Band mit einem angemessen dankbaren Strahlen um meinen Hals.

»Wir sollten aufbrechen, ehe diese Boote zu weit entfernt sind, um uns Deckung zu geben.« Ryshad deutete auf die anderen Boote, die bereits durchs Wasser pflügten, die meisten mit Rudern bestückt, ein größeres mit einem einzigen Rahsegel aus rötlichem Leder. Sie fuhren südwärts die Meerenge hinunter zu der dunklen Linie, die von einer durchbrochenen Reihe von Sandbänken und Felsklippen gebildet wurde, die kaum über die Wasserlinie ragten. Mit einer letzten Verbeugung gegenüber Olret nahmen wir die Plätze ein, die wir von dem Boot, das uns hergebracht hatte, gewöhnt waren.

»Halt dich dicht am Ufer«, befahl Shiv, als Ryshad uns von dem Kai abstieß. Sorgrad biss die Zähne zusammen und legte sich in die Riemen, 'Gren tat es ihm gleich.

»Dann mach mir keinen Vorwurf, wenn wir voller Vogelkacke sind.« Ryshad steuerte vorsichtig auf die hochgetürmten schwarzen Felsen mit ihren streitenden Bewohnern zu.

Ich winkte Olret zum Abschied, der uns mit einem seltsam hungrigen Ausdruck beobachtete. »Auf Wiedersehen«, murmelte ich. »Auf Wiedersehen, warme Bäder, saubere Betten und Mahlzeiten, die jemand anders zubereitet hat, auch wenn es die seltsamsten waren, die ich je gekostet habe.« 'Gren lachte.

»Pass auf die Strömung von den Abflusskanälen auf«, warnte Shiv, als wir an der Mühle auf dem Damm vorbeikamen, wo das Wasser unter den Schleusentoren weiß schäumte.

Während die anderen sich auf Ruder, Steuer und das Rauschen des Wassers unter dem dünnen Rumpf konzentrierten, schwiegen wir alle. Das einzige Geräusch wurde vom rhythmischen Eintauchen der Ruder verursacht.

Ich drehte mich um, um mich zu vergewissern, dass wir außer Sichtweite von Olret waren, und nahm dann sofort den Anhänger ab.

»Nicht«, sagte Sorgrad scharf, als er sah, dass ich ihn ins Meer werfen wollte.

»Es ist das Einzige, was wir dort gesehen haben, was sich zu stehlen lohnte«, pflichtete 'Gren ihm bei. »Glaub's mir, ich habe mich gründlich umgesehen.«

»Ich traue Olret nicht, und deswegen traue ich auch seinen Geschenken nicht.« Ich hoffte, dass niemand eine nähere Erklärung verlangte. Ich wollte die Angelegenheit lieber nicht noch komplizierter machen, indem ich ihnen von den Shernasekke-Frauen erzählte.

»Hast du das Gefühl, dass sie verhext sind?« Ryshad sah an mir vorbei. »Shiv?«

»Dafür bin ich mal wieder der falsche Magier«, sagte Shiv verdrossen. »Aber ich kann nichts Komisches fühlen, und das habe ich immer getan, wenn ich Kellarin-Artefakte in der Hand hatte.«

»Es könnte einen Zauber enthalten, damit er unsere Spur verfolgen kann«, warnte ich. »Oder er kann damit hören, was wir sagen.«

»Wenn da ein Trick bei ist, verraten wir ihm nur, dass wir misstrauisch sind, wenn wir es wegwerfen.« Sorgrad ließ seinen Riemen für einen Augenblick ruhen.

»Vielleicht hat er uns auch wirklich nur ein Geschenk gemacht«, überlegte 'Gren, der auch eine Pause einlegte.

Ich sah ihn fragend an. »Und du erzählst mir immer, ich solle nichts und niemandem trauen, bis Saedrin mir am Ende meines Lebens etwas anderes sagt.«

»Ich muss einem Menschen nicht trauen, um seine Wertgegenstände zu nehmen«, sagte 'Gren ungerührt. »Jedenfalls müssen wir vielleicht jemanden bestechen, die Augen abzuwenden, ehe wir mit Ilkehan fertig sind. Dafür nehmen wir besser Olrets Habe als unsere eigene.«

»Wir packen die Sachen ganz unten in einen der Rucksäcke«, entschied Sorgrad. »Dann zeigt ihm seine Magie nichts Genaues, aber er wird nicht auf den Gedanken kommen, dass wir ihn betrügen oder verhöhnen, indem wir sie fortwerfen. Ich nehme sie.«

Ich wandte mich zu Ryshad um, der mit abwesendem Blick an der Pinne lehnte. »Ryshad?«

Er lächelte mich an. »Mir fiel gerade ein, wo ich diesen Stein schon einmal gesehen habe. Eine von Messire D'Olbriots Schwestern hat einige Stücke, die sie von einer Tante aus einer der Nebenlinien des Hauses geerbt hat. Diese wiederum hatte sie von einem Vorfahren, der in eine Familie einheiratete, die von Schwarzenfels aus Handel trieb.«

»Wenn wir zurückkommen, kannst du ja mal deinen D'Olbriot fragen, wo seine angeheiratete Verwandtschaft bei den Clans im Grasland von Dalasor Handel trieb«, bemerkte Sorgrad, während er sich wieder in den Riemen legte. »Und wo geht es jetzt hin?«

»Knapp außer Sichtweite von Rettasekke und quer über die Meerenge«, erklärte Ryshad. »Ich denke nicht daran, euch den ganzen Weg an den Ort dahin rudern zu lassen, den Olret vorgeschlagen hat.«

»Verdammt, das ist mal sicher!« 'Gren sah Ryshad an. »Du traust ihm nicht?«

»Ich traue seinen Überlegungen nicht.« Ryshad prüfte Wind und Wellen, ehe er sich gegen die Pinne lehnte. »Seine Route würde viel zu lange dauern. Ich möchte so schnell wie möglich bereit sein, bei Ilkehan zuzuschlagen.«

»Wenn sein Angriff schief läuft, gibt Olret uns vielleicht auf, um seine eigene Haut zu retten«, betonte ich. »Er war immerhin dabei, eine Art Waffenstillstand auszuhandeln, als Ilkehan seinen Sohn verstümmelte.«

»Der Junge wird wahrscheinlich das andere Auge auch noch verlieren, selbst wenn er am Leben bleibt«, sagte Sorgrad mit einer Grimasse. »Das habe ich bei einer Blendung schon öfter gesehen.«

Die Erinnerung an den gemarterten Jungen ließ eine weitere Weile des Schweigens entstehen, während wir an der Küste Rettasekkes entlangfuhren.

»Näher heran kommen wir nicht«, verkündete Ryshad etwas später. »Shiv, du und Livak, ihr nehmt die beiden anderen Ruder, und um unser aller willen, pass deine Schläge den ihren an.«

Rettasekke reichte auf einer Landzunge mit steilen Klippen hinaus ins Meer. In der Ferne war Kehannasekke gerade noch zu sehen, ein langgestrecktes niedriges Landstück in dem allgegenwärtigen Nebel über dem offenen Wasser. Ich bewegte mich behutsam und nahm neben Shiv auf der vorderen Ruderbank Platz.

»Ich halte uns schon im Gleichgewicht«, beruhigte mich Shiv.

»Was meint ihr, wann werden wir Land finden?«, fragte 'Gren. »Meint ihr, Ilkehan hat wirklich Verwandte beim Elfenvolk und kann sie rufen, damit sie ihm seinen Willen erfüllen?«

Ich bedauerte schon, dass ich ihm erzählt hatte, was ich von den Kindern gehört hatte. »Hauptsache, wir kommen erst mal sicher an Land, ja?«

»Solange uns nicht zuerst die Nebelgnome kriegen«, kicherte 'Gren.

»Was sind das für Wesen?«, fragte ich.

»Sie kommen mit dem Nebel angeweht und locken Kinder und Zicklein und dumme Hündchen fort«, erklärte 'Gren mit Begeisterung. »Sie tragen sie auf dem Rücken des Nordwindes davon.«

»Glaubst du, diese Leute haben viele Mythen mit euch gemeinsam?«, fragte Shiv 'Gren nachdenklich. »Albträume aus der Kindheit wären nützliche Illusionen, um uns da draußen einen Weg zu bahnen.«

»Eine gute Idee«, sagte Ryshad beifällig.

»Was würde dir Angst machen, 'Gren?« Ich verbesserte mich. »Was würde normalen Menschen Angst machen?«

Er lachte. »Gespenster. Sie saugen dir das Licht aus den Augen, wenn sie nur können.«

»Gespenster leben in dunklen Löchern, und die kann man im Allgemeinen vermeiden«, entgegnete Sorgrad. »Gwelgar haben mich immer mehr beunruhigt. Sie erschaffen sich selbst aus Schlamm und Gras, und das gibt es überall.«

»Sie reißen Bösewichter ein Glied nach dem anderen aus«, sagte 'Gren vergnügt.

»Wenn die Gebeine einer Soke spüren, dass jemand an ihrer Höhle vorbeigeht, der eines Kapitalverbrechens schuldig ist, rufen sie einen Gwelgar«, erklärte Sorgrad. »Er folgt der Schuld in ihren Fußspuren, und nichts kann ihn aufhalten, nichts kann ihn töten, und nichts kann ihn von der Fährte abbringen.«

»Unserer Tante Mourve zufolge«, fuhr 'Gren verdrießlich fort, »macht er sich, wenn er denjenigen getötet hat, hinter dem er her war, auf die Suche nach unartigen Kindern, um ihnen den Hintern zu versohlen.«

»Ich konnte sie nie leiden«, bemerkte Sorgrad.

Ich hätte es nicht gerade Vergnügen genannt, aber Sorgrad und 'Gren kannten genug Geschichten über grauenhafte Schrecken, die in den zerklüfteten Bergen lauerten, um uns von der Knochenarbeit des Ruderns abzulenken. Trotzdem, als wir Kehannasekkes ausgedehntes Labyrinth aus Salzmarschen und trügerischen Sandbänken erreichten, brannten mir die Schultern, und zwischen den Ruderschlägen zitterten meine Arme.

Ryshad suchte das Ufer nach einer Stelle ab, die fest genug war, um an Land zu gehen. »Da drüben.«

Sobald wir alle in der zweifelhaften Sicherheit einer mit

Steinen gesprenkelten Bank aus grauem Sand waren, zog Sorgrad einen Dolch hervor und machte einen Schlitz in die Lederbespannung des Rumpfes. »Schiebt es ins Wasser«, befahl er. »Wir wollen nicht, dass irgendwer auf den Gedanken kommt, dass Männer aus Rettasekke gelandet sind.«

Ryshad schob es mit dem Stiefel wieder ins Wasser. Er lächelte mich beruhigend an. »Entweder kommen wir hier durch Magie weg oder gar nicht.«

»Gehen wir.« 'Gren ging bereits voraus auf die grasgetupften Dünen, die Tasche auf dem Rücken.

Niemand verschwendete seinen Atem mit müßigem Geplauder, als wir in den Schutz der Dünen eilten. Der Sand wich einem schmalen Streifen kurzgeschnittenen Grases, aber zum Glück wurden die Ziegen über den Sommer woanders gehalten. Ich murmelte den Waldzauber für Verbergen, als wir über das Gras schossen, und fühlte mich dabei so verwundbar wie ein Hase, der aus seiner Grube aufgeschreckt wird, bis wir das steinige, feindliche Land dahinter erreichten. Kahle Hügel erhoben sich ringsum. Nicht die zerklüfteten Gipfel von Rettasekke, diese Berge hier waren im Verlauf zahlloser Jahre durch Wind und Sturm zu abgerundeten Knubbeln geschliffen worden. Geröllhalden malten Streifen auf die steil abfallenden Seiten einer Klamm, die sich uns als einziger Weg bot.

»Wohin laufen wir, wenn es Ärger gibt?« Skeptisch betrachtete ich die trügerischen Hänge, die nicht viel sicheren Halt boten.

»Gar nicht«, sagte Ryshad und zog sein Schwert.

»Wir töten.« 'Gren kundschaftete bereits eifrig voraus.

Zum Glück begegneten wir niemandem, sondern verbrachten einen scheinbar endlosen Tag damit, über knöchelzerrende Steinfelder zu klettern, Sumpflöcher zu umgehen, die groß genug waren, um ein ganzes Pferd mitsamt Kutsche zu verschlucken, und am Rande der wenigen Fleckchen Land entlangzuschleichen, die Anzeichen dafür aufwiesen, dass sie bestellt oder beweidet wurden. Wir aßen beim Gehen, bis endlich die seltsame, endlose Dämmerung dieser nördlichen Landstriche begann, die Welt schrumpfen zu lassen. Schatten sammelten sich in Senken und Tälern, die Finsternis wurde unter den wenigen dürren Bäumen immer dichter. Unter dem durchscheinend lavendelblauen Himmel und der wechselnden Dunkelheit, die das Auge täuschte, konnte ich verstehen, wieso manche Leute glaubten, dass Wesen der Anderwelt dieses Halblicht als Pfad zwischen ihrer und unserer Welt benutzten. Ich wünschte fast, 'Gren hätte seine besonders blutrünstigen Geschichten für sich behalten.

»Sieht aus wie ein guter Platz für die Nacht.« Shiv deutete auf ein Gestrüpp aus verkümmerten Birken, unter denen die nackte Erde trocken war.

Sorgrad ließ seinen Rucksack fallen und durchwühlte ihn nach Essbarem. »Wir sollten vor dem Morgen einen Plan machen«, schlug er vor. »Etwas, das ein bisschen genauer ist, als einfach nur ›Ilkehan töten‹. Überraschung ist alles, falls wir lebend hinein- und wieder herauswollen, und wir müssen genau wissen, was wir tun, und dürfen währenddessen keinen Atemzug vergeuden.«

Ryshad legte sich auf den trockenen Boden und streckte die Hände über den Kopf. »Wie kommen wir überhaupt in die Festung?«

»Wie finden wir heraus, wo er sich drinnen befindet?«, setzte Sorgrad hinzu. »Wir können ja nicht gut herumlaufen und an jede Tür klopfen.«

Ich klopfte auf den Beutel, in dem mein Pergament knisterte. »Ich kann einen dieser Waldzauber verwenden, mit dem man Beute findet, um Ilkehan aufzuspüren.«

»Bist du sicher?« Ryshad konnte nicht anders.

»Natürlich ist sie das, und wir auch.« 'Gren blinzelte mir zu. »Glaube ist schließlich alles bei Zauberkunst, oder?«

»Wisst ihr noch, was Guinalle über Zauberkunst und Ilkehan gesagt hat?« Shiv kniete neben einer kümmerlichen Quelle, die kurz nach ihrem Entspringen schon von der durstigen Erde aufgesaugt wurde. »Je schändlicher wir seinen Tod machen, umso wirkungsvoller zerstören wir die Macht, auf die sich diese Hexer in Suthyfer verlassen können.«

»Du kannst es getrost mir überlassen, den Kadaver zu verstümmeln.« 'Gren wirkte beunruhigend eifrig.

»Kann man das trinken?« Auf Shivs Nicken hin schöpfte ich eine Hand voll Wasser aus dem Tümpel und trank dankbar. »Überlieferung und Zauberkunst scheinen sich auf diese Hargeards zu konzentrieren, diese Steinkreise. Könnten wir Kehannasekkes zerstören?«

»Das wäre ein guter Plan«, gab Sorgrad zu.

Ryshad setzte sich auf und suchte etwas zu essen. »Shiv?«

»Falls wir den Hargeard finden, kann ich ihn zerstören.« Der Magier winkte mit einer Hand, in der er ein Stück Brot hielt. »Solange nicht gleichzeitig ein Elietimm versucht, mir den Verstand zu rauben.«

»Also müssen wir den Hargeard-Kreis finden, bevor wir uns um Ilkehan kümmern.« Ryshad schürzte die Lippen. »Sobald er tot ist, brechen wir ihm mit den Steinen das Genick, sozusagen.«

'Gren kicherte.

»Bei alldem werden wir bestimmt gesehen.« Ich fuhr mir mit nassen Händen übers Gesicht, um wenigstens einen Teil des Staubes abzuwaschen. »Dann sollten wir das für uns ausnutzen, wenn möglich. Erinnert ihr euch, dass die Kinder erzählten, Ilkehan stände in Verbindung mit diesen Gebaedim, dem Elfenvolk, oder was sie auch sind. Gibt es einen Weg, als rachsüchtige Geisterwesen verkleidet hineinzukommen? Wenn wir den Leuten genügend Angst einjagen, werden sie uns nicht allzu genau betrachten.«

»Mehr noch, sie hätten keinerlei Anhaltspunkte, woher wir überhaupt kommen«, nickte Ryshad.

»Falls sie uns für unsterblich halten, versuchen sie vielleicht gar nicht erst, uns zu töten.« Diese Idee gefiel 'Gren.

»Ich möchte trotzdem kein Schwert hinter mir übersehen, nur weil ich diese verdammte Kapuze aufhabe«, erklärte ich entschieden.

»Das Problem ist, dass wir Shiv keine Illusionen zaubern lassen können, ehe Ilkehan tot ist.« Ryshad zog besorgt die Augenbrauen zusammen.

»Wenn wir die richtigen Pflanzen finden, kann ich uns schwarze Haare und blaue Haut machen, ohne dass wir Magie brauchen.« Der Zauberer kicherte. »Seit ich mit Pered zusammenlebe, habe ich mehr über Farben und Färben gelernt, als jeder vernünftige Mensch je wissen will.«

Sorgrad lachte. »Das würde sich schon lohnen, nur um Halices Gesicht zu sehen, wenn wir zurückkommen.«

»Wonach suchen wir denn?« 'Gren kroch an dem kleinen Bächlein entlang und untersuchte die Pflanzen wie ein überdimensionaler Trüffelhund.

»Iris, wenn du welche findest.« Shiv stand auf. Er machte sich auf die Suche und kehrte bald darauf zurück mit den Händen voller bleicher, knolliger Wurzeln, an denen dunkle Erde und noch ein paar Stängel von Brennnesseln klebten. »Pass auf die Blätter auf, sie brennen.« Er ließ sie zu meiner Verblüffung in meine Hände fallen.

»Wie schön, dass wir in der Wachstumsperiode hier sind«, bemerkte ich.

Ryshad kratzte sich am Kopf. »Kann ich mal die Karte sehen, Shiv, ehe du uns anmalst wie Marionetten?«

Shiv ließ noch mehr Wurzeln ins Gras fallen und wischte

sich die Hände an den Hosen ab, ehe er das arg zerknitterte Pergament hervorholte. »Wir sind noch zwei, drei ordentliche Tagesmärsche von Ilkehans Gebiet entfernt.« Sein Finger schwebte ungefähr über unserem Aufenthaltsort und senkte sich dann auf einen Fleck kurz hinter dem kleinen Burgsymbol, mit dem Pered Kehannasekkes Festung gekennzeichnet hatte. »Da wurden wir beim letzten Mal gefangen genommen.«

»Und das wäre eine gute Stelle, um ein Versteck zu finden«, überlegte Ryshad. »In diesen Hügeln knapp hinter dem Ufer.«

Sorgrad warf einen Blick auf die Karte. »Wir brauchen eine Stelle, von der aus wir mindestens einen kompletten Wachwechsel ausspähen können.«

'Gren erschien mit den Händen voll tropfnasser Wurzeln, und Shiv riss hastig die Karte aus der Gefahrenzone. »Ich bin jederzeit bereit, mit jedem zu kämpfen.«

»Wissen wir«, sagte ich tadelnd. »Versuch's mal mit ein bisschen Geduld. Erst einmal will Shiv uns anmalen, damit wir wie Elfenvolk aussehen.«

Sorgrad sah Shiv neugierig an. »Und wie genau willst du das machen?«

»Wer hat eine Kerze?« Shiv hockte sich hin und begann Brennnesselwurzeln mit seinem Messer in feine Streifen zu schaben. »Und ich brauche etwas, in das man Wasser schütten kann.«

Sorgrad seufzte, während er einen kleinen Silberbecher aus seiner Gürteltasche zog. »Den brauche ich normalerweise für Wein.«

»Davon sehe ich hier aber nicht viel.« 'Gren wühlte in seinen Taschen und zog einen Kerzenstummel hervor. Ich fand zwei Stummel in meinem Rucksack.

Ryshad bot Shiv einen schlichten Hornbecher an. Der Zauberer nahm ihn. »Danke. Ich schätze, es ist sicherer, Magie dafür zu verwenden, als ein Feuer anzuzünden. Rauch und Feuerschein sind weithin sichtbar, und es dauert zehnmal so lange.«

Ryshad nickte zögernd. »Ich nehme an, Ilkehan müsste erst mal vermuten, dass jemand Magie anwendet, um danach zu suchen, aber je schneller, je besser, Shiv. Wir halten trotzdem Wache.«

Spannung prickelte zwischen meinen Schulterblättern, während ich mit Ryshad um das abgeschiedene, gewundene Tal wanderte, auf und ab spähte und angestrengt horchte, ob wir gestiefelte Füße oder ein unterdrücktes Wispern in den dunklen Schatten hörten. Ich rief meine Fantasie streng zur Ordung, als ich merkte, dass ich mir all die Dinge ausmalte, die bei diesem verrückten Plan schief gehen konnten. Na schön, wir spielten mit hohem Einsatz, dem höchsten genau genommen, aber der Trick besteht nun mal darin, jeden Wurf so zu spielen, wie die Runen fallen. Ich hatte ja auch viele Vorteile auf meiner Seite, Ryshads Intelligenz, Shivs Magie und die Fähigkeit der Brüder, zuzuschlagen, ohne mit der Wimper zu zucken. Und es war Sorgrad, der mir beigebracht hatte, dass man selbst das einfachste Spiel gewinnen konnte, wenn man es so spielte, als ginge es um die Fahrkarte für Poldrions Fähre zur Anderwelt.

»Fertig«, sagte Shiv leise. 'Grens Anblick, der sich blaues Kerzenwachs ins Gesicht schmierte, ließ mich zum ersten Mal seit Tagen laut auflachen.

»Meinst du, wir kreieren eine neue Mode?« Sorgrad kniete mit gebeugtem Kopf, während Shiv vorsichtig eine schwarze Flüssigkeit über seine Haare goss.

»Wie lange dauert es, bis sich das rauswäscht?« Ich tauchte misstrauisch einen Finger in den rauchblauen Talg.

»Weiß ich nicht genau«, antwortete Shiv ehrlich. »Schmier

es nicht zu dick drauf. Es ist sehr ergiebig, und wir dürfen nichts verschwenden.«

»Ich mach es bei dir, wenn du es bei mir machst«, bot Ryshad an und gab etwas in seine Handfläche.

»Der beste Vorschlag, den ich heute gehört habe.« Ich klimperte ihn mit den Wimpern an.

Ryshads Hände waren sanft in meinem Gesicht, während ich die kratzigen Bartstoppeln an seinem kräftigen Kinn und die weichere Haut entlang des Haaransatzes spürte. Er küsste mein Handgelenk, und wir lächelten uns an. Wenn das alles an Intimität war, was wir bekommen konnten, ehe wir unser Leben aufs Spiel setzten, dann mussten wir das Beste daraus machen.

»Also, wir beobachten die Festung und finden heraus, wo Ilkehan sich aufhält.« Sorgrad fing wieder an, die Einzelheiten unseres Angriffs zu planen, als er sein Kinn hob, um sich den Hals zu färben. »Wie gelangen wir hinein?«

»Durch die Abflüsse und Keller?«, schlug ich vor. »So sind wir beim letzten Mal herausgekommen.«

»Wir gehen unmittelbar zu Ilkehan, und geben es ihm so fest wir können, und zwar alle auf einmal«, sagte Ryshad.

Sorgrad nickte. »Wir müssen ihn töten, ehe er sich entscheiden kann, wen von uns er zuerst angreifen soll.«

Ich konnte ein Schaudern nicht unterdrücken. »Es wird anders als beim letzten Mal«, versprach Ryshad und sah mir in die Augen.

»Wir sollten in den Rest der Farbe fürs Gesicht etwas Schwarz mischen«, sagte 'Gren plötzlich. »Und damit die Augenhöhlen ausmalen, wie es die Sheltya tun.« Sein Haar war inzwischen pechschwarz, und seine Zähne strahlten verblüffend weiß in seinem Gesicht, das fast die Farbe des Nachthimmels hatte.

»Eine gute Idee.« Ich hatte vergessen, wie unirdisch die Zauberkundigen der Berge damit aussahen.

»Ich wüsste gern, was die Sheltya über das Ebenenvolk und das Elfenvolk wissen«, überlegte Ryshad.

»Wir fragen Aritane, wenn wir zurückkommen, ja?« Ich lächelte ihn an.

»Wenn wir zurückkommen«, wiederholte er.

»Wer gibt dann einen aus?«, fragte 'Gren. Offenbar kam es ihm gar nicht in den Sinn, dass es sehr zweifelhaft war, ob wir überhaupt aus dieser Sache herauskommen würden. Ich beschloss, mir seine Gewissheit zu Eigen zu machen. Der Glaube ist schließlich alles auf diesen Inseln, nicht wahr?

## Suthyfer, Wachinsel
## 7. Vorsommer

»Ich wüsste nicht, was dir das Recht gibt, mir zu sagen, dass ich nicht mitkommen kann.« Temar verfluchte im Stillen den Gott, der Halice größer geschaffen hatte als ihn.

»Wir haben einen Plan gemacht, und du warst damit einverstanden.« Die Söldnerin saß auf einer groben Bank vor der Hütte, mit unverändert gleichmäßigen Strichen ihres Wetzsteines schärfte sie ihr Schwert. »Mitten im Fluss die Pferde zu wechseln ist eine rasche und dumme Methode, um zu ertrinken. Ja, Pered?«

»Skizzen der Hexer.« Der Künstler wedelte mit einem Bündel von Pergamentstücken. »Ich habe mein Bestes getan, nach Guinalles Beschreibungen.«

Halice nickte. »Gib sie Minare und Rosarn. Und sag Vaspret, dass ich ihn sprechen möchte, falls du ihn erwischst.«

Pered salutierte spöttisch und trabte davon.

»Falls ich mit dir komme, könnte ich auch einen Angriff leiten.« Temar war nicht bereit, so schnell aufzugeben.

»Einen Angriff zu führen ist nicht deine Aufgabe«, sagte Halice unverblümt. »Du führst nicht mehr eine Kohorte, du führst eine ganze Kolonie.«

»Wenn wir jeden einsatzfähigen Mann nehmen, könnten wir die Sache heute Abend beenden«, rief Temar. »Wir töten Muredarch, und das war's.«

»Du vergisst diese Hexer«, tadelte ihn Halice. »Wir treffen nur das Lager, und das ist es dann.« Sie hielt die Klinge schräg, sodass der Feuerschein sich darin spiegelte, und prüfte die Schärfe. »Ich möchte Muredarch am liebsten am

Schwanz aufhängen für das, was er Naldeth angetan hat, aber alles zu seiner Zeit, mein Junge. Heute Abend befreien wir so viele Gefangene wie möglich, und dann machen wir uns wieder aus dem Staub, ehe diese Hexer überhaupt merken, dass etwas im Busch ist.« Halice hielt das Heft des schweren Schwertes mit Leichtigkeit in ihrer kräftigen Hand und rasierte damit sehr behutsam ein paar der dunklen Haare auf ihrem Unterarm ab. »Sobald Livak uns berichtet, dass Ilkehan tot ist, wird es den Elietimm und den Piraten Leid tun, dass sie sich je begegnet sind.«

Und was, wenn sich Ilkehan nicht töten ließ? Temar versuchte, diese Frage zu formulieren, ohne einen Tadel zu riskieren, als Usara aus der Hütte kam.

»Könntet ihr ein bisschen leiser sein?«, fragte der Zauberer mühsam beherrscht. »Guinalle ist übermüdet und überanstrengt, und dass ihr zwei hier draußen herumzankt, ist das Letzte, was sie brauchen kann.«

»Wie geht es Naldeth?«, fragte Halice.

»Schläft.« Der Zauberer sah todmüde aus. »Wenn du mehr aus Guinalle herausbekommst als ›den Umständen entsprechend‹, lass es mich wissen.«

»Sind die Piraten immer noch überzeugt, dass wir unmöglich nachts kommen können?«, fragte Halice.

Usara nickte. »Sie und anscheinend auch die Hexer.«

»Dann sollte sie schlafen, während wir gehen und ihnen beweisen, dass sie Unrecht haben.« Halice schob ihr Schwert in die Scheide. »Temar, sag Guinalle, dass wir sie ausgeruht und frisch brauchen, wenn wir Verwundete mitbringen. Darauf hört sie vielleicht. Darni!«

Der bullige Krieger hatte ein Stück entfernt am Strand Seeleute und Söldner um sich geschart.

»Sie sagt, sie kann sich nicht ausruhen, falls Naldeth eine Krise erleidet.« Usaras Gedanken weilten noch immer bei

Guinalle in der Hütte. »Er hat so viel Blut verloren, sie macht sich Sorgen, dass sie sein Herz noch einmal stärken muss. Ich könnte das mit Zauberei tun, aber sie will es mich nicht einmal versuchen lassen.«

Temars Gedanken waren bei seinen eigenen Kümmernissen. »Ich verstehe nicht, warum Darni die einzige Wahl ist, um die andere Hälfte des Angriffs zu führen.«

Usara hörte nicht zu, er sah Allin kommen und sich zu Darni und Halice gesellen. Darni lachte abrupt, und Halice fuhr sich mit den Fingern durch das kurze Haar, ihre Miene wirkte interessiert. »Was haben sie vor?«

»Lass es uns herausfinden.« Temar stand auf, Usara folgte ihm, und sie eilten hinter Halice und dem großen Krieger her, die in den Schatten hinter der Hütte zu verschwinden drohten.

»Verdammt!« Temar stolperte ungeschickt über eine tückische Baumwurzel. Da die Wolken den kleineren Mond verdeckten, der kaum halbvoll war, während der größere Bruder ebenfalls abnahm, war die Nacht ein Durcheinander von Halblicht und Schatten.

»Ich schätze es ja, dass ihr in der dunkelsten Nacht angreifen wollt, die wir vor der Sonnenwende haben werden, aber das behindert eure Truppen genauso wie die des Feindes.« Larissas kühle Stimme trug nur dazu bei, Temars Empörung darüber, dass er ausgeschlossen war, anzuheizen.

»Ich hab keine Zeit, schlaue Magier zu bewundern«, warnte Halice barsch. »Mist!«

Temar merkte, wie Usara erstarrte, er war genauso verblüfft wie er selbst.

»Wie hast du das gemacht?«, fragte Halice vorsichtig nach einem Augenblick.

»Was gemacht?«, fragte Usara ebenso frustriert wie Temar zurück.

»Licht besteht aus verschiedenen Wärmestufen.« In Larissas Stimme schwang ein Stolz mit, den sie nicht unterdrücken konnte. »Falls ihr die Wärme seht ...«

»... kann ich im Dunkeln sehen.« Halices Verwunderung beendete den Satz für die Magierin. »Wie lange hält das an, und wie viele von uns kannst du so verzaubern?«

»Eine knappe halbe Stunde.« Larissa klang verärgert über sich selbst.

»Wir können zwei oder drei mit dem Zauber belegen«, bot Allin bescheiden an.

»Jede von uns«, stellte Larissa rasch klar. »Zusammen also gut eine Hand voll.«

»Besser das, als sich einen Stock ins Auge zu pieken.« Darni lachte polternd. »Kalion sollte auf der Hut sein, wenn ihr wieder nach Hadrumal kommt, meine Damen, sonst wird eine von euch noch vor Ablauf eines Jahres zur Herdmeisterin ernannt.«

»Es war hauptsächlich Allins Idee.« Larissa klang nicht gerade glücklich bei diesem Lob. »Nachdem wir beschlossen hatten, Muredarch nicht dadurch zu provozieren, dass wir seine Brunnen austrocknen.«

»Larissa hat aber dafür gesorgt, dass es funktioniert«, beharrte Allin.

»Wir müssen noch daran arbeiten, bis es ein wirklich wirksamer Zauber ist.« Die Wolken rissen ein wenig auf, und Temar sah, wie Larissa eine Hand hob. »Usara? Kannst du uns helfen?«

»Wie können wir das für uns ausnutzen?«, überlegte Halice. »Wie viel kann ich da sehen, wo noch etwas Licht ist?« Sie ging zurück zum Strand, dicht gefolgt von den Magiern, und spähte angespannt in die Dunkelheit.

Temar eilte ihnen nach. »Du brauchst noch einen stellvertretenden Befehlshaber, dessen Sicht nicht manipuliert ist.«

»Du kommst nicht mit.« Darni streckte einen Arm aus wie

einen Zaun, um ihn zurückzuhalten. »Wir können nicht riskieren, dich zu verlieren oder in Gefangenschaft geraten zu lassen.«

»Ich kann schon auf mich aufpassen«, sagte Temar steif.

»Auch Kaiser können mit dem Gesicht in den Dreck fallen, genauso wie ein Bauer.« Darni sah den jungen Edelmann scharf an. »Wir anderen sind entbehrlich. Du nicht.«

»Wie lange würde Guinalle wohl aushalten, wenn sie sähe, wie du für die Haie eingetunkt wirst?« Halice ging um die Ecke der Hütte und fluchte. »Mist, ich kann in der Nähe eines Feuers überhaupt nichts sehen! Das brennt ja widerlich.« Sie wischte sich die tränenden Augen.

»Halt mal still.« Larissa fuhr mit den Händen über das Gesicht der Söldnerin.

»Das ist schon besser.« Halice grunzte zufrieden. »Passt auf, am richtigen Ort kann das für uns den Ausschlag geben. Könnt ihr das alle drei machen?«

»Es dürfte nicht allzu schwer sein, Usara den Trick beizubringen«, antwortete Larissa zuversichtlich.

»Ihr könnt doch nicht alle gehen?« Temar trat um Darnis Arm herum. »Ich brauche hier doch bestimmt auch einen Magier. Allin kann bleiben.« Larissa konnte ruhig ihren Hals riskieren mit ihrem kaum verhohlenen Ehrgeiz, aber Allin war ihm viel zu kostbar. Diese abrupte Erkenntnis blendete Temar genauso wirksam wie der Feuerschein Halices verzauberte Augen.

»Diesmal brauchen wir alle Magier«, entschuldigte sich Halice mechanisch.

»Und wenn ihr euch mit mir in Verbindung setzen wollt?«, wandte Temar ein. Gab es denn keine Möglichkeit, wie er darauf beharren konnte, dass Allin an Bord blieb, anstatt bei dem eigentlichen Angriff dabei zu sein?

»Du musst einfach gut aufpassen«, sagte Darni. »Wir brauchen die Zauberer, um uns alle ohne Licht an Land zu bringen.«

»Aber eins könnt Ihr für uns tun, Messire D'Alsennin.« Halice schnippte mit den Fingern. »Sagt ihnen, warum wir gehen. Das ist die Aufgabe eines Sieurs.«

Temar riss sich zusammen, als er die vielen erwartungsvollen Gesichter rings um die Lagerfeuer am Strand sah. Als er Allins hoffnungsvolles Gesicht sah, das vor Vertrauen nur so strahlte, erkannte er, dass er die richtigen Worte finden musste, damit diese Leute so wütend kämpften, dass er sie heil zurückbringen konnte. Er verbeugte sich vor den wartenden Männern und Frauen, den Söldnern, Seeleuten und den Einwohnern Kellarins, und machte sie damit alle gleich vor der samtenen Schwärze des Meeres und Himmels. Sie alle verbeugten sich ebenfalls, und Temar räusperte sich.

»Ich kenne einige von euch, und ihr kennt mich, nach den letzten Jahreszeiten, in denen wir für Kellarins Wohlergehen gearbeitet haben. Ich nehme nicht an, dass Sieur D'Alsennin für den Rest von euch irgendeine Bedeutung hat. Es tut mir Leid, dass ich bisher noch so wenig Gelegenheit hatte, mich vorzustellen. Verzeiht mir, das werden wir ändern, wenn ihr zurückkommt. Vielleicht bringt ihr ein paar Fässer mit kellarinischem Wein mit, den diese Diebe gestohlen haben. Es ist immer einfacher, bei einem Glas neue Freundschaften zu schließen.«

Beifälliges Lachen ermutigte ihn. Temar machte eine wegwerfende Handbewegung.

»Ihr werdet gut bezahlt, das versteht sich von selbst, aber alles Gold, was je geprägt wurde, kann kein Leben ersetzen, und es ist das Leben der Unschuldigen in dieser elenden Festung, für das ihr heute kämpfen müsst. Ihr alle habt gehört, was sie mit Naldeth gemacht haben. Ihr werdet nicht zulassen, dass so etwas noch einmal geschieht, oder?«

Ein ernster, beipflichtender Chor erhob sich im Sand, und Temar sah rechtschaffenen Zorn auf den meisten Gesichtern, hier und dort gerötet vor wilder Vorfreude.

»Aber heute ist nicht die Nacht, um den Abschaum für seine Verbrechen zahlen zu lassen, vergesst das nicht. Das wird schon früh genug kommen, nur keine Angst. Heute Abend nehmt ihr ihnen den Stock weg, mit dem sie glauben, uns prügeln zu können. Dann warten wir, bis Freunde anderenorts die Quelle ihrer heimtückischen Magie zerstören. Sobald das geschehen ist, schicken wir sie so schnell in die Schatten, dass es auf Poldrions Fähre nur noch Stehplätze gibt. Saedrin wird sogar Lose ziehen müssen, um zu sehen, wer zuerst drankommt.«

Das brachte ihm kaum einen Lacher ein, also hörte Temar auf, seine Redegewandtheit zu strapazieren.

»Geht hin, befreit die Gefangenen und kommt mit heiler Haut zurück.« Er zuckte die Achseln. »Es ist eigentlich ganz einfach. Ihr wisst ja, was ihr tut.«

Das trug ihm lauten Jubel und einen Schlag auf die Schulter von Halice ein. »Wir machen aus dir doch noch einen Anführer, mein Junge.«

»Nicht, wenn du mich weiterhin so nennst«, gab er zurück.

»Das bleibt dann eben unter uns.« Sie grinste ohne die geringste Zerknirschung. »Kommt, Allin, Usara.«

Halice sah sich nicht um, als sie am Strand entlangging, ihre handverlesene Truppe um sich geschart. Sie würde dann aufhören, Temar »Junge« zu nennen, wenn er sich die Achtung verdient hatte, die zu dem Titel gehörte, den Geburt und Zufall ihm auferlegt hatten. Auch wenn er sich gar nicht so übel machte, gestand sie sich ein, diese romantische Ader hätte ihn in den gemeinen lescarischen Kriegen längst das Leben gekostet.

»Was ist so lustig, Boss?« Minare war neben ihr, die anderen folgten dicht dahinter.

»Gar nichts.« Halices Lächeln schwand. »Sind wir bereit, Blut und Dreck und Tod und Schmerz auszuteilen?«

»Alle haben nur ein Ziel und keine Skrupel«, bestätigte Minare. »Ich hätte wissen müssen, dass ein friedliches Leben in Kellarin nicht umsonst zu haben ist.«

»Dann sieh zu, dass jeder in Reichweite deines Schwertes stirbt, und wir können alle bald wieder zurück.« Das hatte Halice sich in den Kopf gesetzt. »Kommt schon, bewegt euch!« Sie winkte die kämpfenden Truppen zu den wartenden Booten.

Der Kapitän der *Seetang* wartete auf dem Hauptdeck, als sie an Bord kletterte. »Wie dicht soll ich unter Land gehen?«

»Das entscheiden wir, wenn wir dort sind.« Halice überprüfte, ob die Langboote sicher am Heck der *Seetang* vertäut waren. »Warte auf unser Signal und dann komm und fisch uns raus.«

»Es ist schlechte Sicht und tückisches Wasser«, warnte Meister Jevon sie.

»Darum kümmern sich die Zauberer«, beruhigte Halice ihn. »Usara? Hier lang.«

Der Magier folgte ihr auf das flache Deck des Vorschiffs, wo Halice einen dunkelhaarigen Mann mit einer Rolle dünnem Tau in den Händen vorfand, deren Länge mit Leder und Knochenplättchen markiert war.

»Jil, das ist Usara. So, Meister Magier, und nun überprüfe, ob deine Idee funktioniert, ehe ich unseren Hals riskiere, weil ich dir vertraue.« Sie nickte Jil zu, der geschickt ein Bleigewicht über den Bug warf und mit den Fingern unbewusst rechnete, wie weit das dünne Tau sich abrollte. »Wir haben ...«

Halice brachte ihn mit einer knappen Handbewegung zum Schweigen. »Usara?«

Usara runzelte die Stirn. »Wir haben etwa zwei Meter vierzig Wasser unter dem Kiel. Der Grund ist sandig, aber ein Stück weiter in die Richtung sind Felsen.« Er deutete in die Dunkelheit. »Und da drüben.«

»Jil.«

»Das sagen die Karten auch«, gab der lotende Mann zu.

»Dann machen wir ihn zum Lotsen, nicht wahr?«, grinste Halice.

»Und ich werde von meinem Platz verdrängt.« Jil klang nicht gerade begeistert.

Halice überließ es dem Magier, den Seemann zu besänftigen, und ging um ihr Gleichgewicht kämpfend hinunter zur Schiffsmitte, als das Schiff schwankte. Ihre Truppe war auf einer Seite des Decks versammelt, Darnis auf der anderen. Halice lauschte mit halbem Ohr, als Darni die Männer ansprach, die unter seinem Befehl standen. Sie hatte erleichtert gesehen, dass er seine Männer gut behandelte, als sie ihre gemischte Gruppe zu etwas Ähnlichem wie einem Korps ausbildeten. Er war auch geziemend höflich zu den wenigen Frauen unter seinem Befehl, duldete aber keine Schwächen bei ihnen, die die ganze Truppe zu Fall bringen konnten. Damit hatte Halice keine Probleme.

Die Besatzung der *Seetang* huschte um sie herum, aufmerksam gegenüber jeder möglichen Gefahr einer nächtlichen Segelfahrt. Meister Jevon stand, die Hände in die Hüften gestemmt, auf dem Achterdeck. Der Steuermann wandte den Blick nicht von seinem Kapitän, als ob er jede Bewegung von Wellen und Schiff durch seine Pinne spürte.

»Wird das so ähnlich, wie den Wachposten zu überfallen?« Halice sah, dass der junge Glane ängstlich wirkte.

»Einfacher, wenn wir alle kühlen Kopf bewahren«, antwortete sie ohne Gefühlsregung. »Ein Auge richtest du auf den Feind, eins auf deine Kameraden und eins auf Vaspret.«

Glane lachte gezwungen. »Ich werd's versuchen.«

»Du weißt, woher dieses dritte Auge kommt, mein Junge?« Peyt schärfte ein Schwert, das glänzend sauber schimmerte, im Gegensatz zu seinem unrasierten, schlampigen Äußeren.

Glane schüttelte verwirrt den Kopf.

Peyt griff sich mit einem anzüglichen Grinsen zwischen die Beine. »Was hat hier drin ein Auge?«

»Denk mit dem, was zwischen deinen Ohren ist, nicht mit dem, was du zwischen den Beinen hast«, unterbrach Halice ihn. »Riskier deinen Arm, wie du es in Sharlac getan hast, und ich lasse dich zurück.«

»Dann wird Peyt einfach über das Wasser laufen«, lachte Deglain von seinem Sitzplatz im Schatten des Großsegels.

Peyt sah ihn höhnisch an, aber ehe er antworten konnte, beugte sich Halice vor und flüsterte ihm etwas ins Ohr. »Glaub nicht, dass du eine Gelegenheit bekommst, da zu bleiben und Pirat zu werden. Ich habe jemanden parat, der dir einen Bolzen durch den Kopf schießt, wenn ich nicke, dir und all deinen Kumpanen.« Sie beobachtete ihn mit einem gefährlichen Lächeln, als er merkte, dass die Männer, auf deren Unterstützung er sich in Kellarin verlassen hatte, auf die beiden Truppen verteilt waren. Die Überheblichkeit fiel von ihm ab.

Halice stand in der Mitte des Decks. »Heute Nacht jagen wir ihnen nur Angst ein. Wenn ihr das gut macht, werden sie brechen wie Schilfrohr, wenn wir unseren eigentlichen Angriff unternehmen. Überprüft eure Waffen und haltet euch bereit, sobald wir da sind.«

Sie ging weiter zu dem geschützten Teil des Decks direkt unter dem Achteraufbau. Rosarn, die Pfeile in Öltücher bündelte, um sie vor Salz und Feuchtigkeit zu schützen, sah auf. »Wir haben weniger als fünf Köcher pro Bogen«, warnte sie. »Und weniger Ersatzsehnen, als mir lieb ist.«

»Es ist ein Überfall, Ros«, erinnerte Halice sie. »Wir stehen ja nicht wieder auf dem Schlachtfeld gegen den Herzog von Parnilesse.«

Rosarn lächelte. »Er ist auch zu vernünftig, um im Dunkeln zu kämpfen.«

»Edelleute sollen ja auch klug sein. Die Söldner sind es, die verrückter sind als tollwütige Hunde.« Halice sah zu, wie die Armbrustschützen ihre Sperrhebel, Bolzen und Winden überprüften. »Hast du diese Zeichnungen von Pered bekommen?«

Rosarn klopfte sich an die Brust. »Wir kennen sie besser als ihre eigenen Mütter.«

»Wenn ihr einen guten Schuss anbringen könnt, dann macht das, aber wir sind nicht hier, um sie um jeden Preis zu töten.« Halice hob die Stimme, damit alle Schützen sie hören konnten. »Hauptsache, sie bekommen Angst und halten die Köpfe unten, während wir die Gefangenen befreien.«

»Alles fertig?« Darni kam zu ihnen.

»Ziemlich«, bestätigte Halice. »Und bei dir?«

Darni nickte. »Die erfahrenen Jungs wissen, dass wir uns die dicke Suppe für einen anderen Tag aufsparen. Sie passen auf, dass die Grünschnäbel nicht anfangen, auf Leben und Tod zu kämpfen.«

»Hauptsache, sie sind an Blut gewöhnt, ehe wir sie in den richtigen Kampf schicken.« Halice schaute über die Länge des Schiffs, und ihr Blick blieb auf Usara ruhen, der immer noch auf dem Vorschiff stand. »Kämpfen war so viel einfacher, ehe Magie es kompliziert gemacht hat.«

»Gib nicht den Magiern die Schuld«, grinste Darni. »Planir ist für ein einfaches Leben.«

»Dann lass mich wissen, wenn ihm das gelingt«, entgegnete Halice trocken. »Ich stopf das Geheimnis in eine Flasche und verhökere es auf dem Jahrmarkt. Wo ist denn seine Lieblingskomplikation?«

Darni deutete mit dem Kinn auf die Achterkajüte. »Ruht sich aus, gemeinsam mit der kleinen Allin.« Das kantige Gesicht des Kriegers aus Hadrumal war in der Dunkelheit nicht zu deuten.

Halice winkte, und er folgte ihr auf das Achterdeck. Der Steuermann und Meister Jevon beachteten sie nicht, sie waren damit beschäftigt, ihr Schiff sicher durch das dunkle Wasser zu steuern.

»Wie ist deine Truppe?«, fragte Halice. »Gegen wen würdest du sie einsetzen? Vor wem würdest du lieber davonlaufen?«

Darni dachte über ihre Fragen nach, ehe er antwortete. »In einem Gefecht mit Brauereiburschen können sie ihren Mann stehen, solange wir in der Überzahl sind, heißt das. Ich würde mit ihnen nicht gerne einer geordneten Schlachtreihe gegenüberstehen. Ich wäre der Erste, der Fersengeld gibt, wenn wir mit Arkady oder Wynald aneinander gerieten.«

»Schon recht.« Dass Darni in Lescar auf Befehl des Erzmagiers gekämpft hatte, war für Halice zweitrangig, solange ihre Einschätzung mit der ihren übereinstimmte.

Darni musterte die Männer unten auf dem Hauptdeck. »Wir können immer noch alle Zeit nutzen, die wir haben, um sie zu trainieren, aber ich nehme nicht an, dass Sorgrad trödeln wird, nur um uns einen Gefallen zu tun.« In der Stimme des Kriegers lag Respekt für den Mann aus den Bergen.

»Nein, das glaube ich auch nicht.« Halice rümpfte die Nase in einer heimlichen Grimasse. Sie hätte lieber Sorgrad als Mitkommandierenden bei diesem Ausfall gehabt, aber lieber einen kleinen Fisch als gar nichts auf dem Tisch. Außerdem hatte sich Darni Sorgrads Wertschätzung verdient, als sie zusammen im vergangenen Sommer in den Bergen gekämpft hatten. Damit befand sich Darni in sehr exklusiver Gesellschaft.

Trotzdem, dachte Halice, wenn die Loyalität des großen Hundes zur Konkubine seines Herrn ihn das Leben kostete, würde sie Darni keine Träne nachweinen. Falls einer ihrer Leute um der Magierin willen sterben musste, würde sie ihm für jeden Einzelnen einen Streifen Haut abziehen. Sie würde es zumindest versuchen. Ob sie mit ihm fertig wurde? Im Geiste schätzte sie seine Reichweite und Schrittlänge ein. Sie hatte schon lange nicht mehr gegen einen anderen Korpskommandanten gekämpft. Das letzte Mal, ehe ihr Bein zerschmettert wurde.

Halice rieb sich abwesend über den Oberschenkel und spürte wie immer die leichte Verdickung des verheilten Knochens. Sie war genauso verkrüppelt gewesen wie Naldeth, bis Zauberkunst das verdrehte und verkürzte Glied wieder gerichtet hatte. Magie machte das Leben eines Kämpfers sicherlich komplizierter, aber der Nutzen von Fähigkeiten wie die Guinalles und der Magier ließ sich auch nicht abstreiten. Falls sie wieder zum Schwert greifen musste, dann lieber für eine Sache wie diese als nur für eine Kiste Gold.

»Haben deine Fahnenträger ihre Aufgabe verstanden?«

Darni schraubte den Knauf seines Schwertes ab. »Vollkommen.« Er nahm eine Münze aus der Höhlung in dem Heft und polierte sie an seinem Wams, ehe er sie wieder zurücksteckte. Er grinste Halice an. »Ein Glücksbringer von Strell, meiner Frau. Was hast du als Glücksbringer?«

Halice lächelte knapp. »Einen guten Wetzstein.« Sie blickte wieder über ihre Truppe, um sich zu vergewissern, dass Minare und Vaspret am günstigsten platziert waren, um die weniger erfahrenen Burschen wie Glane zu stärken.

Das Schiff fuhr weiter durch das ruhige Meer, jeder hing seinen eigenen Gedanken nach. Als sich Suthyfer dunkel als Umriss vor den Sternen abzeichnete, wandten sich alle Köpfe den niedrigen Inseln und dem Ufer zu, an das die Wellen klatschten. Die Seeleute kletterten in die Wanten, um die Segel zu bergen, und das Schiff wurde langsamer.

»Wie dicht gehen wir ran?«, fragte Meister Jevon Halice.

»Pass auf den Zauberer auf.« Sie deutete auf Usara, der Schulter an Schulter mit Jil am Bug stand. Der Magier spähte angespannt in das schwarze Wasser unter dem Bugspriet, und das ganze Schiff verfiel in Schweigen und beobachtete ihn. Der Steuermann bewegte seine Pinne mit quälender Behutsamkeit bei jeder Handbewegung Jils. Das Schiff kroch immer näher an die Mündung der Meerenge, wo die Piraten lauerten. Unheilvoll rückten die Inseln auf beiden Seiten der *Seetang* näher zusammen und blendeten die wenigen Sterne aus, die durch die Lücken in den Wolken schienen.

»Sag den Mädels Bescheid«, sagte Halice ruhig.

Darni glitt lautlos die Leiter hinunter, um Larissa und Allin zu holen. Sie kamen an Deck, die Gesichter blass in einem flüchtigen Mondstrahl.

»Ruf die Boote heran.« Auf ihren Befehl hin schnippte Meiser Jevon mit den Fingern, und der Bootsmann und die Besatzung der *Seetang* begannen, die Langboote heranzuziehen, die ihr wie eine Schar von Küken gefolgt waren. Das verstohlene Flattern und Rascheln von Leinwand wurde übertönt von dem Geräusch, das vorsichtige Stiefel an Deck machten, als beide Truppen begannen, die Leitern und Netze hinunterzuklettern, die die Matrosen über beide Seiten der Reling gehängt hatten. Nur wenige geflüsterte Verwünschungen unterbrachen die Stille, wenn jemand geschubst wurde, dann tauchten vorsichtig Ruder ins Wasser.

»Bis später, Kommandant«, sagte Rosarn. Beladen mit Pfeil und Bogen kletterten die Schützen vorsichtig in ein Boot, das mit Männern von der *Seetang* bemannt war.

Halice ging zum Hauptdeck, auf dem Allin auf sie wartete, eingehüllt in einen dunklen Mantel. »Gehen wir.«

Sie stieg zuerst die Leiter hinunter, bereit, die Magierin aufzufangen, falls sie ausglitt. Das Letzte, was sie brauchen konnte, war ein Tumult in dieser Art. Sobald sie ohne Zwischenfall im Boot waren, spähte Halice über das tintenschwarze Wasser, um das Langboot ausfindig zu machen, in dem Darnis massige Gestalt im Bug kauerte, daneben Larissa, in eine Kapuze gehüllt. Sie nickte Minare zu, der lautlos den Männern ein Zeichen gab, loszurudern. Die Boote schlichen voran, Lautlosigkeit war wichtiger als Schnelligkeit, und schoben sich in eine Reihe hintereinander. Darni führte die Übrigen auf der anderen Seite des Sundes.

Halice sah einen kupfernen Faden, der sich durch die Schwärze der nächtlichen See wand, einen Schimmer wie ein Feuer, das im Wasser glitzerte, das es eigentlich hätte löschen müssen, gerade so weit voraus, dass der Steuermann es sehen konnte. Allin saß neben ihr, das runde Gesicht ernst vor Konzentration, als das Leitlicht sie durch die felsübersäten Schatten der immer schmaler werdenden Meerenge führte. Halice rieb sich gedankenverloren das Bein.

Ein Riemen schabte über einen verborgenen Felsen, und der Tadel eines Flaggensergeanten wurde hastig unterdrückt. Große Steine, die einst von den Klippen ins Wasser gestürzt waren, erschienen verstreut im Wasser, die Schatten kamen und gingen im wechselhaften Licht des größeren Mondes. Halice warf einen finsteren Blick zum Himmel. Es war eine Schande, dass diese Zauberer nicht in der Lage waren, die Wolken zurückzurufen.

Der Wind trug den beißenden Geruch von feuchtem, verkohltem Holz heran, und Halice verdrängte jeden Gedanken außer den an die vor ihr liegende Aufgabe. Sie konnte ein Stück voraus gerade die nackten Wracks der ausgebrannten Schiffe ausmachen, als der Faden aus magischem Licht sich in einem kleinen Lichtkreis ganz am Ende des Kiesstrandes zusammenkringelte. Halice tätschelte Allins Arm in stummem Beifall, ehe sie vorsichtig aus dem Boot kletterte. Sie watete lautlos durch das Wasser, wobei sie auf tückische Steine achten musste.

Ein Blick zurück zeigte ihr, dass die neueren Rekruten ihr gespannt und erwartungsvoll zusahen. Diejenigen, die schon unter ihrem Befehl gedient hatten, hielten Ausschau nach dem Feind. Halice musterte das ausgedehnte Lager auf der anderen Seite ihres Landeplatzes. Einige der windschiefen Hütten waren auf zwei oder drei Räume erweitert worden, Mondlicht glitzerte auf Fenstern, die von den Heckkabinen der *Seeanemone* und Den Harkeils Schiff stammten. Eine schmückte sich sogar mit einem wackligen Schornstein, aber die meisten begnügten sich mit Kochfeuern, die das Gras verkohlten, oder hoben von Steinen gesäumte Gruben aus. Da die Feuer in dieser ruhigsten Nachtstunde fast erloschen waren, gaben sie kaum mehr als ein rötliches Glühen ab.

Ein Feuer brannte allerdings noch hell, eine Gestalt zeichnete sich vorübergehend davor ab, als sie ein Scheit von einem bereitliegenden Haufen in die Flammen warf. Halice beobachtete dieses einzelne Feuer, während sie ihre Truppe an Land führte. Es war ein gutes Stück entfernt, und obwohl es etwas höher gelegen war, verhinderten die ungeordneten Hütten und die mit Planen bedeckten Beutehaufen einen freien Blick aufs Wasser. Die andere Seite der Medaille war, dass Halice nicht erkennen konnte, wie viele Seeräuber auf waren und Wache hielten. Eine Hand voll? Zwei?

Ihre vordersten Männer waren jetzt ganz am Ende des Kiesstrandes und krochen immer näher an die Palisade heran. Minares Männer konnten zuerst die verräterischen Kieselsteine verlassen und kamen auf dem dämpfenden Gras schneller voran. Sobald das von einer Holzwand eingefasste Gefängnis zwischen ihren Leuten und den schlafenden Piraten war, teilte Halice sie mit lautlosen Handzeichen auf. Minare führte seine Jungs um die Palisade herum, um auf der landeinwärts gelegenen Seite Wache zu halten, während Halice ihre Männer in die andere Richtung schickte, auf einem Pfad, der sich dicht am Fuße der Mauer entlangzog. Sie blieb zurück, mit Vaspret an ihrer Seite. Sie duckten sich tief und schlichen in die Dunkelheit, bis sie den gesamten Bogen des Strandes sehen konnten und das Gelände, das dahinter zum Lager der Piraten anstieg. Sie zog ihr Schwert.

»Los.«

Auf ihren leisen Befehl hin rannte Vaspret geduckt und lautlos wie ein Jagdhund auf der Fährte los. Der Wachmann saß dösend an das Tor der Palisade gelehnt und starb ohne einen Laut, ehe er auch nur aufwachen konnte. Vaspret riss sein Messer aus den Rippen des Piraten, eine Hand immer noch über Mund und Nase des Toten gelegt, während er die Klinge sauber wischte.

Während der Rest der Truppe wartete, war Deglain bereits unterwegs. Gedeckt von Vaspret brachte er eine gewaltige Schmiedezange zum Einsatz an der Kette, mit der das Tor gesichert war. Er setzte seine ganze Kraft ein, und das Glied, das er gewählt hatte, gab mit einem scharfen Knacken nach. Alles erstarrte, aber in den Hütten der ahnungslosen Piraten rührte sich nichts.

Vaspret gab ein Zeichen, und der Rest der Männer rannte los und verschwand durch das Tor. Halice beobachtete das einzelne Feuer und hörte plötzlich einen scharfen Schrei hinter der Palisade, gefolgt von einem plötzlichen hysterischen Schluchzen. Beides verstummte kurz darauf. Der erste von Vasprets Männern tauchte wieder auf und ermunterte die gesünderen unter den Gefangenen, doch es war nicht nötig, ihnen klar zu machen, dass es schnell und leise gehen musste. Sie verschwanden in der schwarzen Nacht, ehe die ersten Schreie eines Wachmanns ertönten. Der verblüffte Mann zeichnete sich als Silhouette vor dem Feuer in seinem Rücken ab. Während Vasprets Leute immer mehr Gefangene wegschleppten und trugen, fing es in den Hütten und Zelten der Piraten an zu brodeln. Vaspret kam als Letzter heraus, eine bewusstlose Frau über die Schulter geworfen.

Halice schloss im Stillen eine Wette ab, dass sie diejenige gewesen war, die drohte, hysterisch zu werden. Sie machte ein paar Schritte vorwärts, richtete sich zu ihrer vollen Größe auf und hielt das Schwert in die Höhe, sodass es das Licht einfing und alle Welt sie sehen konnte, wie einen Helden aus der Ballade eines Minnesängers, der niemals auch nur ein Messer angefasst hatte. Die Piraten kamen jetzt, einige zögernd, ob sie nun zu Halice oder zur Palisade eilen sollten. Minare machte diese Entscheidung unerheblich, denn die Söldner, die unsichtbar auf der Lauer lagen, fielen über die Seeräuber her und zogen mörderischen Vorteil aus ihrer Überraschung.

»Wie läuft es?«, rief Halice Vaspret zu, als er an ihr vorbeilief. Die Zeit der Stille war eindeutig vorbei, als das Klirren von Stahl und Schmerzensschreie Muredarchs gesamte Mannschaft auf die Beine brachte.

»Haltet sie einfach nur so lange auf, bis wir bei den Booten sind.« Vaspret blieb stehen, als er Schlachtrufe hörte, die eher in die lescarischen Kriege passten.

»Wenn wir können.« Halice beobachtete, wie die Piraten bei den Hütten und Zelten sich für einen zusammenhängenderen Angriff formierten. Hastig verwarfen sie dieses ehrgeizige Ziel wieder, als ein neuer Angriff kam und sie auseinander sprengte.

Vaspret kicherte. »Guter Mann, dieser Darni.«

»Zu gut, um diesen Spaß zu versäumen.« Halice schlug Vaspret auf die freie Schulter. »Seht zu, dass ihr die Boote beladet.«

Vaspret verschwand in der Dunkelheit, und Halice hörte eine dröhnende Stimme. Die mächtige Gestalt Muredarchs erschien für einen Augenblick im Licht des Wachfeuers. Jetzt, wo er sie um sich scharte, formierten sich die Piraten schneller und effektiver wieder neu, als ihr lieb war.

Sie versuchte zu erkennen, wie sehr Minares Männer ins Kampfgeschehen verwickelt waren, und anhand der vertrauten Kampfgeräusche am anderen Ende des Lagers abzuschätzen, wie es Darnis Truppe erging. Es war an der Zeit, Muredarch zu trotzen, ehe er seine Männer für einen Gegenangriff gesammelt hatte.

»Rückzug!«, bellte Halice. Minares Männer und Frauen traten und hieben mit verdoppelter Wildheit um sich, um sich zu befreien. Söldner liefen an ihr vorbei auf dem direkten Weg zu den unsichtbaren Booten. Piraten jubelten und schrien, einige liefen den anderen voraus, die blanken Schwerter wie silberne Peitschen in der Dunkelheit, als ein paar von Kellarins Männern zurückblieben, deren Mangel an Erfahrung sie verriet.

»Zu mir!«, brüllte Halice, und eine Hand voll Söldner schwenkte instinktiv herum, um zu ihrer Kommandantin zu gelangen, und stürzte sich auf die vordersten Piraten.

Der Erste verlor seinen Kopf durch einen Seitenschwung von Deglains Breitschwert, sein Blut bespritzte den erschrockenen Glane. Der Junge ließ sein Schwert sinken und wäre beinahe von einem zweiten Seeräuber überrannt worden, der genügend Tod gesehen hatte, um nicht um seinen gefallenen Kameraden zu trauern. Peyts Stoß durchbohrte dem Piraten die Schulter und ließ ihn rückwärts taumeln. Glane holte mit einem Anflug von Panik aus, und der Mann fiel schreiend auf die Knie und griff sich an seinen zerschmetterten Kiefer und die klaffende Wunde am Hals. Peyt tötete ihn mit einem Stoß durch ein Auge und stellte einen Fuß auf die

Brust des Toten, um sein Schwert frei zu bekommen. Dabei hinterließ er einen blutigen Fußabdruck auf dem hellen Hemd des Piraten.

»Kommt schon!«, röhrte Halice, als Glane auf sie zustolperte, die Augen weiß gerändert, eine Seite blutüberströmt, völlig außer sich durch das bedrängende Schlachtgetümmel. Sie lief zu ihm, packte ihn am Arm und zog ihn mit sich. »Bist du verletzt?«

»Sie haben Reddig umgebracht«, keuchte der Junge. »Haben ihn aufgeschlitzt wie ein Schwein.«

»Beweg dich, ehe dir dasselbe passiert.« Halice schob ihn zum Ufer und drehte sich um, als mehr Piraten auf dem freien Gelände angriffen, angestachelt von Muredarchs Rufen.

Ein tödlicher Hagel regnete herab. Einige Piraten starben, ehe sie auf dem Boden aufschlugen, ihnen waren Pfeile sauber durch Kopf oder Körper gedrungen. Andere brachen unter Schmerzensschreien zusammen, griffen sich an Arme oder Beine, die von messerscharfen Pfeilspitzen durchbohrt wurden. Ein zweiter Hagel zischte aus der Dunkelheit auf der anderen Seite der Meerenge heran, als Rosarn und ihre Bogenschützen einen Pfeilregen zwischen die Piraten und ihre unerwarteten Feinde schickten. Hier und dort rissen Armbrustbolzen diejenigen von den Füßen, die das Pech hatten, ein verführerisches Ziel zu bilden.

»Vas!«, schrie Halice. »Sind wir so weit?« Rosarn konnte inzwischen nicht mehr viele Pfeile übrig haben.

Vasprets Antwort ging in einem neuen Tumult unter, der auf der anderen Seite des Landeplatzes entstand. Halice konnte nicht erkennen, was dort geschah. »Allin!« Sie hastete zurück zu den Langbooten, so schnell sie konnte, ohne dabei zu fallen.

»Ja?« Allin erschien neben ihr. Ihre Stimme bebte.

»Zeit, diesen neuen Trick von dir auszuprobieren«, sagte

Halice mit ruhiger und beruhigender Stimme und streckte die Hand aus.

Allin holte tief Luft. Sie packte die Finger der Söldnerin mit überraschender Kraft, und wieder kribbelte dieses seltsame Gefühl über Halices Handfläche, ehe es tief in ihre Knochen eindrang.

»Danke.« Halice hob die Hand, um den Schein des Wachfeuers auszublenden, und starrte in die Dunkelheit gegenüber dem Landeplatz. »Oh, so ein Mist!«

»Was ist los?« Allins Stimme klang gepresst vor Angst.

»Auf dem Wrack von Den Harkeils Schiff und der *Seeanemone* haben Männer geschlafen. Sie haben Darni von den Booten abgeschnitten.« Halice brach ab und rieb sich die Augen, als Brandpfeile über die Meerenge flogen.

Vaspret kam angerannt. »Das war Ros' Werk, Kommandant, wir können los.«

Halice nickte. »Also zurück zum Boot, Mädchen.«

»Was ist mit Darnis Truppe?« Die Magierin rührte sich nicht von der Stelle.

»Halt dich hinter mir.« Halice hielt ihr Schwert bereit, als ihre Truppe sich zu den Booten zurückzog. Die Piraten kamen näher, sie waren jetzt auf der Hut. Die Vorsicht würde sie noch ein paar Augenblicke zurückhalten, schätzte Halice. Die töricht Tollkühnen waren entweder tot oder lagen blutend auf der aufgewühlten Erde.

»Er zieht sich in den Wald zurück, und wir brechen auf.« Alle Farben waren aus der seltsamen Halbsicht verschwunden, die die Magie Halice verlieh, aber sie hatte genug Gefechte gesehen, um zu begreifen, was sie sah. Es war das Offensichtliche, und Darni hatte genug Verstand, es zu tun. Was Halice mit ihrer magisch verstärkten Sicht nicht sehen konnte, war der unebene Boden zu ihren Füßen, und sie fiel beinahe hin. »Nimm diesen Zauber von mir«, bellte sie.

Die verblüffte Zauberin schlug Halice ins Gesicht. Ohne auf den Schmerz zu achten, packte die Söldnerin Allin und rannte mit ihr zu den Booten. Die kleine Magierin brauchte für jeden von Halices Schritten zwei oder drei. Sie kletterten in das letzte Boot, das noch am Ufer lag, die anderen waren bereits auf dem Wasser. Schluchzen und von Herzen kommende, erschöpfte Dankbarkeit vermischten sich mit den knappen Rufen der Söldner, die sich wieder organisierten.

»Sind alle da?«, schrie Halice, als ihr Boot vom Ufer abstieß. Ein bejahender Chor der Flaggensergeanten antwortete ihr.

»Sie kommen.« Rosarns Schützen standen in ihrem Boot und schossen einen letzten Hagel von Pfeilen ab, als die Piraten zum Wasser rannten. Schreie und Flüche gingen im Klatschen der Ruder unter, die ins Wasser tauchten.

»Gleichmäßig rudern!«, schrie der Flaggensergeant wütend. »Wo ist diese Zauberin?«

»Hier!« Allin krabbelte durch das Boot, Hände schoben sie von allen Seiten nach vorn in den Bug.

»Zurück zur *Seetang!*«, brüllte Halice. Die Langboote schossen vorwärts, als Allins Magie ihren Pfad durch die Felsen und Untiefen kennzeichnete.

Halice sah zurück, mit zusammengekniffenen Augen, aber sie sah nur Verwirrung bei der Piratensiedlung, wo frisches Holz auf die ersterbenden Feuer geworfen wurde, sporadische Wutschreie und Tadel über das Wasser hallten. Dahinter konnte sie gerade noch erkennen, wie Büsche niedergehackt wurden.

»Hat er sie in Sicherheit gebracht?« Minare wischte sich mit ein paar Lappen Blut und mit grauer Masse verfilzte Haare von seinem Schwert.

»Ich höre niemanden jubeln.« Halice steckte ihr eigenes

unbeflecktes Schwert wieder in die Scheide. »Ich würde sagen, ja.«

»Wann hast du dich zum letzten Mal schmutzig gemacht?«, grinste Minare.

»Dafür werdet ihr Mistkerle schließlich bezahlt«, gab Halice mit gespielter Empörung zurück. »Ich verdiene mein Geld mit meinem Verstand.«

»Mit deiner Schönheit würdest du auch nicht mal eine lescarische Bleimark verdienen«, stimmte Minare zu. »Also, gibt es einen Preis pro Kopf oder einen Lohn für das Ganze?« Er deutete auf die Gefangenen, die im Rumpf des Bootes kauerten.

»Haben wir sie alle?«, fragte Halice.

Minare zuckte die Achseln. »Bis auf eine Hand voll. Ein paar waren zu weit hinüber, um sich mit ihnen abzumühen, und ein paar haben einfach den Kopf verloren und sind vor allem davongerannt, ob Freund oder Feind.«

»Eine Ahnung, wie viel Verletzte oder Tote wir haben?« Nun, da die Erregung des Abenteuers nachließ, galt Halices unmittelbare Sorge ihrer Truppe.

»Reddig hat es erwischt. Sonst nur die üblichen Knochenbrüche und Schnittwunden.« Minare warf den blutigen Lappen über Bord, wo er noch einen Augenblick als weißer Fleck auf dem schwarzen Wasser trieb. »Reddig war ein guter Mann, auch wenn er nur Weber war. D'Alsennin muss uns schon den vollen Blutpreis für ihn bezahlen.«

»Halice!« Rosarn stand im Bug, als das Boot mit den Schützen längsseits kam. »Die junge Allin soll ihren Zauber ausweiten, sodass wir ihn sehen können. Larissa ist nicht da.«

»Was?« Minare war dabei, seinen Schwertgriff zu säubern und fuhr auf. »Sie sollte doch bei dir bleiben.«

»Wo zum Kuckuck ist sie?«, rief Halice.

»Sie ist mit Darni ans Ufer gegangen.« Rosarn spreizte die

Hände. »Was hätte ich machen sollen? Versuchen sie aufzuhalten und mich dafür rösten lassen?«

»D'Alsennin wird nicht gerade begeistert sein.« Halice seufzte. »Usara auch nicht.«

»Wann war das letzte Mal, als ein Angriff genau nach Plan verlief?« Minare blieb ungerührt. »Wir müssen nur dafür sorgen, dass es sich für uns auszahlt.«

»Schon wahr, solange Darni seine Männer und die dumme Göre von Zauberin gut in den Wald hineingebracht hat.« Halice warf einen Blick auf Allins flehendes, entsetztes Gesicht am anderen Ende des Langbootes. Solange sie die Antworten vor Temar hatte, konnte sie die Oberhand behalten, was immer ein Vorteil für einen Söldner war.

## Kehannasekke, Inseln der Elietimm
## 10. Vorsommer

»Hoffentlich kann sich Olret behaupten«, murmelte Ryshad.

»So wie es aussieht, gibt er Ilkehan gewiss etwas zum Nachdenken«, meinte ich.

Wir lagen nebeneinander und spähten durch das Gras, mit dem die Düne bewachsen war, die dem zerstreuten Dorf unter Ilkehans Festung am nächsten lag. Der Burgfried selbst stand auf einer Anhöhe im Gelände, aus allen Richtungen der höchste Punkt. Ringsum war jede Deckung für eine anrückende Armee entfernt worden. Egal, erklärte ich mir entschieden, wir waren ja keine Armee.

»Solange das da Verstärkung ist, weil es übel für Ilkehan läuft, und nicht etwa Zusatztruppen, um seinen Sieg weiter nach Rettasekke zu tragen.« Ryshad spähte weiter durch sein Fernglas.

Ein massives, mit Eisenriegeln versehenes hölzernes Flügeltor ging auf, und eine Reihe schwarz uniformierter Männer marschierte mit der geistlosen Disziplin heraus, die Ilkehan seinen Leute durch Furcht eingebläut hatte. Alle waren bis an die Zähne und noch weiter bewaffnet. Der natürliche Mangel an Holz und Metall auf diesen Inseln schien Ilkehan nicht merklich zu beeinträchtigen. »Wie viele sind heute abmarschiert?«

»Fast eine Kohorte.« Ryshads Genugtuung beruhigte mich. »Umso weniger sind da, die über uns stolpern können.«

Ich grub mich tiefer in den Sand ein. Die Kühle unter der obersten Schicht war willkommen nach einem langen heißen Tag, an dem wir unter einer gnadenlosen Sonne gekauert hatten, die nun endlich hinter dem Horizont versank. Trotzdem, wenigstens mussten wir so nicht durch das öde Innere dieser endlosen Insel wandern, von Tagesanbruch bis zur unheimlichen Abenddämmerung, an einsamen Siedlungen vorbei, die in dem trostlosen Hügelland verstreut lagen, und ärgerliche Umwege in Kauf nehmen, um verzweifelt aussehenden Banditen auszuweichen, die Ilkehans Prahlerei, dass sein Land keine Flüchtlinge aufnahm, Lügen straften. Ich leckte mir die trockenen Lippen und wünsche, ich hätte Wasser, aber wir hatten unsere Flaschen schon vor einer Weile geleert. »Wie lange warten wir noch?«

»Zuerst lassen wir die da verschwinden, ja?« Ryshads Augen funkelten dunkel in seinem blau angemalten Gesicht, die Bartstoppeln verstärkten mit ihrem Schatten die gespenstische Wirkung.

Die Kolonne marschierte zum Hafen hinunter, verschüchterte Dorfbewohner senkten die Köpfe vor den Soldaten, die am meisten mit Rangabzeichen gespickt waren. Ich fragte mich nebenbei, womit diese Rabauken sich ihr Lametta verdienten. Ein Abzeichen für jeden Toten? Eins für jeden gefolterten Unschuldigen? »Kannst du irgendwelchen Halsschmuck sehen?«

Ryshad blickte durch sein Fernglas. »Einen ganz vorne, in Silber. Einen hinten, auch Silber.«

»Zwei Hexer weniger, um die wir uns sorgen müssen.« Das war wenigstens etwas.

»Solange Ilkehan nicht beschließt, zur Abwechslung seine Männer selbst in die Schlacht zu führen.« Ryshad beobachtete durch das Fernglas, wie die Kolonne auf Boote wartete, um zu den größeren Schiffen hinauszugelangen, die im tiefen Wasser der Bucht ankerten, die sich an dieser Stelle tief in die Küste geschnitten hatte. »Ich hätte keine Lust, mich durch diesen Haufen zu ihm durcharbeiten zu müssen. Was meinst du, wie viele Adepten hat er zur Verfügung? Wie lange braucht es, sie auszubilden?«

»Er kann sicher nicht sehr viele haben, oder?« Ich suchte Bestätigung in seinem Gesicht. »Und es ist nicht die Anzahl, die zählt, es ist ihre Fähigkeit im Umgang mit Zauberkunst.«

»Wir haben noch keinen goldenen Halsschmuck gesehen.« Ryshad nahm das Glas vom Auge und lächelte mich aufmunternd an. »Guinalle scheint zu glauben, dass er seine besten nach Suthyfer geschickt hat.«

»Hoffen wir, dass sie Recht hat.« Ich unterdrückte ein frustriertes Stöhnen. »Ich wünschte, wir könnten einfach weitermachen.«

»Du hörst dich an wie 'Gren.« Ryshad spähte wieder durch sein Glas. »Warum gehst du nicht und hältst mit Shiv Wache?«

»Du willst mich nur loswerden«, warf ich ihm vor.

»Stimmt.« Ein liebevolles Lächeln nahm seinen Worten die Schärfe, aber er wandte den Blick nicht vom Burgfried. »Du lenkst mich ab. Geh und unterhalt dich mit Shiv.«

Ich huschte rückwärts die Düne hinunter. Wir waren ziemlich erleichtert gewesen, als wir diese Mulde gefunden hatten, nach einer angespannten Nacht, in der wir am Ufer entlanggeschlichen waren, aber ich würde sie herzlich gern wieder verlassen, sobald Ryshad und Sorgrad entschieden, dass wir alles in Erfahrung gebracht hatten, was wir durch Beobachtung erfahren konnten, und erklärten, dass es Zeit zu handeln war. Diese ganze Warterei gab mir nur Zeit, mir auszumalen, was bei unserem Plan alles schief gehen konnte, und 'Grens Gereiztheit erreichte allmählich einen gefährlichen Punkt.

Ich kroch vorsichtig den aufgehäuften Sand hoch, auf dem Shiv lag, das Kinn in die Hände gestützt, mit wachsamem Blick.

Landeinwärts machten die wandernden Dünen etwas beständigerem Land Platz, wo dunkelgrüne, dornige Büsche mit gelben Blüten sich zusammenduckten. Vom Wind ausgetrocknet und sandig, stieg und fiel das Land in sanften Wellen, wie eine Nachahmung des Meeres. Ein paar gefleckte braune Vögel suchten nach Essbarem, das sich jetzt, da der Abend nahte, vielleicht aus der Erde wagte.

»Eine Spur von ihnen?«, flüsterte ich.

»Nein.« Shiv war so entspannt, als läge er vor seinem eigenen Kamin.

»Wir hätten doch etwas gehört, wenn man sie geschnappt hätte.« Ich wurde es allmählich müde, meine eigenen Zweifel zu hören.

»Schreie, mindestens. 'Gren ist rauflustig.«

»Der Trick ist sicherzustellen, dass er sich auch auf den stürzt, den du willst.« Ich runzelte die Stirn. »Sind sie das?«

Shiv richtete sich auf den Ellbogen auf. »Ich glaube schon.« Angespannt beobachteten wir, wie die Brüder zwischen den dornigen grünen Büschen hervorschossen. Es war ein langer Weg zu unserem Versteck von der Anhöhe, über die sie gerade gekrochen waren.

»Ich könnte sie in Unsichtbarkeit hüllen«, murmelte Shiv, aber es war weniger eine Idee als eine Bemerkung über die Kräfte, die wir nicht wagten einzusetzen.

Ich versuchte herauszufinden, ob die Brüder die Bootsschuppen am Ufer sehen konnten, wo die Dünen einem Flüsschen und Hügeln Platz machten. Falls ja, konnte man sie wiederum auch sehen.

»Hier kommen sie.« Shiv versteifte sich wie eine Katze, die nicht recht weiß, ob sie nun zuschlagen oder davonrennen soll. Sorgrad und 'Gren liefen über das feindliche Gelände, sodass die braunen Vögel aufstiegen. Ich zuckte bei dem Gedanken zusammen, dass jemand ihr empörtes Kreischen hörte. Sorgrad und 'Gren liefen weiter und wurden selbst in dem weichen Sand der Dünen kaum langsamer, bis sie sich der Länge nach neben uns warfen.

Ich spuckte Sand aus. »Hat man euch gesehen?«

»Das werden wir bald wissen.« 'Gren hatte die Hand an seinem Schwertgriff, das eifrige Gesicht war den unsichtbaren Bootsschuppen zugewandt.

Sorgrad warf mir ein paar feuchte und dreckige Wurzeln zu. »Da hast du was zum Kauen, falls du Hunger hast.«

»Danke«, sagte ich ohne große Begeisterung.

Ryshad drehte sich um, um zu sehen, was Sorgrad mitgebracht hatte. »Kletten?«

Er nickte. »Und ein paar Seggen.«

Ryshad und Sorgrad hatten gemeinsam dafür gesorgt, dass wir auf unserem Weg durch das unwirtliche Land nicht hungern mussten. Während die beiden immer mehr Hochachtung vor den Fähigkeiten des anderen zeigten, Essbares aufzutreiben, behielt ich meine Meinung für mich, wenn ich Essen vorgesetzt bekam, das nur ein wirklich Hungernder schätzen konnte. Ich hoffte einfach, dass wir wieder zu Hause bei anständigen Mahlzeiten waren, ehe ich meine Zähne bis auf den Kiefer abgenutzt hatte.

Sorgrad lag bereits neben Ryshad. »Eine Spur von unserem Freund?«

»Bis jetzt noch nicht«, sagte Ryshad leise.

'Gren blinzelte, und ich erschauerte unwillkürlich. Er sah mich neugierig an. »Hat dich Maewelin berührt?«

»Es sind deine Augen.« Ich erschauerte wieder, eisige Finger schienen mir über den Hals zu streichen. »Aitens Augen wurden zu schwarzen Löchern, als Ilkehans Zauberkunst ihn versklavte.« Deswegen hatte ich Aiten töten müssen, Ryshads langjährigen Freund. Drianon bewahre mich davor, dass ich eine solche Entscheidung bei einem dieser vier treffen musste.

»Wir wollen uns nicht vorzeitig Sorgen machen.« Sorgrad

sah uns beide ernst an. »Konzentriert euch auf die vorliegende Aufgabe und macht euch um andere Dinge dann sorgen, wenn sie passieren.«

»Falls sie passieren«, setzte Ryshad mit Nachdruck hinzu. »Habt ihr den Hargeard gefunden?«

Sorgrad nickte. »Es ist ein ziemlicher Weg, hinter dieser zweiten Anhöhe da mit den vielen Beerenbüschen.«

»Er ist gewaltig«, kicherte 'Gren.

»Das Problem besteht nicht darin, dass man uns sieht, wie wir ihn zerstören«, meinte Sorgrad stirnrunzelnd. »Der schwierige Teil wird das Abhauen. Da ...«

Ryshad spannte sich. »Die Wachen wechseln.«

»Ist das der Weg hinein?« Sorgrad bürstete sich Sand von der Hose und deutete mit dem Kinn auf ein kleineres Tor in der Mauer.

»Was ist auf der anderen Seite?« 'Gren zog mit eifriger Miene sein Schwert ein Stückchen aus der Scheide. Eine weise Frau hatte ihm einmal gesagt, dass er geboren war, um einmal zu hängen, also ging er immer davon aus, ungeschoren aus allen Situationen herauszukommen, an denen nicht wirklich ein Seil beteiligt war.

»Ein Garten. Wir gehen in den eigentlichen Burgfried durch ein Abflussrohr hinein.« Ich schluckte hart bei der plötzlichen Sorge, dass der Deckel verborgen war, dass ich ihn vielleicht nicht wiederfand, dass wir möglicherweise wie Ratten in der Falle in Ilkehans Abwasserrohren endeten.

»Da ist unser Freund«, sagte Ryshad langsam. »So ist's recht, Freund, such dir ein schönes warmes Eckchen.« Er spähte unentwegt hinüber und erkannte in diesem einen Wachmann einen faulen Burschen, der sich hinter den hohen Zinnen an der Ecke des Burgfrieds vor dem unablässigen Wind schützte. »Kommt!« Er schob sein Fernglas in sein Wams und rutschte den Abhang der Düne hinunter.

»Wo ist Ilkehan?« 'Gren kaute begierig auf seiner Lippe, während wir über das offene Gelände hasteten. Wir hatten so lange Zeit, wie es dauerte, sechs Strophen des Liedes zu singen, mit dem Ryshads Mutter die Zeit gemessen hatte, um ihre Marmelade zu kochen, ehe ein pflichtbewussterer Wachmann auf seiner Runde diese Seite des Burgfrieds erreichte.

Ich holte tief Luft und rief mir das verhasste Gesicht, die dunklen, gnadenlosen Augen, das totenbleiche Haar und die vor Alter blasse und faltige Haut ins Gedächtnis. »*Tedri na faralir, asmen ek layeran.*« Die alten Worte waren in einer Waldballade über Uriols endlose Suche nach dem Hirsch mit dem silbernen Geweih vielleicht sinnlos, aber hier zeigte mir die Zauberkunst, schnell wie ein Wimpernschlag, Ilkehan über ein Buch aus den dichtgedrängten Reihen der Regale gebeugt. Ich hatte mich schon einmal in diese Festung geschlichen und wusste genau, wo er sich aufhielt. »Immer noch in seinem Arbeitszimmer.«

Ryshad erhöhte das Tempo. »Wir gehen hinein, schlagen hart zu und hauen wieder ab.«

»Ganz einfach«, sagte 'Gren glücklich und zufrieden.

Ätherzauber gingen mir durch den Kopf, einer, um uns zu verbergen, einer, mit dessen Hilfe wir für andere Menschen einfach uninteressant waren, einer, der andere sich darum sorgen ließ, ob sie einen leeren Topf über einem Feuer hatten hängen lassen. Guinalle hatte mir eine Reihe von Möglichkeiten gezeigt, um andere Menschen abzulenken, aber ich wagte nicht, sie so nahe bei Ilkehan anzuwenden. Das Letzte, was wir brauchten, war seine Aufmerksamkeit, weil in unmittelbarer Nähe Zauberkunst ausgeübt wurde.

Wir erreichten die Mauer, und die anderen drückten sich flach zu beiden Seiten des Nebentores, während ich das Schloss mit der feinen Gratwanderung zwischen Schnelligkeit und Genauigkeit öffnete, die ich im Laufe der Jahre gelernt hatte. »Shiv.«

Der Magier legte eine Hand auf das Metall, und ich drückte den letzten Bolzen weg. Da uns die Geheimnisse der Shernasekke-Frauen fehlten, mussten wir seine Magie riskieren, um meine Einbruchsfertigkeiten zu ergänzen. Es gab ein leises Murmeln, als die Bolzen auf der anderen Seite aus ihren Nuten glitten. Dies war der Punkt ohne Wiederkehr. Nein, dachte ich heftig, wir würden zurückkommen. Es war Ilkehan, der nirgendwo mehr hinging, wenn wir erst mit ihm fertig waren. Er war uns etwas schuldig, und wir waren hier, um die Schulden einzutreiben und dann wieder zu gehen.

Mit gezogenen Schwertern waren Sorgrad und 'Gren unverzüglich hindurch. Ich folgte, dann Ryshad mit Shiv unmittelbar hinter sich. Eine Frau schrie auf und ließ den Korb mit Bohnen fallen, die sie gerade pflückte. Sorgrad zischte sie altertümlich an. »Warst du es, der die unsichtbare Welt entweiht hat?«

»Wird die Mutter dich vor unserer Rache verbergen oder der Schöpfer dich verteidigen?« 'Gren machte einen Schritt vorwärts, mit seinen schwarzen Haaren, der blauen Haut und durchdringendem Blick.

Die Frau taumelte rückwärts und zertrampelte achtlos die Pflanzen. Sie kreischte, als 'Gren sie mit dem Schwert bedrohte, strauchelte, fing sich wieder und rannte zu einer Tür auf der anderen Seite des Gartens.

»Vergesst die Abflussrohre«, befahl Ryshad.

Das brauchte man Sorgrad nicht zu sagen. Er war direkt hinter der hysterischen Frau, die an dem Riegel herumfummelte. Sie schlüpfte durch einen schmalen Spalt, blieb mit dem Ärmel hängen und riss ihn in ihrer Panik los. Sorgrad schob einen Stiefel in die Tür, damit sie sie nicht zuschlug, und was auch immer er zu ihr sagte, ließ sie so hastig fliehen, dass sie gar nicht überlegte, wieso ein Elfenmann nicht einfach durch eine Wand ging, wenn es ihm gefiel.

'Gren fegte durch die Tür wie ein Wintersturm von den Bergen. Ich folgte ihm und fand mich in einem Flur wieder, die Brüder deckten einander vor jeder Annäherung.

Ryshad warf die Tür hinter Shiv zu. »Wo entlang?«

»Da hinauf.« Ich hatte die Hintertreppe genommen, als ich früher durch diese Festung geschlichen war, aber in meiner neuen Verkleidung als Elfenwesen fühlte ich mich berechtigt, die Haupttreppe zu nehmen. Wir rannten, als wären uns selbst rachsüchtige Schatten auf den Fersen. Shiv sah, wie wir anderen uns bereitmachten, unsere Taschen fallen zu lassen, um kampfbereit zu sein, und tat dasselbe.

»Sobald er tot ist, blockier die Treppe«, befahl Ryshad Shiv. Wir ignorierten das Stockwerk, von dem wir wussten, dass es Ilkehans Familie gehörte, oder was davon noch übrig war. Während wir die nächsten Stufen hinaufrannten, hörten wir bestürzte Ausrufe aus der Küche unten, die zu uns heraufschallten. Eine Tür öffnete sich irgendwo unten, und eine verblüffte Stimme rief etwas.

Dies war das Stockwerk, in dem Ilkehan seine Wohnräume hatte. Jede Einzelheit war in mein Gedächtnis eingebrannt, wie die Qual, die wir in den öden weißen Kerkern tief unten erlitten hatten. Ilkehan kannte solche Not nicht, mit seinen polierten Truhen aus dunklem Holz, die die Flure säumten, ausgewählten Keramiken und Bronzen, die auf Regalen ausgestellt waren.

»Welche Tür?« 'Gren ließ seinen Rucksack fallen.

Ich deutete darauf. »Die da.«

Sorgrad stürmte hindurch und warf sich zu einer Seite. 'Gren war einen Atemzug hinter ihm und nahm die andere Seite. Ryshad folgte pfeilschnell.

Ilkehan saß hinter einem großen Schreibtisch und griff

bereits nach einem Dolch. 'Gren und Sorgrad kamen von beiden Seiten auf ihn zu. Zauberlicht blitzte ringsum auf und spiegelte sich in unseren Klingen, so strahlend blau, wie das Elfenvolk es sich wünschen mochte. Die funkelnden Messer stießen auf den Hexer ein, durchbohrten ihn sauber, traten wieder aus und prallten an den Wänden ab, Magie tropfte wie Kondenswasser von dem hellen Putz. Der Schurke öffnete den Mund, brachte jedoch keinen Ton heraus. Wut verzerrte sein Gesicht, und seine Hände griffen wie Klauen nach Shiv und mir.

Ich hatte meine Wurfpfeile bereit und schoss sie gedankenschnell ab. Der erste biss sich in Ilkehans Wange, und er wich zurück, rutschte mit seinem Stuhl nach hinten, den Dolch hoch erhoben. Das konnte ihn auch nicht retten. Ryshad trat mit seinem kräftigen Stiefel gegen den Schreibtisch und warf ihn mit seiner Kraft um, sodass er auf die Beine des Hexers krachte. Ilkehan saß in der Falle und fiel, als Ryshad über den umgestürzten Tisch sprang. Er stieß sein Schwert in den Winkel zwischen Ilkehans Hals und Schulter, so fest, dass es sich in die Bodenbretter bohrte, als Ilkehan auf dem Boden aufschlug. Als Ryshad sein Schwert herausriss, sah ich weiße Knochen in der klaffenden Wunde.

»Das ist für Aiten.« Er hatte keine Worte, die seinen Hass ausdrücken konnten.

Es war kein tödlicher Hieb, nicht sofort, dafür sorgte der schräge Winkel schon, aber 'Gren und Sorgrad warfen ihr Gewicht auch noch in Raeponins Waagschale. Ein seitlicher Hieb von 'Gren weidete den Hexer praktisch aus, seine Gedärme quollen aus einem blutigen Riss durch seine feine Wolltunika und das weiche Hemd. Ilkehan umklammerte verzweifelt seinen Bauch, seine Hände waren bereits voller Blut, das sich in einer Pfütze unter ihm sammelte und unter den Schreibtisch lief, der ihn am Boden festhielt. Mit einer solchen Wunde müsste ein Mann eigentlich schreien wie ein abgestochenes Schwein, aber selbst ohne Shivs Magie, die ihn stumm machte, hatte Ilkehan keine Luft zum Schreien. Dunkelrote Blasen bildeten sich an seinem Mund, Blut stieg ihm in die Kehle und erstickte ihn, immer mehr strömte aus Wunden von den gesplitterten und gebrochenen Rippen, die ihm Sorgrads gnadenloser Stoß beigebracht hatte. Der Mann war tot oder würde es in wenigen Augenblicken sein. Dafür hatte ich gesorgt, selbst ohne die Hilfe der anderen.

»Das ist Seide.« Sorgrad befühlte Ilkehans Hemd, während er den Dolch des Hexers außer Reichweite trat.

»Schön zu sehen, dass er etwas aus den Aldabreshiern herausgeholt hat. Was meinst du, woher hat er das?« 'Gren schnappte sich den Dolch mit dem Elfenbeingriff, ehe er mit einem verärgerten Ausruf zurücktrat.

Ilkehan wand sich in Krämpfen, frisches Blut strömte, als die unbeherrschbaren Zuckungen die Wunden innerlich aufrissen. Sein Kopf rollte von einer Seite zur anderen, die Zähne waren entblößt wie die einer Raubkatze, die Hände zuckten über den Boden und verschmierten das Blut noch mehr. Ein schwaches Wimmern entrang sich seinen zusammengebissenen Zähnen, blutfleckiger Schaum stand auf seinen straffen Lippen.

Sorgrad beobachtete die letzten Qualen des Hexers mit verständigem Blick. »Ich gebe ja zu, dass Gift wirkungsvoll ist, aber es besteht immer die Gefahr, dass man niedergestochen wird, während man darauf wartet, dass es wirkt.«

»Nicht, wenn du dich außer Reichweite aufhältst.« Ich hustete und entfernte mich ein Stück, als der Gestank entleerter Gedärme und Blase sich zu dem beißenden Blutgeruch gesellte.

»Hat sich voll geschissen wie dieser arme kleine Hund«, bemerkte 'Gren voll Genugtuung. »Und was jetzt?«

Shiv beobachtete noch immer Ilkehan und schüttelte den Kopf, als die Krämpfe des Hexers verebbten. »Das ging schneller, als ich dachte.«

Ich sah, wie Ryshad mit versteinerter Miene auf den Toten hinabschaute. »Ist das Wiedergutmachung für Aiten?« Ich legte meinen Arm um seine Hüften.

»Nein.« Er drückte mich an sich. »Nichts kann das sein. Das ist das Problem mit Rache.« Harte Zufriedenheit erhellte seine Miene. »Deswegen halte ich es auch mehr mit der Gerechtigkeit.«

»Gerechtigkeit, Rache.« Ich sah ihm in die Augen. »Wichtig ist nur, dass er tot ist.«

»Wie lange haben wir, um seinen Leichnam zu schänden?« Sorgrad streckte 'Gren die Hand entgegen. »Wir wollen sein eigenes Messer nehmen.«

»So lange wie es dauert, bis dieses Küchenmädchen jemanden davon überzeugt hat, dass es Elfenvolk im Garten gesehen hat?«, vermutete ich.

Ryshad schüttelte den Kopf. »Du musst jemandem nicht glauben, um loszugehen und nachzuschauen, was ihm Angst eingejagt hat.«

»Dann gehen wir.« Ich hätte Ilkehan lieber länger leiden gesehen, nur um die Waage auszubalancieren für die Folter, deren er Geris unterzogen hatte, aber Rache hin, Gerechtigkeit her, endlich war ich im Vorteil. Der Mann, dessen Bosheit durch meine Albträume gespukt und meine Hoffnungen mit Angst verpestet hatte, lag tot zu unseren Füßen, und ich war immer noch am Leben. So sollte es auch bleiben. »Kommt schon, gehen wir.«

»Was ist mit den ganzen Büchern?« Shiv betrachtete die voll gestopften Regale. »Das ist ein unschätzbares Archiv. Hier müssen die Antworten auf alle Fragen Planirs sein und noch zehnmal mehr.«

»Wissen ist Macht.« Ich sah mich in dem runden Zimmer um. »Macht, die wir nicht zurücklassen wollen für den, der hier als Nächstes der Obermacker wird.«

’Gren, der neben Ilkehans Leiche kniete, hob den Kopf. »Bücher brennen.«

»Das kann ich übernehmen.« Sorgrad schnippte mit den Fingern, und zwischen ihnen züngelte eine Flamme.

»Feuer ist immer eine nette Ablenkung für jeden, der sich überlegt, dich zu verfolgen.« Es wäre nicht das erste Mal, dass wir drei unter der Deckung eines munteren Feuerchens geflohen waren. Ich öffnete eine Truhe neben dem Schreibtisch, die voller Pergamente war. »*Talmia megrala eldrin fres.*« Flammen sprangen auf, tanzten über die Schrift und verwischten sie. Vielleicht würde ich ein bisschen mehr Zauberkunst lernen, jetzt wo Ilkehan zu tot war, um sich etwas aus meinem Hirn zu pflücken.

»Hier.« Sorgrad hatte einen Wandbehang heruntergerissen und stopfte ihn rings um die Truhe. Sobald das Holz Feuer fing, würde der Wandbehang das Feuer auf den Teppich lenken.

»Können wir nicht ein paar Bücher mitnehmen?«, flehte Shiv.

»Welche denn?«, fragte ich.

»Wir sollten uns beeilen.« ’Gren riss den Einband von einem schmalen Bändchen, während wir redeten, und häufte die Seiten um die Truhe herum, in der die Pergamente nun fröhlich brannten. Sorgrad brach eine weitere Truhe auf und fand darin drei silberne Halsketten und eine goldene, zusammen mit einer beträchtlichen Anzahl von Münzen. Er schaufelte sie heraus, ohne auf Ilkehans Blut auf dem Boden zu achten.

»Wir teilen es später«, versicherte ’Gren mir, ehe er etwas verspätet auch Ryshad und Shiv in seinen Blick mit einschloss.

Nicht, dass meine Rechnung mit den Elietimm sich mit Gold begleichen ließ. Ich warf noch eine Hand voll Schreibfedern in mein Feuerchen, und 'Gren packte den Silberbecher ein, in dem sie gesteckt hatten.

»Falls Kellarin das Studium der Zauberkunst erneuern will, müssen wir noch so viel wissen.« Shiv sah verzweifelt an den mit Büchern gesäumten Wänden entlang.

»Wissen kann nie wirklich vernichtet werden, Shiv«, sagte Ryshad ungeduldig. »Nur verloren gehen. Irgendwer wird es irgendwann wieder entdecken.« Er hielt abrupt inne. »Was wir finden müssen, sind Artefakte in Ilkehans Besitz.«

»Die Schläfer in Kellarin!« Saedrin vergebe mir, aber die hatte ich glatt vergessen. »Komm schon, Shiv, Menschen sind wichtiger als ätherische Abstraktionen.« Ich überließ es einem fröhlichen 'Gren, sich weiter um die brennende Truhe zu kümmern.

»Hilf mir hier.« Sorgrad versuchte bereits, den umgestürzten Schreibtisch aufzurichten. Ryshad half ihm, und beide brachen die Schubladen mit ihren Messern auf.

»Ich will alles, was brennt.« 'Gren streckte eine Hand aus.

Eine Tür, die unter uns zuknallte, brachte uns alle für einen Moment zum Schweigen. Das Geräusch trappelnder Füße und ängstlicher Schreie verhallte in der Ferne.

»Ich nehme an, es tropft Blut durch die Decke«, sagte Sorgrad nachdenklich.

»Lasst mich mit Planir sprechen«, flehte Shiv. »Falls er einen Nexus aufbauen kann, könnten wir ein paar Bücher retten, ehe sie verbrennen.«

Ryshad hustete. Die Luft wurde dick. »Wir wollen nicht, dass Ilkehan gebraten wird, wenn wir eigentlich die Leute damit schocken wollen, wie die Elfen Rache an seinem Körper geübt haben. Bringt ihn auf den Flur hinaus und tut euer Schlimmstes, während wir nach Artefakten suchen.« 'Gren und Sorgrad packten jeder unverzüglich einen Arm und schleppten den Toten aus dem Zimmer.

»Shiv, der Plan sah vor, dass deine Illusionen Ilkehans Leuten Angst einjagen, während wir uns einen Weg nach draußen freikämpfen.« Ryshad zögerte. »Na schön, versuch, Planir zu erreichen, während du Wache hältst, aber bring uns nicht alle für ein paar wurmzerfressene Bücher um.«

»Ich will genauso mit heiler Haut hier raus wie alle anderen«, versicherte ihm Shiv. Der Zauberer schnappte sich ein silbernes Tablett und ging in den Flur, eingehüllt in grünes, magisches Licht.

Ryshad hustete wieder. »Falls es hier Artefakte gibt, müssen wir sie rasch finden.« Die Truhe loderte nun wie das Kohlebecken eines Wachmanns, an der Decke bildeten sich dunkel versengte Flecken.

Ich schloss die Augen und stellte mir die ausgedehnte, unregelmäßige Höhle von Edisgesset vor, die leer war bis auf die wenigen, die noch immer unter dem uralten Zauber lagen. Ich hörte die leisen Schritte derer, die in dieser hohlen Stille Wache hielten. Ein einzelner Lichtstrahl fiel die Treppe hinunter, eine sanfte Brise trug den Duft des Sommers herein. Ich erinnerte mich an die eigenartigen Schauer, als ich von dem schwindenden Sonnenschein in die allumfassende Dunkelheit trat.

»*Thervir emanet vis alad egadir.*«

Es war kein besonderer Zauber, nur ein flottes Stück aus einer albernen Geschichte über einen Dummkopf namens Nigadin. Er suchte nach seinem Messer, und als er es fand, fiel ihm ein, dass er irgendwo seinen Gürtel gelassen hatte. Als er den fand, erinnerte es ihn daran, dass er seine Stiefel verlegt hatte. Nachdem er sie aufgespürt hatte, merkte er, dass er keine Hosen anhatte, und so weiter. Aber ich hatte den Zauber benutzt, als der junge Tedin sich verirrt hatte, und er hatte mich zu dem Jungen geführt. Ich dachte fest an die, deren Körper noch in jener Höhle ruhten. Der alte Mann, Gense, das eingefallene Gesicht mit der Hakennase, den spärlichen Haaren, die erstaunlicherweise noch immer dunkel waren, auf dem kahlen Schädel. Ein Junge, dessen Name mir nicht bekannt war, eine Haut weiß wie Milch, das zerzauste Haar mit einem Rotton, der an ein Erbteil des Waldvolkes denken ließ, ein Kopf, der zu groß für den zerbrechlichen Körper wirkte. Velawe, eine alte Freundin von Zigrida, die abgearbeiteten Hände mit den geschwollenen Knöcheln unter den hängenden Brüsten gefaltet, und selbst die Verzauberung konnte die Falten der Sorge und Plage, die sich in ihr Gesicht eingegraben hatten, nicht mildern. Porsa, ihre Tochter, neben ihr, das hübsche, einfältige Gesicht von einem frivolen Spitzenschal umgeben, die Locken noch so steif wie an dem Tag, als die Brennschere sie gemacht hatte.

»*Thervir emanet vis alad egadir.*« Streitlustiges Geschrei von der Treppe ließ mich die Augen aufreißen.

»Nun?« Ryshad sah mich gespannt an.

»Nächste Tür.«

Der Flur war ein Bild aus dem Albtraum eines verwirrten Säufers. Schatten tanzten auf den Wänden wie schwarze Flammen, leckten über den Boden und bis hinauf zur Decke. Gestalten kamen und gingen am Rand der Wahrnehmung, verzerrte Köpfe und verbogene Körper hinkten auf unnatürlich langen Gliedern. Einer hüpfte am Treppenaufgang herum, die personifizierte Dunkelheit, mit Augen wie Sterne, Zähne und Nägel blass-silbern wie ein nebelverhangener Mond. Ein kühner Pfeil schoss hindurch und landete klappernd an der Wand dahinter. Die Gestalt duckte sich, kauerte sich in sich selbst zusammen, Schatten falteten und formten sich erneut. Wir hörten entschlossene Stiefelschritte auf der Treppe, angetrieben von Rufen.

Die Dunkelheit türmte sich in einer neuen Maske auf, dem Kopf eines Wolfes, knurrend, mehr als doppelt so groß wie normal, auf einem menschenähnlichen Körper mit klauenartigen Händen und eisweißen Krallen. Das Tier schnappte den zu Boden gefallenen Pfeil und warf den Kopf zurück, um ein Heulen auszustoßen, das wie ein Sturm aus eisigen Höhen klang. Eisiger Atem steig aus seinem Maul und rollte die Treppenstufen hinunter. Wir hörten Füße eiligst die Flucht ergreifen, noch ehe der Pfeil hinter ihnen hertaumelte.

»Schön zu sehen, dass Shiv 'Gren bei seinen Geschichten zugehört hat«, murmelte Ryshad.

Ich war zu sehr damit beschäftigt, mit offenem Mund zu starren, um darüber eine Bemerkung zu machen. Eine verblüffende Illusion überlagerte Shivs eher grobe Verkleidung mit einer Vision von Elfenwesen, wie man sie in Fieberträumen sah. Zu groß und zu dünn, als dass der Verstand sie hinnehmen konnte, einen Strahl Mondlicht in einer knochigen Hand, die Haut das bodenlose Blau eines stillen Teiches im Dämmerlicht. Sein Haar war eine Schattierung dunkler als jene seltenen Nächte, in denen sowohl der größere als auch der kleinere Mond den Himmel für ihre eigenen rätselhaften Unternehmungen verließen. Seine Augen waren schwarze Höhlen, die direkt in die Schatten hineinsahen und drohten, jedem das Leben auszusaugen, der sich in ihrem Blick verfing.

Sorgrad und 'Gren kauerten neben ihm, ein Anblick, der geeignet war, selbst Poldrions Dämonen in Angst und Schrecken zu versetzen. Ein Kopf erschien an der Treppe, und dem Elietimm klappte der Kiefer herunter, als er seinen schrecklichen Herrn von zwei unheimlichen Erscheinungen hingemordet sah.

»Er hat diesem Jungen die Eier und die Augen genommen. Warum machen wir nicht das Gleiche mit ihm?«, schlug 'Gren leise vor.

Ryshad warf mir einen Blick zu, und ich fragte mich, ob ich für ihn genauso unirdisch aussah wie er für mich.

»Du hast gesagt, tut euer Schlimmstes«, sagte ich, bevor er etwas sagen konnte. »Wir schauen nicht hin, dann wissen wir es auch nicht. Mach dir keine Sorgen. 'Gren ist auf unserer Seite.«

»Ich nehme dich dafür beim Wort.« Ryshads Tonfall legte nahe, dass wir darüber noch sprechen würden, wenn nicht gerade andere versuchten, uns umzubringen.

Der furchteinflößende Elfenmann, hinter dem sich Shiv verbarg, trat vor und senkte seinen kalten, goldenen Speer. Der Elietimm erstarrte auf der Treppe, leichenblass und zitternd.

»Gesegnet seien die Vorfahren, die dich erwählten, um Zeuge unserer Vergeltung zu sein.« 'Gren blickte auf und zischte mit seidenweicher Bosheit.

»Wir verfluchen Ilkehan bis zur neunten Generation. Verflucht seien alle, die das heilige Wissen missbrauchen.« Sorgrad erhob sich, eine Gestalt wie aus einem Albtraum, Blut tropfte von dem Elfenbeingriff und wurde gierig von umherhuschenden rattenähnlichen Schatten aufgeleckt. »So wird es allen ergehen, die den Pakt zwischen den Toten, den Lebenden und den noch Ungeborenen entweihen.« Seine Worte hallten von den steinernen Wänden so unheimlich wider, dass Shiv etwas Magisches damit anstellen musste. Das Echo verfolgte die fliehenden Soldaten die Treppe hinunter.

Dann blinzelte Shiv mir zu, und ich konnte durch die Täuschung aus Licht und Magie die Wirklichkeit dahinter sehen. »Beeilung.«

Wir hasteten um 'Gren und Sorgrad herum, die jetzt boshaft kicherten. Ryshad trat die Tür ein, und wir fanden einen Raum, der von einem großen Tisch beherrscht wurde, auf dem Karten und Pergamente verstreut lagen. In einer Fensternische stand eine klobige Truhe, die unverkennbar tormalinischen Ursprungs war.

»Hier drin.« Sie war verschlossen. Ich griff nach meinen Dietrichen.

»Keine Zeit.« Ryshad packte einen Handgriff. »Bei Dasts Zähnen!«, keuchte er, als er sie auf eine Schulter hievte.

Sorgrad erschien in der Tür. »Wir müssen jetzt los, sonst sind uns zu viele im Weg, um durchzubrechen.«

»Wir kommen«, beruhigte ich ihn.

Dunkelrote Flammen tanzten auf seiner ausgestreckten Handfläche. »Weg da.«

Sorgrads Hand voll Feuer schlitterte über den Tisch und entzündete alles, was ihm im Weg lag. Die Wandbehänge loderten auf, und ich schwöre, ich fühlte, wie sich meine Nackenhaare kräuselten, als wir durch die Tür schossen. »Verdammt, 'Grad, du hättest uns fast gebraten!«

»Vorder- oder Hintertreppe?« 'Gren stand neben Ilkehans Leiche, blutverschmiert bis zu den Ellbogen. Ich versuchte nicht zu erkennen, was er mit dem Toten gemacht hatte, und schaffte es auch fast, abgesehen davon, dass es nicht die Zunge des Hexers war, die ihm aus dem Mund hing. Ryshad warf einen Blick darauf und schluckte. Ich hätte trotz der blauen Bemalung schwören können, dass er erbleichte.

Shiv hielt das Silbertablett vor sich, das magische Feuer von einem brennenden Fetzen spiegelte sich seltsam auf seinem bemalten Gesicht. »Ich habe für so was keine Zeit, Planir. Tu einfach, was du kannst.« Er stopfte das Tablett in sein Wams und warf den Lappen weg.

»Hintertreppe.« Ryshad deutete mit dem Kopf dorthin.

»Sorgrad«, drängte ich. »Wir gehen.«

»Nur einen Augenblick.« Er kauerte über Ilkehan, mit dem Rücken zu mir.

Ich ging näher, um besser sehen zu können und besann mich dann eines Besseren. »Du hast schon genug getan!«

»Ich habe versprochen, den Namen des Jungen in die Stirn des Schurken zu schnitzen.« Sorgrad sprach langsam vor Konzentration.

»Aber das führt sie doch schnurstracks zu Olret?«, fauchte Ryshad.

»Nicht, solange nicht jemand hier mandarkinische Schrift lesen kann.« Sorgrad beendete sein Werk mit einem Schnörkel, der Blut bis an die Wand spritzen ließ.

»Gehen wir«, flehte ich.

»Bleibt dicht zusammen«, warnte Shiv und hob die Hände. Er brachte sie dicht zusammen und schleuderte noch einen Schwall glitzernder Magie voraus. Die Schatten nahmen einen moosgrünen Ton an und verwandelten sich in Baumgeister. Wir gingen, und sie gingen mit uns, gesprenkelte Dunkelheit, die sich beständig veränderte, Elfenwesen, die überall am Rand unserer Wahrnehmung waren.

»Hier.« Sorgrad griff nach dem anderen Handgriff der Truhe, und Ryshad ließ sie von der Schulter gleiten, damit sie sie zwischen sich tragen konnten.

Wir erreichten die Hintertreppe, die schmaler und steiler war als die andere. Shiv und ich übernahmen die Führung, als wir so schnell hinunterliefen, wie es die Vorsicht zuließ und die Schatten abwechselnd sich vertieften und verblassten. Die formlose Schwärze bildete sich zu Füchsen, Ratten und Raben, die uns vorauseilten. Das Rauschen, das die heftigsten Stürme in der Wildnis ankündigt, heulte um unsere Köpfe, ehe es die Stufen hinunterschoss.

»Pered ist nicht der einzige Künstler in eurem Haushalt, oder?« An der Biegung der Treppe schaute ich mich um und sah Sorgrad und Ryshad, die die Truhe zwischen sich schleppten, jeder mit einem Messer in der freien Hand. Als Nachhut kam 'Gren rückwärts die Stufen herunter, Schwert und Dolch bereit. Ich wusste, dass er das oft genug getan hatte, um mir keine Sorgen zu machen, er könnte stürzen.

Als wir das untere Stockwerk erreichten, griff uns eine Hand voll Männer mit widerlich gezackten Streitkolben an, die mutiger waren als der Rest. Shiv schickte sie mit einem brutalen Hagelsturm zurück, der sich aus der Luft kristallisierte. Das Eis war scharf genug, dass es Gesichter und Hände blutig kratzte, ehe es auf den Boden fiel und dort die Steinplatten mit einem tödlich schlüpfrigen Überzug versah. Die Soldaten stürzten schwer, als sie versuchten, stehen zu bleiben, mehr an einem Rückzug interessiert als an unserer Verfolgung. Wir rannten die Stufen hinunter und den einen Flur entlang, der nicht voller panischer Elietimm war. Neue Schmerzens- und Entsetzensschreie hallten von dem Stockwerk, auf dem wir Ilkehan zurückgelassen hatten.

»Da drüben.« Ryshad deutete auf eine stabile Doppeltür, als wir uns in einer hohen Eingangshalle wiederfanden.

Shiv hob eine Hand, und das Holz wurde dunkel, schwoll an und zerbarst. Die metallenen Beschläge und Riegel verrosteten vor unseren Augen.

»Kommt.« 'Gren trat mit seinem entschieden nichtmagischen Stiefel dagegen. Das verfaulte Holz sackte von den Angeln, die jetzt nur noch von Rost zusammengehaltene Metallspäne waren. Ich riss an dem Holz, und wir hämmerten ein Loch heraus, das groß genug für Ryshad und Shiv war.

»Was ist da draußen?« Sorgrad war kaum zu sehen, als Shiv die Eingangshalle mit wilden Schatten füllte, um unsere Verfolger zu verwirren, die am Rand der unbekannten Dunkelheit zögerten.

Ich spähte vorsichtig durch das Loch. »Hof und das Haupttor, das ziemlich verschlossen aussieht. Ein paar Truppen, und ich wette, es sind noch mehr unterwegs.«

»Wie viel Kraft hast du noch?« Ryshad sah den Magier scharf an.

»Genug«, versicherte der Zauberer. Die Illusionen verbargen ihn genauso wie immer, aber wir alle hörten den erschöpften Ton in Shivs Stimme. »Sorgrad kann ein paar der Tricks ausprobieren, die Larissa ihm gezeigt hat, wenn er Lust hat.«

»Ohne Einschränkungen?« In all den Jahren, die ich ihn kannte, hatte ich noch nie erlebt, dass Sorgrad nicht weiterwusste, und ich war unendlich erleichtert, dass auch dieses Mal keine Ausnahme bildete.

»Laut Halice gelten hier nur die Regeln des Krieges.« Ich warf Ryshad einen Blick zu.

»Es ist vielleicht kein normaler Krieg, aber sie haben schließlich angefangen.« Er zuckte die Achseln. »'Gren, hilf mir mit dem Ding.«

Die Brüder tauschten die Plätze an der Truhe, und Sorgrad trat zu dem Loch in der Tür. Er klatschte in die Hände, und eine schmale Flamme loderte auf, wurde breiter und kreiste uns alle ein. Die feuchten Holzstücke zischten und dampften, und der Feuerschein leuchtete gespenstisch zwischen den Schatten, die Shiv noch immer undurchdringlich und schwarz hielt.

»Machen wir, dass wir hier rauskommen, solange sie noch glotzen«, schlug ich vor. Wenn auch Ilkehans Leute uns kaum sehen konnten, so konnten wir sie auch kaum sehen, und das machte mich nervös.

»Langsam, konzentrier dich.« Shivs ruhige Stimme ermutigte Sorgrad, und wir begannen auf das Tor zuzugehen. Schrot zischte in die Flammen an den Stellen, an denen die Steine in messerscharfe, glühend heiße Teilchen zerplatzten. Ich schluckte einen unelfenhaften Aufschrei hinunter, als mich eins im Gesicht traf.

»Was ist mit dem Tor?«, fragte Ryshad gepresst.

»Macht euch bereit zu rennen«, erwiderte Sorgrad mit zusammengebissenen Zähnen.

Die Flammen verschwanden, und die Schatten schrumpften. Alles, was uns noch schützte, war unsere spärliche Verkleidung und die verschreckte Fantasie der Zuschauer. Das Tor explodierte in einem Feuerball, ehe jemand unsere Maskerade durchschauen konnte. Bruchstücke von brennendem Holz und glühendem Metall schossen in alle Richtungen. Die Menschen rannten in Deckung, die langsameren schrien. Der grausame Regen hätte auch uns versengt, wenn nicht ein Sandsturm, der sich aus der staubigen Erde erhob, uns eingehüllt und die tödlichen Fragmente in seinen Mahlstrom gesaugt hätte. Wir standen im ruhigen Auge der lautlos heulenden Winde, eine Mauer aus Staub und Schutt verbarg uns vor allen feindlichen Blicken.

Ich hatte die Orientierung behalten, dank vieler Jahre, in denen ich meinen Weg ohne ein Licht finden musste, um keinen neugierigen Wachmann oder einen empörten Hausbesitzer aufzuschrecken. »Geradeaus.« Ich deutete in eine Richtung, und wir rannten, eingehüllt von dem Sturm.

»Schneller«, zischte Sorgrad.

Wir rannten, Ryshad und 'Gren stöhnten, weil sie die schwere Kiste schleppten. Shiv keuchte, als hätte er den ganzen Tag auf dem Schlachtfeld gestanden, und selbst Sorgrads Schritte wirkten bleiern, als ich nach einer Veränderung im Boden Ausschau hielt, die bedeutete, dass wir das Tor passiert hatten.

»Wo verstecken wir uns?«, fragte ich, sobald wir jenseits der Mauer waren.

»Im Hargeard.« Sorgrad sah sich um und runzelte die Stirn über den ständig wabernden Schleier aus Wind und Staub.

»Da entlang.« Ich zeigte mit dem Finger die Richtung.

»Kann man sich da irgendwo verstecken?« Ryshad sah Shiv besorgt an. »Wir können uns nicht darauf verlassen, dass ihr Aberglaube an die Gebaedim sie davon abhält, uns aufzuknüpfen, wenn wir ihnen in die Hände fallen.«

Ich schauderte. Schnell gehängt zu werden war das gnädigste Schicksal, auf das wir hoffen durften.

»Vertraut mir.« Sorgrads Augen strahlten blau aus seinem schwarzen Gesicht.

Meine Angst verringerte sich auf ein erträgliches Ausmaß. Schließlich hatte er mich noch nie im Stich gelassen.

# Kapitel 7

von Keran Tonin, Mentor,
an Pirip Marne, Gelehrter

Lieber Marne,

wie ich höre, arbeitest du an einigen interessanten Aspekten über die Alten Völker. Dann findest du dies hier vielleicht nützlich. Ich kann dafür bürgen, dass es sich um eine getreue Kopie einer alten Aufzeichnung handelt. Sie kam vor ein paar Jahren von den Inseln der Elietimm, als der Mann des Erzmagus sowie diese beiden, die auf D'Olbriot eingeschworen waren, den armen Geris retten wollten. Ich hätte lieber den guten Jungen sicher zu Hause gehabt, aber wenigstens können wir durch solche Dokumente eine Vorstellung davon bekommen, womit wir es zu tun haben.

Übrigens, hast du schon mal darüber nachgedacht, Kellarin einen Besuch abzustatten? Lass mich bald wissen, wie du darüber denkst.

Mit besten Grüßen,
Tonin

*Ein wahrer Bericht über das Treffen zwischen Itilek von Froilasekke und Jinvejen von Haeldasekke in der heiligen Nacht des leeren Himmels. Die neutralen Steine der Insel Heval mögen vor den Gebeinen jedes Clans Zeugnis ablegen, dass beide Hälften dieses Leders dieselben Worte tragen.*

*Itilek berichtet, dass er von einem Unglück im Zusammenhang mit Kehannasekkes Gebot für das leere Land im Süden hörte.*

*Jinvejen gibt zu, dass er dasselbe gehört hat. Sein Clan hat das Gefühl, dass dies Misaens Urteil über Rekhren ist, weil er zu sehr auf Maewelins Priester vertraut hat.*

*Itilek verkündet, dass sein Priester keine Macht mehr hat.*

*Jinvejen gibt zu, dass sein eigener Berater ebenso geschlagen ist.*

*Beide nehmen sich Zeit, um über das Rätsel nachzudenken.*

*Jinvejen erklärt, dass seine Vorfahren schon zu Misstrauen gegenüber Maewelins Priestern geraten haben, seit alle durch die Bosheit der Sheltya aus unserer wahren Heimat in dieses gemeinsame Exil vertrieben wurden.*

*Itilek gesteht zu, dass ein solch plötzlicher und unerwarteter Verlust der priesterlichen Macht nach einer göttlichen Strafe aussieht, fragt aber, was Misaen damit bezwecken wolle?*

*Jinvejen überlegt, was Misaen von uns allen in schwierigen Zeiten verlangt? Dass wir uns bemühen, unser Los zu verbessern, durch harte Arbeit und ein gemeinsames Ziel. Aus Angst vor so unnachgiebiger Stärke haben die Sheltya die schwächeren Clans angestachelt, unsere Vorväter aus ihrer Heimat zu vertreiben. Es war nur diese Entschlossenheit, die unsere Vorväter über das Eis zu diesen einsamen Felseninseln führte. Vielleicht hat Misaen Gericht über Kehannasekke gehalten, um sie dafür zu tadeln, dass sie eine neue Heimat im Süden suchten, statt zurückzukehren und mit Tapferkeit und Scharfsinn ihr wahres Erbe zurückzufordern.*

*Itilek weist darauf hin, wie viele Generationen vergangen sind, seit unsere Vorväter ins Exil getrieben wurden. Hoffnungen auf eine Rückkehr in unsere wahre Heimat scheinen in noch weitere Ferne gerückt, jetzt, da die Abkömmlinge derer, die uns ins Exil jagten, selbst von Südländern angegriffen werden, die von den Männern Tren Ar'Dryens aus ihrem eigenen Land vertrieben wurden.*

*Jinvejen erinnert Itilek daran, dass die Südländer von Priestern beherrscht werden, die sowohl Maewelin als auch Arimelin verehren, und dass sie schon lange für Rückzug plädieren, anstatt für ihre heiligen Stätten aufzustehen. Feigheit trägt die Saat ihrer eigenen Zerstörung in sich.*

*Itilek fragt, was Jinvejen vorschlägt.*

*Jinveien schlägt vor, alle Verbindungen zu den Südländern zu kappen und sich in Freundschaft für einen ganzen Jahreskreis um Heim und Herd zu kümmern. Misaen hat uns deutlich gezeigt, dass wir keine anderen Freunde haben als die durch unsere Blutsbande. Kehannasekkes Unglücksfälle beweisen, dass alle anderen Waffen sich gegen uns erheben werden. Wir wollen unsere Künste vervollkommnen und uns Zeit nehmen, um unsere Söhne aufzuziehen, dass sie stark und zielstrebig werden. Falls wir uns selbst als würdig erweisen, wird Misaen vielleicht unseren hart zuschlagenden Schwertern wieder die magische Schärfe verleihen.*

*Itilek will sich dies überlegen und unternimmt es, die Haut bei seinem Hargeard zu hinterlegen, damit die Gebeine ihm ihre Wünsche kundtun können.*

## Die Inselstadt Hadrumal
## 10. Vorsommer

»Vielen Dank, meine Liebe.« Planir hob die Hände vom Rand der silbernen Schale, sein Gesicht war angespannt. Er lächelte Aritane an, doch die höfliche Geste konnte die Falte zwischen den feingezeichneten dunklen Augenbrauen nicht gänzlich verwischen.

»Es ist eine willkommene Abwechslung, dass meine Talente einmal geschätzt werden.« Die Stimme der Frau aus den Bergen war gepresst, ihre tiefliegenden blauen Augen hart.

»Ich würde gerne wissen, wie du darüber denkst, was jetzt passieren kann«, lud sie Planir ein. Er erhob sich von seinem Stuhl am Tisch Aritane gegenüber. »Darf ich dir eine Erfrischung anbieten?«

»Etwas Wein, weißen, bitte.« Aritane lächelte über einen flüchtigen Gedanken, ehe ihr Gesicht wieder seinen beherrschten Ausdruck annahm.

Planir schenkte zwei Gläser eines strohgelben Jahrgangs aus einer dunklen Flasche ein, die mit einem zerbrochenen Wachssiegel geschmückt war. Er nahm wieder Platz und reichte ihr ein Glas. »Also, Ilkehan ist tot. Was bedeutet das für uns?« Der Erzmagus war hemdsärmelig, sein Seidenhemd war seinem Rang angemessen.

»Die Art und Weise seines Todes interessiert mich.« Aritanes exotischer Akzent passte nicht recht zu ihrem Alltagsgewand nach caladhrischem Schnitt aus praktischer Wolle in einem neutralen Gelbbraun. Sie hob eine Hand, um sich die weizenblonde Mähne, die ihr offen bis auf die Schultern fiel, aus dem schmalen Gesicht zu streichen.

»Ich nehme an, dass diese Barbarei einen Sinn außer schierer Blutlust hat?« Planir deutete auf das leere Wasser. »Und die Maskerade?«

»Falls seine Leute glauben, dass Ilkehans Überheblichkeit die Strafe der Gebaedim auf sich gezogen hat …« Aritane presste die vollen Lippen zusammen. »Das Selbstbewusstsein seiner Schüler und damit ihre Macht wird dann umso gründlicher gebrochen sein.«

»Wann können wir feststellen, wie viel ätherische Kraft bei den Elietimm oder in Suthyfer noch vorhanden ist?«, fragte Planir langsam. »Ich möchte nicht riskieren, dass jemand Magie wirkt, falls die leiseste Gefahr besteht, er könnte Otricks Schicksal erleiden.«

Aritane zog sich hinter den Vorhang ihrer Haare zurück. Planir wartete geduldig.

»Ich werde morgen nach einem Geist suchen, der für wahre Magie offen ist«, sagte sie endlich. »Dann können wir die Folgen von Ilkehans Tod abschätzen.«

»Wir müssen viele Folgen bedenken.« Jovial überhörte Planir Aritanes verdrossenen Ton. »Ohne Ilkehan, der dich oder deine Leute bedroht, solltest du über deine Möglichkeiten in der Welt jenseits von Hadrumal nachdenken. Die Universitäten in Col und Vanam würden deine Einsichten in das Studium des Ätherzaubers willkommen heißen.«

»Ich habe ein paar von diesen Gelehrten in deinen Bibliotheken getroffen. Ich würde mit keinem auch nur eine Nacht auf einem kahlen Berg verbringen.« Sarkasmus triefte aus Aritanes Worten. »Also willst du mich loswerden?«

»Nicht im Geringsten.« Planirs gleichmütige Erwiderung ließ ihn umso aufrichtiger wirken. »Ich schätze deine Fähigkeiten hoch, und Erzmagus oder nicht, ich hätte diese Weitsicht niemals wagen können ohne den Schutz durch deine Zauberkunst.« Er deutete mit seinem Weinglas zu der Silberschale. »Aber ich würde gern sehen, dass du einen Platz findest, an dem deine beträchtlichen Talente die geziemende Achtung erfahren – und ich meine damit nicht nur deine Beherrschung der Ätherkünste.«

Aritane stieß einen unverbindlichen Laut aus, ehe sie einen Schluck Wein nahm. »Die Sheltya bleiben, auch wenn Ilkehan tot ist.«

»Gibt es denn keine Möglichkeit, deinen Frieden mit ihnen zu schließen?«, erkundigte sich Planir sanft.

»Wenn ich deinen Gelehrten als Zugang zu den Geheimnissen der Weisen diene?« Aritane setzte ihr Glas so heftig ab, dass Wein auf die polierte Tischplatte schwappte. »Wohl kaum.«

»Die Bücher, die wir gerade aus Ilkehans Bibliothek bekommen haben, sollten mehr als genügend Geheimnisse enthalten, um die Mentoren von Col, Vanam oder sonstwo zufrieden zu stellen.« Ungerührt deutete Planir auf eine Tür, die geschickt in der Verkleidung der gegenüberliegenden Wand verborgen war. »Ich würde gern sehen, dass du deinen Frieden mit den Sheltya machst, damit du frei bist, um dein Leben nach deinen Wünschen zu gestalten. Bis zu diesem Tag werde ich dich nach bestem Vermögen gegen Sheltya, Elietimm und alle, die dich hier vielleicht gering schätzen, verteidigen.«

Aritane errötete tief, was schlecht zu ihrem blassen Teint passte. »Ich sehe dich morgen.«

»Wie du willst.« Planir erhob sich und verbeugte sich höflich. »Aber vergiss nicht, meine Tür steht für dich immer offen.«

Aritane ging, ohne sich noch einmal umzusehen, ihr Schritt wurde hörbar schneller, als sie über die Treppe nach unten verschwand. Planir blieb noch einen Augenblick an der Tür stehen und fuhr sich mit den langen Fingern durch die Haare. Er stieß einen Seufzer aus, der Enttäuschung, Gereiztheit oder Erschöpfung oder alles drei zusammen ausdrücken konnte, ehe er die Tür mit einem Tritt ins Schloss beförderte.

Mit zu Berge stehenden Haaren ignorierte er seinen unberührten Wein und ging zu dem hohen Fenster. Er blickte weit über die schiefergedeckten Dächer Hadrumals hinaus. »Wann kann ich dich endlich mit Weitsicht suchen, mein Liebling«, murmelte er. Auf dem Fenstersims neben ihm stand ein Spiegel, glänzender Stahl in einem dunklen Mahagoni-Rahmen, daneben ein leerer silberner Kerzenhalter.

Etwas im Hof unten erregte Planirs Aufmerksamkeit. »Hervorragender Zeitpunkt, Herdmeister, wie immer«, murmelte er sardonisch.

Er bewegte sich rasch, bürstete sein Haar, dass es wieder so glatt wie immer lag und schnappte sich sein förmliches Gewand von dem Haken an der Tür. Er warf es über, während er Aritanes Glas vom Tisch nahm und die verschütteten Tropfen mit dem Ärmel aufwischte. Seine Hand verharrte zögernd über der Weitsicht-Schale, doch mit einem Lächeln ließ er sie stehen.

»Herein.«

Kalion klopfte, riss die Tür auf und marschierte herein, kaum dass er die Aufforderung des Erzmagiers abwartete. Planir saß auf der Fensterbank, ein Glas Wein neben sich, eine Hand in der Hosentasche, in der anderen ein kleines, in altes Leder gebundenes Buch, das blassgrün ausgeblichen war. Sein Fuß ruhte auf einem Stuhl, der nachlässig schräg vom Tisch gezogen war.

»Hast du je eins von Azazirs Tagebüchern gelesen?« Planir runzelte die Stirn über die spinnenartige Schrift, die noch immer leuchtend schwarz auf den vergilbten Seiten zu lesen war.

Kalion war entschieden aus dem Konzept gebracht. »Azazir?«

»Ja«, sagte Planir abwesend. »Eine Gefahr und ein Verrückter, aber er hatte ein paar unleugbar interessante Ideen.« Er schüttelte den Kopf. »Ich würde zu gern wissen, wie er diesen Drachen heraufbeschworen hat, aber ich fürchte, dieses Geheimnis ist mit Otrick gestorben.«

»Umso schlimmer.« Aufrichtiges Bedauern zerfurchte Kalions dickes Gesicht. »Hast du irgendwelche Hinweise gefunden?« Begierig richtete er den Blick auf das kleine Buch.

»Noch nicht.« Planir klappte das Tagebuch zu. »Aber ich glaube, es könnte ein interessantes Projekt werden. Ich habe über die Rolle des Erzmagus nachgedacht, im Lichte dessen, was ihr, du und Troanna, zu sagen hattet. Ich war zu der ziemlich niederschmetternden Schlussfolgerung gezwungen, dass meine Vorgänger und ich viel zu wenig Zeit damit verbracht haben, das Wissen der Zauberei wirklich zu mehren. Wir sind so in den Banalitäten des alltäglichen Lebens in Hadrumal gefangen, dass wir Trydeks erste und oberste Forderung für dieses Amt vergessen.« Er sah Kalion erwartungsvoll an.

Der Herdmeister pflückte sich ein loses Fädchen von seinem Samtumhang. »Trydek hat so viele Vorschriften niedergelegt, als er seine Schule für Zauberer hier eingerichtet hat. Worauf genau spielst du an?«

Planir lächelte. »Dass der Erzmagus die Erforschung der Kombination der vier Elemente in grundlegender Magie vorantreiben soll.«

Kalion setzte sich auf einen Stuhl am Tisch, ohne auf eine Aufforderung zu warten. »Das ist ein interessanter Vorschlag.«

»Es ist eine lang vernachlässigte Pflicht meines Amtes.« Planir lächelte nicht mehr. »Ich bin fest entschlossen, es besser zu machen.«

»Hast du deshalb Herion und Rafrid ausgerechnet jetzt hergerufen? Und Sannin?« Kalions Entrüstung verbarg sein Misstrauen nur unvollkommen. »Um als Erzmagus die Möglichkeiten des Nexus zu erforschen, solltest du mit den Magiern zusammenarbeiten, die in jedem Element vorrangig sind.«

»Wie Troanna ja nicht müde wird zu wiederholen, verfügen wir ja nicht über einen Meisternexus, nicht wahr?« Planir wurde plötzlich lebhaft. »Das haben wir schon oft genug wiederholt. Ich hoffe, dich führt an diesem sonnigen Nachmittag etwas Interessanteres her?«

Kalion tat sein Bestes, um die Entschlossenheit wiederzugewinnen, die ihn die Treppen hinaufgetrieben hatte. »Wie ich höre, hattest du diese Frau Aritane hier drin.« Er warf einen misstrauischen Blick auf die Weitsicht-Schale.

»Wie ich sehe, verbringt Ely noch immer mehr Zeit am Fenster als über ihren Büchern.« Der Erzmagus erwiderte Kalions Blick mit gleicher Herausforderung. »Ich würde es schätzen, wenn du deinen Ton mäßigst. Bei dir klingt es, als würde ich mich mit ihr auf dem Tisch vergnügen. Warum sollte ich mich nicht mit dem einen Fachmann über Zauberkunst beraten, den wir haben, wenn die Elietimm uns alle wieder einmal bedrohen?«

»Was hat sie dir erzählt?«, wollte Kalion wissen. »Was geht vor? Wir haben ein Recht darauf, es zu wissen, ich und Troanna und die anderen Meister der Hallen.«

»Jenseits des Ozeans?« Planir zuckte die Achseln. »Du weißt, wie gefährlich es wäre, mit den Magiern da draußen Kontakt aufzunehmen ...«

»Hast du eine Ahnung, was Shiv oder Usara vorhaben?« Kalions Miene war verdrießlich. »Du weißt, dass sie ein Schiff voller Halunken, die sie in den Häfen längs der Küste aufgabelten, angeheuert haben?«

Planir nickte ungerührt.

»Sie könnten alle möglichen Arten von Magie wirken, zum unkalkulierbaren Schaden der Zauberei.« Kalion sah ihn finster an. »Sehr viele Leute missbilligen, dass du sie sich in D'Alsennins Angelegenheiten einmischen lässt, ohne die geringsten Sanktionen durch den Rat.«

»Ich würde gern wissen, wer sich berechtigt fühlt, mich in so anmaßender Weise zu kritisieren.« Planir sah Kalion erwartungsvoll an, doch der rotgesichtige Magier schwieg störrisch. Der Erzmagier zuckte die Achseln und fuhr verwirrt fort: »Ich verstehe deine Einwände nicht. Du hast jahrelang verlangt, dass Hadrumals Isolation enden muss, dass wir uns mit den Belangen der übrigen Welt auseinander setzen. Du hast höchst überzeugend erklärt, dass diese Bedrohung durch die Elietimm uns die Gelegenheit gibt, zu zeigen, was wir tun können, um den nicht Magiegeborenen zu helfen und sie zu verteidigen.«

»Unter der Führung des Rates«, fauchte Kalion.

»Das war allerdings oft der Punkt, an dem es hängen blieb.« Planir schüttelte bedauernd den Kopf. »Jeder, vom Fürsten bis zum Schweinehirten, misstraut den Magiern, deren erste Loyalität immer ihrem geheimnisvollen Rat gilt und dessen verborgenen Loyalitäten und Zielen.« Die Miene des Erzmagiers war offen. »Natürlich, wenn sie Zauberkunst zu Hilfe hätten, brauchten sie das nicht zu riskieren. Ich fürchte fast, dass Zauberkunst unser Untergang ist, auch ohne dass die Elietimm uns angreifen.«

»Was meinst du damit?«, fragte Kalion misstrauisch.

»Ich habe gehört«, Planir hob eine Hand, ehe er sie wieder in seiner Tasche verschwinden ließ, »aber vergiss nicht, es handelt sich dabei nur um Gerüchte, dass Tadriol den Mentoren von Vanam ein Angebot gemacht hat.«

»Was für ein Angebot?«, wollte Kalion unverzüglich wissen.

»Ich glaube, er bietet ihnen das Kaiserliche Privileg, eine neue Universität in einer Stadt ihrer Wahl zu gründen«, sagte Planir nachdenklich. »Wo die Gelehrten alles Wissen zusammentragen können, was in den Litaneien tormalinischer Tempel, in Archivquellen wie dem Liederbuch, das dieses Mädchen Livak gefunden hat, oder was sonstwo in den Aufzeichnungen der großen Häuser verborgen sein mag.« Planir seufzte. »Dazu noch das, was die Demoiselle Tor Priminale an Ätherwissen preisgeben mag, und dann könnte ich mir vorstellen, dass Tadriol schon bald seinen eigenen Zaubererzirkel haben wird – und all diejenigen, die ihm durch Dankbarkeit und eher materielle Schuld verbunden sind.«

Kalion kaute auf dieser unverdaulichen Aussicht einen Augenblick herum, ehe er den Angriff wieder aufnahm. »Umso mehr Grund, Shiv und Usara die Zügel anzulegen, ehe sie die Zauberei in den Augen des Kaisers in Misskredit bringen.«

Planir lächelte. »Da brauchst du dir keine Sorgen zu machen. Ich habe Neuigkeiten aus Suthyfer ...«

»Du hast doch gesagt, du wagtest keine Weitsicht«, unterbrach ihn Kalion wütend.

»Du hast mich den Satz auch nicht beenden lassen.« Planirs Stimme war kühl. »Dank der guten Dienste der Sheltya-Frau Aritane kann ich dir versichern, dass Shiv und Usara ansehnliche magische Arbeit geleistet haben, die Hadrumals Ansehen nur stärken kann.«

Kalion konnte sich die Frage einfach nicht verkneifen. »Was haben sie denn getan?«

»Alles zu seiner Zeit.« Planir winkte mit der Hand, an der er seinen Amtsring trug. »Ich freue mich, dass du mich aufgesucht hast, denn ich mache mir ziemliche Sorgen um Aritane. Sie beklagt sich nicht, aber ich habe aus verschiedenen Quellen gehört, dass Ely immer wieder ihre Verachtung für die Zauberkunst im Allgemeinen und für Aritane im Besonderen kundtut.«

»Wer sagt das?«, fragte Kalion, und es gelang ihm fast, es beiläufig klingen zu lassen.

»Es reicht, dass man es mir so erzählt hat, ich habe nicht die Absicht, die Flammen einer Fehde, die Ely führt, anzufachen.« Ein Hauch Verachtung lag in der Stimme des Erzmagiers. »Vielleicht warnst du deine Protegée lieber, dass ihr ein solches Verhalten nicht zum Ansehen gereicht bei der Zaubererwelt im Allgemeinen und dass sie meine Missbilligung im Besonderen riskiert. Ich würde es ihr selbst sagen, aber sie wird wohl annehmen, ich hätte etwas gegen sie, nachdem sie mit so viel Vergnügen unfreundlichen Klatsch über Larissa verbreitet hat.« Planir lächelte. »Damit hat sie vielleicht nicht Unrecht, aber das ist eine andere Geschichte.«

Kalion räusperte sich verlegen. »Ich werde mit dem Mädchen sprechen.«

»Ich bitte darum. Wenn Aritane hier so unglücklich wird, besteht durchaus die Möglichkeit, dass sie sich nach Vanam zurückzieht oder wo Tadriol die neue Lehrstätte für das Studium der Zauberkunst auch gründen mag. Schließlich sind Gastgelehrte oft die einzigen Menschen, die halbwegs höflich ihr gegenüber sind.« Planir sah nachdenklich drein. »Das Sheltyawissen wäre eine beträchtliche Bereicherung zu dem Ätherwissen, das Tadriol ansammeln mag.«

Der finstere Blick des Herdmeisters verhieß nichts Gutes für die unglückliche Ely. »Ich kümmere mich darum.«

»Das wäre mir recht.« Planir nahm sein Buch wieder auf, legte es aber nochmals hin, als wäre ihm plötzlich ein Einfall gekommen. »Da ist noch etwas, was du für mich tun könntest. Oder genauer gesagt, für Velindre.«

»Was könnte das sein?« Kalion war erstaunt.

»Du hast sie in ihrem Ehrgeiz unterstützt, Wolkenmeisterin zu werden.« Planir lächelte reuig. »Es wäre sehr freundlich, wenn du sie im Voraus warnen könntest, dass ich sie dem Rat nicht vorschlagen werde.«

»Warum nicht?« Kalions Empörung gewann wieder einmal die Oberhand.

»Weil ich Rafrid nominieren werde«, erwiederte Planir schlicht. »Du kannst nicht abstreiten, dass er selbstredend der am besten qualifizierte Kandidat ist, sowohl in seiner Beherrschung seines Elementes als auch durch seine Erfahrung als Meister von Hiwans Halle. Er hat sehr viel eher das Alter, um sich Respekt zu verschaffen als Velindre, und selbst nach ihren jüngsten Reisen hat Rafrid einen weit größeren Kreis von Freunden und Bekannten, hier in Hadrumal als auch anderweitig. Er sagt, er tauscht sich mit Alchimisten aus der Hälfte aller Städte zwischen Tormalin und Col aus.« Der Erzmagus kicherte.

»Er kann doch nicht hoffen, weiter Hallenmeister zu bleiben«, platzte Kalion heraus.

»Nein, wirklich nicht.« Planir lächelte. »Du und Troanna, ihr habt mich davon überzeugt, sei ganz beruhigt. »Er tritt zu Herions Gunsten zurück.«

»Diese Nullnummer?« Kalion klappte vor Staunen der Kiefer nach unten. »Wer hat sich das denn ausgedacht?«

»Ich glaube, der Vorschlag kam von Shannet.« Planir lachte gutmütig. »Diese alte Sumpfohreule kann uns immer noch überraschen, was?«

»Sie rührt sich doch nicht mehr von ihrem eigenen Kamin weg.« Kalion war zu verblüfft, um seinen Verdruss zu verbergen. »Sie schafft es ja kaum noch die Treppe hinauf.«

»Das hindert die Leute aber nicht davon ab, sie zu besuchen«, betonte Planir. »Sie ist vielleicht alt, aber sie hat ihren Verstand noch beisammen und darüber hinaus eine stattliche Anzahl von Freunden.«

»Ich sage es Troanna«, sagte Kalion unwirsch. Er stand auf, um zu gehen.

»Du kannst ihr auch sagen, dass ich über ihre Sorgen bezüglich meiner eigenen Situation nachgedacht habe.« Planir schwang die Füße auf den Boden und beugte sich ernsthaft vor. »Sie hat natürlich Recht. Jeder Erzmagus braucht einen vollen Nexus von Elementmeistern zu seiner Unterstützung. Ich werde vor dem Rat einen neuen Steinmeister nominieren.«

»Galen?«, fragte Kalion herausfordernd.

»Nein«, antwortete der Erzmagier entschieden. »Meine Befürchtungen bezüglich seiner Eignung haben sich nicht geändert, und selbst seine engsten Freunde können nicht behaupten, dass seine Versuche in jüngerer Zeit, sich bei einem größeren Kreis beliebt zu machen, sonderlich von Erfolg gekrönt waren. Ich werde Usara nominieren.«

»Und was ist mit meinen Befürchtungen bezüglich seiner Eignung? Troanna wird mit Sicherheit Einwände erheben«, warnte Kalion hitzig. Er blickte den sitzenden Erzmagier streng an.

»Weißt du, ich glaube eigentlich nicht, dass sie das tut«, beruhigte ihn Planir. »Nicht wenn 'Sar dem Rat von seiner spektakulären Anwendung der Magie zur Verteidigung von Kellarins Interessen in diesem Sommer berichtet.«

»Was hat er denn genau getan?«, quetschte Kalion zwischen zusammengebissenen Zähnen hervor.

Planir zögerte. »Das sollte er wirklich besser selbst erklären, vor dem Rat in einer ganzen Sitzung. Wir sollten so vorgehen, wie es sich gehört.«

»Darum scherst du dich doch sonst auch nicht«, gab Kalion zurück.

»Das ist ein berechtigter Tadel.« Planir nickte. »Aber ich gebe mir Mühe und beherzige auch Troannas Vorwürfe.«

Kalion stieß einen tiefen Seufzer aus. »Also versenken Shiv

und Usara diese Piraten? Die Elietimm-Hexer werden in die Flucht geschlagen?« Er ließ sich schwer wieder auf den Stuhl plumpsen, von dem er sich gerade erhoben hatte, und verschränkte die Arme über der massigen Brust.

»Ich glaube, das kommt so ungefähr hin«, versicherte Planir. »Usara arbeitet eng mit der Demoiselle Tor Priminale zusammen – was natürlich die Waagschale auch ein bisschen zu seinen Gunsten senkt, natürlich. Wenn er Steinmeister ist, kann diese Freundschaft mit Guinalle für Hadrumal unschätzbar sein. Wenn Tadriol oder sonst wer nämlich das Studium der Zauberkunst vereinen will, wird Guinalle im Mittelpunkt stehen.«

Kalion nickte widerstrebend. »Wann können wir weitere Neuigkeiten erwarten?«

»Aritane sagt, in ein paar Tagen müsste es sicher sein, Weitsicht zu versuchen«, antwortete Planir.

»Ich freue mich darauf.« In Kalions Ton lag eine unmissverständliche Schärfe.

»Ich freue mich darauf, dass die ganze Angelegenheit abgeschlossen wird«, sagte Planir grimmig. »Ich will, dass diese Bedrohung durch die Elietimm ein für alle mal aus der Welt geschafft wird.«

»Damit wir uns wieder dem eigentlichen Zweck der Zauberei widmen können«, sagte Kalion mit Vergnügen. »Unseren Einfluss auf dem Festland zu festigen.«

Planir lachte. »Ich freue mich eigentlich mehr darauf, Larissa wieder hier zu haben. Wusstest du, dass sie 'Sar und Shiv geholfen hat? Ich schätze, dass sie viele Einblicke in die wirkungsvolle Anwendung einer doppelten Affinität gewonnen hat.« Er nahm das Buch wieder zur Hand. »Azazir hat einige eigenwillige Theorien, die ich gern mit ihr diskutieren möchte. Und, wer weiß, vielleicht willigt sie endlich ein, mich zu heiraten.«

»Dich zu heiraten?«, fragte Kalion wie betäubt.

»Wenn sie mich nimmt und all die Belastungen, die mein Amt mit sich bringt.« Planir lächelte liebevoll. »Ich muss mal sehen, ob einer der Juweliere mir ein passendes Zeichen meiner Wertschätzung für sie besorgen kann.«

Kalion stand auf. »Ich verabschiede mich, Erzmagus«, sagte er steif. »Ich erwarte, vollständig informiert zu werden, sobald du Neuigkeiten aus Kellarin oder Suthyfer hast.«

»Selbstverständlich.« Planir deutete mit der Hand nur einen Abschiedsgruß an, als Kalion aus dem Zimmer stampfte, die Schultern steif vor Verärgerung.

Der Erzmagier lehnte sich in dem Fenstersitz zurück und suchte nach der Stelle in dem abgegriffenen Tagebuch, an der er aufgehört hatte zu lesen. Nach kaum einer Seite hörte er erneut auf zu lesen, legte eine Feder als Lesezeichen hinein und betrachtete den wartenden Spiegel. Er schüttelte den Kopf, stand auf und ging rasch zu der Tür in der Wandverkleidung.

»Also, was haben wir herausbekommen?« Er schlüpfte durch die Tür und rümpfte die Nase über den Geruch nach Rauch und versengtem Leder.

»Du brauchst jemanden aus der Bibliothek, der das hier ordentlich katalogisiert.« Ein Magier mittleren Alters mit sanftem Gesicht studierte eine Schriftrolle, die beim Entrollen knisterte. »Von uns Nullnummern kann man ja schließlich nicht erwarten, dass wir wissen, was wir vor uns haben.« Er klang belustigt.

»Das wäre vielleicht am besten.« Ein kräftig gebauter Mann etwa im gleichen Alter wie Planir und Herion kniete vor dem Kamin und stapelte stark angekohlte Bände hinter den Funkenschutz. Er bürstete sich dunkle Flocken von den blauen Manschetten. »Vielleicht kannst du die da sortieren, Sannin. Niemand wird sich wundern, wieso du nach Kohle riechst.«

Er grinste die schlanke Frau an, die auf der seidenbezogenen Bettstatt saß.

»Danke, Rafrid, aber ich möchte nicht, dass die Leute denken, ich hätte meinen Biss verloren.« Sannin steckte sich eine Locke ihres glänzend braunen Haars hinter ein Ohr, während sie ein kleines Buch durchblätterte. »Wird diese kleine Maskerade wohl dafür sorgen, dass Kalion seinem eigenen Schwanz nachjagt, bis wir klarere Neuigkeiten haben?«

»Er wird von Troanna gejagt werden«, kicherte Rafrid. »Und sie wird hinter jedem anderen her sein, der unter Umständen wissen könnte, was wir vorhaben.«

»Grundlagen der Magie sind etwas, das mich wirklich interessiert.« Herion blickte von seiner Schriftrolle auf.

»Natürlich, sobald wir mit diesen Elietimm fertig sind.« Planir lehnte sich gegen die Tür. »Ihr glaubt doch nicht etwa, ich hätte unseren verehrten Herdmeister angelogen?«

Rafrid legte das stark verkohlte Buch nieder, das er untersucht hatte, und rieb sich vergnügt die Hände. »Zuerst wird Kalion Troanna erzählen, dass du vorhast, mich über meine Vorgesetzten zu erheben. Wofür ich dir meinen aufrichtigsten Dank schulde, Erzmagus.« Er sah eher resigniert als erhaben aus.

»Du kannst dich ja mit Shannet einlassen, wenn du die Ehre nicht willst«, bot Planir an.

Rafrid tat, als denke er darüber nach. »Nein, ich ziehe die Bürde des Amtes ihren Tadeln vor.«

»Sie würde dir nie verzeihen«, lächelte Sannin, immer noch aufmerksam lesend.

»Hast du Absichten auf die Ehre einer Herdmeisterin?«, fragte Planir beiläufig.

»Ich?« Sannin sah verblüfft auf. »Nein, ganz und gar nicht.«

»Du würdest den Leuten genau das sagen, wenn ein solch

seltsames Gerücht in Umlauf käme?« Planirs Ton war bekümmert.

»Genau das.« Sannin widmete sich wieder ihrem Buch.

»Sobald das Wort die Runde macht, wird der halbe Rat bei jedem von uns vor der Tür stehen.« Herion warf einen Blick zu Rafrid, ehe er Planir ansah. »Wir sollten uns besser auf Antworten einigen, ehe die Gerüchte hochkochen.«

Planir nickte. »Geht und lernt eure Verse. Das hier kann warten.«

»Ich schicke jemand Verlässlichen aus der Bibliothek von Hiwan«, bot Rafrid an, während die beiden Männer durch eine zweite Tür hinaus ins Treppenhaus gingen.

»Danke.« Planir ging, um die Tür zu schließen, ließ sie aber einen Spaltbreit offen und wandte sich an Sannin, die immer noch in ihr Buch vertieft war. »Bist du bereit, deinen Ruf aufs Spiel zu setzen, weil man dich allein mit dem Erzmagus in seinem Schlafzimmer findet?« In seinem Scherz schwang Bitterkeit mit.

»Mein Ruf ist gesichert bei jedem, dessen Meinung ich schätze.« Sannin spielte abwesend mit einem Knopf an dem hübsch gerundeten Mieder ihres roten Kleides, ohne aufzusehen. »Willst du sie wirklich bitten, dich zu heiraten?«

»Ich sagte doch, dass ich Kalion nicht anlüge.« Planir setzte sich neben Sannin aufs Bett. »Billigst du das nicht?«

Sannin sah ihn an. »Es ist nicht an mir, es zu billigen oder zu missbilligen.« Sie küsste ihn mit freundschaftlicher Zuneigung auf die Wange, ehe sie aufstand. »Und ich habe es schon als Lehrling aufgegeben, dir die Stolperfallen auf deinem gewählten Weg aufzuzeigen. Pass nur auf dich auf.«

»Deine Sorge rührt mich.« Planir grinste. »Aber was ist das Leben schon ohne ein gewisses Risiko?«

»Sicherer. Ich mache mir mehr Sorgen um Larissa«, tadelte Sannin. »Du hast das dicke Fell eines Dorfbullen und den dazugehörigen Eigensinn, aber sie ist gerade mal ihren Lehrjahren entwachsen. Ich weiß, sie hat eine doppelte Affinität und eine entsprechende Intelligenz, aber sie ist nicht so stark, wie du vielleicht glauben möchtest. Sie hat immer das Gefühl, sie müsste deinem Maßstab genügen und sich gleichzeitig gegenüber allen anderen doppelt beweisen, nur weil du sie gern hast. Ich habe mehr als einmal gesehen, wie sie ihr Spiel überreizt hat – nicht, dass sie die Erste wäre, die das täte, natürlich.« Sannin schüttelte den Kopf in reuiger Belustigung. »Ich bin froh, dass sie Usara hat, der sie zurückhalten kann, ehe sie Kummer bekommt. Und jetzt gehe ich lieber zurück und sehe nach, ob einer meiner Lehrlinge sich in Brand gesetzt hat.« Sie ging, ohne sich noch einmal umzusehen, zog die Tür hinter sich zu und verschwand mit wehenden Röcken.

Planir blieb noch einen Augenblick sitzen, ehe er unter seinen Kissen nach etwas suchte. In der Ecke, in der die gelben Seidenvorhänge an die Bettpfosten gebunden waren, fand er einen hauchzarten Umhang, der mit fröhlichen blauen Blumen bestickt war. Er hielt das zarte Gewebe an sein Gesicht und atmete tief ein, die Augen sehnsüchtig geschlossen. Als er die Hände senkte, erhellte eine boshafte Entschlossenheit sein zärtliches Lächeln. Er ging zum Fenster und hob die Hand, an der der große Ring des Erzmagiers steckte. Der Mitteldiamant fing die strahlende Sonne ein und brach sie in unzählige Regenbogensplitter, die sich in den Facetten fingen. Planir zog den verbeulten Silberring von dem anderen Finger und schob ihn sorgfältig neben das Zeichen seines Amtes. Die grauen Augen des Erzmagiers verengten sich, und neues Licht glühte sanft in den Juwelen, die den Diamanten umgaben. Ein klares bernsteingelbes Licht verstärkte das gegenüberliegende geheimnisvolle Strahlen des Smaragdes, und der Rubin glühte mit zunehmender Wärme gegenüber dem kalten Blau des Saphirs. Planirs Gesicht hätte aus Marmor gemeißelt sein können, als er seine ganze Konzentration auf die funkelnden Steine richtete, die nun selbst das Sonnenlicht überstrahlten. Der Diamant brannte immer strahlender und zog Farben von den anderen Juwelen, das Funkeln umrahmt von flüchtigen Regenbogen. Der alte Silberring ging in dem gleißenden Licht verloren, bis die Magie plötzlich in nichts aufblitzte und Planir keuchend zurückließ, Schweißperlen auf der Stirn.

Er zuckte zusammen, als er vorsichtig den Silberring abzog, ein roter Striemen rohen Fleisches mit Blasen lief nun um seinen Finger. Zitternd musterte der Erzmagus seine Arbeit. Der einst stumpfe und verkratzte Ring war jetzt hell und glänzend, ohne jeden Kratzer oder Flecken. Er strahlte in einem reichen Silberglanz, der von einem Hauch Gold gemildert wurde. Planir verließ seine Schlafkammer, winkte mit der Hand, und die Schlösser an beiden Türen zum Flur hinaus versperrten sich mit einem leisen Klicken.

Planir steckte den Silberring an seinen Zeigefinger, während er eine Kerze vom Kaminsims nahm und Spiegel und Kerzenhalter von der Fensterbank. Er zuckte zusammen, als sich seine Brandblasen durch ein Fingerschnipsen schmerzhaft spannten, aber die Kerze brannte trotzdem hell. Das sich ausweitende Licht schimmerte leuchtend in dem Stahl, und Planir legte seine Hände seitlich an den dunklen Holzrahmen und konzentrierte sich, bis der Zauber zu einer Scheibe von lebhafter Helligkeit von kaum Daumennagelgröße schrumpfte.

»Larissa?«, flüsterte Planir. »Liebes?«

»Erzmagus?« Ihre verblüffte Stimme klang durch den Zauber.

»Hör mir zu.« Er beugte sich näher zum Spiegel. »Ilkehan ist tot. Sie haben ihn getötet und seinen Leichnam so zugerichtet, dass D'Alsennin innerhalb eines Tages die Piraten angreifen können sollte, ohne Zauberkunst befürchten zu müssen.«

»Ich werde es an 'Sar weiterleiten«, begann Larissa.

»Nein«, unterbrach Planir. »Nicht ehe ich weiß, dass es sicher ist. Irgendein Hexer findet vielleicht noch einen Fetzen Kraft und versucht, Ärger zu machen. Wartet einfach ab – und ich habe etwas für dich, um euch zu helfen, wenn es zum Kampf kommt …«

Stirnrunzelnd hielt der Zauberer den Atem an. Dann rang er in plötzlichem Schock nach Luft. Er warf den Spiegel von sich, stürzte die Kerze um, sodass heißes Wachs auf seine Hand tropfte. Der Erzmagus spürte nichts von dem sengenden Schmerz, sondern sank bewusstlos auf die Fensterbank, ein dünner Blutfaden rann ihm aus einem Nasenloch. Aber der Silberring war von seinem Finger verschwunden und ließ nur noch die Blasen der Verbrennung zurück.

## Suthyfer, Wachinsel
## 10. Vorsommer

»Usara, wach auf!«

Die drängende Stimme weckte den Magier. »Guinalle?« Er setzte sich ruckartig auf und schimpfte, als er aus dem provisorischen Bett rutschte, das ein Seemann zusammengeknotet hatte. Er schlug dumpf auf und stieß sich das Steißbein.

»Nein, ich bin es, Larissa.«

»'Sar?« Als sie Stimmen hörte, kam Halice auf die mit Farnwedeln bedeckten Baldachine zu, die sie hatte bauen lassen, um jedes Bett vor nächtlichem Regen und den ersten Sonnenstrahlen zu schützen. »Ich dachte, ich hätte dir befohlen, dich auszuruhen.«

»Was in Dreiteufelsnamen ist eigentlich los mit euch?« Usara starrte auf den gleißenden Wirbel aus blauweißem Licht.

»Ilkehan ist tot«, erklärte das unsichtbare Magiermädchen mit einer Stimme, die vor Jubel vibrierte.

»Woher weißt du das?«, wollte Halice wissen. Die Söldnerin machte sich nicht die Mühe, auf die magische Verbindung zu schauen, sondern schnappte sich stattdessen eine lederne Kartentasche von ihren Decken.

»Planir hat es mir gesagt.«

Ehe Usara sich über den verlegenen Ton in Larissas Stimme wundern konnte, kam Temar vom Strand hochgerannt, und die Fragen des jungen Sieurs überlagerten Halices.

»Was ist los?«

»Wann ist er gestorben?«

»Planir hat es mir gerade mitgeteilt.« Usara glaubte, schon wieder diese Verschämtheit herauszuhören.

»Was ist mit Livak?« Halice blickte finster auf das blendende Leuchten, ein Pergament in der Hand. »Wo ist sie?«

»Und Ryshad?« Temar nahm seinen Schwertgürtel von dem entrindeten Schössling, der sein Schutzdach stützte, und schnallte ihn um. »Sind sie nach Hadrumal zurückgekehrt oder kommen sie her?«

»Planir hat mir nur gesagt, dass Ilkehan tot ist«, sagte Larissa abwehrend.

»Aber Muredarchs Hexer sind es nicht«, erinnerte Usara hastig. »Wir dürfen nichts überstürzen.«

»Also sagt Planir, wir können gehen? Hat er sonst noch was gesagt?« Halice ging zu dem Kochfeuer, das neben der ursprünglichen Piratenhütte brannte.

»Nichts Wichtiges.« Dieser Anflug von Schüchternheit in Larissas Stimme reizte Usara wieder, aber seine Neugier verflog bei dem Radau, den Halice mit einem langen Metalllöffel machte, den sie gegen den eisernen Kochtopf schlug. Sie brüllte eine liebenswürdige Warnung. »Bewegt euch, oder ich bewege euch hiermit! Jeder soll sich fertig machen!«

»Wir nehmen mit dir Kontakt auf, wenn wir unseren nächsten Schritt besprochen haben«, sprach Usara die schimmernde magische Scheibe an, und Larissas Zauber zog sich spiralförmig zusammen und verschwand im Nichts.

Allin war aus der Hütte gekommen und starrte in die leere Luft. »Wann hat sie das denn gelernt?« Die Magierin sprach mehr zu sich selbst als zu den anderen.

Usara saß auf seiner Decke und zog sich die Stiefel an, hielt aber inne, um über ihre Frage nachzudenken. »Das war einer von Otricks Lieblingszaubern. War sie jemals sein Lehrling?«

»Falls Ilkehan tot ist, warum hat uns Livak nicht davon unterrichtet?« Halice nahm einen Kessel und steckte zwei Finger in den Mund, um einen Matrosen mit einem gellenden Pfiff herbeizuholen.

»Vielleicht kann Shiv aus irgendeinem Grund nicht«, meinte Usara nachdenklich.

»Kann Sorgrad sich nicht bei dir melden?«, wollte Halice wissen, als sie den Kessel weiterreichte. »Mach ihn voll.«

Usara schüttelte den Kopf. »Das beherrscht er noch nicht.«

»Falls Shiv verletzt ist, will ich wissen, was vor sich geht«, sagte Halice grimmig.

»Und ich auch«, murmelte Pered. Der Künstler stand hinter Allin und schob die Ecken eines Stapels Zeichnungen mit konzentrierter Präzision aufeinander.

»Das ist nicht wichtig – entschuldige, natürlich ist es wichtig, aber ...« Temar versuchte, seine Entschuldigung mit einem raschen Blick zu Pered anzubringen, ehe er sich an Halice wandte. »Wenn Ilkehan tot ist, müssen wir angreifen, während die Hexer der Piraten noch vom Tode ihres Meisters geschockt sind.«

»Ich bin sicher, dass es Shiv gut geht.« Allin lächelte Pered beruhigend an, und Temar fragte sich, wie er sie je für unscheinbar hatte halten können.

»Vielleicht bringt diese Nachricht auch Muredarch aus dem Gleichgewicht«, überlegte Usara nachdenklich.

Halice nickte langsam. »Solange wir sicher sein können, dass diese Hexer weg von der Bühne und wieder in ihrer Kiste sind.«

Allin ließ das nur noch leise schwelende Kochfeuer fröhlich auflodern. »Planir hätte Larissa nicht gebeten, uns das zu sagen, wenn eine Gefahr bestünde.«

»Larissa ist der letzte Mensch in Hadrumal, den er einer Gefahr aussetzen würde«, gab Usara zu und verspürte einen Stich über die Wahrheit seiner Aussage.

»Guinalle kann uns sagen, wie es um Muredarchs Elietimm steht.« Temar machte eine Handbewegung zu der verschlossenen Holzhütte.

»Sie hat vergangene Nacht weniger Schlaf bekommen als ich.« Usara merkte, dass er schärfer als beabsichtigt gesprochen hatte, als er Temars Empörung sah. Er schlug einen sanfteren Ton an. »Naldeth zu pflegen ist sehr erschöpfend. Was willst du von ihr?«

»Es ist ganz einfach.« Temars offenes Gesicht verriet seinen Ärger. »Wenn ich ein bisschen besser wäre, könnte ich es selbst tun.«

»Ich mache ihr eine schöne Tasse Tee.« Allin stand auf, bürstete sich Sand und Asche vom Rock und suchte in einer kleinen Kiste, in der sich Pereds kostbare Gewürzgläser befanden. »Du kannst ihn ihr bringen, 'Sar.«

»Natürlich.« Usara hoffte, dass er nicht so verlegen aussah, wie er sich fühlte, als Allin ihn aufmunternd anlächelte.

»Nehmen wir mal an, dass Ilkehans Tod Muredarchs Hexern die Zähne gezogen hat.« Temar wich keinen Zoll vor Halice zurück. »Wir müssen entscheiden, wie genau wir angreifen wollen. Wir haben lange genug über die Möglichkeiten geredet.«

Halice warf Pered einen Blick zu. »Wenn Livak und Shiv in Schwierigkeiten stecken, müsste unser Angriff den ablenken, der sie verfolgt, so Saedrin will.«

»Sobald wir diese Piraten auf Poldrions Fähre geschickt haben, können wir sie retten.« Allin sah hoffnungsvoll von Halice zu Temar.

Halice runzelte die Stirn und tappte in Gedanken versunken mit einem Fuß auf den Boden. »Die Frage, die wir entscheiden müssen, ist, wie wir Darni und Larissa am besten einsetzen. Er hat den größten Teil der Truppe bei sich, und wir könnten gewiss einen zweiten Angriff gebrauchen.«

Temar wappnete sich. »Ich glaube noch immer nicht, dass wir uns auf Darni verlassen können. Wir haben keine Ahnung, wie viele Verwundete er hat oder wie weit er geflohen ist, um einer Verfolgung zu entgehen.«

»Lass mich dir helfen, Allin.« Usara machte sich auf die Suche nach den Hornbechern. Er wollte sich nicht wieder in diese Diskussion hineinziehen lassen.

Halices Miene verfinsterte sich. »Es dauert viel zu lange, eine Schiffsladung Männer den ganzen Weg um die Insel zu schicken, um von Süden durch die Meerenge zu kommen.«

»Diese beiden Piratenschiffe, die wir verbrannt haben, versperren den Kanal sowieso fast«, betonte Usara. »Eine zweiseitige Attacke ist ja ganz schön, aber wir gewinnen nichts, wenn wir unsere Kräfte aufteilen und Muredarch es nach Belieben mit jeder Hälfte aufnehmen kann.«

»Guinalle könnte die *Stranddistel* mit Zauberkunst herbeirufen, oder ich könnte das«, verbesserte sich Temar hastig, als er Usaras tadelnden Blick bemerkte.

»Wir wollen, dass jedes Schiff die Blockade hält.« Halice schüttelte den Kopf. »Wir werden nicht alle Ratten ins Netz bekommen, aber ich will verflucht sein, wenn ich sie nach Kalaven entwischen lasse, damit sie uns später wieder plagen können. Schick ihnen um alles in der Welt Befehle mit deiner Zauberkunst, sie sollen jedes Schiff versenken, das sie sehen.«

»Wir wollen auch nicht, dass sie Kurs auf Kellarins Küsten nehmen.« Allin band kleine Musselinsäckchen zusammen, die sparsam mit Kräutern gefüllt waren.

»Allerdings nicht.« Temar verschränkte die Arme in einer unbewussten Nachahmung von Halice und reckte das Kinn. »Also schlagen wir beim ersten Angriff so hart wie möglich zu. Das bedeutet, du brauchst jeden Mann, der ein Schwert halten kann. Ich komme auch mit.«

»Selbstverständlich.« Das Lächeln der Söldnerin war ebenso wild, wie es unerwartet kam. »Dies ist dein erster richtiger Kampf für deine Kolonie. Man wird dich an seiner

Spitze sehen, und wenn ich mit einem Ochsenziemer hinter dir stehen muss.«

Allins Kessel hielt mitten beim Einschenken inne, die Zauberin wirkte besorgt. »Könntet ihr nicht wieder bei Nacht angreifen? Wäre das nicht sicherer?«

»Mit dem Trick kommen wir nicht zweimal durch. Falls Muredarch jetzt bei Sonnenuntergang nicht die Wachen verdoppelt, bin ich der Auserwählte von Col.« Halices Worte waren mehr Erklärung als Tadel. Temar freute sich darüber, wenn er auch für einen flüchtigen Moment dachte, es wäre eine angenehme Abwechslung, wenn Halice ihm gegenüber die gleiche Nachsicht walten ließe.

»Außerdem, ein Überfall bei Nacht ist eine Sache, ein regelrechter Angriff ein ganz anderer Wurf Runen«, fuhr die Söldnerin fort. Wir müssen sehen können, was alle machen, und wenn diese Piraten ausbrechen, wollen wir wissen, wohin sie laufen. Wir würden sie im Dunkeln in diesem Wald nach wenigen Schritten aus den Augen verlieren. Der ganze Kampf würde so durcheinander enden wie zwei Katzen in einem Sack.«

»Ich kann mir nicht vorstellen, dass wir die Bogenschützen genauso wirkungsvoll einsetzen können wie beim letzten Mal.« Usara nahm einen dampfenden Tee, die Augenbrauen nachdenklich zusammengezogen.

»Nein«, gab Halice zu und nahm von Allin mit einem dankenden Nicken einen Becher entgegen. »Sie haben nur noch herzlich wenige Pfeile über, ein weiterer Grund, weshalb wir Darni brauchen. 'Sar, wenn du mit Larissa sprichst, sag ihr, dass wir jeden brauchen, der noch gehen und zur Ablenkung mit einem Stock wedeln kann. Wenn wir die Piraten nur ein wenig zersplittern können, sind wir in der Lage, einen Keil in sie hineinzutreiben.«

Allin setzte den Kessel ab. »Viele der Gefangenen, die wir

gerettet haben, werden mitkommen wollen. Das haben sie jedenfalls gesagt.«

»Sie sind immer noch zu schwach, auch wenn ihr Hass noch so stark ist.« Temar schnitt eine Grimasse, um diese unwillkommene Wahrheit auszudrücken. »Naldeth war schon halb tot, ehe diese Schweine ihn den Haien vorgeworfen haben.«

»Ein paar Tage Ruhe und genug zu essen reichen nicht aus, um ihnen die Ausdauer für einen richtigen Kampf zu verleihen.« Halice drehte sich zum Strand um. »Flaggensergeanten zu mir!«, bellte sie. »Fangen wir also an, einen Plan zu machen, ja?« Sie nahm noch einen Schluck Tee, verzog das Gesicht, weil er so heiß war, ehe sie das nasse Musselinsäckchen ins Feuer warf, wo es zischend qualmte. Sie goss den letzten Rest ihres Tees auf die Erde, um sie anzufeuchten, und begann mit einem Stock zu zeichnen.

»Lass mich das machen«, bot Pered an, doch während er sprach, begann die Erde unter Halices Zweig sich zu bewegen und formte sich zu einer Darstellung des Landeplatzes der Piraten, leicht verschwommen durch einen dunstigen Ockerschleier.

»Dann lass mich das stattdessen machen.« Pered nahm einen der Becher, die Allin noch immer hielt, und klopfte an die Tür der Hütte.

»Herein.« Guinalles Stimme war leise, und sie warnte den Künstler, indem sie einen Finger auf die Lippen legte. Männer schnarchten und wälzten sich auf ihren Pritschen, und in der Luft hingen schwer die Dünste von Schlaf, Schweiß und Verwundungen.

Pered reichte ihr den Becher. »Ich dachte, du solltest dich ausruhen.«

»Wenn Halice so laut brüllt, dass man sie in der Anderwelt hören kann?« Sie sah ihn fragend an. »Was gibt es Neues?«

Sie stand in der Tür und blickte zu Halice, Temar und Usara, einen blonden, schwarzen und schütteren Haarschopf dicht zusammengesteckt, während Allin sich mit den mehr prosaischen Notwendigkeiten befasste, wie Fleisch von den Nagetieren der Insel klein zu schneiden, um es zu dem geschälten Weizen in den Topf zu geben, den sie vorher schon eingeweicht hatte.

»Planir sagt, dass Ilkehan tot ist«, erklärte Pered.

»Zauberer.« Guinalle machte schnalzende Geräusche vor Gereiztheit. »Konnten sie nicht auf mich warten, um sicherzugehen, dass ihr Weg frei war?«

»Niemand will deine Fähigkeiten überstrapazieren«, sagte Pered diplomatisch. »Allen ist klar, wie viel deine Pflichten dir abverlangen.«

Guinalle lächelte in ihren duftenden Tee. »Shiv hat Glück.«

Pereds Lächeln konnte die Sorge nicht verdrängen, die ihn offensichtlich schwer bedrückte. »Wir wissen nicht genau, was auf den Eisinseln passiert ist.«

»Also möchte Temar, dass ich es herausfinde.« Guinalle griff nach seiner derben, tintenfleckigen Hand. »Lass es uns zusammen sehen.« Sie zog ihn in das muffige Halbdunkel und setzte ihren Becher auf ein vollgestelltes Brett, das auf zwei Böcken ruhte. »Wenn eine solche Liebe mich leitet, könnte ich Shiv in der Wildnis jenseits von Solura aufspüren.« Sie murmelte einen leisen Spruch.

Als plötzlich ein Bild von Shiv, der in einem Dornbusch kauerte, sie überraschte, krallten sich Pereds Finger in ihren Arm. »Er versteckt sich? Sind sie in Gefahr?« Sie fühlte einen unvorstellbaren Schmerz, hinter dem unausgesprochenen Gedanken des Künstlers. »Etwas stimmt nicht.«

»Es ist alles in Ordnung.« Guinalle sprach direkt zu seinem gesunden Menschenverstand, um den Ängsten seiner Fantasie zu begegnen. »Was sie auch getan haben, es hat ihn erschöpft, aber Ruhe wird ihn wieder auf die Beine bringen. Er scheint ganz zufrieden mit seiner Arbeit.«

»Wo ist er?«, fragte sich Pered, ohne es auszusprechen, und der Gedanke hallte durch die Stille, die sie in der Verzauberung miteinander teilten.

»Ich kann es nicht sagen.« Guinalle schüttelte den Kopf. »Aber vom Gefühl her ist er sicher.«

Pered verstand die doppelte Bedeutung, ohne dass eine Erklärung nötig war. Shiv glaubte sich selbst in Sicherheit, und Guinalle spürte keine unmittelbare Gefahr, die ihn bedrohte. »Sind sie alle sicher? Livak? Ryshad?«

»Soweit ich es beurteilen kann.« Guinalle runzelte die Stirn, es war immer schwer, die Gedanken von Magiern zu lesen, wenn sie nicht selbst aktiv ihre Magie wirkten. Sie wäre vielleicht nicht so unsicher, was Usara anging, wenn sie ein bisschen mehr von dem spüren könnte, was er wirklich für sie empfand. Dann müsste sie sich nicht auf jemanden wie Pered verlassen, der sie mit seinen Bindungen und Zuneigungen verankerte. Hastig schob sie diesen Gedanken beiseite, ehe Pered ihn aufnehmen konnte, und dann überfiel sie eine Flut von Bildern.

Eine gramgebeugte Frau verbarg hysterische Tränen hinter ihren blutigen Händen und langem, verfilztem Haar. Das Entsetzen über den Tod ihres Beschützers wurde verzerrt durch eine schuldbewusste Erleichterung, dass ihr Leben kein nervenzerfetzender Tanz um seine Launen und Grausamkeiten mehr sein würde. Eine neue brutale Wahrheit überrannte diesen schwachen Trost. Ohne Ilkehan, wer würde dann Anspruch auf sie erheben? Wenn sie der Versklavung oder dem Konkubinat entging, wovon sollte sie dann leben?

Erbarmungslos riss sich Guinalle von den unzusammenhängenden Gedanken der Frau los und zog Pered mit sich. Lautlose Stimmen und halb erhaschte Gesichter kamen und gingen. Welche Art von Zauberkunst lernten diese Elietimm, wenn sie so wenig Disziplin hatten, so wenig Selbstbeherrschung? Die ihre war eine brutale, ätzende Art, Menschen durch Schocks Reaktionen zu entringen und einen solchen Selbstverrat zu nutzen, um andere zu vernichten.

Während unbeschränkte Zauberkunst Gefühle hin und her spülte, sah Guinalle einen glatzköpfigen Mann mit festen, windgegerbten Zügen, entschlossen, sein Land und seine Leute gegen alles zu verteidigen, was aus Ilkehans lang erhofftem Tod kommen mochte. Ein jüngerer Mann sah seine Flanke durch den Verlust seines Verbündeten ungedeckt. Das Bild vor seinem geistigen Auge von einer verteidigungslosen Festung auf einem nackten Sandstreifen verschob sich zu dem unmittelbareren Entsetzen über seine eigene Nacktheit unter einer herabsausenden Klinge. Lebhafte Vorstellungskraft sah schimmernden Stahl in weißes, zitterndes Fleisch schneiden, sah rotes Blut auf dem silbernen Schwert, sah, wie Fleisch und Sehnen getrennt wurden. Angst verflüssigte seinen Magen, als er begriff, dass es niemanden kümmern würde, dass er Ilkehan nur nachgegeben hatte, um sich selbst zu retten. Guinalle war erstaunt, als sie merkte, dass sich ihr Magen mitfühlend zusammenzog.

Pered keuchte. »Ich kann das nicht, Herrin.«

Natürlich, er war wesentlich empfänglicher als sie. Deshalb war sie auch so erschüttert. »Bleib bei mir.« Guinalle wob einen Zauber, um ihm eine Pause von dem Durcheinander der Gefühle zu verschaffen. Sie verstärkte ihre eigene Abwehr, als Hoffnungen, Ängste, Vermutungen und Erinnerungen durch den Äther schwirrten und ihre Selbstbeherrschung erschütterten.

Das vom Alter faltige Gesicht einer Frau jubelte über den

Tod ihres Feindes. Jetzt konnte sie zufrieden sterben. Eine jüngere Frau in der Nähe war wütend auf etwas oder jemanden und kämpfte gegen Beschränkungen, die Guinalle nicht begriff, und für einen Moment sah sie Gitterstäbe, die das angespannte und ausgezehrte Gesicht streiften. Ihre Verzweiflung war ihr Untergang, erkannte Guinalle mitleidig, das Bedauern über ihre Lage trieb sie dazu, sich unmöglich nach etwas zu verzehren, was dahin war und nie wiederkehren würde.

Der Schock darüber, die Frau so in ihrer Reue gefesselt zu sehen, lenkte Guinalle ab, und sie spürte einen flüchtigen Hauch eines mächtigen Verstandes, der so eisig war, dass sie eine Gänsehaut bekam. Der Vorstoß dieses schlauen Verstandes fegte alle anderen wispernden Gefühle hinweg, und Guinalle hüllte sich rasch mit allem ein, was man sie gelehrt hatte. Der suchende Gedanke eilte weiter, Mann oder Frau, Guinalle konnte es nicht sagen, aber habgierig schoss er von versteckter Überlegung zu maskiertem Ehrgeiz, begierig, jeden Vorteil aus dieser Wendung der Ereignisse zu ziehen. Wer dies auch war, er war genauso gut in Heimlichkeit geschult wie jeder Adept von Ostrins Schrein.

»Ein Gesicht, verborgen vor jedermann.« Mit diesem Schluss wich Guinalle vorsichtig über die regulären Pfade rhythmischen Zaubergesangs zurück und führte Pered fort von dem weglosen Sumpf aus Kummer, Verwirrung und Vorahnung. »Ilkehans Tod hat unter den Elietimm mehr Chaos angerichtet, als in einem umgetretenen Ameisenhaufen entsteht.«

Pered schlug die Augen auf und rieb sich den steifen Nacken. »Wie du meinst.« Er zuckte reuig zusammen. »Ich habe das Gefühl, als hätte ich den halben Tag über einen Kopiertisch gebeugt gestanden.«

»Ein ganz guter Vergleich, was die nötige Konzentration

anbetrifft.« Guinalle deutete auf ihre Sammlung von Arzneien, deren Flaschen nach Größe und Farbe sortiert waren. »Wenn du Kopfschmerzen hast, kann ich dir einen Trank mixen.« Es war schade, dass sie kein Mittel hatte, um das Zittern, das sie in ihrem Geist spürte, zu stillen.

»Es geht schon, trotzdem danke.« Pered rieb sich den Nacken, den Blick nach innen gekehrt. »Das war eine bemerkenswerte Erfahrung, noch mehr als beim letzten Mal.«

»Guinalle!« Temars Stimme ließ sie beide zusammenfahren, und als sie sich umdrehten, sahen sie ihn ungeduldig winkend in der Tür stehen.

»Gleich.« Guinalle entließ Temar mit einer Handbewegung. »Wenn wir Zeit haben, solltest du ein bisschen Zauberkunst lernen. Ich glaube, du könntest ein guter Adept werden.«

»Schade, dass ich nicht früher daran gedacht habe, so etwas zu lernen.« Pered machte sich nicht die Mühe, seine Bitterkeit zu verbergen. »Dann könnte ich hier wenigstens von Nutzen sein.«

»Du kannst mir und Naldeth von Nutzen sein, wenn du möchtest«, sagte Guinalle aus einer plötzlichen Eingebung heraus. »Ostrin sei gedankt, seine Wunde beginnt zu heilen, und seine Jugend und Stärke werden ihm dabei helfen.« Sie sprach leise und zuversichtlich, nahm frische Verbände, einen Tiegel mit Salbe und eine kleine Flasche aus dunkelbraunem Glas vom Tisch. »Was ihm fehlt, ist Lebenswille. Er glaubt, er hat seine Berufung, seine Lehrer, Parrail und jeden anderen Unglücklichen, der an die Piraten verloren ging, verraten.«

»Er ist aufgewacht?« Pered war sichtlich erschüttert.

»Kaum, aber ich kann seine Gedanken hören.« Guinalle musste sich bei der Erinnerung auf die Lippe beißen. Sie brauchte wirklich so bald wie möglich einen guten Nachtschlaf. Mit Pered zusammen zu sein, verlockte sie auch zu Schwäche, seine offene Freundlichkeit hatte schließlich schon mehr Menschen entwaffnet.

Pered schüttelte vehement den Kopf. »Ihr Blut klebt an Muredarchs Händen, nicht an Naldeths.«

»Davon kann ich ihn nicht überzeugen«, seufzte Guinalle. Sie ging behutsam voraus durch die Reihen der Pritschen zu einem Bett an der Rückwand der Hütte.

Pered folgte ihr. »Was soll ich tun?«

»Rede mit ihm. Er kann dich hören, trotz seiner Schmerzen und auch wenn die Medizin seine Sinne trübt.« Guinalle legte Pered eine Hand auf den Arm. »Erinnere ihn an alles, wofür sich zu leben lohnt. Liebe, Schönheit, Freundschaft und Aufrichtigkeit, die gegen jede Falschheit kämpft.«

»Kannst du das nicht mit Zauberkunst?«, fragte Pered neugierig.

»Nicht, ehe ich mich selbst überzeugt habe.« Guinalle erstarrte und riss ihre Hand fort, unsicher, ob sie dieses offene Geständnis nur gedacht oder laut ausgesprochen hatte. Pereds instinktive mitfühlende Umarmung brachte sie noch weiter aus dem Konzept, und sie riss sich abrupt los. »Das wäre ein Missbrauch meiner Macht, jetzt, da er so verwundbar ist.« Er war verwundbar, nicht sie. Sie konnte es sich nicht leisten, verwundbar zu sein. Guinalle blickte auf Naldeth nieder, der schlief, nur in ein zerknittertes Leinenhemd gekleidet, lang genug, um die Schicklichkeit zu wahren. »Halt das mal.«

Pered nahm die Verbände und die Salbe, und Guinalle spürte sein instinktives Mitgefühl, als er zusah, wie sie vorsichtig die Verbände von dem Beinstumpf des Magiers wickelte. Das war eine weitere Ablenkung, auf die sie gut verzichten konnte, dachte sie ärgerlich. Es musste eine Folge der groben Erschütterung sein, die sie durch diese undisziplinierten Elietimm erfahren hatte.

»Das sieht schon viel besser aus«, sagte Pered aufmunternd.

Guinalle begutachtete die Nähte, die sich schwarz gegen die weiße Haut abzeichneten. »Wir mussten den Knochen auf halber Höhe des Oberschenkels abtrennen, damit wir genug Haut hatten, um den Stumpf zu vernähen.« Sanft wischte sie die dunkle Verkrustung fort. »Das ist nicht so schlimm, da damit das ganze zerfetzte Fleisch, das Wundbrand hätte hervorrufen können, mit entfernt wurde. Es gibt keine Anzeichen von Entzündung, und die Wunde heilt gut zusammen.« Sie warf Pered einen bedeutungsvollen Blick zu und nickte zu dem Magier hin, dessen Gesicht im Schlaf nicht entspannt, sondern unnatürlich reglos war.

»Es ist noch genug von dem Bein da für eine Prothese, falls ihm das lieber ist als eine Krücke.« In Pereds Stimme schwang warme Ermutigung mit, aber er sah sie ängstlich an.

Guinalle lächelte beifällig und strich frische Salbe auf die Wunde. Der ganze Körper des Magiers spannte sich unter ihrer leichten Berührung an, und sie sah, wie Pered sich mitfühlend wand. Ja, entschied sie, er war eine gute Wahl, um den Verwundeten zu helfen, und im Gegensatz zu ihr würde er sich von Naldeths ständigen, unbewussten Selbstvorwürfen nicht erschüttern lassen. Sie holte tief Luft und stärkte noch einmal ihre Abwehr. Sie musste wirklich endlich einmal ungestört schlafen.

»Warum ist diese Salbe blau?«, fragte Pered unvermittelt.

»Sie ist aus Färberwaid gemacht, das stoppt die Blutung.« Guinalle legte mit geschickten Fingern einen neuen Verband an. »Eine höchst nützliche Pflanze, auch wenn ihre Zubereitung einen ausgesprochen abscheulichen Gestank hervorruft.« Sie verknotete forsch die Enden des Verbandes. »Sieur D'Alsennin braucht mich, Meister Magier. Pered ist hier und kümmert sich um die Verwundeten, solange ich beschäftigt bin, und er hat deine Arznei bereit, wenn du sie brauchst.«

Sie legte ihre Arme mit unpersönlicher Tüchtigkeit um Naldeth und bettete ihn etwas bequemer in seine Kissen, ehe sie sanft den Verband an seinem Arm lüftete, um die Wundheilung darunter zu untersuchen. »Wenn die Schmerzen ihn wecken, soll er einen Löffel voll von diesem hier nehmen. Wir wollen nicht, dass seine Qualen seine elementaren Kräfte Amok laufen lassen. Arimelin gebe, dass die meisten der anderen weiterschlafen werden, und die die aufwachen, sollten ein Weilchen warten können, aber falls jemand sehr leidet, sag mir bitte Bescheid. Ich komme zurück, so schnell ich kann.«

Pered schenkte ihr ein Grinsen, aber Naldeth lag mit demselben steinernen Gesichtsausdruck da wie zuvor. Guinalle verbarg ihre eigenen bösen Vorahnungen hinter einer ausdruckslosen Miene und ging rasch aus der Hütte. Wenigstens hatte sie etwas erreicht, sie hatte Pered eine Aufgabe gegeben, die ihn von der Gefahr ablenkte, in der Shiv vielleicht schwebte. Wenn nur die lebhafte Würdigung des Lebens rings um ihn her Naldeth aus der Verzweiflung holen konnte, die tiefer in ihn schnitt als die Knochensäge, die sie benutzt hatte. Bei diesem Gedanken durchzuckte sie ein Stich, den sie nicht näher erkunden wollte und in ihrem Magen ein Loch hinterließ.

»Was ist los?«, fragte Temar scharf, als sie aus der Tür trat.

Guinalle hob das Kinn, um seine Herausforderung zu erwidern. »Ich mache mir Sorgen um meine Patienten, vor allem um Naldeth.«

»Oh.« Temar sah verlegen aus. »Wie geht es ihm? Ist er schon aufgewacht?«

»Nicht so, dass er verständlich sprechen könnte, aber durch Zauberkunst habe ich erfahren, dass er von Schmerz und Kummer erschöpft ist«, sagte Guinalle gepresst und ignorierte den tückischen Gedanken, dass man dasselbe auch von ihr sagen konnte. Was war ihr bloß eingefallen, ihre Melancholie so preiszugeben? Es gab keinen Vergleich dazu. Sie hatte eine heilige Verpflichtung, ihrem Leben einen Sinn zu geben, ihre Fähigkeiten zu nutzen und zum Wohle anderer zu lernen.

»Möchtest du etwas Brot?« Usara erschien mit einer Hand voll von dem gedrehten Teigstrang, den die Söldner über dem offenen Feuer buken.

»Danke.« Guinalle fragte sich, wann sie wohl aufhören würde, das feine weiße Brot zu vermissen, das sie gewohnt war. Das war nun wirklich ein sinnloses Bedauern, dachte sie streng, würdig dieser undisziplinierten Elietimm-Frauen.

»Gar keine Ursache.« Usara lächelte sie an, sein Blick voll warmer Zuneigung.

Guinalle senkte den Blick und brach ein Stück von dem groben Brot ab. Egal wie liebevoll Usara zurzeit wirkte, wenn diese Mission beendet war, würde der Magier nach Hadrumal zurückkehren, ermahnte sie sich. Sie würde ihr Leben in Kellarin wieder aufnehmen, so kümmerlich, wie es war. Über Brot zu jammern war eine Sache, aber ein gebrochenes Herz zu riskieren für die Chance, dass Usara ihr vielleicht half, ihren Kummer zu lindern, war ein entschieden zu großes Risiko. Sie hatte fadenscheinigen Trost in Temars Armen gesucht, mit all seinen vertrauten Mängeln als Freier und gegen ihr besseres Wissen, nur um seine offene Verachtung zu erreichen. Sie würde sich eine solche Schwäche nicht mehr gestatten. Aber wie würde es ihren Kummer lindern, wenn eine solche Liebe wie zwischen Shiv und Pered ihr helfen könnte! Oh, das ist ja albern, schimpfte sie lautlos mit sich. Reiß dich zusammen!

»Larissa hat Nachricht geschickt, dass Ilkehan tot ist«, begann Temar, als sie zum Kochfeuer gingen.

»Das sagte Pered«, unterbrach Guinalle. »Nach dem, was ich von den Elietimm erfahren konnte, scheint es so zu sein.«

»Scheint?«, fragte Halice scharf. »Könnte es eine Lüge sein, um uns zu täuschen?«

»Nein.« Guinalle wählte ihre Worte sorgfältig. »Ilkehan ist wirklich tot. Was ich nicht genau herausfinden kann, ist, durch wessen Hand er gestorben ist oder wann.«

»Wo sind Livak und die anderen?«, fragte Halice.

»In Sicherheit, jedenfalls für den Augenblick.« Guinalle zuckte die Achseln. »Abgesehen davon, sind diejenigen, die auf den Inseln die Macht haben und von Ilkehans Schicksal wissen, in großem Aufruhr.«

»Wir müssen wissen, wie Muredarchs Elietimm reagieren.« Usara war ganz auf diese Frage konzentriert, die Zärtlichkeit für sie war aus seiner Miene verschwunden. Hinterlistige Enttäuschung piesackte Guinalle, aber sie tadelte sich. Dieser Aufruhr war töricht.

»Guinalle?« Halice sah sie seltsam an. »Geht es dir gut? Du wirkst abwesend.«

»Ich bin nur müde.« Sie brachte ein dünnes Lächeln zustande. Das musste der Grund sein, warum all diese müßigen Fantasien sie ablenkten.

»Aber nicht zu müde?« Usara war besorgt.

»Mach dir keine Sorgen.« Guinalle wedelte Temars Hand beiseite, während sie die Komplikationen verdrängte, die sie unausweichlich plagten. Vertraute Zaubergesänge schützten sie mit der unkomplizierten Reinheit der Zauberkunst. Gewappnet mit Äthermagie streckte sie ihre Fühler zu dem Piratennest aus und suchte nach den Hexern.

»Sie wissen, dass er tot ist.« Guinalle konnte ihre Genugtuung nicht verbergen. »Und sie haben ihren Zugriff auf den Äther verloren. Ihre ganze Ausbildung war auf Ilkehan konzentriert, nicht darauf, einen unabhängigen Zauber zu verstehen. Sie sind völlig aufgeschmissen.«

Sie schlug die Augen auf und sah, wie Temar und Usara sie anstarrten. Halices Miene war undeutbar, sie kaute auf einem Stück Stockbrot. Allin stand neben ihr, sie hatte einen Löffel in der Hand, von dem es langsam in den Kessel über dem Feuer tropfte, ihr rundes Gesicht wirkte ängstlich.

»Können sie ihre Zauberkunst zurückgewinnen?«, fragte Temar drängend.

»Sobald sie über den ersten Schock hinweg sind, vielleicht«, gab Guinalle zu. »Aber keineswegs mit der gleichen Kraft.«

»Wir müssen sie angreifen, während sie noch aus dem Gleichgewicht sind.« Halice machte einen Schritt in Richtung Strand.

»Es geht noch weiter«, sagte Guinalle hastig. »Sie haben es Muredarch nicht gesagt. Wenn sie ihm nicht mehr von Nutzen sind, fürchten sie, dass er ihr Leben gegen sein eigenes und das seiner engsten Vertrauten tauschen will.«

»Die Gefahr besteht nicht.« Temar spuckte die Worte aus.

»Wir müssen unbedingt angreifen, solange er noch nicht weiß, dass sie machtlos sind.« Halice nahm eine dampfende Schale von Allin entgegen.

»Wir setzen Segel, sobald wir gegessen haben.« Temar fand einen Hornlöffel in seiner Tasche und nahm eine Schale der Weizengrütze. »Danke dir, Magierin.« Er aß hungrig und lächelte Allin dabei die ganze Zeit an.

Guinalle akzeptierte auch eine Schale und genoss das gequollene Getreide, das die Brühe andickte. Allin hatte sogar ein paar getrocknete Äpfel gefunden, sicherlich für Temar.

Halice stieß mit dem Löffel nach ihm, mit vollem Mund sprach sie undeutlich. »Du musst entscheiden, was wir mit den Gefangenen machen. Wenn ich meinen Jungs nichts sage, solange sie noch ruhig genug sind, um auf mich zu hören, werden sie sie alle einfach töten wie immer und es Saedrin überlassen, sie zu sortieren.«

Temar schluckte langsam. »Das Leben der Piraten ist sicher verwirkt, aber wir sollten denen, die wir gefangen genommen haben, die Möglichkeit geben, sich zu ergeben. Wir können der Gerechtigkeit ihren angemessenen Lauf lassen, oder?«

Halice schaufelte ihr Essen in sich hinein. »Muredarchs Eid schien jene, die ihn geleistet haben, sehr stark zu binden.« Sie sah Guinalle an. »Wie wird sich das auswirken, wenn sie im Kampf die Seiten wechseln wollen?«

Guinalles Löffel verharrte in der Luft. »Ich habe keine Ahnung.« Was für eine Pervertierung der ätherischen Kräfte das war. Ihre Anwesenheit in diesem Zeitalter sollte wenigstens dazu beitragen, solcher Schändlichkeit ein Ende zu setzen, wenn schon sonst nichts. Der ungebetene Gedanke kam als unerwarteter Trost.

»Was glaubst du denn?«, beharrte Temar.

»Glauben allein tut es nicht. Wir könnten bis zum Sonnenuntergang weiterreden und kämen auch keinen Deut weiter.« Halice ließ ihre Holzschale in den leeren Kessel fallen. »Wir nehmen Gefangene, aber niemand wird begnadigt, ob Mann oder Frau. Machen wir uns auf den Weg.« Mit langen Schritten gelangte sie rasch zum Strand, wo alle außer den kürzlich befreiten Gefangenen sich auf den Kampf vorbereiteten.

»Es ist schwer, die Söldner und die Männer aus Vithrancel und Edisgesset auseinander zu halten«, meinte Guinalle. Männer und Frauen überprüften Klingen und Schwertgehänge, richteten Riemen und Wams, Stiefel und Gürtel, ihre Mienen verrieten Entschlossenheit. Einige der Seeleute ruderten bereits die Langboote hinaus zu der ankernden *Seetang*.

»Das liegt am Training.« Usara stand neben ihr. Guinalle errötete gereizt. Auch das hatte sie nicht laut sagen wollen.

»Wir kämpfen alle für unsere Zukunft, ob sie nun in Kellarin oder mit den Taschen voll Gold auf der Straße liegt.« Temar reichte Allin seine Schale, die heißes Wasser aus dem Kessel in den Kochtopf goss. »Überlass das jemand anderem. Gehen wir an Bord.«

Allin lächelte ihn nervös an. »Hoffen wir, dass wir heute alldem ein Ende setzen können.«

»Ich wäre auch froh, wieder in Kellarin zu sein und in einem anständigen Bett zu schlafen.« Temar nahm Allins Hand und steckte sie in seine Armbeuge, sodass sie dicht neben ihm ging.

»Sollen wir?« Usara bot Guinalle seinen Arm. »Wir müssen alle gehen, wenn dies der letzte Angriff ist.«

Guinalle holte tief Luft. »Wird das allem ein Ende machen?«

»Wenn wir alle unser Bestes geben.« Usara sah ihr tief in die Augen. »Dann können wir in die Zukunft blicken.«

Guinalle hatte keine Antwort darauf, deshalb lächelte sie nur unverbindlich und legte ihre Hand leicht auf den Unterarm des Zauberers.

Sie folgten Temar und Allin, die tief in ein Gespräch versunken waren.

»Ich möchte, dass du auf der *Seetang* in Sicherheit bleibst, fern von aller Gefahr«, sagte er beharrlich.

Allin hielt Temar fest, sodass er stehen blieb. »Ich kann die Magie, die Halice braucht, nicht wirken, wenn ich nicht in der Nähe bin.«

Temar packte sie an den Schultern. »Dann sei bloß vorsichtig, sei bloß vorsichtig.«

Sie sah zu ihm auf. »Das werde ich, aber du musst es auch sein.«

Guinalle sah zu, wie Temar die Magierin küsste, und wieder gerieten ihre eigenen Gedanken in Aufruhr. Schaffte er es so, die Qualen von Erinnerung und Bedauern hinter sich zu lassen?

»Keine Zeit für so was, Messire«, kicherte ein unbekannter Matrose außer Sichtweite anzüglich.

Allin wurde scharlachrot, aber ihre Augen strahlten, und sie stellte sich auf Zehenspitzen, um Temar erneut zu küssen.

»Schön zu sehen, dass der Sieur das Seine dazu beiträgt, die Moral zu stärken.« Halice grinste, als Temar, mit roten Flecken auf den Wangenknochen, unter den beifälligen Zoten und Pfiffen von Söldnern wie Kolonisten Spießruten lief.

Er lachte unbekümmert. »Unsere Kohortenkommandanten haben uns immer daran erinnert, dass wir für Heim und Herd kämpfen, für Frauen und Töchter.« Allin kicherte, als er ihr von der *Seetang* in das Langboot half.

»Demoiselle.«

Guinalle folgte mit Usara, alle Zweifel und Verwirrung, die sie sicher ignoriert zu haben glaubte, wirbelten durch ihre Gedanken.

Halice half ihr mit einem grimmigen Funkeln in den Augen über die Reling. »Sehen wir zu, dass wir diesen Kampf hinter uns bringen.«

## Kehannasekke, Inseln der Elietimm
## 10. Vorsommer

»Irgendwelche Anzeichen, dass wir verfolgt werden?«, fragte Ryshad.

»Bislang nicht.« Sorgrad war ein Stück hinter uns und prüfte, ob wir Spuren in dem weglosen Dickicht der Beerenbüsche hinterlassen hatten. Shiv hatte den wirbelnden Staubschleier aufrechterhalten, bis wir über den ersten Hügelkamm hinter der Festung waren. Als wir wie Kaninchen im Heidekraut verschwanden, hatte er den Staubsturm zur Küste geschickt, um sich dort aufzulösen. Mit etwas Glück glaubten die Elietimm, dass wir mit ihm verschwunden waren. Natürlich verließen wir uns nicht einfach auf Glück. Als Attentäter im Dienste Planirs, die sich als Elfenwesen maskiert hatten, gefangen und enttarnt zu werden, wollten wir nicht riskieren.

Und so kauerten wir nun unter noch mehr Beerenbüschen auf einem Hügel, von dem aus wir sowohl die Festung als auch den Hargeard sehen konnten, der unser nächstes Ziel war.

»Zu beschäftigt, um da drin ihrem Schwanz nachzujagen«, bemerkte 'Gren zufrieden.

Der Wind trug undeutliche Rufe von den Wehrgängen und aus dem Hof heran. Winzige Gestalten mit oder ohne schwarze Uniform liefen zu dem klaffenden Loch in der Mauer, wo das Tor gewesen war.

»Gut«, sagte Shiv entschieden. Ich sah ihn mit leichter Sorge an, er wirkte erschöpft.

»Nicht unbedingt«, meinte Ryshad stirnrunzelnd. »Nicht,

wenn wir Publikum wollen, das uns zusieht, wie wir seinen Hargeard zerstören.« Er stieß mit dem Ellbogen gegen die geraubte Truhe und fluchte leise.

»Hast du vor, einen ganzen Steinkreis niederzureißen?«, fragte ich Shiv. Im Allgemeinen bin ich dankbar, dass die Magie einen solchen Tribut von ihren Anwendern verlangt. Es ist sehr beruhigend zu wissen, dass ein Zauberer mit dem Ehrgeiz, die Welt zu beherrschen, längst vorher an Erschöpfung sterben würde, aber in diesem Augenblick hatte ich das Gefühl, dass Saedrin, Misaen oder welche Gottheit auch dafür gesorgt hatte, unangemessen viel forderte.

»Machen wir das noch?« 'Gren verteilte seine Beute in weitere Sicherheitstaschen und stopfte die größeren Gegenstände in seinen Rucksack. »Wir könnten rechtzeitig zurück sein, um gegen die Piraten zu kämpfen, wenn wir das lassen.«

»Söldner.« Ryshads plötzliches Grinsen leuchtete weiß aus seinem blau angemalten Gesicht. »Wollen nie einen Job ordentlich zu Ende bringen.«

»Reguläre Truppen«, erwiderte Sorgrad mit gespieltem Kummer, während er zu uns herüberkam. »Ohne jegliche Fantasie, wenn es über ihre Befehle hinausgeht.« Er deutete auf die Truhe. »Mach die mal auf, mein Mädchen. Ich schleppe das Ding nicht den ganzen Weg zurück zu Olret.«

»Wir wollen nicht, dass er einen Teil für sich beansprucht.« 'Gren schnallte seinen Rucksack zu, was ein befriedigendes Klingen hervorrief. »Weißt du, mit so einem Schattenspiel könnten wir selbst den tormalinischen Kaiser ausrauben.«

»Versuch's und du hast die Hälfte aller Eingeschworenen Toremals im Nacken«, grollte Ryshad mit vorgetäuschter Wildheit.

»Meinst du nicht, Planir hätte was dagegen, 'Gren?«, überlegte Sorgrad. »Obwohl er nie unter Geldmangel leidet. Vielleicht füllt er so seine eigenen Truhen.«

Ich hatte die Truhe aufbekommen und hob den Deckel. Zum Vorschein kamen Bündel aus verblichenem Samt. »Könnt ihr mit dem Gezänk aufhören, bis wir um ein sicheres Feuer sitzen?« Aber ich verspürte ebenfalls die freudige Erregung, die folgt, wenn man ein völlig verrücktes Risiko eingeht und mit heiler Haut davonkommt. »Am besten eins, um das herum ein Gasthaus steht.«

»Wer darf zuerst?« 'Gren griff nach einem fest umwickelten Klumpen, doch ich stieß seine Hand weg. »Das hier ist keine Beute, 'Gren, darin steckt das Leben von Menschen, vergiss das nicht.« Ich hielt seinen Blick fest, bis ich sicher war, dass er auf mich hörte, dann stupste ich den Samt vorsichtig mit meiner Messerspitze an, bis eine Hand voll Schmuckstücke zum Vorschein kamen. Sorgrad kauerte sich neben mich und wog sie in einer Hand, ehe er sie seinem Bruder reichte.

»Ich habe schon genug zu schleppen«, wehrte 'Gren ab.

»Dann lässt du eben die Beute zurück«, sagte Sorgrad in einem Ton, der keinen Widerspruch duldete. »Wenn du daran schuld bist, dass einer aus dieser Höhle nicht wieder zu sich kommt, dann stehst du mir dafür gerade.«

»Und Halice«, setzte ich hinzu.

»Und dem halben Volk von Kellarin.« Ryshad kniete neben mir nieder und nahm meinen Dolch, um die kleineren Stücke beiseite zu schieben, worauf ein paar Schwerter und Dolche zum Vorschein kamen.

»Jeder eins«, sagte 'Gren unbezähmbar.

»Ich würde sagen, es ist am besten, wenn wir diese Sachen aufteilen.« Ryshad ließ seinen Worten Taten folgen und reichte jedem von uns eine Waffe von altertümlicher Form mit angelaufener Verzierung. Meine hatte einen besonders schönen Amethyst im Knauf. »Tut trotzdem euer Bestes, sie nicht zu benutzen. Wir wollen nicht, dass jemand einen ungebetenen Besucher im Kopf hat.« Er versuchte, einen leichten Ton anzuschlagen, aber das misslang ihm gründlich.

»Soweit Guinalle herausfinden konnte, ist es ein Gefühl der Gefahr und starker Empfindungen im Allgemeinen, die den Zauber durchbrechen und den verborgenen Geist aufstören können.« Shivs Gesicht war angespannt, tiefe Linien zogen sich von seinen Mundwinkeln herab. »Die Menschen sollten ja nie so lange verborgen bleiben. Der Zauber ist schrecklich schwach geworden.«

Nach Ryshads Miene war schrecklich eine zutreffende Beschreibung der Folgen, wenn die Verzauberung aufgelöst wurde. Er nahm mit sichtlichem Widerstreben eins der Schwerter.

»Ich nehme das.« Shiv steckte die Waffe in seinen Gürtel, samt Umhüllung.

»Weißt du, wie man das benutzt?«, fragte 'Gren mit einem Anflug von Spott.

»Nein, eben nicht«, gab Shiv zurück. »Deswegen werde ich auch nicht in Versuchung geraten und Gefahr laufen, den schlafenden Geist darin aufzuwecken. Wer nimmt das andere?«

Ich sah, wie Ryshad sich stählte, um das zu tun, was er zweifellos als seine Pflicht ansah, und kam ihm zuvor. »Ich.«

»Bist du sicher?« Er sah mich an, Sorge verdunkelte seine braunen Augen.

War ich nicht, aber jetzt war nicht der Zeitpunkt, das zuzugeben. Ich mied seinen Blick, als ich die plumpe Waffe umschnallte, sodass sie einerseits gut gesichert war, ich mir aber andererseits nicht versehentlich ins Bein stechen konnte. Eine solche Verzögerung konnten wir nicht gebrauchen.

»Ich nehme es«, bot 'Gren an. »Ich bin auch mit Eresken fertig geworden, als er an der Hintertür meines Verstandes klopfte.«

»Du hast ihn umgebracht, 'Gren«, betonte ich. »Der Zweck der Sache ist aber, diese Menschen ins Leben zurückzurufen. Außerdem, wie lange glaubst du wohl, könntest du eine Waffe tragen, ohne sie zu benutzen?«

Er nickte weise. »Du bist ja so gut darin, dich zu verstecken und anderen das Kämpfen zu überlassen.«

Ich grinste ihn an. »Genau.« Er kicherte beifällig.

»Habt ihr eine Vorstellung, wie viele Menschen noch in Edisgesset schlafen?«, fragte Shiv stirnrunzelnd, während ich den Rest der kleinen Päckchen verteilte, die kostbarer waren als das Zehnfache ihres Gewichtes in Gold oder Diamanten.

»Dreißig ungefähr, bei der letzten Zählung, oder?« Ich fühlte mich schuldig, weil ich mir nicht sicher war. Ich stopfte meine Waffe in mein Wams, das Gewicht ruhte schwer unter meinem Brustbein, mein Magen fühlte sich hohl an von der Verantwortung, die ich nun trug.

»Siebenunddreißig«, sagte Ryshad beißend.

Sorgrad blickte finster. »Dann fehlt uns noch immer etwas.«

»Immer vorausgesetzt, dass dies alles echte Kellarin-Artefakte sind«, betonte ich zögernd.

»Dann ist der Rest also echte Beute?« 'Gren schüttelte die restlichen Tücher aus, die noch auf dem Boden der Truhe lagen, um sicherzugehen, dass wir nichts übersahen.

Shiv und Ryshad blickten zu Ilkehans Festung zurück.

»Sie sehen aus, als wären sie zu beschäftigt, um uns jemanden hinterherzuschicken«, sagte Ryshad. »Lasst uns den Hargeard einreißen, um Muredarchs Hexern ein Ende zu bereiten.«

Shiv zog seinen Gürtel enger und richtete das eingewickelte Schwert an seiner Hüfte. »Sorgrad, du musst mir dabei helfen.«

»Gern.« Sorgrads Stimme klang gleichmütig, aber ich konnte einen Funken von Eifer in seinen blauen Augen sehen. Ob das wirklich sicher war?, überlegte ich.

»Hier geht's lang.« Sorgrad knuffte seinen Bruder leicht an den Kopf, und 'Gren ließ widerstrebend von seinem Versuch, die Messingbeschläge von der Truhe zu entfernen.

Vorsichtiger als Hermeline mit der falschen Fellfarbe schoben wir uns durch das Gestrüpp der Beerenbüsche, die dicht beblättert und voller hellrosa, glockenförmiger Blüten und dicker grüner Beeren hingen, die noch reifen mussten. Ich erstarrte ungläubig, als ich ein vertrautes Geräusch auf der anderen Seite eines Felsvorsprungs hörte. Auf das erste fröhliche Klingeln folgte ein weiteres, und dann das Klappern kleiner Hufe.

Ich sah Ryshad an, der zu Sorgrad blickte und auf sein Nicken hin an meine Seite kam. Als ich mein Messer zog und wir zu der anderen Seite des aus dem Boden ragenden Felsens eilten, gingen 'Gren und Sorgrad in die andere Richtung. Shiv kauerte sich hin, hielt den Atem an und hielt Ausschau. Ich umrundete die Büsche und fand eine Felsspalte, die die dicksten und ältesten Beerenbüsche schützten, die wir je gesehen hatten, und eine Quelle, die in der Sommerhitze fast ausgetrocknet war.

Typisch Ziege, streiften die Tiere die Beeren mit zielstrebiger Entschlossenheit von den Büschen, ehe sie zu den Blättern und allen frischen Zweigen übergingen, an die sie herankamen. Typisch Jungs, wedelten zwei Knaben mit einer Traube von Früchten am Ende eines Stocks, um ein mutiges Zicklein auf einen verwitterten, messerscharfen Grat des Felsens zu locken. Jedes Mal, wenn die kleine Ziege vorsichtig mit den kleinen schwarzen Hufen einen weiteren Schritt machte, hielt der erste Blondschopf den Zweig ein Stückchen weiter weg. Der zweite wollte auch mal und griff nach dem Zweig.

Hinter mir beugte sich Ryshad vor und flüsterte mir lautlos ins Ohr: »Mein Vater sagte immer, ein Junge erledigt auch die Arbeit von einem Jungen, zwei erledigen die Arbeit eines halben Jungen und drei überhaupt nichts.«

Die beiden waren so vertieft in ihren Unsinn, dass sie es nicht einmal gehört hätten, wenn er es laut gesagt hätte. Sie merkten noch nicht einmal, dass die Ziegen aufhörten zu kauen, um uns auf ihre seltsame, schlitzäugige Art anzustarren.

Sorgrad und 'Gren tauchten auf dem Vorsprung auf und erschreckten die Jungen, die zurückwichen. Das Zicklein sprang leichtfüßig über den bröckeligen Felsen und schnappte sich mit einem gedämpften Triumphgemecker die Beeren. Eine Geiß leckte sich bedächtig ein verirrtes Blatt von ihrem zottigen Kinn und beobachtete Ryshad und mich, wie wir hinter den Jungen auftauchten.

Es war das Werk eines Augenblicks, und ich hatte den einen gepackt, Ryshad den anderen. Der Bursche erstarrte, ehe er versuchte den Kopf zu drehen, um zu sehen, was ihn da erwischt hatte. Er keuchte auf und hörte fast auf zu atmen, wie ein hypnotisiertes Kaninchen vor einem tanzenden Wiesel. Ich lächelte und überlegte dabei, wie wirkungsvoll unsere Verkleidung aus dieser Nähe wohl war. Wenn mein Bursche stocksteif war, so war Ryshads völlig erschlafft. Er knickte in den Knien ein, klappte zusammen und verdeckte mit den Händen sein Gesicht, während Sorgrad und 'Gren gemessenen Schrittes näher traten. Ich merkte, dass mein Junge bis zu den Stiefelsohlen hinunter bebte, und verstärkte meinen Griff. Er riss sich aus seiner entsetzten Starre. »Wer seid ihr? Was wollt ihr? Wir sind nichts, niemand. Nehmt die Ziegen, aber tut uns nichts.«

Sorgrad streckte die Hand aus und legte, noch immer schweigend, dem Jungen einen Finger auf den Mund, um ihn zum Schweigen zu bringen. Der andere Junge sah aus seiner gebückten Haltung zwischen Ryshads gnadenlosen Händen auf, die blauen Augen weit aufgerissen vor Angst, das blonde Haar wirr im Gesicht. Wenn wir ihn noch mehr geängstigt hätten, hätte er sich in die Hose gemacht.

Sorgrad winkte mit einem Finger, ehe er sich umdrehte und dorthin zurückging, wo er hergekommen war. Wie zuvor passte sich 'Gren seinen Schritten exakt an.

Ich gönnte meinem Knaben einen Atemzug, ehe ich ihm einen kräftigen Stoß zwischen die Schulterblätter gab. Er machte unwillkürlich einen Schritt nach vorn, und ich folgte ihm und gab ihm noch einen Stoß für den nächsten Schritt.

Die Beine des anderen Knaben waren so nutzlos, als hätte man ihm die Sehnen durchgeschnitten. Ryshad stieß ein tiefes Knurren aus, packte den Jungen bei den zerzausten Haaren und riss seinen Kopf zurück, um ihm mit kalter Drohung in die Augen zu starren. Darauf krabbelte der Junge über den steinigen Boden und duckte sich neben seinem Freund, der nun widerstrebend einen Fuß vor den anderen setzte, auch ohne dass ich etwas dazu beitrug.

Ryshad sah mich fragend an, und ich zuckte mit den Schultern. Wir folgten in demselben bleiernen Trott, der mich allmählich nervös machte. Theater war ja gut und schön, aber was, wenn ein Trupp Elietimm auftauchte, um Ilkehan zu rächen, während wir hier Theater spielten? Andererseits wollten wir nicht, dass die beiden davonrannten, und Alarm schlugen. Shiv erschien am Kopf des Engpasses neben 'Gren und Sorgrad. Ich machte eine ruckartige Kopfbewegung in Richtung der drei, um ihnen lautlos klar zu machen, dass wir uns beeilen mussten, was auch immer sie an großmächtiger Zerstörung vorhatten. Sorgrad ging voran über eine Kuppe, und ich sah zum ersten Mal Ilkehans Hargeard. Als Symbol seiner Macht und seines Einflussgebietes war er schon einschüchternd genug, auch ohne die Gebeine der Vorfahren und seiner unvermeidlichen Zauberkunst, um ihn für seine Leute zu heiligen. Wir wanderten rund um den großen Hügel, der oben abgeflacht war wie eine umgedrehte Schale, mit so steilen Flanken, dass es keinen Graben brauchte, um das Weltliche fern zu halten. Eine helle Linie auf dem Gras zeigte, wo zahllose Füße diese Umrundung vor uns schon gemacht hatten. Die Jungen stolperten, jetzt beide vor Angst schlotternd. Der schwächere der beiden gab ein entsetztes Wimmern von sich.

Ich ging langsamer, um mich zu orientieren. Die Festung hatte ich ziemlich genau im Rücken, auch wenn sie hinter den flachen Hügeln, die fast einen Halbkreis um den Hargeard bildeten, nicht zu sehen war. Zum Ufer hin lagen weitere Anhöhen und Erhebungen verschiedenster Größe, die den Blick auf Dünen und das Meer versperrten. Auf der gegenüberliegenden Seite reichte das Gras bis zu einer unvermittelt aufsteigenden abweisenden Felswand, wo der Boden wie ein zerbröselter Pastetendeckel eingesunken war. Der graue Fels schnitt in das Land wie eine Messerklinge, dicht bei dem Hargeard war er flach genug, um hinaufzusteigen, weiter entfernt stieg er jedoch an bis zur fünf- und sechsfachen Höhe eines Menschen. Voraus sah ich ein fächerförmiges, grasbewachsenes Gelände mit einzelnen Sträuchern. Eine Straße, die mit hohen grauen Säulen markiert war, zog sich über diese langgestreckte Ebene, auf der Innenseite der Säulen war jeweils eine Art Kragen gemeißelt. Es waren beeindruckende Steine, aber sie aufzurichten musste ein Kinderspiel gewesen sein im Vergleich zu den Riesenbrocken, die den Hügel krönten. Ich tat mein Bestes, nicht zu glotzen wie eine Landpomeranze bei ihrem ersten Besuch in Toremal. Mit offenem Mund dazustehen passte nicht recht zu einem schrecklichen Boten des Elfenvolkes.

Wo die Zugangsstraße auf den Hügel traf, waren Stufen in die Flanke geschlagen. 'Gren, Shiv und Sorgrad standen hintereinander auf den Stufen.

»Kniet nieder«, sagte 'Gren, der auf der untersten Stufe und damit uns am nächsten stand. Die Jungen fielen auf die Knie, und auf 'Grens Wink hin ließen Ryshad und ich sie los und stellten uns neben ihn.

»Wir verlangen nichts weiter, als dass ihr als Zeugen dient.« Sorgrads Worte tönten voll durch den archaischen Akzent, wie ich ihn bei den Sheltya gehört hatte. »Leben kann nicht gedeihen ohne den Tod. Erkennt diese Schuld an, und jene, die vor euch gegangen sind, werden euch behüten und leiten.« Ich sah, wie die Jungen unter ihrer Sommerbräune erbleichten, die Augen weit aufgerissen.

»Aber ein Gleichgewicht will beachtet sein. Ilkehan hat es entweiht.« Sorgrads Stimme war so unerbittlich wie der Gang des Henkers zum Galgen. »Er hat dreifach und fünffach Böses mit Bösem vergolten. Er hat wahllos Tod über die Unschuldigen gebracht und das Exil der Schuldigen mit Blut besudelt. Er ist für diese Vergehen durch unsere Hand gestorben.«

Der schwächere der Jungs klammerte sich noch fester an seinen Freund. Der kühnere starrte Sorgrad in verschreckter Bewunderung an.

»Wir werden Ilkehans Macht mit der Wurzel ausreißen. Bosheit und Gier entweihen diesen Ort, und die Toten werden eine solche Entweihung nicht dulden. Legt Zeugnis ab«, wiederholte Sorgrad. »Wer immer über dieses Land herrschen will, muss mit reinen Händen kommen und ein neues Heiligtum errichten, oder er wird unseren Zorn zu spüren bekommen.«

Er drehte sich um und stieg langsam die Stufen hinauf, Shiv neben sich. 'Gren und ich folgten mit Ryshad.

»Und jetzt?«, fragte ich aus dem Mundwinkel.

»Stellt euch in die Mitte und haltet still«, murmelte Shiv.

Wo Shernasekke mit roh behauenen Steinen für seinen Hargeard zufrieden gewesen war, waren Ilkehans glatt und gleichmäßig, mit genau gleichen Abständen, und sie standen so gerade wie mit einem Lot ausgerichtet. Der Kreis war so vollkommen, als hätte man ihn mit einem von Pereds Zirkeln gezogen. Jeder Stein war doppelt so hoch wie Ryshad, vielleicht noch höher, die Oberseite nicht flach, sondern von allen Seiten im gleichen Winkel angeschrägt, mit Kanten, so scharf, dass man sich daran hätte schneiden können.

Die Steine waren nicht das größte Zeichen von Ilkehans Überheblichkeit. Aus Holz war noch ein innerer Kreis gebaut. Große Kiefern hatte man von Ästen und Borke befreit, geglättet und dann etwas prosaisch in Pech getaucht, damit sie nicht faulten. Dieser dunkle, abgestorbene Wald ragte über unsere Köpfe, abweisend, rings um das Allerheiligste, wo vier dreieckige, hüfthohe Steine mit konkaven Seiten die vier Ecken eines gepflasterten Quadrats im Mittelpunkt der gesamten Anlage markierten.

»Was würdest du sagen, wie groß ist das hier im Vergleich zu Olrets?« Ryshad sah sich abschätzend um. »Ich wette, dass hier ein immer wiederkehrendes Maß zugrunde liegt.«

»Können wir uns darüber später Gedanken machen?« Wir fünf standen zwischen den Steinen, Shiv in der Mitte, Ryshad hinter ihm und Sorgrad vor ihm, 'Gren und ich zu beiden Seiten. Ich runzelte die Stirn. »Wo sind diese verdammten Ziegenhirten?«

»Sie können noch nicht weit gekommen sein. Und sie sehen dies hier ohnehin.« Shiv hob die Hände, und der Hargeard antwortete auf die Element-Magie mit einem Klang, als würde ein Glockenturm einstürzen. Ich hielt mir hastig die Ohren zu. Würde des Elfenvolkes hin oder her, ich wollte nicht taub nach Hause kommen. Ungerührt wob Shiv seinen Zauber, und Hagel prasselte auf die Steine. Und nur auf die Steine. Das Eis schmolz und dampfte in der Abendsonne, dunkle Flecken rannen über die grauen Seiten, ehe das Wasser hell gefror. Jetzt ging eine Kälte wie ein Winterhauch von den Steinen aus wie Rauch. In den glatten Steinen zeigten sich Risse, haarfeine Spalten, die sich zu gezackten Ritzen erweiterten, die ersten Bröckchen fielen herab.

Ich sah, wie sich Shiv auf einen bestimmten Stein konzentrierte. Der große Monolith begann zu zittern, bis ein blaugrünes Messer aus Zauberlicht ihn von der Spitze bis zum Boden spaltete, mit einem Geräusch, als würde Saedrins Tür zugeschlagen. Dadurch entging mir, was Shiv zu Sorgrad sagte, aber das Ergebnis sprach für sich. Sorgrad rieb die Hände aneinander, um einen Ball Zauberfeuer zu beschwören und ihn auf die hölzerne Stele zu schleudern, die links von den Stufen stand. Das Feuer wickelte sich um die glatte, schwarze Fläche, lodernde Tentakel schoben sich darüber wie eine Kletterpflanze, die den kleinsten Halt nutzt, Flammen leckten an dem toten Holz. Rotes Feuer flackerte lebhaft unter dem Rauch, der in Säulen aufstieg. Die allgegenwärtige Brise fächerte den Flammen Luft zu, und der einstige Baum wurde zu einer Säule aus goldenem Feuer und schwarzem Rauch.

Wir konnten die alles verzehrende Hitze spüren. Ich hatte nicht das Bedürfnis, als Toast zu enden, aber ich biss mir auf die Zunge und betete lautlos, dass Sorgrad vorsichtig sein möge. Ihn abzulenken wäre noch gefährlicher. Dann schimmerte ein Schleier aus türkisem Nebel ringsum auf, der uns Kühlung verschaffte. Ich bedankte mich lautlos bei Shiv.

Sorgrad hob die Hand, und rotes Feuer floss von dem brennenden Stamm zum nächsten, die Flammen rannen wie Wasser daran herunter und durchtränkten das Pech. Natürliche Flammen griffen um sich, als das rote Zauberfeuer über den Boden kugelte, ohne dabei das Gras zu versengen, und dann die nächste Holzsäule in Brand setzte.

»Was meint ihr, woher hatte Ilkehan diese Bäume?«, fragte ich Ryshad.

»Aus Dalasor«, vermutete er achselzuckend. »Vielleicht von einer Werft, ein Raub von Schiffsmasten.«

Da 'Gren auch nichts weiter zu tun hatte, schloss er sich unserer Unterhaltung an. »Ich und 'Grad haben uns gefragt, ob Ilkehan Wächterbäume geklaut hat.«

»Interessante Idee.« Ryshad musste die Stimme heben, um sich über dem Getöse der Flammen verständlich zu machen.

»Die Bäume, die die Viehrouten markieren?« Was ich über Dalasor weiß, lässt sich in einem von Ryshads Mutters Marmeladengedichten zusammenfassen. Grasland, so endlos, dass man selbst die größten Viehherden darin verlieren kann, übt auf mich keinen Reiz aus.

»Sie wurden vom Volk der Ebenen gepflanzt.« Ryshad zuckte die Achseln. »Vielleicht hat Ilkehan über Wissen verfügt, das für uns verloren ist.«

Ich sah Shiv ein wenig schuldbewusst an. »Glaubst du, dass Planir ein paar von diesen Büchern retten konnte?«

Der Zauberer antwortete nicht, er war noch immer mit der Zerstörung des Hargeards beschäftigt. Das stetige Knistern von brennendem Holz klang wie ein bedrohliches Klagelied, wütend kontrapunktiert von dem Zertrümmern der großen Steine.

»Diesen Radau müssen sie drüben in der Festung hören!«, sagte ich übertrieben laut.

Shiv grinste. »Und sie sehen ihn auch.«

Flammen leckten hoch in den Abendhimmel und verliehen dem Rauch rote und gelbe Töne. »Ich hatte keine Ahnung, dass du solche Magie machen kannst«, sagte ich mit aufrichtiger Bewunderung.

»Man weiß nie, zu was man fähig ist, solange man es nicht versucht.« Der Zauberer wurde wieder ernst. »Das ist der halbe Ärger mit Hadrumal heutzutage. Bibliotheken und Lehre sind ja ganz schön, aber die Lehrlinge glauben schließlich, wenn ihnen nicht ein Fachmann sagt, dass sie etwas Bestimmtes können, muss das bedeuten, dass sie es eben nicht können. Wir brauchen mehr Magier wie Otrick. Wenn nicht gleich mehrere Quellen kategorisch behaupteten, etwas wäre unmöglich und das auch einleuchtend begründeten, war er immer der Ansicht, es wäre einen Versuch wert.«

»Das klingt ganz nach Otrick.« Mir schnürte sich die Kehle zu. Das magische Feuer verbreitete sich immer schneller und sprang über den Schutt der zusammengestürzten Steine. Bald würden wir eingekreist sein. »Wie kommen wir hier weg?«

»Da drüben!« Aber 'Gren antwortete gar nicht auf meine Frage. Er deutete auf eine Reihe in schwarzes Leder gekleideter Männer, die über die Zugangsstraße rannten. Sie schwärmten aus und schwangen schwere Streitkolben in geübten Händen.

»Wir wollten doch Zeugen dafür, wie Ilkehans Macht sich in Rauch auflöst, oder?« Sorgrad wog einen neuen Ball magischen Feuers in der Hand und suchte ein Ziel.

»Kannst du diesen Halsschmuck sehen?« Ryshad stellte sich neben mich und musterte die anrückende Linie.

»Ich kann sie auf diese Entfernung nicht unterscheiden, nicht bei dem Rauch.« Ich rüttelte Shiv am Ellbogen. »Wir können dich oder Sorgrad nicht der Gefahr von Zauberkunst aussetzen. Wir kommen ohne dich nie von diesen Felsen runter.«

»Sorgrad, lass das Feuer ausgehen.« Shiv machte eine Bewegung mit den Händen, als ob er eine unsichtbare Kugel umfasste. »Wir haben zu viele aktive Elemente, und ich bin zu müde, um mit den Konflikten umzugehen.«

Der Hochländer gehorchte, was einen erstaunten Blick von 'Gren zur Folge hatte. Blaues Zauberlicht wand sich durch den Rauch, und ohne den Wind zu beachten, wob es einen undurchdringlichen Schleier um die lodernden Holzsäulen.

»Zeit, zu verschwinden«, verkündete Sorgrad fröhlich.

Ich sah Shiv an und wappnete mich für eine Zauberei, wie sie uns über das Meer getragen hatte, und für weitere Übelkeit. Stattdessen lag Shiv auf den Knien und hob die Steinplatte an, auf der er gestanden hatte. Mit einem Quietschen, das mir an den Zähnen wehtat, enthüllte er eine schmale, steingesäumte Treppe.

Ich sperrte den Mund auf. »Wo führt die hin?«

»Da unten ist eine Kammer.« Sorgrad sah mich schief an. »Wir fanden sie, als wir den Platz hier auskundschafteten.«

»Wie kamt ihr auf die Idee nachzusehen?« Ich ging eine Stufe abwärts.

»Niemand würde sich die Mühe machen, so etwas wie das hier zu bauen, ohne es bestmöglich nutzen zu können.« Ryshad drängte mich weiter.

»Zu bauen?«, fragte ich dümmlich.

»Du glaubst doch nicht, dass Ilkehans Vorväter rein zufällig einen perfekt gerundeten Hügel vorfanden, oder?«, gab Sorgrad amüsiert zurück. »Beweg dich, Mädchen.«

Während ich Shiv folgte, sah ich allmählich, wie der Hügel aus übereinander folgenden Schichten aus dem hiesigen Stein aufgebaut worden war, der die nützliche Eigenschaft besaß, sich in handlich flache, ebene Stücke spalten zu lassen. Dann konnte ich überhaupt nichts mehr sehen. Mit einem weiteren nervenzerfetzenden Schaben ließ Ryshad die Steinplatte wieder fallen, und uns umgab absolute Finsternis.

»Ich weiß, dass die Bergbewohner und die Waldleute für

ihre Nachtsicht berühmt sind, aber das ist ein bisschen zu viel des Guten.« Ich streckte eine Hand aus, bis ich Shivs Schulter zu fassen bekam.

Ich fühlte sein leises Kichern mehr, als ich es hörte. Ein schwaches Glühen stieg von den Steinen auf, als ob eine Feuchtigkeit ein fernes Licht widerspiegelte. Es wechselte zwischen einem fahlen Grün und einem Hauch von Blau, ehe es langsam eine Andeutung von Rot und Gold annahm.

»Wir wollen uns nicht verraten«, warnte Ryshad hinter mir.

»Sie wissen bestimmt, dass es diese Kammer gibt.« Sorgrad stupste mich an, und ich ging vorsichtig hinter Shiv her.

Der Schimmer tröpfelte an den Steinen neben uns entlang. Die Treppe machte eine seltsame Biegung, das Zurück und Rundherum um das regelmäßige Muster der aufgeschichteten Steine brachte meinen Orientierungssinn durcheinander. Nachdem ich so oft in unbeleuchteten Häusern herumgeschlichen war, ohne jemals die Orientierung zu verlieren, machte mich das nervös.

»Sie können immer nur einen Mann auf einmal herunterschicken.« 'Grens Stimme veränderte sich beim Sprechen, sie klang lauter wie in einem größeren Raum. »Das bedeutet, wir können sie alle töten.«

»Wenn sie es wagen, hier herunterzukommen.« Shiv trat vorsichtig von der untersten Stufe, die unangenehm hoch war, selbst für jemanden von seiner Größe. Ich setzte mich auf die Stufe und ließ mich auf den dunklen Boden fallen.

Shivs nebelhaftes Zauberlicht glitt davon und ließ die Treppe zu einer schwarzen Höhle in der Wand einer konischen Kammer werden. Es gab noch andere Löcher, Nischen von Armeslänge. Unvermutet überlief mich ein Schauder, als ich lange Knochen sah, die wahllos zwischen Rippen lagen, die noch durch Rückgrat und ledrige Sehnen mit den Hüftknochen verbunden waren. Schädel, die auf einer

Seite lagen oder aufeinander gestapelt waren, betrachteten uns sardonisch aus leeren Augenhöhlen. Einige der Nischen waren voll gestopft mit Knochen, aber ohne Schädel, einige leer bis auf ein paar Knochengesichter, die Wacht hielten. Etwas knirschte zwischen meinen Stiefeln und den Steinplatten auf dem Boden. Ein Blick zeigte mir, dass es sich um einen kleinen Knochen von einem Finger oder einem Zeh handelte.

Ich schluckte meinen Ekel herunter. »Wollen wir diesen Leuten eine anständige Feuerbestattung zukommen lassen?«

»Nein.« Sorgrads scharfe Erwiderung hallte durch die Beinkammer.

Ich blickte zu Ryshad, um zu sehen, was er davon hielt, aber er untersuchte ein Stück der Wand. Die Steine zwischen den Nischen waren große Platten, die aufrecht in den Schichten standen, aus denen der Hügel aufgebaut war.

»Wir sind hier, um den Sitz von Ilkehans Macht zu zerstören.« Shiv sah sich um, ehe er wieder zu Sorgrad blickte.

»Wir rühren diese Knochen nicht an.« Der Mann aus den Bergen war eisern.

»Wenn du es sagst.« Ich schauderte wieder. »Also warten wir, bis die da oben wieder weg sind?«

Noch während ich sprach, hallte das Knirschen der Deckelplatte die Treppe herunter. Ohne Magie, um die Flammen auseinander zu fächern, musste jemand, der entweder kühn war oder Angst vor seinem Befehlshaber hatte, zwischen den brennenden Baumstämmen hindurchgerannt sein.

'Gren drückte sich flach an die Wand beim Eingang, das Messer in der Hand. »Komm und gesell dich zu deinen Vorfahren«, murmelte er boshaft.

»Oder wir versuchen es hiermit.« Ryshad lehnte sich mit seinem ganzen Gewicht gegen eine Seite der Platte, die ihn so interessiert hatte. Sie bewegte sich auf einer verborgenen Achse und gab eine weitere schwarze Leere frei.

»Noch mehr Gebeine?«, fragte ich voller Abscheu.

Ryshad spähte hinein, als das magische Licht die Dunkelheit erforschte. »Nein.«

»Sieht aus wie eine Rattenfalle.« 'Gren schenkte dem Loch kaum einen Blick. »Wenn wir genug von ihnen schön und laut umbringen, wird der Rest es sich zweimal überlegen, ob er hinterherkommt.«

Sorgrad schob sich bereits auf Händen und Knien an der schrägstehenden Platte vorbei. »Falls es so etwas Ähnliches ist wie ein Tyakar, gibt es vielleicht noch einen Ausgang.«

Das reichte mir, und ich eilte ihm nach. Shiv half mir mit einem Stoß gegen mein Hinterteil, der jedem anderen eine Ohrfeige eingetragen hätte. Er wand sich an mir vorbei und faltete sich neben Sorgrad zusammen.

»Komm hier rein, 'Gren«, befahl Ryshad schroff. Er gehorchte, doch man sah ihm seinen Widerwillen an, als die verblassende Beleuchtung ihn antrieb. Die lautlose Schwärze kehrte in die Kammer zurück.

»Was machen wir, wenn sie anklopfen?«, brummte 'Gren leise, während er sich mir gegenüber zusammenquetschte.

»Schsch.« Ryshad schob die Platte wieder an ihren Platz, die nur ganz leise knirschte. Das war eine Steinmetzarbeit, die ich wirklich zu schätzen wusste.

Wir saßen zusammengekauert, Schulter an Schulter, unsere Füße unbequem verheddert. Wir versuchten, uns zu beruhigen, zum Teil, um zu hören, was auf der anderen Seite der Steinplatte vor sich ging, aber auch, um unser Versteck nicht zu verraten. Auf ein leises Geräusch hin hielten wir alle den Atem an und lauschten.

Ich hielt mir eine Hand an den Mund und biss mir auf die Fingerknöchel. Halcarion allein weiß, warum, aber ich hatte den völlig irren Drang, zu kichern. Ich schimpfte lautlos mit mir. Das wäre lächerlich dämlich und ziemlich sicher unser Ende. Da wir so dicht gedrängt waren wie die Fische in Olrets Fässern, spürte Ryshad, wie meine Schulter bebte, nahm meine Hand und drückte sie stumm, um mich zu beruhigen. Ich schloss meine andere Hand um seine starken Finger und fühlte die vertrauten, gerade geschnittenen Nägel und die raue Haut über seinen Knöcheln.

Wir hörten einen deutlichen Aufprall, als ob jemand von dieser letzten heimtückischen Stufe gesprungen war. Ein zweiter Aufprall und ein dritter gesellten sich zu dem, der die umgedrehte Rune gezogen hatte und zuerst heruntergekommen war. Ermutigt von der Tatsache, dass sie noch nicht tot waren, riskierten die Neuankömmlinge, Licht zu machen. Eine Fackelflamme malte einen orangen Faden rings um den Stein, der uns verbarg. Ich konnte nicht verstehen, was die gedämpften Stimmen sagten, aber ihre Verblüffung war ebenso deutlich wie ein ermutigender Unterton der Bestürzung.

»Verehrte Verstorbene, vergebt unser Eindringen.« Eine strenge Stimme ließ uns alle erstarren. Jemand mit Autorität war eingetroffen. Ein kalter Hauch sammelte sich wie kalter Schweiß in meinem Rücken, als diese neue Stimme mit etwas begann, was nur ein Ätherzauber sein konnte. Was hatte Sorgrad von einem zweiten Weg aus dieser Todesfalle gesagt?

»Wo bin ich?« Der Schrei ließ mir das Blut in den Adern erstarren, und der Gesang des Hexers erstarb in einem erstickten Keuchen.

»Was willst du?« Diese zweite Stimme war tiefer und volltönend in den Rhythmen der Sheltya, wie sie Sorgrad nachgeahmt hatte.

»Wo bin ich?«, wiederholte die erste erschreckte Stimme. Ich nahm meinen Verstand zusammen und erkannte, dass sie

Alt-Tormalin sprach, die Sprache der ursprünglichen Siedler. Ich hätte jede Menge Gold darauf verwettet, dass diese Elietimm in der Gebeinkammer keine Ahnung hatten, was sie sagte.

»Bist du das?« Es war eine weitere verlorene Tormalin-Stimme, und ich fühlte, wie Ryshad neben mir starr wurde. Es war schon schlimm genug für ihn, an einem solchen Ort zu sein, auch ohne dass Menschen aus den Schatten, die ihn beinahe für sich beansprucht hatten, zu uns stießen.

»Was wollt ihr bei uns?« Das waren wieder die Elietimm-Gebeine, diesmal klangen mehrere Stimmen durch den Stein. Ich kniff die Augen zusammen, aber es nützte nichts. Ich konnte mein geistiges Auge nicht vor dem Bild verschließen, wie diese trockenen Schädel redeten und die Unterkiefer wie bei einer gespenstischen Marionette klapperten.

»Wo sind die Menschen, die wir suchen?« Das war der Hexer, der unsere Verfolger führte, seine Stimme klang gepresst vor – wie ich inständig hoffte – Panik darüber, was er mit seinem Zaubergesang angerichtet hatte. Ich griff Ryshads Hand und wünschte mir fieberhaft eine Gelegenheit, diesen Bastard mit seinem eigenen Halsschmuck zu erdrosseln.

»Verloren, so lange verloren.« Der uralte Elietimm seufzte, mehr Stimmen schlossen sich seinem Klagen an, und ihre Worte verschwammen zu einem sinnlosen Geheul.

»Ich kann nichts sehen!« Ein tormalinisches Wehklagen erhob sich über das Gemurmel und rief einen weiteren verzweifelten Schrei hervor: »Sind wir tot?«

»Die Dunkelheit, oh, diese Dunkelheit, ich kann sie nicht ertragen!«

Diese Stimme war mit uns in der Nische. Ich schwöre, mein Herz setzte einen Schlag aus, und mir standen die Haare im Nacken zu Berge wie einer erschreckten Katze. Durch großes Glück oder Misaens Segen zuckten wir alle fünf so heftig zusammen in unserem Drang, zu fliehen, dass wir uns tatsächlich an jeder Bewegung hinderten. Dann gewann die Angst vor Entdeckung die Oberhand über die Angst vor der körperlosen Stimme, und wir erstarrten, wieder still wie Hasen im Versteck. Das Blut pochte in meiner Brust so hart, dass ich mich nicht gewundert hätte, das Echo von den Steinen hallen zu hören. Die Artefakte, die ich in meinem Wams verborgen hatte, drückten mir in den leeren Magen wie Blei, und ein blauer Fleck schmerzte am Bein, wo mich jemand getreten hatte.

»Die Dunkelheit ist Frieden.« Die Elietimm-Gebeine draußen tadelten nicht und trösteten nicht.

»Die Dunkelheit ist Wissen.«

»Die Dunkelheit ist die unsere, wir müssen sie halten und verteidigen.« Die Drohung wuchs, während die Stimmen klarer und fester wurden. Das einzig Gute, was man darüber sagen konnte, war, dass der Lärm draußen die unzusammenhängende Stimme übertönte, die mit uns hier gefangen war.

»Wer fordert uns heraus?« Das staubige Rasseln hatte den Klang eines Rituals, etwas, das man vor einer förmlichen Schlacht oder einem Duell bis zum Tode sagte.

»Ihr seid Dämonen!«

»Wir sind verlassen!«

»Wir sind verloren!«

»Gibt es kein Licht? Wo ist das Licht?«

Fast, aber nur fast, übertönte dieses tormalinische Durcheinander den Klang von Stiefeln, die auf die Steinstufen knallten, als die Elietimm, die uns in diese Kammer verfolgt hatten, kehrtmachten und flohen. Wenn mir nicht jemand die Beine festgehalten und Ryshad mir im Weg gewesen wäre, wäre ich ihnen gefolgt und hätte mich den Teufel um die Folgen geschert.

Die Elietimm schrien inzwischen, die tormalinischen Schreie durchschnitten das Getöse.

»Sorgrad!«, zischte ich in die Dunkelheit. »Du sagtest, es gäbe noch einen anderen Weg hinaus.«

»Ich sagte, vielleicht«, gab er zurück. »Wenn ja, kann ich ihn nicht finden.«

»Dann benutz Zauberlicht und such gründlicher«, befahl ich heftig.

»Ich gehe nicht durch diese Typen da raus«, sagte 'Gren entschieden.

»Ich werde keine Elementmagie anwenden, solange ich nicht weiß, wie sie das empfinden«, erklärte Sorgrad fest. »Die Sheltya verbieten jedem Magiegeborenen, sich einem Tyakar auch nur zu nähern, und ich wette, aus gutem Grund.«

»Können Schatten den Lebenden tatsächlich Schaden zufügen?« Die erste Hälfte dieser Frage brachte Shiv in gelassenem, wissbegierigem Ton heraus, dann kippte seine Stimme vor Besorgnis über.

»Ich habe nicht die Absicht, das herauszufinden.« Ryshads Stimme war heiser, und ich roch frischen Schweiß. Dann merkte ich, dass meine eigene Stirn und meine Brust feucht vor kalter Angst waren.

»Gibt es denn keine Zauberkunst, die du gebrauchen könntest, Livak?«, fragte Sorgrad mit bemerkenswerter Ruhe.

»Wie soll ich denn im Dunkeln lesen?« Außerdem hätte das Pergament in meiner Tasche genauso gut leer sein können, da ich mich an fast nichts mehr erinnern konnte. Die chaotischen Geräusche draußen nahmen einen schrilleren Ton an, und die Stimme, die mit uns hier drinnen war, begann ein leises Wimmern, wie eine verletzte Katze.

Ich hatte seit meiner Kindheit nicht mehr solche Angst gehabt. Das war schlimmer, als in der undurchdringlichen Kälte einer Winternacht aufzuwachen, wenn die Kerze ausgegangen war und ich mich vor der Dunkelheit fürchtete, noch mehr aber davor, was vielleicht auf mich lauerte, wenn ich aus meinem Bett kroch, oder was ich aufschrecken würde, wenn ich nach jemandem rief. Damals war immerhin meine Mutter da, die es hörte, wenn ich mich unruhig umherwälzte, und mit einer frischen Kerze kam und die Schatten sachlich und mit leisem Tadel verscheuchte. Mein Vater versuchte es, wenn er bei den seltenen Gelegenheiten, die er während seiner Reisen mal bei uns war, mit einem Lied und verwandelte die Dunkelheit in eine tröstende Decke, die mich einhüllte. Dieses Lied war ein Waldlied, ohne Jalquezan, soweit ich mich erinnern konnte, aber es war einen Versuch wert.

*Lass uns laufen, rasch, rasch, rasch, lass uns laufen, Kleine,*
*Lass uns laufen, rasch, rasch, rasch, lass uns laufen, Kleine.*

Abgehackt atmend verfehlte ich mehr Töne, als ich in diesem alten Wiegenlied traf, aber ich machte verbissen weiter.

*Denn die Bäume stehen dicht, die Schatten der Nacht*
*versammeln sich,*
*Lass uns laufen, rasch, rasch, rasch, lass uns laufen, Kleine,*
*Lass uns laufen, rasch, rasch, rasch, lass uns laufen, Kleine.*

Shivs tonlose Stimme sagte mir, dass das Lied auch in den entlegenen Sümpfen von Kevil bekannt war. Er fiel ein und verlangsamte die muntere Melodie, um sie den Worten anzupassen.

*Nicht so schnell, nicht so schnell, nicht so schnell jetzt, Kleiner,*
*Nicht so schnell, nicht so schnell, nicht so schnell jetzt, Kleiner.*
*Sieh dem Mond und den Sternen zu,*
*Und die Schatten der Nacht kommen zur Ruh.*
*Nicht so schnell, nicht so schnell, nicht so schnell jetzt, Kleiner.*

Ryshads gemurmelte Version hatte einen etwas anderen Text und Melodie, aber der Kern war der gleiche, und ich hoffte inständig, dass es nur darauf ankam.

*Geh langsamer, langsamer, geh langsamer, meine Liebste,*
*Geh langsamer, langsamer, geh langsamer, meine Liebste.*
*Sieh die Laterne im Fenster, denn die Schatten der Nacht gehen nun.*
*Geh langsamer, langsamer, geh langsamer, meine Liebste.*

Ich überließ die Geschichte den anderen und konzentrierte mich auf die sanfte Harmonie, die mein Vater hinzugefügt hatte, als ich alt genug war, die Melodie selbst zu singen, nur für den Fall, dass darin die Zauberkunst lag. Die Brüder liehen ihre Stimmen dazu, 'Gren schnappt eine Melodie so mühelos auf, wie er alles andere einsackt.

*Jetzt ruhen, ruhen, ruhen wir sicher daheim,*
*Jetzt ruhen, ruhen, ruhen wir sicher daheim.*
*Die Arbeit getan, der Tag ist vorbei,*
*Die Schatten der Nacht schlafen.*
*Nun ruhen, ruhen, ruhen wir alle in Frieden.*

Wir hörten mehr oder weniger gleichzeitig auf und saßen in der Schwärze. Die Stimmen hinter der Steinplatte schwiegen. Das hatte ich gehofft. Nicht gefasst war ich jedoch auf das Schnarchen.

»Wenn das Zauberkunst war, hat sie bei Shiv gewirkt«, sagte 'Gren mit kaum unterdrückter Heiterkeit.

Ich kämpfte gegen ein Lachen, es konnte zu leicht zu unpassender Hysterie führen.

Ryshad zischte neben mir. »Ich habe einen Krampf.«

»Lasst uns rausgehen«, schlug Sorgrad vor. »Jeder, der hinter uns her war, muss längst gegangen sein.«

»Am meisten Sorgen machen mir die, die am längsten gegangen sind.« Aber ich war selbst nur zu begierig darauf, mich zu entknoten und aus dem engen Versteck zu kriechen, nachdem Ryshad halb herausgekrochen, halb gefallen war. »Bei Dasts Zähnen!« Er stolperte über etwas, das in der Dunkelheit klapperte.

Mein Herz tat einen Sprung, bis ich merkte, dass es nicht das hohle Klingen eines Knochens war, sondern das massive Klacken von Holz. Stahl auf Feuerstein erzeugte Funken, die mir in die Augen stachen. Ich rieb mir die Augen, und dann hatte Ryshad die Fackel angezündet, die er gefunden hatte, und die sanften Flammen waren warm und tröstlich.

»Meint ihr, sie halten Wache?« 'Gren ging zu dem schwarzen Loch der Treppe, mit der Waffe in der Hand.

»Ich würde es«, sagte Ryshad knapp.

»Ich sage, wir bleiben schön hier.« Sorgrad war noch immer bei dem Loch, in dem wir uns versteckt hatten, und nahm seinen Umhang als Kopfkissen für Shiv. Der Zauberer schlief so tief, als ob er im besten Gasthaus von Toremal läge. »Wir alle brauchen etwas Ruhe, und wir sind hier wahrscheinlich sicherer als sonstwo auf diesen Inseln.«

Ich wünschte, ich hätte seine Sorglosigkeit teilen können. »Solange das echte Elfenvolk nicht auftaucht, um uns zur Rechenschaft zu ziehen.« Das war kein Scherz.

Sorgrad musterte die Nischen mit ihren Stapeln von Knochen und wachsamen Schädeln. »Wir sollten eigentlich sicher sein, solange niemand irgendeine Art von Magie benutzt.«

Ryshad reichte mir die Fackel, während er sich bückte, um sich den Unterschenkel zu massieren. »Das ist Mist. Wir müssen so schnell wie möglich Temar und Halice benachrichtigen.« Seine Stimme wurde kräftiger vor Entschlossenheit, an alles Mögliche zu denken, nur nicht an diese nervenzerfetzende Erfahrung, die wir gerade gemacht hatten.

»Morgen ist noch früh genug.« 'Gren bettete seinen Kopf auf seinen Rucksack und legte sich am Fuß der Treppe nieder. Jeder, der dort herunterkam, würde auf ihn treten, und das wäre der letzte Fehler, den er in seinem Leben machen konnte.

»Ihr müsst ohnehin darauf warten, dass Shiv wieder aufwacht.« Sorgrad kletterte zurück in die Nische und legte sich neben den Zauberer.

Ich setzte mich und konzentrierte mich auf die Flamme der Fackel, damit ich nicht die ganzen trockenen Gebeine ringsum sehen musste. Im Allgemeinen setze ich mich mit dem Rücken zu einer Wand, so eine da ist, aber hier hieße das, Stücke von uralten Skeletten hinter mir zu haben. Diese Vorstellung verursachte mir eine Gänsehaut. Aber bald rutschte ich stirnrunzelnd herum. Es gab keine Möglichkeit, zu sitzen, ohne eine mit Knochen gefüllte Nische im Rücken zu haben.

»Lehn dich an mich.« Ryshad setzte sich mit dem Rücken zu mir. Wir lehnten uns aneinander, die Knie angezogen.

»Was ist eine Tyakar-Höhle, Sorgrad?«, fragte ich auf einmal.

»Ein Ort, wo wir in den Bergen die Gebeine unserer Vorfahren aufbewahren«, sagte er schläfrig. »Wo die Sheltya zur Sonnenwende Rat suchen.« Grimmige Genugtuung lag in seiner Stimme. »Was die ganzen Tiefländer als abergläubischen Unsinn abtun. Die Scharlatan-Priester, die uns unwissende Narren mit ihren Lügen und eigennützigen Täuschungen beschwindeln.«

Ryshad räusperte sich. »Ist es wirklich Geisterbeschwörung?«

»Das musst du die Sheltya fragen«, gähnte Sorgrad. »Wenn du dich traust.«

Wer auch fragen mochte, ich bestimmt nicht. Die einfachen Zauber des Waldes oder die ernsthaften Heil- und Schutzzauber, in denen sich Guinalle hervortat, waren genauso viel Zauberkunst, wie ich wollte. Ich hatte die ungenau definierten Kräfte der Sheltya beängstigend genug gefunden, auch ohne zu wissen, dass sie hingingen und die Schatten der Toten aufstörten. Das erinnerte mich zu sehr an die dunkleren Praktiken der Elietimm. Ich hatte Recht gehabt, dass ich der Magie so viele Jahre misstraut hatte, dachte ich. In all ihren Formen.

Schweigen umgab uns. Ich war ziemlich sicher, dass Sorgrad und 'Gren schliefen.

»Schlaf, wenn du kannst«, bot Ryshad mir an. »Ich passe auf die Fackel auf.«

Ich lehnte mich gegen seinen breiten, beruhigenden Rücken. »Ich könnte hier drin nicht schlafen, und wenn ich ein Vermögen in Gold dafür bekäme.«

»Ich auch nicht«, gab er zu.

»Ich wage nicht einmal ein Spiel Runen vorzuschlagen«, sagte ich mit einem recht gelungenen Versuch eines Lachens. »Aus Angst, dabei das Waldvolk zu sehen, wie sie daraus wahrsagen.«

»Lass uns nichts tun, was irgendwie den Äther stört.« Ich hörte einen Anflug von Humor in seiner Stimme.

Wir schwiegen eine lange Zeit.

»Was machen wir eigentlich, wenn wir nach Hause kommen?«, fragte Ryshad plötzlich. »Der Garten muss zum Beispiel dringend gemacht werden.«

»Gut, dass ich nie dazu gekommen bin, irgendetwas zu pflanzen.« Ich legte meinen Kopf zurück und rieb ihn liebevoll an seiner Schulter. »Hatte ich dir schon erzählt, dass ich mir überlege, in den Weinhandel einzusteigen?«

»Nein, ich glaube nicht.« Ryshad streckte seine Hand nach hinten, und ich legte meine in seine Handfläche. Wir verschränkten unsere Finger. »Du würdest einen Lagerraum brauchen, am besten eine Art Keller.«

»Ich schätze, Temar schuldet mir inzwischen ein Grundstück, auf dem ich ein Lagerhaus bauen kann.« Ich spielte die Besorgte. »Hast du eine Ahnung, woher ich die Ziegelsteine bekommen könnte?«

»Ich glaube, ich kenne vielleicht jemanden, der dir helfen könnte.« Ich hörte das Lachen in Ryshads Stimme und lächelte. »Es gibt so viele Weine, unter denen man wählen kann«, fuhr er nachdenklich fort. »Du solltest die Weingüter besuchen und sehen, wie sie ihre Jahrgänge lagern.«

»Und Proben nehmen«, betonte ich.

Ryshad drückte meine Hand. »Wir segeln nach Tormalin, sobald wir dies alles hinter uns haben, ja? Verbringen den Nachsommer und beide Hälften des Herbstes damit, eine Ladung zusammenzustellen?«

»Das ist eine ausgezeichnete Idee«, sagte ich beifällig. »Wo fangen wir an?«

## Suthyfer, Innerer Sund
## 10. Vorsommer

Temar stand auf dem Achterdeck und sah Allin an, die sich darauf konzentrierte, die Segel der dahineilenden *Seetang* mit Wind zu füllen. Ihre Fingerknöchel waren weiß, so fest umklammerte sie die Reling.

Halice kam vom Hauptdeck herauf. »Sie hat vielleicht nicht Larissas Affinität, aber sie macht ihre Sache gut.« Sie reichte Temar sein Schwert. »Damit könntest du dich auch rasieren, falls du mit einem glatten Kinn in die Schlacht ziehen willst.«

»Ich warte, bis wir fertig sind, und bade dann.« Temar beobachtete weiterhin Allin, deren Konzentration nicht im Geringsten nachgelassen hatte. Er konnte noch immer ihre Lippen auf seinen fühlen.

Halic warf einen Blick in die geblähten Segel. »'Sar hat was davon gesagt, dass Feuer und Luft irgendwie zusammengehören.« Sie drehte sich um, um nach der *Goldelritze* zu sehen, deren Kielwasser neben der *Seetang* weiß schäumte. Ihre Segel waren zwar nicht so beständig gebläht wie die der *Seetang*, aber sie schnitt durch die Wellen wie ein Schwert durch Butter. Temar folgte Halices Blick zu Usara, der am Bug des Schiffes stand, eine Hand auf dem Bugspriet gestützt, wenn er den Hals reckte, um ins Wasser hinuntersehen zu können.

Die Tür der Achterkabine ging auf, und Guinalle trat heraus. Temar beugte sich über die Reling. »Was ist mit den Wachposten?«

Die Augen der Demoiselle richteten sich auf eine Lichtung

in dem allgegenwärtigen Wald. »Sie sind zerstreut und verwirrt. Niemand wird sich vor dem Abend an seine Aufgabe erinnern.« Guinalles Stimme war entschlossen, aber ihr Gesicht verriet ihre Abscheu.

Sie hätte sie zumindest bewusstlos schlagen können. Temar biss sich auf die Lippe, bevor er solche Gedanken laut äußerte. Nein, Guinalle würde niemals ihre Gelübde mit derart aggressiver Zauberkunst brechen.

»Wir wollen über sie hereinbrechen wie ein Unwetter aus heiterem Himmel«, murmelte Halice zu dem leisen Streichen ihres Wetzsteines über ihren Dolch hinweg.

Temar sah auf und warf einen Blick zum Himmel, der zwar klar war, aber merklich dunkler wurde. »Bleibt noch genug Zeit, um diesen Kampf zu gewinnen, ehe es dunkel wird?«

»Wenn wir uns beeilen«, grinste Halice. »Und ich bezweifle, dass sie so spät am Tag noch mit einem Angriff rechnen, also wird das zu unserem Vorteil sein.«

Währenddessen hatte das Schiff gewendet und schoss in die schmale Einfahrt der Bucht, wobei es kaum langsamer wurde. Guinalle zog sich wieder in die Kabine zurück.

»Bei Dasts Zähnen!« Der nervöse Aufschrei eines Matrosen ließ Temar aufschauen. Er merkte, dass die Besatzung so angespannt war wie Katzen in einer Wassermühle. Jeder bewegte sich wachsam zwischen Spieren und Tampen und richtete Kleinigkeiten, oft bevor der Bootsmann seine Befehle pfiff.

Der Stolz auf Allins Fähigkeiten schwoll in Temars Brust, als die *Seetang* durch den engen Kanal glitt. Das kleine Schiff raste an hohen grünen Hügeln vorbei, die von Bäumen überwuchert waren, deren Wurzeln sich streitlustig bis zum Strand reckten. Die Kämpfer, die mittschiffs bereitstanden, schwankten mit dem Schiff und fluchten, als die Slup wie ein scheuendes Pferd krängte und rollte. Viele erbleichten, und Glane schoss zur Reling, griff sich an den Bauch und hielt die andere Hand an den Mund gepresst. Ein bestürzter Schrei vom Bug ließ alle ängstlich aufschauen, bis der Bootsmann mit breiter Hand Entwarnung gab. Eine Welle von nervösem Gelächter lief über das Schiff.

»Was ist los?«, fragte Temar Halice.

»Etwas mit den Riffen.« Sie spähte über die Reling und überraschte Temar mit einem Kichern. »Guck dir das an.«

Temar grinste mit Halice zusammen, als er sah, wie das Wasser brodelte, als spitze Brocken und vom Wasser rund geschliffene Steine übereinander polterten und sich am Ufer aufeinander schichteten, um eine Durchfahrt für die eiligen Schiffe zu schaffen. Usara lehnte vorn über der Reling der *Goldelritze*, den Kopf gesenkt, seine ganze Zauberkraft auf die unsichtbaren Gefahren unter Wasser gerichtet.

»Vorsichtig.« Die *Seetang* machte einen Satz, und Halice packte Temars Arm.

»Danke.« Temar holte tief Luft, als die unerbittliche Geschwindigkeit und die Bewegungen seinen Magen protestieren ließen.

»Wenn wir an Land kommen, spielst du deine Rolle, aber du musst auf unseren Rücken achten«, warnte Halice ihn streng. »Du musst am Leben bleiben, um den Lohn für Kellarin einzustreichen – und um zu beenden, was du mit Allin angefangen hat.«

»Pass auf dich selbst auf«, gab Temar zurück. »Ich bin nicht auf dich angewiesen.«

Halice grinste. »Ich bin Söldnerin. Wir sind ersetzbar. Dafür werden wir ja bezahlt.« Das löste Beifall unter den Kämpfern aus, die dem Achterdeck am nächsten standen.

»Sorg nur dafür, dass wir auch wirklich bezahlt werden, Kommandant!« rief Minare.

»Erste Auswahl bei der Beute«, brüllte Peyt genüsslich.

»Seht erst mal zu, dass ihr sie bekommt, und dann reden

wir über die Verteilung.« In Halices Stimme lag eine Herausforderung.

»Wir sind fast da.« Allins angestrengte Worte verdrängten alle anderen Überlegungen aus Temars Gedanken. Das Schiff ruckte, als der Element-Wind entfloh. Die Besatzung kletterte in die Wanten, um die Segel zu bergen.

»Fertig machen zum Landen!«, rief Halice, und ihre Flaggensergeanten riefen ihre Truppen zur Ordnung.

»Bereit?« Die *Goldelritze* war ein Stück hinter ihnen, aber Usaras Ruf hallte über das Wasser.

»Ja.« Allins Stimme brach vor Anspannung.

»Ja!« Temar zog sein Schwert und schwenkte es. Er sah Piraten zum Wasser laufen, hasserfüllt gezogene Waffen fingen die Sonne ein, ihr Geschrei ging bald unter den Beschimpfungen der Söldner an Deck unter. Die vordersten Seeräuber standen in der Brandung und forderten mit heiserem Spott die Eindringlinge heraus, eine Landung zu wagen.

Ein ohrenbetäubendes Gebrüll drang durch den Aufruhr. Flammen explodierten auf den Kaufmannsschiffen, die zerbrochen und geschändet am Strand lagen. Magisches Feuer zerriss die Masten, Holz splitterte, und Metall schmolz. Brennende Teile und glühend rote Splitter trieben die wartenden Piraten auseinander. Die Truppen auf der *Seetang* höhnten, als ihr Schiff schnurgerade auf den Strand zulief. Steine knirschten unter dem Rumpf, der Kiel fraß sich in den Sand. Die Seeleute fingen den Rest des Windes ein, um das Schiff voranzubringen, und unterstützten mit ihren Fähigkeiten diese neue Magie.

»Achtung, Pfeile!« Minare kauerte auf der Seitreling, das Schwert in der einen, ein Tau in der anderen Hand. Die *Goldelritze* legte sich neben die *Seetang*, Usara hing gefährlich weit über den Bug und zwang die Kiesel, sich aufzuwölben und das Schiff sicher zu halten.

Temar warf sich zwischen Allin und jeden feindlichen Pfeil, doch der Hagel hatte seine Kraft schon weitgehend eingebüßt und klapperte an Masten und Tauwerk. Dann bohrten sich Armbrustbolzen mit dumpfem Aufprall in die Seite der *Seetang*, einer traf einen Kellariner, der rücklings taumelte und sich schreiend an die Brust griff. Ein zweiter Schauer von Pfeilen zischte durch die Luft wie eine Gänseschar auf der Flucht, aber diesmal war Allin bereit. Ein schimmernder Vorhang aus Zauberlicht fegte die Pfeile zurück, sodass sie ins Wasser oder auf den Strand fielen.

»Wetten, dass sie damit auch ein paar Piraten für uns annageln könnte?« Rosarn tauchte neben Temar auf. Ihr Bogen war bereit, und sie griff nach ihrem Köcher.

Temar staunte. »Ich dachte, ihr hättet alle Pfeile verbraucht.«

»Fast.« Rosarn kniff die Augen zusammen und nahm ein Ziel aufs Korn. »Aber es sind nicht die Pfeile, die einen guten Schützen ausmachen.« Sie spannte in einer fließenden Bewegung und schoss. Ein Schrei in der Ferne sagte Temar, dass sie ihr Ziel getroffen hatte. »Es ist die Treffsicherheit«, schloss Rosarn zufrieden.

Andere Schützen, handverlesen, damit kein kostbarer Pfeil verschwendet wurde, befanden sich inzwischen auf dem Achterdeck. Eine zweite Abteilung auf der Achterkajüte der *Goldelritze* hatte die feindlichen Armbrustschützen ins Visier genommen.

»Auf sie!«, brüllte Halice. Matrosen warfen Seile und Netze über die Seite jedes Schiffes. Einige der Söldner schienen sie kaum zu benutzen, während sie auf den Strand strömten und sich auf die Piraten stürzten, die trotz glühender Funken oder Beschuss ihre Stellung behaupteten.

»Geh schon!« Rosarn schob Temar zum Hauptdeck. Auch ohne ihren Ansporn wusste er, dass aller Augen auf ihm ruhten. Er und kein anderer sollte die Männer von Vithrancel und Edisgesset in diese Schlacht führen. Die loyalen Pächter von D'Alsennins ausgedehnten Ländereien hatten sich einst seiner Führung anvertraut, in den Kohorten des Kaisers für Tormalins Ruhm zu kämpfen. Jetzt war es seine Pflicht, diese Männer zum Sieg zu führen, sodass so viele wie möglich am Leben blieben, um ihn genießen zu können.

Inzwischen war er über die Reling gesprungen und stand knietief im Wasser. Voraus führte Halice ihren Trupp über den ansteigenden Kiesstrand. Die Füße vom Wasser umspült, kämpften die höhnenden Söldner wie ein Mann, jeder auf Armeslänge von dem nächsten entfernt, bereit einander zu verteidigen, während sie gleichzeitig mit aller Wildheit, die sie aufbringen konnten, angriffen. Die Piraten gingen nieder wie Weizen vor der Sense, sie stürzten, und ihr Blut färbte das Wasser rot.

Temar und sein Trupp folgten ihnen hart auf den Fersen. »Zu mir!«, schrie er, als sie festen Boden unter den Füßen hatten. Halice und ihre Söldner standen der Haupttruppe der Piraten mitten auf der Landzunge gegenüber. Unmittelbar vor Temar schickte Minare seine Männer zu beiden Seiten aus. Durch langjährige Übung gedrillt, machten sie sich daran, den Feind zu vernichten. Einige der Piraten flohen zu den zerstreuten Hütten und Zelten auf der jenseitigen Anhöhe. Minares Männer fielen über den Rest her wie ausgehungerte Hunde über ein Stück Fleisch.

Blut von einem Schwert spritzte in Temars Gesicht, aber er achtete nicht darauf. Er sah seinen Augenblick gekommen und rannte, das Schwert hoch in die Luft gereckt. »Jetzt! Für Kellarin!«

Einige Männer nahmen seinen Ruf auf. Andere stießen lieber wortlose Schreie des Hasses aus, während sie den fliehenden Feind verfolgten. Temar hieb auf einen ledergekleideten

Rücken ein, der den Hang hinaufwollte. Von Halice geschärft, schlug seine Klinge eine tiefe Wunde durch Wams und Hemd, Haut und Fleisch. Der Pirat fuhr herum, sein Rücken bog sich vor Schmerz durch, sodass sein Hieb danebenging. Temar konnte mühelos parieren und mit der Rückhand zuschlagen. Mit einer Drehung des Handgelenkes hieb er dem Mann in den Nacken und fühlte, wie die Knochen unter dem Fleisch splitterten. Temar zog sein Schwert zurück, damit es sich nicht im Rückgrat verhakte, der Pirat ging zu Boden. Temar lief weiter, die Augen auf den Feind gerichtet, ohne auf einen Toten zu achten, über den er trampelte. Ein Mann, der ihn überholt hatte, fällte einen Piraten mit einem einzigen wütenden Hieb seines Breitschwertes. Der Leichnam rollte davon, und Temar sprang im Laufen darüber und zog seinen Dolch. Sein Großvater hatte immer gesagt, zwei Klingen seien besser als eine.

Jetzt waren sie bei den Hütten und Zelten, und Kellarins Männer hieben und schlugen mit wahlloser Wut auf Piraten wie auf schreiende Frauen ein.

»Räuchert jedes Rattenloch aus!«, brüllte Temar.

Ein Mann schoss aus einem klapprigen Unterstand, dessen Wände aus den Decksplanken eines Handelsschiffes bestanden. Er schwang ein Baummesser, das einst für friedliche Dienste in Vithrancels Dickichten gedacht war. Temar riss sein Schwert hoch, um seinen Kopf zu schützen, und wurde auf sein Standbein zurückgeworfen, als das zweischneidige, tödlich schwere Gerät auf seinen Kopf zuschwang. Der Mann mit dem Baummesser kam näher und stieß nach ihm. Temar täuschte seine offene Seite an und schätzte sorgfältig die Reichweite des Stiels ein. Wieder stieß der Pirat nach ihm, und Temar machte einen Satz nach vorn, erwischte den Stiel mit seinem Dolch und drehte die Klinge, sodass sie sich direkt unter der scharfen unteren Spitze der Schneide verhakte. Mit derselben Bewegung drückte er den Stiel mit dem Schwert herunter, wobei er dem Mann fast die Hand abtrennte. Der Pirat schrie auf, doch obwohl ihm das Blut aus dem zerschmetterten Handgelenk quoll, riss er die glänzende Metallspitze von Temars Dolch frei und taumelte rückwärts. Er wirbelte das Messer mit einer Hand um seinen Kopf, und der Haselnussschaft pfiff mörderisch durch die Luft auf Temars Kopf zu. Temar sprang zurück, und das Messer verfehlte sein Gesicht kaum um Fingerbreite. Die schwere Spitze bohrte sich in den Boden, der Mann konnte sie mit einer Hand nicht wieder befreien. Temar trat hart auf die flache Klinge. Die Spitze der halbmondförmigen Klinge bohrte sich tief in die Erde und zog den Piraten mit sich, der aus dem Gleichgewicht geriet. Temar stieß ihm sein Schwert in den Bauch und riss es seitlich wieder heraus.

Als er vor dem Gestank aus Blut und Eingeweiden zurückwich, merkte Temar, dass Glane neben ihm war, ein unbekannter Minenarbeiter aus Edisgesset auf seiner anderen Seite. »Reißt das ein!«, rief er und trat gegen die wacklige Wand der Unterkunft. Glane schoss vorwärts, als ein erstickter Schrei unter dem zusammengestürzten Holz hervordrang. Er zog eine junge Frau aus den Trümmern. Ihr dunkles Haar hing ihr wirr ins Gesicht, das viel zu große Mieder war schief über einem schmutzigen Hemd geschnürt. Sie duckte sich und jammerte wie ein Kind.

»Wir tun dir nichts«, wehrte Glane entsetzt ab.

»Fesselt sie«, befahl Temar barsch. »Traut niemandem, ehe wir Grund dazu haben.«

Glane zögerte, der Minenarbeiter jedoch nicht. Er warf das Mädchen mit dem Gesicht auf die Erde, und bohrte ihr ein Knie in den Rücken, während er ein Tuch in Streifen schnitt und ihr Handgelenke und Füße fesselte, ohne auf ihr Schluchzen zu achten.

Temar holte Luft und schätzte ihre Situation ab. Erfreut sah er, wie das baufällige Lager unter Kellariner Stiefeln und Schwertern fiel, Männer und Frauen der Piraten im Tod übereinander lagen. Rachsüchtige Kolonisten, von denen von Minute zu Minute mehr mit kampfbereiten Schwertern herbeistürmten, umringten die wenigen Piraten, die noch kämpften.

»Bring sie da rüber, Junge.« Der Minenarbeiter rollte das festverschnürte Mädchen brutal mit dem Stiefel herum. Er deutete mit dem Kopf auf den Strand, wo Vaspret den Männern Anweisungen erteilte, die die gefesselten und geknebelten Gefangenen bewachten. Glane sah unbehaglich drein, warf sich das Mädchen aber über eine Schulter und schleppte es den Hang hinunter wie einen Sack Mehl. Der Minenarbeiter eilte einer Gruppe seiner Kameraden zu Hilfe, die mit einigen Narren rangen, die sich in einem Zelt verstecken zu können glaubten.

Wachsam für jede Gefahr blickte Temar am Ufer entlang und sah, wie Halices Truppe gegen die brutalsten Piraten kämpfte, Männer, deren einzige Hoffnung darin lag, zu töten oder getötet zu werden. Sie kämpften um jeden Fußbreit Boden, gruben die Stiefel in blutgetränkte Erde, spuckten und fluchten über die unerbittlichen Söldner, die genauso entschlossen waren, sie zurückzudrängen. Klingen klirrten und schabten, es gab kaum Raum zum Ausholen. Schwertgefechte wichen Hieben, fest umklammerte Dolche zielten auf Kopf und Gesicht. Er betrachtete die Linie, und Lektionen aus seinen Tagen bei den Kohorten tauchten aus der Erinnerung auf.

»Sie schwenken ab, verdammt noch mal! Zu mir!«, brüllte Temar und winkte mit seinem Schwert, um seine Truppe zu sammeln. »Lasst sie nicht ans Ufer kommen!« Wenn dieser kreisende Kampf sich noch weiter drehte, hatten die Piraten die Chance, zu den Booten zu gelangen, die unter Grünzeug versteckt zwischen den Felsen hinter der Palisade lagen. Matrosen von der *Seetang* und der *Goldelritze* zerstörten auf dem Hauptstrand alles, was schwimmen konnte, aber ohne den Vorteil von Temars höher gelegenem Aussichtspunkt hatten sie die wenigen Langboote nicht gesehen. Zornentbrannt rannte er los, seine Stiefel dröhnten dumpf auf dem Grund. Er wollte verdammt sein, wenn er auch nur einen von dieser Mörderbande entwischen ließ.

Im Laufen nahm er eine Bewegung an der Palisade wahr. Die Tore der rohen Festung schwangen auf, und Muredarch führte eine heulende Meute seiner loyalsten Räuber gegen die Söldner. Die vom Kämpfen ermüdeten Piraten zerstreuten sich, viele zahlten einen hohen Blutpreis, als die frischen Neuankömmlinge sich auf die Söldner stürzten. Die Truppen trafen mit dem Getöse eines Gewitters aufeinander. Muredarch war inmitten seiner Männer, unverkennbar durch seine Größe. Seine enorme Reichweite ließ bald Tote und Verwundete ringsum zurück, wo er seinen Beidhänder in tödlichem Bogen schwang.

Temar wünschte sich vergeblich einen Bogen, eine Armbrust und die Fähigkeit, damit umzugehen, als er mit seinen Männern dahinstürmte. Sie mussten die Piraten vom Ufer abschneiden. Sie würden es nicht schaffen. Angst quälte ihn. Er würde es nicht schaffen. Er würde wieder versagen, verdammt noch mal!

Dann lief ein Schauder durch die Kämpfer. Die Bosheit der Piraten wich einem Erstaunen, das sichtlich Entsetzen Platz machte. Halices Söldner ergriffen auf das erste Anzeichen von Schwäche hin die Gelegenheit und hieben mit verdoppelter Wucht auf ihre Feinde ein. Temar und seine Männer kämpften sich am Ende der Schlachtreihe vorbei. Auch wenn sie auf dem Kies ins Rutschen kamen, sie waren fest entschlossen, den Piraten den Zugang zu verwehren.

Temar versuchte zu erkennen, wodurch die Runen für den Kampf erneut geworfen worden waren. Es waren Darni und seine Flüchtlingstruppe, die aus dem Wald hinter dem Lager gebrochen waren. Einige hatten Knüppel aus frischem Holz anstelle von Schwertern, aber die scharfkantigen Reste von Zweigen zerkratzten bösartig Arme und Gesichter. Es waren nur so wenige, wie Temar befürchtet hatte, aber sie waren wild entschlossen, die Schande zu tilgen, in die Flucht getrieben worden zu sein, und daher kämpfte jeder Mann mit der Kraft von zweien.

»Haltet aus!« Muredarchs tönende Stimme durchdrang das Getümmel, als die Reihe der Piraten wieder ins Wanken geriet. Dann hielt sie wieder, die Piraten rissen sich in einer merkwürdigen Parodie einer ausgebildeten Truppe zusammen.

»Zurück!« Auf Muredarchs Befehl hin, begann die Linie mit einem langsamen Rückzug.

»Macht sie fertig!« Halices Stimme übertönte dröhnend die neuerliche Welle von Beschimpfungen ihrer Söldner.

»Zu mir!« Seine Truppe baute sich zu beiden Seiten von Temar auf, eine solide Reihe aus Leder und Stahl. Temar hieb und stach, gierig nach Blut und Rache, doch die Piraten hielten stand und tauschten die Gelegenheit, Temars Männer zu verwunden, gegen ihre eigene Sicherheit. Dies war keine wilde Flucht, sondern ein geordneter Rückzug, langsam Schritt für Schritt in die Sicherheit der Palisade.

Falls Muredarch sich dort in Sicherheit brachte, dachte Temar aufgebracht, mussten sie ihn wohl ausräuchern. Bei diesem Gedanken loderten dunkelrote Flammen jenseits des Kampfgeschehens auf, was ihn so vollkommen überraschte, dass ein Piratenschwert seine Deckung überwand und ihm einen tiefen Schnitt in den Unterarm zufügte.

»Verdammt!« Temar rammte dem Mann, der ihn verwundet hatte, sein Schwert ins Gesicht, sodass dessen Triumphgeschrei abbrach. Als der Sterbende nach hinten fiel, brach Temar aus seinen eigenen Reihen aus, und die Männer zu beiden Seiten schlossen instinktiv die Lücke. Temar schoss hierhin und dorthin, um zu sehen, was an der Palisade vor sich ging, und versuchte in dem allgemeinen Getöse etwas zu hören, was ihm einen Hinweis gab.

Die Palisade stand in Flammen. Rotes magisches Feuer leckte immer höher, schwarzer Rauch stieg in den klaren blauen Himmel. War das Allins Werk? Während Temar noch überlegte, explodierte ein Schmerz in seinem Kopf, und er taumelte vor Schock und griff sich an die Schläfe in der Erwartung, dort einen Wurfpfeil oder eine Wunde zu finden. Er blinzelte unter Tränen durch seine Finger, aber er sah kein Blut.

Die Schlacht wurde zum Chaos, ein alles durchdringender Schmerz überwältigte Freund und Feind gleichermaßen. Männer und Frauen fielen auf Hände und Knie, einige griffen sich so heftig an den Kopf, dass sie sich selbst verletzten. Andere rollten sich in ihrer Qual zusammen wie weinende Kinder. Temars Knie waren weich, aber er zwang sich, auf den Beinen zu bleiben. Mit tauben Füßen taumelte er auf die am Strand liegende *Seetang* zu. Ungelenke Bewegungen mit seinem Schwert reichten aus, um einen schreienden Piraten zu verscheuchen, der ihm im Weg war.

»Oh, mein kleiner Sohn, wer wird dich auf dem Weg zum Mann führen? Ich brenne, alles brennt, ringsum ist Feuer. Ich habe nicht die Willenskraft, es zu vertreiben. Verzeih mir meine Schwäche.« Moins Qual zerrte an Temar. Hatte sein Vater auch mit einem so glühenden Kummer gebrannt im Fieber der Krustenpocken, das ihn verzehrte?

Darige weinte um seine Eltern, seine Augen trockneten schneller aus, als seine Tränen liefen, wunde Lider wurden langsam und klebrig und konnten den gleißenden Tod, der ringsum flackerte, nicht mehr verbergen. »Wie willst du leben ohne die Beute, die ich euch einbringe? Wer wird euch Brennstoff und Essen bringen, um die tödliche Kälte des Winters abzuwehren?« Haut wurde rot, schlug Blasen, verkohlte und platzte auf, und Darige sah vor sich seinen alten Vater, grau und erfroren, verhungert in seinem Bett.

Temar wischte sich schuldbewusst Tränen aus den Augen. Wenn er nicht nach Kel Ar'Ayen gesegelt wäre, kühn und töricht, hätte er zu Hause sein können, um seinen Großvater auf dem Totenbett zu trösten. Warum hatte er den alten Mann verlassen, sodass er sterben musste ohne einen Blutsverwandten in der Nähe?

»Warum habe ich dir nie gesagt, dass ich die liebe, Duhel? Jetzt werde ich sterben, und du wirst es nie erfahren. Ich werde nie die Berührung deiner Lippen spüren, nie deinen Körper an meinem. Ilkehan sagte, wir sollten frei von solchen Bindungen bleiben, aber wo ist er jetzt, wo ich so völlig allein sterbe?« Yalda rang mühsam nach Atem, obwohl die tückische Luft ihr Kehle und Lungen versengte. Ihre Haare kräuselten sich in dem vergeblichen Fluchtversuch vor den aufsteigenden Flammen, verkohlten zu nichts, ihre ganze Schönheit, auf die sie so stolz gewesen war, verwandelte sich in Grausigkeit.

Schreie der ganzen lebendigen Todesqualen durch das Feuer erfüllten Temars Verstand. Gegen den Schmerz, die marternden Erinnerungen und das Bedauern ankämpfend, erreichte er das Schiff und packte das pechverschmierte und verknotete Netz, das über die Reling hing. Seine Schwerthand war glitschig vom Blut aus seiner Verletzung. Geheul und Jammern drang von allen Seiten auf ihn ein, und der Schmerz in seinem Kopf fühlte sich an, als wollte er ihm die Schädelknochen spalten. »*Tur-ryal*«, keuchte Temar. »*Tur-*

*ryal en arvenir.«* Das verlieh ihm genug Klarheit in der Zuflucht seines eigenen Kopfes, um sich ein paar Maschen hinaufzuziehen. »*Tur-ryal en arvenir mel edraset.*«

Der ätherische Schutz schob den Schmerz, der ihn umringte, auf die Außenseite von Temars Haut. Auch wenn er immer noch das Gefühl hatte, dass man ihm bei lebendigem Leibe die Haut abzog, so attackierten ihn nur noch die Empfindungen des Verbranntwerdens, nicht die sengende Bitterkeit vergeblicher Selbstvorwürfe. Er keuchte, erstarrte vor Angst, als er einen Todeswunsch spürte, der über ihn hinwegging, ehe er trotz seiner Qualen merkte, dass er für Muredarchs drei Adepten nicht interessant war. Sie wollten sich mit ihren letzten Atemzügen blutig an den Magiern rächen, denen sie dieses feurige Schicksal zu verdanken hatten.

Temar spürte, wie die sterbenden Elietimm ihren mörderischen Willen gegen Larissa richteten. Lodernde Flammen brannten vor seinen Augen, ob offen oder geschlossen, und er sah das Mädchen umgeben von silbernem Zauberlicht. Ihre Abwehr wurde schwächer, schmolz vor dem Anschlag der Elietimm, und Temar wünschte sich mit jeder Faser seines Seins, dass er mehr Zauberkunst gelernt hätte. Er durchwühlte sein Gedächtnis nach einem Zauber, mit dem er der kampfumtosten Zauberin helfen konnte. Es hatte keinen Sinn, er war zu nichts nütze, er wusste einfach keinen. Diese Erkenntnis war schmerzhafter als die Qualen, die auf seinen halbgeschützten Verstand einhämmerten. Es musste doch etwas geben, das er tun konnte. Wenn er Larissa nicht erreichen konnte, musste er versuchen, den anderen Magiern zu helfen. Er fiel über die Reling der *Seetang* und landete mit einem dumpfen Aufprall auf dem Deck. Ringsum kämpften die Matrosen gegen den überwältigenden Schmerz, ein Mann schrie, er war aus der Takelage gestürzt und hatte sich beide Beine gebrochen.

Temar kam mühsam auf die Füße und sah Guinalle auf dem Achterdeck. Sie kniete neben Allin, die als zusammengesunkenes Häufchen dalag. Temars Herz verkrampfte sich in der bislang schlimmsten Pein.

»Guinalle«, keuchte er und taumelte zu ihr.

»Wenn du auf Saedrins Gnade hoffst, dann hilf mir!« Sie blickte auf, aschgrau im Gesicht, und umklammerte verzweifelt Allins Hände. »Es sind die Elietimm. Ich habe Allin und 'Sar abgeschirmt, aber ich kann Larissa nicht erreichen.«

Temar nickte und wünschte, er hätte es bleiben lassen. »Sie sind da drin.« Er deutete auf das Inferno, das einst die Palisade gewesen war, und holte tief Luft. »Du musst dem ein Ende machen. Du bist die Einzige, die sie erreichen kann. Es ist die einzige Möglichkeit, die Magier zu retten.«

Guinalle sah ihn voll Entsetzen an.

Temar ergriff ihre Hände. »Du bist die Einzige, die ihnen Gnade geben kann. Bei Ostrins Augen, würdest du sie so sterben lassen?«

Wenn Guinalle vorher schon blass gewesen war, zeigte ihr Gesicht jetzt den blutlosen Elfenbeinton alter Knochen. Sie drückte Temars Hand so fest gegen Allins kalte Finger, dass er fürchtete, bis zum Ende seiner Tage Spuren davonzutragen.

»Tu für sie, was du kannst«, flüsterte Guinalle heiser und kniff die Augen zusammen, dunkle Flecken in ihren Höhlen. »Und für 'Sar.«

Temar mühte sich, seinen zerbrechlichen Schutz um Allin zu wickeln. Seine unzulänglichen Fähigkeiten wurden unverzüglich aus dem Lot gebracht durch eine elementare Kälte, schlüpfrig und hart wie Eis, als er versuchte, daran vorbeizukommen. Die stille Kälte lichtloser Höhlen unter der Erde durchdrang ihre Knochen und widerlegte die heimtückische Prahlerei der Elietimm, dass Feuer sie unentrinnbar verzehrte. Temar kämpfte darum, Allin jedes bisschen Kraft zu geben, was er nur konnte, um den hinterlistigen Anschlag auf die ihr innewohnende Affinität abzuwehren, mit dem die Elietimm versuchten, das elementare Feuer loszulassen, um die Zauberin von innen her zu zerstören. Was war mit Usara? Die Kälte betäubte Temars Verstand wie ein Sturz in eisiges Wasser, aber er versuchte es wieder, hielt Usaras Bild fest, während er vergebens nach dem Magier suchte. Die Kälte wurde zu dem bitteren Brennen eines Mittwinter-Windes, und Temar schrak davor zurück, ehe seine Fähigkeiten ihn gänzlich verließen, erkannte er, dass die Kälte, die Allin schützte, auch den anderen Zauberer bewahrte.

*»Eda verlas Moin ar drion eda. Verlas Yalda mar al drion eda. Darige verlas ar drion eda.«* Guinalle sang eine Litanei, die Temar noch nie gehört hatte, Tränen rannen ihr aus den geschlossenen Augen. *»Ostrin an abrach nur fel«*, setzte sie in inbrünstigem Gebet hinzu.

Die gequälten Schreie der sterbenden Hexer verebbten nur langsam. Temar konnte noch immer die fürchterlichen Schmerzen durch die Fetzen seines ungeübten Schutzzaubers spüren, während er sich die kalten Tränen vom Gesicht wischte. Unten am Ufer sah er, dass sich einige schneller erholten als andere.

Muredarch war einer davon. Der große Mann rannte den Hang zum Waldrand hinauf, wo Darni schwankend über einer gestürzten Gestalt stand, bei der es sich nur um Larissa handeln konnte. Erpicht auf seine Beute merkte der Piratenführer nicht, dass Halice ihn verfolgte, die Söldner hinter ihr kamen mit verzweifelter Entschlossenheit auf die Füße.

»Pass auf Allin auf.« Sie zurückzulassen brach beinah Temars Entschlossenheit, aber er zwang sich zu einem Kabel, das über die Seite des Schiffes hing. Er war dankbar für das Brennen des Seils in seinen Händen, den pochenden Schmerz von dem Schnitt in seinem Unterarm, für jeden Schmerz, der ihn von seiner verzweifelten Sorge um Allin ablenkte.

Er rannte an Piraten und Söldnern vorbei, die sich teils regten, teils bewusstlos waren, der Widerhall der Todesqualen der Hexer wurde mit jedem Schritt leiser. Wild entschlossen Muredarch voll zur Rechenschaft zu ziehen, durchströmte ihn neue Energie. Der Piratenführer war inzwischen bei Darni angekommen und hieb auf die Rüstung des Kriegers ein. Der große Mann verteidigte sich nicht mit seiner gewohnten Fertigkeit, jede Abwehr war schwächer, jede Bewegung zu langsam für seine Sicherheit. Temar hätte beinahe aufgeschrien, um Darni Mut zu machen, aber als er sah, dass Halice bei ihm angelangt war, hielt er den Mund. Darni fiel zu Boden und Muredarch brüllte triumphierend, doch Halice schnitt seinen Jubel ab. Sie fiel dem Räuber in den Rücken und schlug mit ihrem verkrusteten Schwert zu, dass blutiges Fleisch und weiße Rippen zu sehen waren.

Mit einem Gebrüll wie ein verwundeter Stier fuhr Muredarch zu ihr herum, der große Beidhänder sauste durch die Luft. Halice packte ihr Schwert mit beiden Händen und parierte den Hieb. Dann stach sie mit dem Knauf ihrer Waffe nach den Augen Muredarchs und glitt unter dem tödlichen Bogen seines Schwertes hindurch, als er zurückwich. Wieder holte er aus, um ihr die Beine unter dem Körper wegzuziehen, doch Halice antwortete mit einer tiefen Parade, aus der ein Stich wurde. Sie bewegte sich geschmeidig aus der Gefahrenzone und spuckte Muredarch an.

Temar wollte rufen, wollte Halice wissen lassen, dass er ihr zu Hilfe kam, aber er wagte es nicht, aus Angst, sie abzulenken. Muredarch hob seine gewaltige Klinge hoch über den Kopf, doch die Söldnerin blieb nicht stehen, um sich den Schädel spalten zu lassen. Sie schoss seitlich nach vorn und riss ihr Schwert hoch, sodass es unter Muredarchs Achsel glitt. Temar konnte ein atemloses Jubeln nicht unterdrücken, als er helles Blut in der Sonne glitzern sah.

Halices Zug hatte sie an Muredarch vorbeigebracht, und der Pirat sah jetzt Temar mörderisch an. Er hatte einen Arm an die Seite gepresst, aber er konnte das kolossale Schwert auch mit einer Hand schwingen. Er stürzte sich auf Temar, in seinen Augen glitzerte der Wahnsinn. Halice stach ihm in den Rücken, die Spitze ihres Schwertes trat knapp über seiner Hüfte wieder aus. Muredarch fiel auf die Knie, und Temar hieb ihm mit einer fließenden Bewegung den großen Kopf sauber von den Schultern. Der warme Blutschwall aus dem Hals des Piraten durchtränkte Temars Seite und Schenkel. Er fühlte es kaum in der Hitze der Erregung über den Tod des schwarzbärtigen Schurken.

»Saubere Arbeit, Messire.« Halice zog ihr Schwert aus Muredarchs Leichnam und hob es zum Gruße. Unter dem Schweiß und Schmutz des Kampfes war sie blass. »Ich nehme an, das war der Versuch der Hexer, uns allen die Schädel platzen zu lassen?«

Temar verzog das Gesicht. »Wir haben ihre Todesqualen geteilt, als sie im Feuer gefangen waren.«

»Hat Allin die Palisade in Brand gesetzt?«, fragte Halice.

Die Angst schnürte Temar einen Augenblick die Kehle zu. »Ich weiß es nicht. Ich glaube nicht. Sie ist verletzt.« Er wollte zu den Schiffen zurück. Ein Stöhnen ließ ihn innehalten.

»Scheiße, Darni.« Halice ließ sich neben dem gestürzten Krieger auf die Knie fallen. Sein Gesicht war eine grausige Maske aus Blut, die Wange war aufgeschlitzt, und abgebrochene Zähne glänzten weiß, wo ein Hieb ihm den Kiefer zertrümmert hatte. Muredarchs zweiter Schlag hatte tiefer getroffen und ihm eine klaffende Wunde in der Schulter zugefügt und Muskeln und Sehnen durchtrennt. Darnis Blut durchtränkte eine zusammengekrümmte Gestalt, die unter ihm lag.

»Hilf mir«, befahl Halice. »Das ist Larissa.«

Temars Hände zitterten, als er sein Wams abstreifte und sein Hemd herunterriss, das feucht von Schweiß und seinem und dem Blut anderer war. Darni stöhnte, seine Brust hob und senkte sich, als sie ihn flach auf die Erde legten. Temar fuhr zusammen, während er sein Bestes tat, um die schweren Blutungen des Kriegers zu stoppen. »Wird er am Leben bleiben?«

»Es wäre vielleicht besser für ihn, wenn nicht.« Halice machte ein grimmiges Gesicht, als sie nach Larissas Herzschlag tastete. »Die hier kann sich vor Saedrin verantworten. Scheiße. Darni hätte mit Muredarch fertig werden können. Nur weil er versucht hat, ihren Leichnam zu schützen, der Dummkopf!« Aber ihr Ton war eher kummervoll als zornig.

Temar runzelte die Stirn. »Ich kann keine Wunde sehen.« Das ganze Blut an Larissa stammte von Darni, vergossen zur Verteidigung der Geliebten seines Herrn. Er hatte halb erwartet, die Magierin als schwarzverkohlten, verkrümmten Leichnam zu finden.

Halice schüttelte den Kopf verwundert, während sie die Magierin mit behutsamen Griffen untersuchte. »Poldrion allein weiß, was sie getötet hat – und er wird es uns nicht sagen.«

Wieder stöhnte Darni, seine Augen rollten ziellos hin und her bei dem Versuch, das Blut wegzublinzeln, das ihm die Sicht nahm. Er zog seinen unverletzten Arm hoch und deutete auf den noch immer lodernden Kreis, der zum Scheiterhaufen der Elietimm geworden war.

Temar versuchte ihn zu verstehen. »Larissa hat die Palisade in Brand gesetzt?«

Darni schloss die Augen als unmissverständliche Bestätigung.

Temar sah Halice an. »Sie hat die volle Wucht ihres Hasses abbekommen. Ich habe es gespürt.« Er stand auf. »Ich muss nach Allin und 'Sar sehen.«

Er stolperte und rannte zu den Schiffen, ohne auf Halices Antwort zu warten. Söldner, die sich von der hexerischen Attacke wieder erholten, schlachteten noch betäubte Piraten mit brutaler Verzweiflung ab, ohne auch nur einen Gedanken daran zu verschwenden, ihnen eine Chance zu lassen, sich zu ergeben. Rosarn am Ufer wies ihre Truppe an, den Gefallenen und Gefangenen jede Waffe und alles andere von Wert abzunehmen, und Temar war es egal. Halice konnte die Verteilung der Beute bestimmen, wie sie wollte. Das Einzige, was Temar interessierte, war Allin.

Jeder einzelne Knochen protestierte, als er sich wieder über die Seite der *Seetang* schwang. Der Schnitt in seinem Arm brannte höllisch. »Demoiselle Guinalle, wo ist sie?«, bellte er einen Matrosen an, der langsam ein Tau aufschoss, mehr aus Gewohnheit als aus Notwendigkeit.

»Achterkabine«, antwortete der Mann mit lebloser Stimme.

»Lebt sie?«, rief Temar, noch als er die Tür aufriss.

Guinalle kniete am Boden, das Gesicht in den Händen vergraben. Ihre Schultern bebten. Allin lag reglos in einer Koje, das Gesicht zur Wand gedreht. Usara hatte man auf die andere Seite gelegt, die Hände waren ordentlich über der Brust gefaltet, der Kopf zurückgelegt, die Wangen wirkten hohl und blutleer im Halbdunkel.

»Lebt sie?« Zorn, geboren aus Angst, ließ Temars Stimme hart klingen.

»Kaum.« Guinalle wischte sich die Tränen vom Gesicht und hinterließ dabei Schmutzstreifen. »Ich kann sie nicht aufwärmen«, schluchzte sie plötzlich. »Keinen von beiden.

Egal, was ich auch tue, ich kann sie einfach nicht aufwärmen.«

Ihre Augen verdrehten sich, und Temar konnte sie gerade noch auffangen, ehe sie auf dem harten Boden aufschlug.

# Kapitel 8

An Gamar Tilot, Gelehrter der Universität zu Col
von Ely Laisen, Hadrumal.

Lieber Gamar,

vor kurzem sind in unseren Bibliotheken einige seltsame Dinge ans Tageslicht gekommen, und unser gemeinsamer Freund dachte, dies könnte dich interessieren. Es scheint während der letzten Generation geschrieben worden zu sein, möglicherweise sogar während der letzten paar Jahre. Das Original ist eine Art Gedicht, aber das Bergmädel, das es übersetzt hat, ist ein zu großer Bauerntrampel, um das selbst verfasst zu haben.

*Die Geschichte von der Verbrennung Haeldasekkes*

*Das Volk von Dachasekke hatte seit langer Zeit die Graue Robbeninsel mit dem Volk von Haeldasekke geteilt. Die Insel hatte keine Steine, und deshalb kehrten die Menschen beider Clans zu ihren eigenen Steinkreisen zurück, wenn es um Gerechtigkeit, Bitten oder Rat ging.*

*Und so geschah es in der weißesten aller Nächte, dass seine Vorfahren dem Anführer von Dachasekke eine Vision schickten, und er gelobte, einen Kreis auf der Grauen Robbeninsel zu errichten, auf einem Felsenhügel, wo es weder Erde gab zum Pflügen noch Futter für Weidetiere. Der Anführer von Haeldasekke hatte keine solche Vision, aber obwohl er einflussreicher war, wollte er Kolbin von Dachasekkes Recht, die Toten auf ihrem eigenen Land zu ehren, nicht bestreiten.*

*Alles war gut, bis die Zeit von Heu und Ernte gekommen war.*

*Dann lud das Volk von Dachasekke die Menschen von Haeldasekke, die auf der Grauen Robbeninsel lebten, ein, in ihren Kreis zu kommen, um die zu ehren, die unter der Erde sind. Dieser Kreis ist näher an eurem Zuhause, sagten sie. Er soll uns gemeinsam gehören, so wie wir gemeinsames Blut haben. Der Anführer von Haeldasekke dachte, er würde mehr Gemeinland haben, wenn Dachasekke immer so großzügig war. Er verlegte die Grenzsteine, um die ganze Niedermarsch für sich zu beanspruchen, sobald Dachasekke die Ernte eingebracht hatte.*

*Der Anführer von Dachasekke war erzürnt und bestellte Scafet von Haeldasekke zu einem Treffen auf dem schwarzen Sand der Friedensverhandlungen, der in der Meerenge zwischen seiner Feste und der Grauen Robbeninsel liegt. Er rief Fedin von Evadasekke als Rechtssprecher dazu, doch das Volk von Haeldasekke wollte ihn nicht akzeptieren. Und sie wollten auch keinen eigenen Rechtssprecher benennen, sondern bestritten jedes Unrecht ihrerseits, das rechtfertigen würde, einen Rechtssprecher auf ihr Land zu lassen. Der Anführer von Haeldasekke wollte nicht über die Grenzsteine reden, sondern erklärte Kolbin von Dachasekke stattdessen seine Pläne, eine Tochter Kehannasekkes zu heiraten, wenn die Zeit des Ziegenschlachtens kam.*

*Kolbin von Dachasekke sah, dass er dann auf beiden Flanken unfreundliche Gesichter haben würde. Er fügte sich und erschlug diejenigen, die die Männer von Haeldasekke in ihren Kreis eingeladen hatten, ehe er sich in seine Feste zurückzog. Zur Zeit des Ziegenschlachtens heiratete Osmaeld, der Sohn von Scafet von Haeldasekke, Renkana, die Tochter von Rafekan von Kehannasekke unter einem Bogen aus Grassoden. Er war ein fähiger Junge mit einem starken Speerarm, während sie eine vielversprechende Figur und ein hübsches Gesicht hatte. Kein Rechtssprecher wurde gerufen, um diese Hochzeit zu bezeugen, und Scafet von Haeldasekke und Rafekan von Kehannasekke kamen überein, dass es das Beste sei, den Brautpreis und die Mitgift unter sich auszuhandeln. Beide Clans feierten fröhlich bis zum Morgengrauen.*

*Die Tage der Dunkelheit und des Hungers kamen, und alle Menschen zogen sich an ihre Feuer zurück. Die dunkelste Nacht kam, und die Nachricht verbreitete sich, dass man einen Spottpfahl vor der Halle von Kehannasekkes Feste gefunden hatte, als die Sonne wieder aufging. Er trug eine Schnitzerei, die Scafet zeigte, wie er Renkana bestieg wie ein Hund eine Hündin. Niemand wusste, wer ihn aufgestellt hatte. Rafekan verbrannte ihn und streute die Asche ins Meer, ohne auf die zu hören, die dies ein unmännliches Verhalten nannten.*

*Die Halle von Haeldasekkes Feste brannte in der darauffolgenden Nacht ab. Alle, die darin waren, kamen um. Als das Feuer erlosch, fand man die Toten in ihren Bettalkoven eingeschlossen und die Haupttür von außen verriegelt. Jeder einzelne Knochen war gebrochen und verkohlt, und keinen konnte man ohne Schande begraben. Der Anführer von Thrielsekke, dessen Schwester die Frau des Scafet von Haeldasekke war, verlangte, dass Rafekan von Kehannasekke einen Rechtssprecher rief, um die Wahrheit über diese Gräueltat herauszufinden. Der Anführer von Kehannasekke weigerte sich und erklärte, dass Scafet die Strafe seiner Vorväter erhalten hatte, weil er die Frau seines Sohnes entehrt hatte.*

*In den frühen Tagen des darauffolgenden Sommers stürzte Ilkehan von Kehannasekke seinen Vater Rafekan, und da er ein fähiger Mann war, wurde er zum Anführer ausgerufen. Zur Zeit von Heu und Ernte teilten Ilkehan von Kehannasekke und Kolbin von Dachasekke die Graue Robbeninsel unter sich auf. Die Anführer von Thrielsekke und Evadasekke verlangten, dass sie dies vor einem Rechtssprecher rechtfertigten, doch es wurde keiner gefunden, auf den sich alle einigen konnten.*

*Zur Zeit des Ziegenschlachtens errichtete der Anführer von Kehannasekke einen Kreis für die Menschen der Grauen Robbeninsel, die jetzt zu Kehannasekke gehörten, auf einem Felsenhügel, wo es keine Erde zum Pflügen und kein Futter für Weidetiere gab.*

## Kehannasekke, Inseln der Elietimm
## 11. Vorsommer

Mein erster Gedanke beim Aufwachen war Erstaunen darüber, dass ich meine Augen lang genug geschlossen hatte, um einschlafen zu können. Der zweite war der felsenfeste Entschluss, aus diesem schwarzen Loch herauszukommen. Mit dem nächsten Atemzug war ich auf den Beinen.

»Livak?«, kam Ryshads Stimme irgendwo aus der Schwärze.

»Wen hattest du denn erwartet?«, fragte Sorgrad belustigt.

»Vielleicht ein paar längst tote Elietimm?«, meinte 'Gren vergnügt.

»Das ist nicht witzig«, sagte ich ernst. Als ich merkte, dass Ryshads Wams mein Kopfkissen gewesen war, bückte ich mich und hob es auf. Niemand konnte mich sehen, darum hielt ich es mir dicht vor die Nase und atmete seinen beruhigenden Duft ein.

Die Steine begannen mit dem Schein magischen Lichtes zu glühen. »Guten Morgen.« Shiv faltete seine langen Glieder aus der Nische und gähnte. »Ihr könnt euch nicht vorstellen, wie steif ich bin.«

»Glaub mir, ich kann.« Ich reckte die Arme über meinen Kopf in dem vergeblichen Versuch, die Verspannungen in meinem Rücken zu lösen. »Heute Abend wollen wir in anständigen Betten schlafen.«

Das kräftiger werdende Licht erreichte Ryshad, der am Fuß der Treppe saß. Er lächelte mich mit einem unmissverständlichen Versprechen an. Ich zwinkerte ihm keck zu, bevor ich wieder ernst wurde. »Haben wir eine Ahnung, ob die Elietimm immer noch um diesen Bau herumschwirren?«

»Ich bin nach oben gegangen, als ich aufwachte.« 'Gren zuckte in dem schwachen Licht, das von der anderen Wand strahlte, die Schultern. »Ich konnte nichts hören.«

»Das sind gute Nachrichten.« Sorgrad hockte ungerührt in einer der knochengefüllten Nischen. »Die schlechte Neuigkeit ist, dass das definitiv der einzige Ausgang ist.«

»Definitiv.« Ryshad bestätigte unsere Aussage. Falls die Brüder, die in den von Höhlen durchzogenen Bergen aufgewachsen waren, und Ryshad mit seinem Wissen über Steinmetzarbeit keine andere Tür fanden, dann gab es auch keine. »Shiv, kannst du sagen, ob da oben noch jemand ist?«

Das unbestimmte Licht vertiefte sich zu einem moosgrünen Tümpel um den Magier, und eine Wasserpfütze sammelte sich in seinen Händen. Er schnitt eine Grimasse. »Kann jemand bitte einen Tropfen Tinte hier hineinfallen lassen?«

Ryshad holte Tinte aus seiner Gürteltasche und gehorchte.

»Warum hast du Tinte dabei?«, fragte 'Gren interessiert.

»Man weiß nie, wann man welche brauchen könnte.« Ryshad sah den Magier genauso gespannt an wie wir anderen. »Nur ein rascher Blick, Shiv. Wir wollen nicht, dass du mit einem Adepten aneinander gerätst, der Ilkehan rächen will.«

Shiv nickte. »Da wartet niemand auf uns.« Er spritzte sich Wasser ins Gesicht, um sich den Schlaf aus den Augen zu waschen. Ich wollte gerade darauf hinweisen, dass Tinte darin gewesen war, aber da wir alle mit blauer Farbe bemalt waren, spielte das eigentlich keine Rolle.

»Wo geht es jetzt hin?« Sorgrad sprang auf den Boden und ging zur Treppe, seine Stiefel hallten auf den Steinfliesen. Ich folgte ihm, 'Gren schob Shiv vor sich her und bildete die Nachhut.

»Wir machen, dass wir wegkommen, dann lassen wir Halice und Temar wissen, dass Ilkehan aus dem Spiel ist. Sie können anfangen, Muredarch und seine Ratten ins Meer zu werfen.« Ryshad ergriff meine Hand und zog mich neben sich hoch. Er gab mir einen flüchtigen Kuss auf die Wange, als ich ihm sein Wams wieder gab.

»Ich muss mich rasieren«, sagte er und verzog das Gesicht.

»Ich verzeihe dir, wenigstens dies eine Mal«, spottete ich liebevoll.

Sorgrad ging voraus über die schmale und absichtlich verwirrende Treppe. Ich folgte Ryshad, so froh, dass ich dieses unheimliche Gebeinhaus verlassen konnte, dass ich mich zurückhalten musste, um ihn nicht weiterzuschubsen, wenn er seine Stiefel bewusst lautlos auf die Fliesen setzte. Das erinnerte mich daran, dass wir noch nicht in Sicherheit waren, bis wir alle Elietimm mit ihren geheimnisvollen Kräften und Ränken hinter uns gelassen hatten. Bis dahin mussten wir bei jedem unserer Schritte wachsam sein. An zu viel Vorsicht ist noch niemand gestorben.

Aber reich geworden ist davon auch noch niemand. Ich fragte mich insgeheim, was für eine Belohnung Sieur D'Alsennin für uns wohl vorschwebte. Wenn Halice seine Truppen führte, müsste Temar so viel Beute von den Piraten einheimsen, um Kellarins beklagenswerten Geldmangel zu beheben. Ich würde schließlich auch eine anständige Kiste voll Geld brauchen, wenn ich mich im Weingeschäft etablieren wollte.

Vor mir blieb Ryshad stehen und riss mich grob ins Hier und Jetzt zurück. Er bückte sich unter die Steinplatte und spannte sich, um sie anzuheben. Sorgrad hatte in jeder Hand einen Dolch. Er nickte, und Ryshad hievte die massive Platte hoch, die mit einem dumpfen Laut umkippte.

Beide waren gleichzeitig aus dem Loch heraus. Ryshad schwang nach links herum, wachsam für alles Unerwartete. Sorgrad ging nach rechts.

»Alles klar.«

»Niemand hier.«

Das genügte mir, und ich kletterte heraus. Es war schon heller Morgen hier oben, das Licht schmerzhaft grell für die ersten Augenblicke. Der Himmel war von einem blassen Blau mit unwahrscheinlich wattigen Wolken, die sich im Westen zusammenballten. Der Wind war kühl und erfrischend im Gesicht, nach der gedämpften Stille der Hargeard-Kammer. Dann stieg mir die beißende Schärfe verbrannten Holzes in die Kehle, und ich musste husten. Ich versuchte, es zu unterdrücken, erstickte aber beinahe.

Ryshad nahm mich beim Arm. »Pass auf, wo du hintrittst.«

Durch Tränen blinzelnd sah ich, dass die Kuppe des Hügels mit Bruchstücken von zerplatztem Stein und verbranntem, zersplittertem Holz übersät war.

»Gute Arbeit, würde ich sagen«, bemerkte Sorgrad voller Stolz.

»Entschieden«, gab Shiv mit schiefem Lächeln zu.

»Hat jemand noch was zu essen?« 'Gren ging vorsichtig zum Rand der Kuppe und hinter dem zerbrochenen Stumpf eines Monolithen in Deckung.

Ich hatte endlich mein Gehuste unter Kontrolle. »Ich nicht.«

Ryshad zuckte die Achseln. »Tut mir Leid.«

»Rette den Tag in einer Ballade und dein Held bekommt ein Festmahl und eine willige Prinzessin«, brummte 'Gren. »Lasst uns zusehen, dass wir rechtzeitig zurück sind, um Halice im Kampf gegen die Piraten zu helfen.«

»Je schneller wir sie wissen lassen, was passiert ist, umso besser«, gab Ryshad ihm Recht.

»Soll ich den Zauber hier sprechen?« Shiv sah ihn an.

»Die Zeit drängt«, betonte ich.

Ryshad zuckte die Achseln. »Wir werden ja sehen, was passiert.«

»Ich mache es so behutsam, wie ich kann.« Shiv grub in seinem Rucksack nach seiner Silberschale und fluchte. »Ich habe keine Kerzen.«

Sorgrad hob ein taunasses Stück geschwärzten Holzes auf. »Versuch's damit.«

»Ich tue mein Bestes.« Shiv gelang es, ein gedämpftes rotes Flackern aus dem Holz zu beschwören. »Usara?«

Wir alle warteten gespannt. Nichts geschah. Shiv runzelte die Stirn und löschte seine Flamme mit einer alltäglichen Geste. »Er muss wohl schlafen.« Er reckte die Schultern und entzündete das Holz von neuem. »Allin? Allin, ich bin es, Shiv.«

Das glänzende Silber blieb widerspenstig leer. Wir sahen Shiv an, und es beruhigte mich keineswegs, dass seine Miene meine eigene Verwirrung widerspiegelte.

»Willst du etwas anderes Glänzendes?« 'Gren griff nach seinem Rucksack.

Shiv runzelte die Stirn. »Das würde keinen Unterschied machen.«

»Was denn?«, fragte Ryshad rundheraus.

Shiv antwortete nicht, hob die Schale wieder und richtete seine ganze Konzentration darauf. »Larissa?« Das Holz brannte in wütendem Rot. »Verdammt!« Shiv wedelte damit durch die Luft, um die Flamme zu löschen, nur um sie im nächsten Augenblick wieder zu entzünden. »Darni!«

»Sie können doch nicht alle schlafen, oder?« Ich hörte die Besorgnis in meiner Stimme.

»Gibt es vielleicht ein ätherisches Hindernis?«, fragte Ryshad verblüfft.

»Hier gibt es keine Kräfte mehr«, sagte Sorgrad, als Shiv den Kopf schüttelte. »Es ist wie bei dem Shernasekke-Hargeard, nichts reagiert auf die Magie.« Er schritt langsam einen Kreis ab. »Wir hätten diesen Glockenklang gehört, wenn es anders wäre.«

Ryshad war mit seinen Gedanken meilenweit weg. »Wir müssen Temar und Halice wissen lassen, dass sie die Piraten angreifen können. Shiv, was kannst du sonst noch tun? Livak, kannst du Guinalle irgendwie mit Zauberkunst erreichen?«

»Ich fürchte nein.« Es tat mir Leid, ihn zu enttäuschen.

»Mal sehen, was uns die Weitsicht zeigen kann.« Shiv warf das verbrannte Holzstück beiseite und kniete auf dem feuchten Gras nieder. Er legte die Schale flach auf die Erde, und Tau funkelte kurz auf, der über das Gras rollte und sich auf dem Metall zu einer zähen, smaragdgrünen Haut verdichtete. Ryshad reichte ihm sein Tintenfass, und Shiv ließ einen Tropfen auf die Schale fallen.

Wir scharten uns darum. Ich brauchte einen Augenblick, um zu erkennen, dass der grüne Nebel sich aufgelöst hatte, weil wir zu Anfang nichts weiter sahen als grüne Blätter von fast derselben Farbe. Shiv zog die Vision am Ufer entlang, bis wir das Lager vor uns sahen, ordentliche Lagerfeuer, mit geschäftigen Menschen.

»Das sieht ganz in Ordnung aus.« Ich hielt sowohl meine Erleichterung als auch meine Sorgen zurück. Es waren mehr Lagerfeuer, als ich erwartet hätte, aber nicht annähernd genügend Menschen.

Ryshad sah dasselbe wie ich. »Wo ist Halice? Und Temar?«

Shiv hörte nicht zu. Er stieß einen erleichterten Seufzer

aus, als er Pered fand, der vor der Hütte stand, die die Piraten uns überlassen hatten, tief ins Gespräch mit jemandem versunken, den ich nicht erkannte. Wer es auch war, ihm hatte jemand die schlimmsten Prügel verabreicht, die ich außerhalb eines Söldnerlagers je gesehen hatte.

Ich hielt an mich, und zählte lautlos ein paar Herzschläge lang, sodass Shiv sich vergewissern konnte, dass sein Liebster wohlauf war.

'Gren verfügte nicht über so viel Feingefühl. »Wo ist Halice, verdammt noch mal?«

»Einen Moment.« Pereds Gesicht verblasste, und das Wasser wurde zu einem abgestandenen Jadegrün, ehe neue Magie ihm wieder lebhafte Leuchtkraft verlieh.

»Da ist sie«, stieß Shiv erleichtert hervor.

Ich musterte das Bild auf der Silberplatte. »Wo?«

»Sie haben den Landeplatz von Suthyfer eingenommen«, rief Ryshad aus.

»Haben sie?« Sorgrad unterbrach seinen gedankenvollen Rundgang um den Hügel und kam zu uns.

»Wir sind viel zu spät dran.« 'Gren war ernstlich verärgert. »Niemand zum Kämpfen und keine Chance auf einen Anteil an der Beute.«

Shiv war immer noch angespannt bei seinem Zauber. »Was meint ihr, was da vorgefallen ist.« Die Weitsicht zeigte uns die ausgebrannten Reste der Piratenfestung, eine Gruppe von Söldnern war dabei sie niederzureißen.

»Sieht aus, als wärt ihr nicht die Einzigen, die sich hinreißen lassen, wenn sie ein Feuer machen.« Ich lächelte Sorgrad zu, der die Szene mit Interesse musterte. »Woher wusste Halice, dass sie angreifen kann und sicher vor den Hexern sein würde?«, wunderte sich Shiv laut.

»Gute Frage.« Aber Ryshad war an sich zufrieden. »Immerhin, der Kampf ist vorbei, und wir haben gewonnen.«

»Es kann kein einfacher Kampf gewesen sein, nicht einmal ohne die Elietimm«, sagte ich mit Nachdruck. »Wenn 'Sar und die anderen ihren ganzen Verstand und ihre Zauberkraft eingesetzt haben, schlafen sie wahrscheinlich noch.«

Es bestand kein Zweifel daran, dass unsere Freunde die Herren des Landeplatzes waren. Wie diese Miniaturschiffe, die Seeleute, die zu alt für die Seefahrt sind, gern verkaufen, sahen wir die *Seetang* und die *Goldelritze* sanft und sicher vor Anker schaukeln. Einzelne Wachposten schritten die Decks ab, ohne die ängstliche Dringlichkeit von Männern, die einen Angriff erwarten. Halices Truppen holten Kellarins Schiffsladungen aus den baufälligen Überresten des Piratenlagers, Wachleute schlenderten ebenso lässig ihre Kreise ab.

»Rosarn, Vaspret, Minare.« Ich zählte die Gesichter, die ich erkannte, an meinen Fingern ab, bis ich mir auf die Lippe beißen musste, als Shivs wandernder Zauber über gefühllos aufgehäuften Leichen schwebte. Das mussten die Piraten sein. Unsere Toten würden mit weit mehr Achtung behandelt werden, wenn nicht Ostrin in einer seiner legendären Verkleidungen erscheinen und nach dem Warum fragen sollte.

»Keine Magier, keine Guinalle«, stellte Ryshad fest.

»Sie werden bei einem ausgiebigen Frühstück an Bord sitzen«, sagte 'Gren missmutig. »Die Wohlgeborenen bezahlen Söldner, die ihre Grütze auf dem kalten Boden essen können.«

»Shiv, kannst du in die Kajüten sehen?«

»Nicht ohne ...« Der Zauberer erstarrte, und ich hörte ein höchst unwillkommenes Geräusch, das von dem sanften Wind herangetragen wurde.

»Ziegenglocken.«

»Ziegenziemer«, grollte 'Gren. »Ich hätte gewettet, dass sie nach gestern Angst genug für die nächsten anderthalb Jahreszeiten hätten.« Er zog sein langes Messer.

»Lass sie doch«, flehte ich. »Wir haben gesehen, dass Suthyfer sicher ist. Dann wollen wir nicht unseren Hals riskieren, in einem sinnlosen Gefecht mit den Einwohnern.«

»Dies soll das Werk rachsüchtiger Elfen sein.« Ryshad deutete mit der Hand auf den zerstörten Steinkreis. »Eine aufgeschlitzte Ziegenherde wird stattdessen dafür sorgen, dass alle nach einem Menschen mit einem Messer suchen.« Er fuhr sich mit der Hand durch das windzerzauste Haar. »Shiv, kannst du uns mit Sorgrads Hilfe zurück nach Suthyfer bringen?«

Shiv schüttelte den Kopf. »Immer nur einen auf einmal. Das würde fast zwei Tage dauern, und ich muss zwischendurch ruhig schlafen.«

»Wir teilen uns nicht auf«, warnte 'Gren. »Uns nicht und sie auch nicht.«

»Wir müssen uns verstecken, bis wir einen Nexus errichten können, um uns alle gleichzeitig hier herauszubringen«, sagte Sorgrad mit Bestimmtheit.

»Der sicherste Ort wird Olrets Lehen sein«, erklärte Ryshad.

»So weit könnte ich uns alle mit einem Zauber bringen«, sagte Shiv zuversichtlich.

»Was Olret angeht.« Ich hatte ihn und seine Geheimnisse weit nach hinten geschoben, solange Ilkehan den Vordergrund beherrschte. »Wollt ihr vorschlagen, dass wir zurück in seine Feste gehen?« Ich setzte mich auf einen passenden Steinbrocken.

»Seine Wäscherinnen könnten uns Seife ersparen.« Sorgrad kratzte sich die rußverschmierte Farbe ab, die immer noch fettig auf seinem Arm klebte. »Ich werde das ewig zu hören bekommen, wenn Halice mich angemalt wie einen Schauspieler sieht.«

»Ein paar der hübschen Mädchen würden vielleicht gern herausfinden, wie tief das Blau geht.« 'Grens laszives Kichern machte seine vorgetäuschte Unschuld zunichte.

Ryshad sah mich scharf an. »Was ist mit Olret?«

'Gren verfolgte noch immer seine eigenen Gedanken. »Bei ihm bekommen wir bestimmt ein gutes Frühstück.«

»Erinnert ihr euch an diese verschlossenen Türen an der Treppe?«, sagte ich beiläufig. Damit hatte ich ihre Aufmerksamkeit.

»Ja«, sagte Shiv langsam.

Es war nicht die Zeit, um um die Wahrheit herumzutänzeln. »Olret hält dort oben eine Hand voll Frauen in Käfigen gefangen, eingepfercht wie Tiere in ihrem eigenen Schmutz. Sie behaupten von Shernasekke zu stammen und von Olret gefangen genommen worden zu sein, als er sich Ilkehan bei dem Angriff auf ihr Haus anschloss.«

»Und dir ist nicht in den Sinn gekommen, uns das früher zu erzählen?«, fragte Shiv ungläubig.

»Hast du ihnen nicht geglaubt?« Ryshad verschwendete keine Zeit mit Vorwürfen, aber das strenge Funkeln in seinen Augen warnte mich, dass er von mir eine Erklärung verlangen würde, wenn wir allein waren.

»Ich wusste nicht, was ich glauben sollte. Sie verfügen über mächtige Zauberkunst, aber Olret beschränkt ihre Kräfte irgendwie auf diesen einen Raum. Sie wollten, dass ich ihre Verwandtschaft in Evadesekke benachrichtige.« Ich durchpflügte mein Gedächtnis. »Und in Froilasekke und noch woanders.«

»Warum hält Olret sie gefangen?«, wollte Sorgrad wissen, während Shiv nach seiner Karte suchte.

»Um einen Blutanspruch auf das Shernasekke-Land zu haben, wenn eins der Mädchen beschließt, dass sein Bett ein besserer Ort ist als ein Gefängnis.« Ich sah 'Gren finster an, der aussah, als wolle er gleich eine witzige Bemerkung machen. »Und wie es scheint, halten diese Elietimm-Adepten ihr Wissen streng geheim. Die Shernasekke-Frauen schätzen, dass sie Zauberkunst wirken können, die Olret nicht beherrscht. Diese Geheimnisse wären auch etwas, das er haben will.«

Sorgrad zuckte die Achseln. »Klingt verständlich, aus Olrets Sicht.«

»Oder sie haben vielleicht gelogen«, meinte Ryshad zögernd. »Olret hat vielleicht einen vollkommen guten Grund dafür, sie hinter Schloss und Riegel zu halten. Ich höre mich ja nicht gern so an wie Mistal, aber du hast nur ihr Wort.«

'Gren sah verwirrt drein. »Ryshads Bruder«, erinnerte ich ihn. »Der Anwalt vor Gericht.«

Shiv blickte von seiner Karte auf. »Ich kann Evadesekke nicht finden, aber ich glaube, das hier könnte Froilasekke sein.« Er hielt das Pergament hoch und deutete auf eine Stelle.

»Das ist aber ganz auf der anderen Seite der Inseln«, sagte ich ohne große Begeisterung.

»Für die rechte Art von Dankbarkeit einer geretteten Jungfrau würde ich noch weiter gehen.« 'Grens Laune besserte sich wieder.

Ryshad warf ihm einen schwer zu deutenden Blick zu, ehe er sich wieder an mich wandte. »Du warst offenbar bislang der Meinung, dass wir uns nicht einmischen sollten. Warum gerade jetzt?«

»Die Ziegen kommen näher«, warnte Sorgrad.

»Olret wollte uns gern helfen, solange es darum ging, Ilkehan zu töten.« Ich begegnete herausfordernd Ryshads Blick. »Ich bin nicht sicher, wie er reagiert, wenn wir zurückkommen, da er eigene Geheimnisse hat, die er schützen will.«

»Er weiß nicht, dass wir etwas über diese Frauen wissen.« Ryshad blickte nachdenklich drein.

»Ich sage, wir halten uns von Olret fern und lassen ihn tun, was er will.« Sorgrad sah 'Gren finster an, der bei der Aussicht auf einen möglichen Kampf strahlende Augen bekommen hatte. »Rettasekke oder Shernasekke, das bedeutet uns nichts. Wir schuldeten Ilkehan eine anständige Rache, und ihn zu töten diente jedermanns Interesse. Jetzt ist das erledigt, also gehen wir nach Hause und streichen die Belohnung ein.«

»Einverstanden.« Ich hob die Hand, um Sorgrads Vorschlag zuzustimmen. »Aber ich will nicht nächsten Sommer wieder herkommen müssen, weil Olret Ilkehans Platz eingenommen hat.«

»Was schlägst du also vor?« Sorgrad richtete seine Herausforderung ebenso an mich wie an Ryshad. »Dass wir Olret auch töten?«

»Ich weiß nicht.« Ich hatte genug vom Töten, selbst bei denen, von denen wir ohne Zweifel wussten, dass sie schuldig waren, aber das sagte ich Sorgrad nicht, weil es ihm nicht wichtig sein würde.

Ryshad sog die Luft durch die Zähne. »Olret hat uns ein ganz freundliches Gesicht gezeigt, aber als unser Gastgeber musste er das natürlich auch.«

»Und falls Olret diese Frauen gefangen hält, sind sie mit Sicherheit bereit, ihn anzuschwärzen.« Ich spreizte die Hände. »Versteht ihr jetzt, warum ich nicht das Wasser trüben wollte, indem ich das alles aufrührte?«

»Also gehen wir zurück?« 'Gren warf einen Blick von mir zu Sorgrad, das Langmesser bereit in der Hand.

»Nicht in die Feste, wenn es nicht unbedingt sein muss.« Ryshad sah uns fragend an und dann Shiv. »Kannst du uns an ein ruhiges Fleckchen innerhalb Olrets Grenzen bringen, bis wir Usara aufwecken und all das hinter uns lassen können?«

Der Magier nickte. »Da ist eine Stelle, die ich gesehen habe, als wir die Küste entlangruderten.«

»Was ist mit Frühstück?«, klagte 'Gren.

»Was ist mit diesen Frauen und ihren Behauptungen?« Shiv wirkte verdrossen.

»Vielleicht kann Guinalle die Wahrheit in Olrets Träumen lesen oder so«, schlug ich vor.

»Shiv, bring uns hier weg, bitte.« Ryshad legte den Kopf schief, in Richtung der Ziegenglocken. »Was Olret auch sein mag, seine Leute sollten uns gegenüber freundlich sein, und Dast weiß, hier wird das bestimmt niemand sein.«

»Kommt darauf an, wie sie zu Ilkehan standen«, entgegnete 'Gren.

Seine vergnügte Stimme verebbte, als Shiv seinen Zauber um uns wob. Ein Wind drehte sich immer näher, immer schneller um uns, kühl auf meiner Haut mit der sanften Feuchtigkeit, die Wind vom Südlichen Meer mit sich bringt. Der Wasserfall und die grauen Steine verschwanden, als der Wind sich zu einem himmelblauen Gleißen am Rand unserer Wahrnehmung verdichtete. Dann schien sich die Schwindel erregende Spirale in meinen Kopf zu drehen, und die angenehme Kühle wurde kalt, eine unangenehme Feuchtigkeit drang mir bis in die Knochen. Ich schloss die Augen und schluckte, aber das Gefühl, wie meine Füße den Boden unter sich verloren, traf mich ein bisschen zu hart. Als mit einem Ruck wieder fester Boden unter mir war, merkte ich, wie es mir hochkam, und schoss hastig zur Seite.

»Gut, dass wir noch nicht gefrühstückt hatten«, sagte 'Gren fröhlich. »Das wäre bei dir reine Verschwendung gewesen.«

Als ich fertig damit war, mich zu übergeben, sah ich ihn finster an. Ryshad reichte mir seine Wasserflasche, und ich spülte mir den Mund aus und spuckte aus, dann wischte ich mir den Mund ab. »Wo sind wir?«

»Ein Stück landeinwärts und etwas oberhalb von Olrets Siedlung.« Shiv hatte uns zum Rand einer öden Gegend gebracht, graue Felsen durchbrachen spärliches Grün auf den steilen Hügelflanken. Vor der Feste verbarg uns ein beachtlicher Felsvorsprung, der aus einem der Berge spross, die das Landesinnere bewachten. Er hatte Streifen aus ungewöhnlich hellem Geröll, und auf einer Seite hatte eine Bodenerhebung die glatten Linien gebrochen und eine zersplitterte Klippe über einem Haufen aus zerbrochenem Gestein geschaffen.

Sorgrad spähte zu einem langen Streifen Morgennebel hinüber, der das Meer verhüllte. »Wie ist der Kampf um das Piratennest wohl ausgegangen?«

'Gren hatte andere Sorgen. »Was meint ihr, wer da lebt?« Er deutete auf ein langgestrecktes niedriges Haus, das von einer Ansammlung schäbiger Schuppen umgeben war, an denen Ziegenhäute zum Trocknen angenagelt waren, die blasse Flecken auf den Giebeln bildeten. Der Wind drehte und brachte uns den vermischten Geruch nach erdigem Rauch und Kochdünsten mit.

»Meinst du, wir könnten da nach etwas zu essen fragen?« Ich sah Ryshad an.

»Mehr als nein sagen können sie nicht.« Er betrachtete eins der kleineren Gebäude, aus dessen Fenster eine Dampfwolke stieg und von dem Wind fortgeweht wurde. »Ich würde gutes Geld für ein Bad und eine Rasur bezahlen.«

Sorgrad marschierte bereits zu dem einsamen Gehöft. »Wir machen uns sauber und essen, und dann versuchen wir noch einmal, 'Sar zu erreichen.«

»Warte einen Moment«, sagte Shiv gereizt. »Willst du die Leute da drin zu Tode ängstigen?«

Die Luft um uns schimmerte, und Magie bleichte uns den größten Teil der Farbe von Haut und Haaren. Wir hatten noch immer eine unnatürliche Tönung, aber mit Halcarions Segen würde der erste Gedanke eines Fremden nur dahin gehen, dass wir schmutzig und erschöpft waren und nicht etwa furchtbare Boten des Elfenvolkes.

'Gren wurde schneller, als wir durch das vom Wind gebeugte Gras gingen. Die Menschen bei den verstreuten Gebäuden unterbrachen ihre Arbeit und starrten uns an. »Ihr bleibt hier«, befahl Sorgrad, als wir eine niedrige Mauer aus dichtgefügten Steinen erreichten. Er und 'Gren überquerten eine weitere Wiese, die in einen holperig gepflasterten Hof vor dem langgestreckten Haupthaus überging. Ein paar Männer lehnten auf langen, schmalen Spaten, die mit dunkler Erde verkrustet waren. Sowohl das Haus als auch die zahllosen Anbauten sahen aus, als hätte man sie aus allen Steinen errichtet, die gerade vom Berg gerollt waren. Die Wände waren ausgebeult von unregelmäßig geformten Steinen. Nur wenige Fenster durchbrachen die dicken Mauern, und auch die konnten durch ihre schmutzigen Scheiben aus Horn nicht viel Licht hineinlassen.

»Sieht nicht sehr vielversprechend aus«, murmelte ich Ryshad zu, während ich versuchte, unter dem misstrauischen Blick der Elietimm harmlos zu wirken.

»Mal sehen, was der Charme der Berge für uns ausrichten kann«, sagte er mit leichtem Sarkasmus.

Einer der Männer rief etwas durch die Tür, die sich in das düstere Innere des Hauses öffnete. Eine stämmige Frau mit einem dumpf orangefarbenen Schal, den sie eng um den Kopf gewickelt hatte, erschien so schnell, dass sie wohl durch irgendein Guckloch gespäht hatte. Sorgrad trat mit einer höflichen Verbeugung vor und machte eine ausladende Geste in der ungefähren Richtung von Olrets Feste. Die Frau trat aus der Tür und deutete mit einer Hand auf die Außengebäude.

»Kam da nicht der Dampf her?«, fragte Shiv hoffnungsvoll.

'Gren drehte sich um und winkte uns heran. Ich war in der Stimmung, auch ein Spielchen zu wagen. »Ich weiß nicht, wie es euch beiden geht, aber ich bin mehr als bereit für ein Bad.«

Die untersetzte Frau wartete mit Sorgrad und 'Gren, während ihre Söhne, oder wer sie auch waren, sich wieder an ihre täglichen Pflichten begaben. Sie stand mit den Füßen fest auf den holperigen Steinen, die Arme vor dem üppigen Busen verschränkt. Ihr Gesicht hatte Falten von Alter und Enttäuschung, der Mund war eingesunken über fast zahnlosen Kiefern. Sie war gewiss die älteste Elietimm, die ich bislang gesehen hatte, und sie sprach so schnell und undeutlich, dass ich nichts von dem verstand, was sie sagte.

»Wir können uns im Waschhaus waschen«, erklärte Sorgrad. 'Gren entriegelte bereits die Tür. »Sie schickt uns später etwas zu essen hinaus.«

»Bitte sag ihr in unserem Namen danke.« Ich lächelte, um meine Dankbarkeit zu zeigen, bekam aber nur ein strenges Grunzen zur Antwort, ehe unsere widerwillige Gastgeberin davonstampfte. »Was hast du ihr gesagt?«, fragte ich leise, als Sorgrad mich zu dem Waschhaus schob, einem niedrigen Gebäude mit unregelmäßigem Dachfirst und mehr als einer losen Dachschindel.

»Ich sagte, wir wären Reisende, die Olret besucht hätten, mit der Absicht, mit ihm zu handeln und zu sehen, was seine Ländereien im Tausch gegen unsere Waren zu bieten hätten.« Er sah nachdenklich aus. »Ich sagte, wir wollten uns etwas präsentabler machen, ehe wir in seine Feste zurückkehrten.«

»Olrets Name hat den Ausschlag gegeben«, fiel 'Gren ein. »Bis dahin dachte ich schon, sie würde die Hunde auf uns hetzen.«

»Ich glaube nicht, dass viele Besucher hierher kommen.« Ryshad knöpfte sein Wams auf, als wir über die Schwelle des Waschhauses traten. Er schnürte das Hemd auf, zog es über den Kopf und verzog dabei das Gesicht über den Geruch und die Schmutz- und Farbflecken. Ich war auch nicht sehr angetan, dass er roch wie ein hart gerittener Gaul, aber ich bezweifelte stark, dass ich selbst nach Rosen oder Ähnlichem duftete.

»Auch wenn du es wäschst, es hat keine Zeit zum Trocknen«, riet ich widerstrebend, während ich meine eigenen stinkenden Kleider auszog.

»Shiv?«, grinste Ryshad. »Helft ihr Magier in Hadrumal eigentlich auch mal bei der großen Wäsche?«

»Willst du etwa die geheimnisvollen Rätsel der Element-Magie verhöhnen?« Der Zauberer hatte sich bereits bis auf die Hosen ausgezogen und streifte die nun ab. »Eigentlich erledigen Lehrlinge im Allgemeinen diese Aufgaben, wenn sie eine Dummheit gemacht haben oder gefährliche Dinge und die Beweise vernichten müssen.« Er lachte bei einer plötzlichen Erinnerung. »Wir wollen uns säubern, und dann kümmern wir uns um die Wäsche.«

»Du willst doch nicht, dass Pered an deinem Gestank erstickt, oder?«, scherzte ich. Als die Tür geschlossen war und warmer Dampf in der Luft hing, begann ich mich zu entspannen, zum ersten Mal, seit wir auf diese Inseln gekommen waren. Vielleicht waren es die vertrauten Düfte von feuchtem Stoff und scharfer Lauge, genau wie in dem Waschhaus zu Hause. Das Wissen, dass Ilkehan endgültig tot war, trug gewiss eine Menge dazu bei, meine Nerven zu beruhigen. Jetzt würden wir uns säubern und essen und dann an den Feiern auf

Suthyfer teilnehmen. Es wäre schön, mit Halice zu schwatzen, jetzt wo die Gefahr sicher überstanden war. Meine Laune hob sich noch mehr.

»Gehen wir hier rein?« 'Gren war nackt, die blasse Haut hob sich stark von der Farbe in seinem Gesicht ab. Er spähte in ein breites Steinbecken, das in der Mitte des Fußbodens eingelassen war und in dem Wasser dampfte.

Sorgrad warf seine Hosen und Unterwäsche beiseite und gesellte sich zu ihm. Er lehnte auf dem hüfthohen Rand, der breit genug war für einen Eimer oder, in 'Grens Fall, ein Hinterteil. »Ich glaube nicht. Das ist eine heiße Quelle, und wir wollen sie nicht beschmutzen.«

»Ob sie wohl einen Badezuber haben?« Ich schauderte in meinem Hemd, während ich mich in dem Waschhaus umsah. Es hatte größere Fenster als das Haupthaus, dessen Fenster mit einer Tierblase oder Membran bespannt waren, gelb und steif getrocknet und passend für die Fensterrahmen zugeschnitten. Die Rahmen schlossen nicht besonders dicht, sodass sie eben so viel Zugluft wie Licht hereinließen. Noch mehr kalte Luft pfiff durch einen groben Abfluss, der durch den schrägen Fußboden führte und in einem Loch in der Wand verschwand.

»Du könntest vielleicht hier rein.« Ryshad stand neben einer Kreuzung aus Pferdetrog und Abwaschbecken, von denen mehrere an einer Wand standen, und über denen an Gestellen lange Reihen grober Laken hingen. Die Tröge waren lang und schmal und hatten senkrechte Seiten, und jeder schien aus einem einzigen hellgrauen, weißgemaserten Steinblock geschnitten zu sein. Bis auf einen am Ende waren sie mit dicken braunen Decken gefüllt, die in Lauge einweichten und darauf warteten, dass jemand sie mit Wasser spülte und mit den gebleichten Knochenpaddeln, die darüber gestapelt waren, ausschlug.

»Such den Stöpsel.« Ich schnappte mir einen Eimer von einem steinernen Bord und tauchte ihn in das Becken. Das Wasser war heißer, als mir lieb war für ein Bad, aber ich wollte mich nicht beklagen.

»Seifenwurzel.« Sorgrad untersuchte den Inhalt kleiner Körbe und Schalen auf einem Bord. Er warf mir ein Gewirr aus glitschigen Fasern zu.

Ich war nicht sehr beeindruckt, aber ich wollte unsere widerstrebende Gastgeberin auch nicht gegen mich aufbringen, indem ich etwas Besseres nahm als das, was sie Zeit und Mühe gekostet hatte, mit ihren spärlichen Mitteln zusammenzubrauen. Meine Mutter hatte mir mehr als eine Lektion erteilt über die Kosten und Mühen der Seifenherstellung, wenn meine einzige Sorge nur dem galt, dass ich hübsch aussah und gut duftete für den Halunken, mit dem ich flirten wollte.

Ich schüttete das Wasser in den Trog, und Ryshad tat das Gleiche. Das milchige Wasser roch schwach nach einem Magentrank aus der Apotheke, aber das war immer noch besser, als mit dem Duft von altem Schweiß und Rauch herumzulaufen, wenn wir triumphierend nach Suthyfer zurückkehrten und uns beglückwünschen ließen.

»Rein mit dir«, lächelte Ryshad mich an. Mit der olivfarbenen Haut und den schwarzen Haaren des südlichen Tormalin wirkten seine breite Brust und die starken Arme recht bizarr gegenüber der Farbe, die immer noch auf Händen und Unterarmen zu sehen waren.

Ich ließ mein schmutziges Hemd auf meine verdreckten Hosen fallen und schwang ein Bein über den harten Rand des Troges, wobei ich Acht gab, nicht auf dem glatten Boden auszurutschen. Ich kauerte mich in das flache Wasser und rieb mir die Arme mit der glitschigen Wurzel ab, bis ich einen dünnen Schaum erzeugte, der sich blaugrau färbte. »Es geht ab.« Ich schrubbte mir mit der zerbröselnden Pflanze das Gesicht.

»Mach die Augen zu.«

Ich hatte kaum Zeit, um Ryshads Warnung zu befolgen, ehe er mir einen Eimer Wasser über den Kopf goss. Sobald ich mich davon erholte, war es ein wundervolles Gefühl, wie die Hitze mich sauber machte. »Warte einen Augenblick.« Ich drückte so viel Schaum von der Seifenwurzel, wie ich nur konnte, in meine Haare.

»Lass mich machen.« Ich schloss die Augen und genoss die geschickte Berührung von Ryshads starken Fingern. Geschmeidig glitten seine Hände zu meinen Schultern, mit den Daumen drückte er sanft zu, um die verspannten Muskeln von einem erschöpften Schlaf auf kaltem Steinfußboden zu lockern. Allein seine Berührung brachte mein Blut in Wallung, und ich hoffte, die anderen würden meine plötzliche Röte auf das heiße Wasser schieben.

»Augen zu?« Seine Hände ließen los, und ein weiterer Eimer Wasser ergoss sich über mich. Ich schnaufte und wischte mir das Wasser aus den Augen, entsetzt über die Farbe des Wassers, in dem ich kniete. War ich wirklich so dreckig gewesen?

»Wer war das?« Sorgrad war gerade dabei, sein Haar mit einer gehackten Wurzel einzuseifen, als eine Gestalt am Fenster vorbeirannte.

'Gren schrubbte sein Gesicht und hörte nicht damit auf. »Keine Ahnung.«

»Ich auch nicht.« Ich hätte nicht einmal sagen können, ob die Gestalt männlich oder weiblich, jung oder alt gewesen wäre, nicht durch diese fast blinde Entschuldigung von einem Fenster

»Pass auf!« 'Gren spülte seinen Bruder weniger ab, als dass er ihm einen Eimer Wasser voll ins Gesicht schüttete.

»Hast du gesehen?« Ryshad drehte sich nach dem Magier

um, aber Shiv saß auf dem Rand des Quellbeckens und zog langsam und neugierig mit dem Finger einen Kreis in dem dampfenden Wasser. Angesichts seiner schlanken Nacktheit wirkte es beinahe albern, dass er so hochkonzentriert war. Ich stellte heimlich für mich fest, dass Pered ein glücklicher Mann war.

Der Magier sah auf. »Bitte?«

»Was ist denn da so faszinierend?« Sorgrad hatte sich so viel Farbe aus den Haaren geschrubbt, dass sie hellbraun und stumpf aussahen, aber die Farbe auf seinen Armen war hartnäckiger.

Shiv begann, sich selbst die Hände zu schrubben. »Die Art und Weise, wie das Feuer unter dem Gestein mit dem Wasser reagiert. Ich frage mich ...« Er brach ab und betrachtete den unzulänglichen Schaum genauer. »Das nutzt nicht besonders viel.«

»Kannst du was Besseres herbeischaffen?«, fragte 'Gren herausfordernd und schwenkte eine Hand voll Seifenkraut vor dem Gesicht des Zauberers hin und her.

Shiv fing es geschickt auf und tat, als ob er es zurückwerfen würde. Er musste lachen, als 'Gren sich zur Seite warf. »Mal sehen, was ein bisschen Zauberei ausrichten kann.« Er flocht das frische Grün neuer Zweige in das Gewirr von Fasern und warf mir und Ryshad je einen Klumpen zu. Beim Versuch zu sehen, was wir da hatten, war 'Gren nicht ganz auf der Hut, und Shiv schaffte es, ihm sein Knäuel voll ins Gesicht zu werfen. Sorgrad kam seinem Bruder zu Hilfe und überschüttete den Magier mit einem Eimer Wasser.

»Benehmt euch, Kinder«, tadelte ich, während ich mir das Lachen verbiss. Was Shiv auch mit dem Seifenkraut angestellt hatte, es war bemerkenswert wirksam, und meine Haare verloren ihre dunkle Farbe, als ich sie noch einmal einschäumte. »Wie sehe ich aus?« Ich blinzelte zu Ryshad hoch.

Er sah mich an, den Kopf auf eine Seite gelegt. »Schlammbraun.«

Ich streckte ihm die Zunge heraus und stand auf, damit er mir das schmutzige Wasser abspülen konnte. Meine Arme waren noch immer blau getönt, aber man musste schon genau hinsehen, um es zu erkennen. Mit ein bisschen Glück dachten die Leute nur, dass mir kalt wäre, wenn ich erst einmal angezogen war.

»Du bist dran.« Ich zog den Stöpsel aus dem Loch im Boden des Troges, kletterte heraus und freute mich, dass die Elfenverkleidung durch den Abfluss und die Wand nach draußen floss. Den Trog erneut mit Wasser zu füllen, hielt mich warm, aber ich begann zu zittern, als ich Ryshad die Haare wusch, während er sich die Arme schrubbte.

»Shiv? Eine Chance auf frische Wäsche?« Die Idee, das müffelnde Hemd über meinen sauberen Körper zu streifen, ekelte mich an.

»Gib mir ein bisschen Zeit.« Dem Zauberer klebte das nasse Haar schwarz und glatt am Kopf.

»Könntest du mir mein Rasierzeug holen?« Ryshad schnitt eine Grimasse, als er sich über die Stoppeln fuhr.

'Gren prüfte sein Kinn, während ich Ryshads Tasche durchwühlte. »Ich glaube, die Mühe spar ich mir.«

»Du könntest auch eine halbe Jahreszeit darauf verzichten, und es würde keinem auffallen, wenn nicht gerade das Licht drauffällt«, neckte ich ihn.

Ein Klopfen an der Tür ließ uns alle zusammenfahren.

»Hallo?« Sorgrad wischte sich die Seife aus dem Gesicht.

»Handtücher?«, überlegte 'Gren hoffnungsvoll.

Eine Stimme draußen sagte etwas, das ich nicht verstand.

»Essen!« 'Gren fing an zu strahlen. »Noch besser.«

Ich ging in Deckung, damit ich nicht einem vorbeikommenden Ziegenhirten den Tag verschönerte, als 'Gren die Tür öffnete, völlig ungeachtet der Tatsache, dass er mit nacktem Hintern und tropfnass dastand. Drahtig und muskulös bückte er sich, um ein volles Tablett aufzuheben.

»Was haben wir denn da?« Sorgrad nahm eine zugestöpselte Flasche auf, und sie deckten auf dem breiten Rand des Beckens den Tisch. Ryshad beendete seine flüchtige Rasur mit ein paar Strichen und kam tropfend zu uns.

»Das könnt ihr euch teilen.« Gekochter Ziegenkopf in Kräuterbrühe, das reizte mich nicht gerade. Ich ziehe es vor, wenn mein Essen mich nicht anguckt. Stattdessen griff ich nach einem kleinen, dicken Vogel und stellte angenehm überrascht fest, dass er eine süße Füllung bekommen hatte, bevor man ihn saftig gebraten hatte.

»Unsere Gastgeberin muss bessere Laune haben, als es den Anschein hatte.« Shiv biss in ein fettiges, glänzendes Würstchen. Mit vollem Mund fluchte er unterdrückt, als ihm heiße Fleischbrocken auf die Brust fielen.

Ryshad hustete. »Sieht so aus, als wollten uns alle hier betrunken machen.« Er reichte mir die Flasche, und ich nahm vorsichtig einen Schluck.

»Was setzen sie denn Reisenden hier für einen Schnaps vor?«, hustete ich. Die scharfen Dämpfe des Schnapses ließen meine Augen tränen.

'Gren hielt inne, den Mund voll mit am Spieß gebackenem Fladenbrot. »Hier ist genug zu essen, dass wir uns eine Weile beschäftigen können.«

»Von einer Frau, die eigentlich nicht gerade erfreut war, uns zu sehen.« Sorgrad verschlang mit großen Bissen eine dunkle Blutwurst.

Wir sahen einander an. Ryshad und ich teilten mit Sorgrad und 'Gren die lebenslange Gewohnheit, misstrauisch zu sein, und selbst Shiv sah nachdenklich drein.

»Was könnt ihr im Hof sehen?« Ryshad schaufelte eine bizarre Mixtur aus Käse, der mit Fleischbrocken und Kräutern gepresst war, auf ein Stück Brot. Kauend ging er zu einem Fenster und zupfte den knöchernen Rahmen gerade so weit auseinander, dass er einen ungetrübten Blick hinaus hatte.

»Da draußen ist niemand, der auch nur einen Eimer trägt«, sagte Sorgrad langsam.

»Wo sind die ganzen Leute, die wir eben gesehen haben?« Ich sah, wie Ryshad in seinem Gepäck wühlte.

»Nirgends.« Sorgrad reckte den Hals, um besser durch das trübe Fenster sehen zu können.

»Das klingt nicht besonders freundlich.« 'Gren zupfte geschickt mit den Fingern das Fleisch von dem Ziegenkopf und stopfte es in ein aufgeklapptes Fladenbrot.

Shiv sah Ryshad an. »Irgendwas auf deiner Seite?«

Ryshad stützte das Fernglas auf den Sims. »Männer laufen in geordneten Reihen wie eine ausgebildete Truppe auf uns zu.«

»Die alte Frau hat Olret eine Nachricht geschickt«, sagte Shiv langsam.

»Er schickt uns eine Eskorte zurück zu seiner Feste?« Sorgrad war skeptisch.

»Vielleicht, vielleicht auch nicht.« Ryshad beendete seine Mahlzeit mit ein paar raschen Bissen. »Machen wir uns fertig, ihnen gegenüberzutreten, so oder so.«

Wir zogen Hemd und Wams an, stiegen in Hosen und Stiefel, ohne auf die Flecken und den Geruch zu achten. Ich sah aus dem Augenwinkel einen Schatten, und als ich durch die gelbe Haut des nächsten Fensters schaute, huschten einige verstohlene Gestalten zwischen den verschwommenen Umrissen des Hauses und der Schuppen davon. »Die Männer der alten Frau hätten wohl etwas dagegen, wenn wir versuchen zu verschwinden.«

Sorgrad stopfte das, was sich von dem restlichen Essen am besten transportieren ließ, in seine und 'Grens Tasche. »Wenn es zum Kampf kommt, nehmen wir es mit allen zugleich auf.«

»Können wir sie nicht einfach in eine leere Falle glotzen lassen?«, fragte ich Shiv, während ich mein Hemd zuschnürte. »'Sar kann doch nicht immer noch schnarchen?«

»Was gibt es hier an Brennbarem?« Shiv holte seinen Silberteller hervor und sah sich um. »Ich brauche Holz oder Wachs.«

Aber hier gab es nichts als Knochen, dank des hier herrschenden Mangels an Bäumen. Dass wir Bäume brauchten, ließ mich an den Wald denken, und ich warf Shiv eine meiner Alltags-Runenstäbe zu.

Er zögerte nicht und rief eine Flamme herbei, die mit einer seltsam grünen Farbe brannte. Er wirkte seine inzwischen vertraute Magie, einmal, dann ein zweites und ein drittes Mal, der Runenstab verbrannte mit unnatürlicher Geschwindigkeit. Wachsende Sorge zerfurchte seine Stirn, während ich mich darauf konzentrierte, meine und Ryshads Tasche einzusammeln, damit ich mich nicht dauernd über Shiv beugte. Ryshad stand angespannt am Fenster, während Sorgrad den Hof im Auge behielt.

»Na, Zauberer?«, fragte 'Gren, seine und Sorgrads Tasche auf dem Rücken, die Messer kampfbereit für jeden, der es mit ihm aufnehmen wollte.

»Ich kann niemanden erreichen, weder Usara noch Allin oder Larissa.« Ich hörte beträchtliche Unruhe aus Shivs Stimme heraus.

»Kannst du nicht Planir oder sonst wen in Hadrumal wecken?« Besorgnis vertiefte Ryshads Stimme.

»Einen Augenblick.« Shiv stellte seine Platte und den halb verbrannten Runenstab ab und stieß einen müden Seufzer aus. Es war nicht die Farbe, die für die dunklen Ringe unter seinen Augen verantwortlich war, bemerkte ich mit sinkendem Mut. Jetzt war nicht der rechte Zeitpunkt, um feststellen zu müssen, dass sich Shiv mit seiner Zauberei verausgabt hatte, nicht, wenn wir keine Hilfe von jenseits dieser Inseln herbeirufen konnten. Was konnte nur mit den anderen Magiern geschehen sein?

»Sie werden jeden Moment an der Umfassungsmauer sein«, warnte Ryshad von seinem Aussichtsposten.

»Ich kann diese Drückeberger mit ihren Spaten sehen, wie sie sich hinter der Hausecke verstecken«, sagte Sorgrad düster.

'Gren und ich beobachteten, wie Shiv noch einmal seinen Zauber sprach.

»Planir, ich bin es, Shiv.« Die Stimme des Magiers wurde härter, während er sich näher zu dem bernsteinfarbenen Leuchten beugte. »Öffne dich meinem Zauber, verdammt noch mal! Ich muss dich sprechen!«

Aber das Licht verblasste unausweichlich von dem kalten Metall. »Tu mir das nicht an!«, spie Shiv, ohne darauf zu achten, dass der Runenstab ihm die Finger verbrannte. Er packte die Platte so fest, dass das Metall verbeulte. Mit einem Knall, der uns alle zusammenfahren ließ, entwand es sich seiner Hand und fiel geschwärzt zu Boden. Shiv starrte sie entsetzt an. »Die Magie hat sich gegen mich gewandt.«

Eine entsetzliche Vorstellung überfiel mich. »War es der Runenstab? Die Wahrsagerei des Waldvolkes ist Zauberkunst, auch wenn sie es nicht so nennen ...«

Shiv hörte mir nicht zu. »Da stimmt etwas ganz und gar nicht.«

»Ganz bestimmt, wenn wir uns nicht einen Weg hier heraus freikämpfen können.« Ryshad schob sein Fernglas zusammen und stopfte es in eine Tasche. Wir alle zogen unsere

Klingen, als wir rennende Füße auf den Steinen des Hofes hörten.

»Es sind nur etwa zwei Hand voll oder so«, sagte 'Gren spöttisch.

»Shiv, kannst du uns nicht hier rausbringen?«, fragte ich.

»Wohin denn?«, fragte er gereizt zurück. »Zu Olrets Feste? Das ist der einzige andere Ort hier, den ich gut genug kenne, um uns dahin zu bringen – und das wird mich fast umbringen.«

»Wir haben uns schon aus anderen brenzligen Situationen freigekämpft.« 'Gren war unbesorgt, aber 'Gren war schließlich immer unbesorgt. Schatten huschten an den Fenstern vorbei.

»Wir müssen uns um die Gedanken machen, die Olret hergeschickt hat.« Sorgrad schätzte die Situation gelassen ein. »Wenn wir mit ihnen fertig werden, werden sich diese Bauernjungs uns nicht in den Weg stellen.«

Ryshad wandte den Blick nicht von der Tür. »Wie machen wir das?«

Sorgrad lockerte mit seinem Dolch den knöchernen Rahmen in der Öffnung des Steins neben ihm. »Wir lassen sie durch die Tür herein.« Das Fenster lockerte sich. »Dann gehen wir hier raus.«

Ryshad sah ihn finster an. »Ihr drei, vielleicht. Aber nicht Shiv und ich.«

»Ich kann sie aufhalten«, versicherte der Magier.

»Sobald wir draußen sind, greifen wir sie von hinten an.« Ich ignorierte entschlossen meine eigenen Befürchtungen.

»Keine Zeit mehr, uns darum zu sorgen.« 'Gren sprang zur Tür, als jemand den Riegel auf der anderen Seite anhob. Er riss sie auf, und der Elietimm-Soldat stolperte überrascht ins

Waschhaus. Er nahm diese Überraschung mit in das Nachleben, welches ihn erwarten mochte, als 'Gren ihm seinen Kopf sauber abschlug, ehe er aus der Reichweite der blanken Klinge des zweiten Mannes schoss.

»Los!« Sorgrad stand zwischen mir und den Elietimm, die sich ihren Weg in das überfüllte Gebäude erzwangen, ganz mit hässlichem Schlachten beschäftigt. Ich benutzte einen Eimer als Tritt, riss den lockeren Rahmen heraus und sprang mit den Füßen voran durch das Fenster. 'Gren sprang hinter mir her und rollte sich auf dem harten Boden ab wie ein geübter Jahrmarktsakrobat. Er kam auf die Füße und seine Messer funkelten in der Morgensonne, ehe Olrets Männer überhaupt begriffen, was los war.

Inzwischen waren noch mehr in dem Waschhaus. Drei waren draußen und glotzten mit offenem Mund über unser plötzliches Erscheinen. Zwei stürzten sich auf 'Gren und der Dritte auf mich. Ich hatte nicht vor, mit jemandem ein Schwertgefecht zu beginnen, der einen halben Kopf größer war als ich, also bückte ich mich und hob einen lockeren Stein von Faustgröße auf. Ich traf ihn voll in der Wange, was zwar nicht so gut war wie an der Schläfe, aber es schickte ihn taumelnd rückwärts. Er fiel so hart auf seinen Hintern, dass ich ihm mein Schwert unter das Kinn rammen konnte, sodass er zuckend auf dem staubigen Pflaster lag. Ich töte nicht mit 'Grens Unbekümmertheit, aber wenn jemand versucht, mich umzubringen, verantworte ich mich bei Saedrin für seinen Tod, wenn meine Zeit kommt. Erst dann bemerkte ich, dass ich das irrsinnige Risiko eingegangen war, das alte Schwert aus Kel Ar'Ayen zu benutzen, das ich trug.

Mit geschickter Beinarbeit und wütendem Schwert schnitzte 'Gren zwei Kerben für die beiden anderen in das Kerbholz, das den älteren Gott beschäftigt hält und alle anderen in Reih und Glied warten lässt. Auf ihre Schreie hin kam einer aus der Tür, und ich zog mich rasch zurück, steckte das Schwert in meinen Gürtel und griff nach meinen Wurfpfeilen in meinem Beutel. Aber er wollte gar nicht kämpfen, sondern rannte so schnell davon, dass selbst 'Gren ihn nicht einholte, bevor er über die Grenzmauer sprang und entfloh.

Neugier und Vorsicht stritten in mir, und ich riskierte, ein wenig näher heranzugehen. Zwei Elietimm in der Tür hatten mir ihren Rücken zugewandt, und egal, gegen wen sie auch kämpften, es musste einer meiner Freunde sein, also stürzte ich mich auf sie, um dem Nächsten mit meinem längsten Dolch die Kniesehnen durchzuschneiden. Er fiel hin und wurde unverzüglich von Sorgrad getötet, und ich erhaschte einen Blick auf Ryshad, der im Inneren kämpfte.

Ein Schmerzensschrei ließ uns alle erstarren, aber Sorgrad und ich kamen als Erste wieder zu sich. Als ich dem anderen die Knie von hinten aufschnitt, erwischte Sorgrad ihn unter dem Brustbein. Er starb, sein vergebliches Flehen wurde durch einen Schwall Blut erstickt. Sorgrad versuchte, den Toten von seiner Klinge zu stoßen. Ich trat vor, um zu helfen, trat auf den Leichnam und sah Ryshad, der auf zwei Männer einhieb, die unerklärlicherweise in würgende Schlingen von feuchten Tüchern verwickelt waren.

»Shiv hat die Wäsche auf unsere Seite gebracht«, grinste Sorgrad mich über die Leiche an.

Shiv stand auf dem Beckenrand, eine schmale Säule aus kochend heißem Dampf ringelte sich trotz des kalten Luftzuges von der offenen Tür her ungestört um einen Mann, dessen Gesicht bleich, matschig und zweifellos tot war. Ich sagte, ohne nachzudenken: »Du hast ihn gekocht wie einen Pudding.«

»So in etwa.« Der Magier seufzte. »Und ich bin fast am Ende meiner Kräfte.«

Ryshad trat gegen die eingewickelten Toten zu seinen Füßen, um sicherzugehen, dass sie auch wirklich tot waren. Blut rann aus Rissen in den Laken und floss über den Boden, um sich in dem Abflusskanal mit Wasser und Lauge zu vermischen. »Machen wir, dass wir hier rauskommen.«

Er und Sorgrad waren als Erste aus der Tür, ich folgte, einen Arm bereit, falls Shiv Hilfe brauchte. 'Gren stand mitten im Hof, stolz und streitlustig wie ein Kampfhahn und bereit, jeden blutend in den Staub zu schicken.

»Lasst mich eure Gastfreundschaft erwidern«, verhöhnte er die unsichtbaren Bewohner des Hofes. »Meine Mutter wirft besseres Brot als eure Frauen backen, den Hunden vor!«

»Wir gehen«, warnte Sorgrad ihn, als wir an ihm vorbeikamen. 'Gren nahm sich dic Zeit, ausgiebig auf den Boden zu pinkeln, und rannte uns dann hinterher.

Ryshad fiel zurück, um die beiden Brüder vorgehen zu lassen. »Shiv?«

»Wird schon wieder«, sagte der Zauberer gepresst. »Ich brauche nur Ruhe und muss herausfinden, warum meine Magie nicht so weit reicht, wie sie sollte.« Er klang ebenso verärgert wie erschöpft.

»Ruhe löst das Rätsel vielleicht. Wie oft tut ein Magier auch nur halb so viel wie du in den letzten paar Tagen?« Trotzdem, allmählich teilte ich seine Sorge, dass etwas irgendwo völlig schief gelaufen war, wenn wir keinen anderen Magier erreichen konnten.

Wir kletterten über die Grenzmauer und Ryshad vergewisserte sich ständig, dass wir nicht verfolgt wurden. »Wir suchen uns ein Versteck und überlegen, was wir als Nächstes tun«, sagte er entschieden. »Und wir wollen nicht gestört werden. Livak, kannst du diesen Ätherzauber machen, damit man unsere Spuren nicht findet?«

Ich tat mein Bestes, um beim Laufen die fröhliche Melodie zu singen, in der Hoffnung, dass die Zauberkunst gegen meinen abgehackten Atem und das Gehopse über den unebenen, steinigen Grund gefeit war.

## Suthyfer, Fellaemions Landeplatz
## 11. Vorsommer

»Ihr errichtet schon Scheiterhaufen?« Temar war ein bisschen stolz auf sich, weil seine Stimme ruhig klang.

»Kein Grund, es hinauszuschieben.« Halice hörte sich müde an.

»Ich hatte vergessen, wie es ist.« Temar hatte nichts dagegen, dass Halice seine Schmach hörte. »Ich kämpfte anderthalb Jahre lang mit den Kohorten, aber wir mussten nie die Toten bergen, nicht als Junker der vornehmsten Häuser. Wir waren ganz Ehre und Tapferkeit, und wir eilten vom Schlachtfeld, sobald unsere Befehlshaber uns die Erlaubnis gaben. Man erinnert sich an die Kameraden, an den Unsinn, den man im Lager machte, an die Feiern und die dankbaren Huren. Nicht an den Tod.«

»Diesmal bist du selbst Befehlshaber«, sagte Halice ohne Vorwurf. »Jetzt weißt du, warum weisere Menschen als wir gesagt haben, eine gewonnene Schlacht ist fast genauso schlimm wie eine verlorene Schlacht.«

Die beiden sahen zu, wie eingehüllte Leichname respektvoll in einer Reihe entlang des Hügelkammes gebettet wurden. Das einzige Geräusch kam von den Brecheisen und Äxten, die das zertrümmerten, was von den Rümpfen der *Seeanemone* und Den Harkeils unglücklichem Schiff übrig geblieben war.

»Hat Peyt überlebt?«, fragte Temar nach einer Weile.

Halice schüttelte den Kopf. »Er starb noch vor Mitternacht.«

Eine mürrische Reihe der Piraten, die dem allgemeinen

Gemetzel entgangen waren, schleppten die Holzstücke zu den Scheiterhaufen hoch.

»Sie müssten eigentlich gut brennen«, meinte Temar, als das Schweigen so schwer auf ihm lastete, dass er es kaum aushalten konnte. Er zupfte geistesabwesend am Rand des Verbandes an seinem Arm herum.

»Ich schätze schon.« Halice beobachtete andere Gefangene, die aus Segeltuch Säcke nähten für die Toten, die mit dem reinigenden Feuer geehrt werden sollten. Minare und seine Truppe marschierten zwischen ihnen umher, Knüppel griffbereit, um jeden zu züchtigen, der den Toten nicht genügend Respekt erwies. »Wenn auch ein bisschen Magie nicht schaden könnte. Hat sich Allin schon wieder erholt?«

»Noch nicht.« Das kam Temar nicht in ruhigem Ton über die Lippen, und er versuchte es erst gar nicht.

»Dann müssen wir das Feuer eben ohne ihre Hilfe heiß genug bekommen.« Halice deutete auf die Scheiterhaufen, die von einer blutbefleckten Söldnergruppe mit ernster Tüchtigkeit aufgeschichtet wurden. »Deg weiß, wie man sich den Wind am besten zunutze macht.«

»Wo können wir die Asche aufbewahren?«, fragte Temar plötzlich bestürzt.

»Da sprechen wir besser mit Rosarn. Sie listet alles auf, was wir geborgen haben«, antwortete Halice. »Es muss Einmachgläser, Butterdosen, Karaffen mit weitem Hals und solche Sachen geben.«

»Du würdest jemanden in einem Einmachglas nach Hause schicken?« Temar war entsetzt, sowohl von der Vorstellung als von der Erkenntnis, dass er keinen besseren Vorschlag hatte.

»Ich habe schon Männer in einem Stück Öltuch nach Hause geschickt, von denen nicht viel mehr als ein paar verkohlte Stückchen Knochen übrig waren.« Halice wandte ihren Blick von der gezielten Zerstörung der auf dem Strand liegenden Schiffe ab, und Temar sah Tränen in ihren Augen. »Ich habe mir immer gesagt, besser, ihre Familien wissen, was passiert ist, als von Jahreszeit zu Jahreszeit zu hoffen und zu fürchten.«

»Es tut mir Leid.« Temar fiel nichts anderes ein.

Halice lächelte freudlos, ihr Kummer wich. »Es hat mir nicht Leid getan, zu glauben, ich hätte all das hinter mir gelassen. Deg, ich und alle anderen, die sich gemeldet hatten, um in Kellarin zu bleiben.«

»Wirst du trotzdem bleiben?«, überlegte Temar laut.

»Oh ja«, beruhigte Halice ihn. »Wir haben zu viel Blut vergossen, um dich jetzt aufzugeben.«

»In den Kohorten erhielt jeder im Kampf Verwundete eine Entschädigung je nach Schwere seiner Wunden«, sagte Temar geistesabwesend. »Ich weiß nicht, ob das immer noch so üblich ist, aber ich habe vor, das beizubehalten.«

Sie sahen den Arbeiten noch eine Weile in nachdenklichem Schweigen zu. Andere Gefangene warfen ihre gefallenen Kameraden ohne viel Aufhebens in lange Boote. Die *Goldelritze* wartete inmitten der Meerenge darauf, die Leichenboote auf offenes Wasser zu schleppen. Ihre Besatzung machte das Schiff klar, am Mast flatterte fröhlich D'Alsennins Flagge.

»Sie bringen sie weit genug hinaus, oder?«, fragte Temar besorgt. »Wir wollen ja nicht, dass mit der Flut die Leichen wieder angespült werden.«

»Die Haie werden mit dem Pack kurzen Prozess machen«, sagte Halice mit grimmiger Genugtuung. »Erinnere mich daran, Naldeth zu erzählen, was wir getan haben.«

Temar betrachtete wieder die Scheiterhaufen, und fuhr müßig mit dem Finger über seinen Verband, bis er versehentlich die empfindliche Stelle darunter berührte. Er verbannte den heimtückischen Gedanken, dass Guinalle ihn von seinen

Schmerzen befreien konnte. Ihre Gaben wurden an anderer Stelle gebraucht. Er würde schon heilen, wie es die Zeit und Ostrin gestatteten. »Wir brauchen einen Schrein«, erklärte er plötzlich entschieden. »Falls wir diese Asche schon in bescheidenen Gefäßen aufbewahren müssen, so sei es, aber wir sollten ihnen zumindest die Heiligkeit eines ordentlichen Schreins gewähren.«

»Einverstanden.« Halice nickte zustimmend. »Einige Familien werden die Asche ohnehin dort lassen wollen, wo ihre Lieben gefallen sind. Wir müssen dafür sorgen, dass eine Liste der Toten mit einem der ersten Schiffe nach Tormalin geht. Meinst du, Tadriol würde uns die Kaiserliche Depesche benutzen lassen, um die Familien in Lescar und Caladhrien zu benachrichtigen?«

»Es steht dem Kaiser nicht zu, einem anerkannten Sieur Kuriere zu gestatten oder zu verweigern«, gab Temar heftig zurück. »Die Kaiserliche Depesche wird die Nachricht über unsere Verluste bis zur anderen Seite Soluras bringen oder sich mir gegenüber verantworten müssen.«

»Eine Nachricht über Bremilayne wird schneller in Toremal sein, aber der schnellste Weg, Neuigkeiten nach Caladhrien und Lescar zu bringen, wird sein, jemanden nach Zyoutessela zu schicken, sodass ein Kurier mit dem Schiff nach Relshaz fahren kann. Jemand muss auch Hadrumal in Kenntnis setzen.« Sie griff in ihr Wams und holte aus einer Innentasche einen breiten Silberring. »Der gehörte Larissa. Er sollte mit ihrer Asche zurückgehen.«

Temar war verblüfft. »Ich kann mich nicht erinnern, dass sie ihn jemals getragen hat.«

»Ich mich auch nicht.« Mitleid und Besorgnis vermischten sich unbehaglich in Halices Worten. »Ich glaube, er gehörte Planir.«

»Wir besprechen noch, wer wohin geht, wenn wir alle

Schiffe zusammenhaben.« Temar wusste, dass er der Frage auswich, aber er würde lieber Kaiser Tadriol und der gesamten Fürstenversammlung die Stirn bieten, als Planir zu sagen, dass die Frau, die er liebte, tot war. »Wir sollten alle hierher bringen, auch diejenigen von der Wachinsel.«

»Nicht heute«, widersprach Halice entschieden. Sie deutete auf die Gruppen der schwer arbeitenden Söldner. »Das wird heute Abend damit enden, dass sie sich grölend besaufen und gemeiner werden als Scheißhausratten. Du solltest auch dafür sorgen, dass alle Gefangenen, von denen du nicht willst, dass sie gelyncht werden, sicher im Lagerraum der *Seetang* eingesperrt sind.«

»Oh.« Temar zögerte. »Hältst du das für klug, den Männern solche Freiheiten zu lassen? Was ist, wenn ein paar Piraten, die fliehen konnten, sich anschleichen, in der Hoffnung noch Unheil anrichten oder ein Boot stehlen zu können?«

»Dann werden sie genauso lange am Leben bleiben und das bedauern, wie jemand braucht, um ein Seil über einen Baum zu schlingen oder sie wie einen Fisch aufzuschlitzen.« Aus Halices Stimme sprach neue Energie. »Trotzdem, du hast Recht. Ein Funken richtet viel an Arbeit, wenn er auf die richtige Stelle trifft. Rosarn kann morgen mit ihren Kundschaftern losziehen.«

»Sobald Guinalle Zeit hat, kann sie mir so viel Zauberkunst beibringen, dass ich alle Entlaufenen aufspüren kann.« Temar streckte sich und straffte die Schultern. »Ros kann damit anfangen, sich einen Überblick zu verschaffen und gleichzeitig das Ungeziefer zu vernichten. Vaspret kann helfen. Je eher wir wissen, was wir hier haben, desto besser können wir uns überlegen, was wir mit diesen Inseln machen.«

Halice lächelte. »Willst du Tadriol erklären, dass Kellarin Anspruch auf diese Inseln erhebt? In deiner Eigenschaft als Sieur?«

»Ja«, erklärte Temar fest. »Einwände?«

»Keineswegs.« Halice betrachtete die stetig wachsenden Scheiterhaufen. »Es wird schön sein, mal ein Schlachtfeld zu sehen, auf dem etwas Beständigeres ist als verbrannte Erde, die die Winterstürme fortspülen.«

Trotz seiner neu entdeckten Entschlossenheit waren Temars Gedanken unweigerlich erneut von Kummer erfüllt, deshalb war er entsprechend dankbar, als jemand entschuldigend neben ihm hüstelte. Es war Glane.

»Verzeihung, Messire, Kommandantin, aber was sollen wir mit den Gefangenen tun, die nicht arbeiten? Einige behaupten, sie wären nie Piraten gewesen, sondern selbst Gefangene. Und dann sind da noch die Verwundeten ...«

»Ich kümmere mich um die Verwundeten.« Halice schlug Temar auf die Schulter. »Gerechtigkeit und Gnade sind Euer Vorrecht, Messire.«

Temar biss sich auf die Lippe, als die große Söldnerin davonging.

»Rosarn! Haben wir schon eine Art Inventarliste? Ich brauche etwas Anständiges zu essen für die Verwundeten«, rief Halice. Sie trat gegen die klapprige Ruine einer kümmerlichen Hütte, die daraufhin krachend zusammenbrach. »Und verdammt noch mal, etwas Besseres als das hier zum Schlafen!«

Temar wandte sich an Glane. »Wo sind diese Gefangenen?«

Der Junge führte ihn über die steinige und staubige Wiese zu einer mürrischen Gruppe, die von grimmigen Männern aus Edisgesset bewacht wurde. Einigen stand die Angst ins Gesicht geschrieben, sie starrten niedergeschlagen zu Boden, einige versuchten nicht einmal, die schmerzhaften Fesseln zu lockern. Andere kauerten zu zweit oder zu dritt zusammen, auf jede Gelegenheit zur Flucht wartend, die

Augen so bösartig wie tollwütige Hunde. Eine Frau saß schweigend da, die Arme um die Knie geschlungen. Das grüne Kleid war am Saum blutig, ein Ärmel war versengt, die Haut darunter rot und voller Blasen. Auf Temar machte sie den Eindruck, sie sei nicht besiegt, sondern sammelte verschlagen ihre Kräfte. Ihr Haar war noch immer zu einem festen schwarzen Zopf geflochten, den sie um den Kopf gelegt hatte.

»Baut Galgen«, sagte er in sachlichem Ton. »Sodass man immer eine Hand voll gleichzeitig hängen kann.«

Ein paar Gesichter verzerrten sich vor Wut oder entsetztem Gewimmer, da seine Worte ihre schlimmsten Befürchtungen bestätigten. Bestürzung gab den Übrigen den Rest, einige versuchten trotz der hinderlichen Fesseln aufzustehen. Ihr Protest kam schnell und laut.

»Nein, Euer Ehren ...«

»Euer Gnaden, wir flehen Euch an ...«

»Sie haben mich gezwungen ...«

»Ruhe!« Temar hielt die Hände hoch. »Jeder hatte die Gelegenheit, um Gnade zu bitten.«

»Und als Zeuge auszusagen?« Ein schmutziges Mädchen kam mühsam auf ihre zerschundenen Füße, mit ihren gefesselten Händen umklammerte sie ungeschickt eine Decke, die ein Söldner ihr zugeworfen hatte, um sie über ihr zerfetztes Hemd zu halten. »Hängt mich auf, Messire, wenn Ihr wollt. Es ist mir gleich, aber lasst diese Hexe nicht dem Tod entkommen, den sie verdient!« Sie wandte sich zu der Frau in dem grünen Kleid um, deren Augen noch immer zu Boden gerichtet waren. »Das ist Muredarchs Hure, die dreckige Schlampe, sie kannte all seine Geheimnisse.« Sie brach in wilde Schluchzer aus und trat die schweigende Frau. »Sie hat eine Hure aus mir gemacht! Alle durften mich benutzen ...« Als sie wieder ausholte, stellte die Frau in Grün ihr geschickt ein Bein. Das hysterische Mädchen stürzte schwer, und andere Gefangene fielen über die Frau in Grün und dann übereinander her.

»Macht dem ein Ende!«, befahl Temar. Männer aus Edisgesset mischten sich bereits in das Handgemenge und zerrten die Prügelnden auseinander, mit einigen gingen sie rücksichtslos um, mit anderen sanfter.

Einer stand mit dem bewusstlosen Mädchen im Arm da. »Was mache ich mit ihr, Sieur?«

»Bring sie zu den Verwundeten.« Temar deutete auf den Waldrand, wo die Verletzten abseits des blutgetränkten Schlachtfeldes versorgt wurden. Er musterte die Frau in dem grünen Kleid, die wieder reglos und schweigend dasaß. Ihr Zopf saß schief, und auf einer Wange breitete sich ein dunkelblauer Fleck aus.

»Wie heißt du?«, fragte Temar.

»Ingella«, knurrte einer der anderen Gefangenen.

»Warst du wirklich Muredarchs Frau?«, wollte Temar wissen.

Ingella antwortete nicht, sie blickte unablässig auf ein Grasbüschel, das sie zu faszinieren schien.

Temar war sich bewusst, dass aller Augen auf ihm ruhten. »Behalt deine Meinung ruhig für dich«, sagte er sanft. »Muredarch war nicht der Einzige, der die Hilfe von Zauberkunst in Anspruch nehmen kann. Wir werden so oder so aus dir herausbekommen, ob du schuldig bist oder nicht.«

Ingella riss mit einem Ruck den Kopf hoch, in ihren dunklen Augen stand Entsetzen. Temar deutete mit dem Finger rasch auf die anderen, die neuen Schrecken verrieten. »Die und die, nehmt sie und sperrt sie sicher in den untersten Laderaum der *Seetang*. Niemand wird hier der Strafe für seine Verbrechen entgehen. Und was den Rest von euch angeht, ich werde niemanden aufhängen, der es nicht verdient. Ihr könnt arbeiten oder ihr werdet im Laderaum des Schiffes warten.«

Einige sahen ihn mit schwacher Hoffnung an, die sich über ihre Verzweiflung legte, und Temar ging mit raschen Schritten davon, ehe jemand das plötzliche Zittern in seinen Händen oder das Beben seines Rückens bemerkte, als ihm das ganze Gewicht seiner Verantwortung bewusst wurde.

»Was ist los?« Halice tauchte neben ihm auf. Er hatte sie nicht einmal kommen sehen.

»Mein Großvater wurde nicht müde, mir zu erklären, dass Rang ebenso Pflichten mit sich bringt wie Vorrechte. Jetzt weiß ich, warum.« Temar biss die Zähne zusammen. »Ich muss Guinalle sehen. Wir müssen ein ordentliches Gericht aufstellen. Wenn wir diejenigen, die freiwillig mit Muredarch zusammenarbeiteten, von denen trennen wollen, die dazu gezwungen wurden, brauche ich sie, damit sie einen wirkungsvollen Wahrheitszauber spricht.« Temar sah, dass Halice noch finsterer dreinschaute als zuvor. Er hätte nicht geglaubt, dass das möglich war. »Was ist los?«

»Darni ist gestorben«, sagte Halice knapp.

Temar stellte fest, dass er sich noch schlechter fühlen konnte, als er es ohnehin schon tat. »Vielleicht war es so am besten«, sagte er nach einer langen Pause. »Sein Gesicht war hoffnungslos zerschlagen.«

»Und sein Arm. Ich war schon bereit, ihm selbst einen sauberen Todesstoß zu versetzen, nachdem er gesehen hatte, wie wir Muredarch töteten.« Halice seufzte. »Dann habe ich mir überlegt, ob Zauberkunst ihn vielleicht retten könnte.« Sie sah ihn finster an. »Es war einfacher, als es solche Dinge noch nicht gab.«

Schwarze Verzweiflung drohte Temar zu überwältigen. »Er hat eine Frau, nicht wahr? Und ein Kind?«

»Zwei«, stieß Halice hervor.

»Ich wünschte, Ryshad wäre hier.« Die Worte kamen ungebeten über Temars Lippen.

»Und Livak.« Halice fuhr sich mit einer nur notdürftig gesäuberten Hand durch das kurze, widerspenstige Haar. »Warst du heute Morgen schon an Bord? Usara ist vielleicht inzwischen aufgewacht, oder Allin.«

»Ich denke, dann hätte Guinalle bereits Bescheid gesagt.« Temar sah Halice an. »Wir sollten trotzdem mal sehen, wie es ihnen geht.« Sie gingen zum Kiesstrand und wurden mit jedem Schritt schneller. Temar passte sich Halices Schritten an.

»Du da!«, rief sie einem Matrosen zu, der mit einem einzelnen Ruder im Bug ein beladenes Langboot abstieß. »Bring uns zur *Seetang!*«

Temar schwieg während der kurzen Überfahrt zum Schiff und wusste auch nichts zu sagen, als er über die Strickleiter an Deck kletterte.

»Wo ist Demoiselle Guinalle?«, fragte Halice einen Seemann im Vorbeigehen.

»In der Kajüte.« Er deutete nach achtern, ehe er seines Wegs ging.

Temars Füße waren bleischwer. Halice sah sich zu ihm um. »Es nicht zu wissen, ändert auch nichts.« Sie hielt die Tür auf wie ein besonders gut ausgebildeter Diener im Hause seines Großvaters. Er holte tief Luft und trat ein.

»Temar.« Weibliche Stimmen voll Gefühl und Erschöpfung begrüßten ihn.

»Guinalle.« Er fühlte sich schwach vor Erleichterung. »Allin. Wie geht es euch beiden?«

Die Demoiselle saß auf einem niedrigen Hocker und lehnte sich mit dem Rücken gegen den hölzernen Rumpf des Schiffes. »Erschöpft, aber das wird die Zeit schon heilen.«

Allin saß auf ihrer Pritsche, das Haar hing ihr zerzaust in das blasse Gesicht. Temar kniete nieder und drückte sie an sich. Die Magierin machte einen langen, schaudernden Atemzug, dann schlang sie ihre Arme um ihn und hielt ihn fest.

»Falls du mich umarmen willst, Halice, sei vorsichtig.« Auf der anderen Pritsche versuchte Usara sich auf einen Ellbogen zu stützen. »Ich habe das Gefühl, als könnte ich zerbrechen.«

»Du siehst auch aus wie ein Totenschädel auf einem Besenstiel«, erwiderte Halice mit liebevoller Sorge.

»Das hatte ich befürchtet.« Usara gab den ungleichen Kampf auf und legte sich wieder hin.

»Was ist geschehen?« Temar merkte schon, dass das eine dumme Frage war, als er sich neben Allin auf die Pritsche setzte.

»Guinalle hat uns gerettet.« Allins Antwort war etwas gedämpft, da sie ihr Gesicht an Temars Hals verbarg.

»Ich konnte nicht zulassen, dass ein Magier Otricks Schicksal erleidet.« Guinalle tat ihr Bestes, um sachlich zu klingen. »Und deine eigene Abwehr hat sich erfolgreich gegen die Zauberkunst behauptet.«

»Schön zu wissen, dass ich meine Zeit mit Aritane nicht verschwendet habe«, bemerkte Usara.

»Larissa ist tot, nicht wahr?« Allin klammerte sich an Temar. »Ich habe gespürt, wie sie gestorben ist?«

Er machte sich aus ihrer Umarmung frei, um ihr ins Gesicht sehen zu können. »Ja, mein Liebes. Es tut mir so Leid.«

Kummer trat in Allins Augen. Temar drückte sie wieder an sich und fühlte ihre heißen Tränen auf der Haut.

»Die Adepten haben sie zuerst gefunden«, erklärte Guinalle mit bitterem Bedauern. »Das hat mich auf ihren Plan aufmerksam gemacht, dass ihr alle ihren Tod teilen solltet. Sie hat lange genug ausgehalten, damit ich euch beide vor dem Schlimmsten bewahren konnte.«

»Das ist ein magerer Trost für ihren Verlust.« Usara drehte den Kopf, um alle anschauen zu können. »Es muss einen

Grund geben, warum wir so verdammt verwundbar für Zauberkunst sind, während wir zaubern.«

Temar wollte gerade versuchen zu beschrieben, was er von Larissas Schicksal gesehen hatte, aber Guinalle sprach zuerst. »Ich glaube, darüber habe ich einige Erkenntnisse gewonnen.«

Allin versteifte sich in Temars Armen, ihre Worte verdrängten alle anderen Überlegungen. »Falls die Piraten tot sind, können wir dann nicht Livak, Ryshad und Shiv nach Hause holen?«

»Und Sorgrad und 'Gren.« Halice tat ihr Bestes, um ihre Ungeduld zu zügeln. »Wann wird einer von euch wieder genug bei Kräften sein, um mit ihnen Verbindung aufzunehmen?«

»Je eher, je besser«, sagte Usara mit grimmiger Entschlossenheit. Er schwang seine Beine über den Rand der Pritsche und stand mit sichtlicher Mühe auf.

»Du bist kaum in einem Zustand, um Magie zu wirken«, widersprach Temar, aber Allin machte sich bereits aus seinem schützenden Arm frei.

Sie kniete sich auf den Boden und zog eine kleine Truhe unter dem Bett hervor. »Lass mich, Usara. Feuer ist mein Element.« Allin hatte bereits eine bescheidene Flamme an der Kerze entzündet, die sie aus der Truhe geholt hatte. Sie reichte Temar einen kleinen versilberten Spiegel und ihre Miene warnte ihn, nicht zu widersprechen. Er schluckte seine Einwände hinunter, als das aufsteigende goldene Magielicht sich in Allins Gesicht spiegelte. Temar fragte sich erneut, wie er sie jemals für unscheinbar hatte halten können. Der bernsteinfarbene Glanz verwandelte ihre braunen Augen in ein vielfältiges Muster aus Licht und Schatten, und sie schaute tief in ein Geheimnis, das er nie begreifen würde.

»Verdammt!« Sie blies die Kerze ärgerlich aus. »Ich kann keinen von ihnen erreichen.«

»Stimmt etwas nicht?«, fragte Halice. »Mit ihnen, meine ich.«

»Nein, ich bin einfach zu müde.« Allin wirkte übertrieben gereizt.

Auf einmal fiel es Temar schwer, nicht aufzulachen. »Werdet ihr Magier jemals das Wort eines anderen hinnehmen, ohne es selbst überprüfen zu müssen?«

»Nicht bevor wir unsere dritten Zähne kriegen, Otrick zufolge.« Usara grinste. »Ich versuche es mit Weitsicht. Das ist ein einfacherer Zauber.«

Allin holte aus ihrer Kiste eine flache Silberschale, und Guinalle nahm den bauchigen Krug mit dem schmalen Hals vom Tisch. Usara balancierte die Schale sorgfältig auf seinen Knien und prüfte sie gespannt, als sie sie füllte.

»Mal schauen, was wir sehen können«, murmelte Usara, und nahm von Allin mit dankendem Nicken ein kleines Fläschchen entgegen. Er ließ aromatische Tropfen eines nach Kräutern duftenden grünen Öls auf das Wasser fallen, ehe er seine Hände um die Schale legte und tief einatmete.

Temar wartete gespannt darauf, dass das Glühen des Zauberlichts im Wasser erschien. Sein Herz sank, als ein schwächlicher Glanz kaum den niedrigen Rand der Schale erreichte. Usara blickte finster, und das im Kreis wirbelnde Öl begann schneller zu wirbeln. Gerade als Temar dachte, das schimmernde Licht würde sich zu dem unirdischen Leuchten der Magie verdichten, brach die Spirale auseinander und ließ Ölspuren zurück, die ziellos über das widerborstige Wasser trieben.

Usara kniff die Lippen zu einem dünnen Strich zusammen. »Ich kann es auch nicht besser als du, Allin.«

»Wir müssen uns einfach ausruhen.« Betrübt sah die Magierin Temar und Halice an. »Es tut mir so Leid. Es ist nur so, dass wir ...«

»Schsch, Liebes.« Temar griff nach ihrer Hand. »Niemand macht euch beiden einen Vorwurf.« Er wollte gerade ausführlich erläutern, dass die Kämpfer den Zauberern alles schuldeten, als Guinalle leise begann zu singen.« »Was machst du da?«

»Herausfinden, was meine Künste für uns tun können.« Die Demoiselle saß auf ihrem Hocker, die Augen in Konzentration geschlossen. »*Tiadar vel aesar lel, Livak eman frer. Sorgren an vel arimel, lek al treradir.*«

Ihr rhythmischer Gesang war der einzige Laut in der Kajüte. Usara beugte sich vor, die Augen voller Fragen auf Guinalle gerichtet. Temar legte seinen Arm um Allins Schultern, weil sie sich immer noch Vorwürfe machte, dass sie die Magie, die er brauchte, nicht hatte zustande bringen können. Halice verschränkte die Arme und lehnte sich mit ausdrucksloser Miene an die Tür.

»Ich kann keinen von ihnen finden.« Guinalle warf die Hände in für sie untypischer Empörung in die Luft. »So viel zur Überlegenheit der Zauberkunst über die Magie.«

»Du bist erschöpft, genau wie Usara und Allin«, widersprach Temar.

»Könntest du stattdessen Ryshad suchen, oder Shiv?«, schlug Usara vor.

Guinalle schüttelte den Kopf. »Ein Zauberer ist schrecklich schwer zu finden – es sei denn natürlich, er zaubert gerade, und Ryshad misstraut der Zauberkunst derart, dass das allein schon fast eine Abwehr ist. Jedenfalls ist das nicht das Problem?«

»Was ist es dann?«, fragte Temar bestürzt.

»Livak benutzt einen Zauber, um sie zu verbergen.« Guinalle zog die Augenbrauen zusammen. »Sie will nicht mit Hilfe von Zauberkunst gefunden werden, nicht nur von meiner nicht.«

»Aber Ilkehan ist tot«, begann Temar.

»Also versteckt sie sich vor jemand anderem«, sagte Halice von der Tür her. »Was wahrscheinlich bedeutet, dass sie Ärger haben.«

»Wahrscheinlich hat es jemand übel genommen, dass sie Ilkehan getötet haben«, sagte Usara trocken.

»Was können wir tun?«, rief Allin.

»Ruht euch aus und kommt wieder zu Kräften, dann könnt ihr mit Shiv oder Sorgrad Kontakt aufnehmen.« Temar versuchte, sich die Beunruhigung, die er empfand, nicht anmerken zu lassen.

»Man kann nur eine gewisse Menge tun, ehe man sich überfordert. Das sagen die Meister doch, nicht wahr, Allin?« Usara stieß ein wortloses, ärgerliches Knurren aus. »Das ist ein scheißunpassender Augenblick für den Beweis, dass Otrick Recht hatte!«

Halice schnippte erbittert mit den Fingern und griff in ihre Brusttasche. »Würde das einem von euch helfen?«

»Wo hast du das her?«, fragte Usara erstaunt.

»Otricks Ring«, sagte Allin gleichzeitig.

»Und davor gehörte er Azazir.« Usara streckte die Hand aus, und Halice reichte ihm den Ring. »Aber er ist frisch poliert und sieht aus wie neu. Planir hat ihn verzaubert.« Er betrachtete den makellosen Ring verwundert.

»Und das heißt?«, fragte Temar gespannt.

»Das ist ein Ring von elementarer Kraft.« Usara steckte ihn an den linken Mittelfinger und musterte ihn. Frische Farbe stieg ihm in das ausgezehrte Gesicht, und er lachte. »Kalion würde vier verschiedene Anfälle gleichzeitig kriegen, wenn er das wüsste!«

»Wieso?«, Guinalle beugte sich vor, ihre Neugier gewann die Oberhand über ihre Erschöpfung.

»Zauberer haben schon seit einer Hand voll Generationen, vielleicht sogar noch länger, Gegenständen keine eigene Magie mehr eingeflößt.« Usara hielt die Hand hoch. »Leute wie Kalion haben beschlossen, dass es das Geheimnis der Zauberei herabwürdigt, nicht Magiegeborenen auch nur einen Sinn für Magie zu gestatten.«

»Einer von uns könnte damit zaubern?« Halice konnte es nicht glauben. »Das klingt wie aus einer schlechten Ballade.«

»Nein, das ist wirklich eine Bardengeschichte.« Usara nahm den Ring auf und warf ihn Allin zu, die ihn ungeschickt auffing. »Aber ein Magier kann mit einem nicht Magiegeborenen Kontakt aufnehmen, wenn er ein solches Ding hat.«

»Das könnte nützlich sein.« Temars Interesse wuchs.

»Oh!« Allin wurde vor Überraschung rot, als sie den Ring anprobierte. Temar sah sie besorgt an.

Usara grinste. »Was Kalion und seinesgleichen nicht schätzen, ist, dass der Hauptnutzen solcher Gegenstände nicht der ist, der schnöden Welt eine Kostprobe magiegeborener Kräfte zu zeigen, sondern elementare Kräfte zwischen Zauberern zu erneuern und aufzufrischen.«

»Verleiht er dir die Kraft, um nach Livak und den anderen zu suchen?«, fragte Halice sofort.

»Es ist einen Versuch wert.« Usara ließ sich von Allin den Ring geben, hielt jedoch inne und blickte Guinalle intensiv an.

»Was ist?«, fragte sie errötend.

»Ich habe nur überlegt«, sagte der Magier langsam, »was passieren würde, wenn du ihn überstreifst.«

## Rettasekke, Inseln der Elietimm
## 11. Vorsommer

»Seid ihr fertig?« Sorgrad sah Ryshad und Shiv an.

»Schon gut. Wir haben das schon öfter gemacht.« Ich lächelte Ryshad beruhigend zu, wobei meine Sicherheit mehr vorgetäuscht als aufrichtig war. Unter seiner einstudierten Ruhe, konnte ich genug Befürchtungen für uns beide erkennen.

»Kommt schon!« 'Gren war bereits kaum noch durch die Dornbüsche verdeckt, die am Ufer des langgestreckten Teiches wuchsen, der zwischen uns und Olrets Gebiet lag. Wasser schlug klatschend gegen den Damm. Die letzte Flut hatte die Wellen durch die offenen Tore schwappen lassen, und jetzt hielten die Schleusen es fest, bis es gebraucht wurde. Wir hatten Pläne mit diesem Wasser.

»Geh«, befahl Sorgrad, und 'Gren rannte los, die langen Messer in der Hand. Sorgrad und ich waren knapp einen Schritt hinter ihm, unsere Stiefel wirbelten den Staub von der festgetrampelten Decke des Dammes auf. Der große Bau des Mühlenhauses schützte uns vor Blicken von der Feste, aber wir wollten kein Risiko eingehen.

Die Tür war nicht verschlossen, es bestand schließlich auch kein Grund dafür. 'Gren ging hinein, ohne auch nur Atem zu schöpfen, und machte den Mann nieder, der mit offenem Mund unsere unerwartete Ankunft begrüßt hatte. Er stürzte hart, dunkles Blut bildete einen krassen Gegensatz zu dem Mehl, das überall verstreut war, und sein Mund stand noch immer offen wie der Sack, den er aus der Schütte neben sich gefüllt hatte. Ich wartete nicht erst ab, ob 'Gren einen zweiten Hieb brauchte, um den Mann zu töten, sondern flitzte hinter Sorgrad die Leiter zu dem oberen Stockwerk des großen Gebäudes hinauf.

Der Müller, der mit den großen Mühlsteinen beschäftigt war, hörte die Unruhe unten, aber da er nichts zur Hand hatte, was ihm als Waffe dienen konnte, blieb ihm nur der Tod unter Sorgrads gleichgültiger Klinge. Wenn wir fertig waren, würde ich mir kurz Mitgefühl für zwei arme Schweine erlauben, die nur deshalb tot waren, weil sie einfach am falschen Ort gewesen waren, aber im Moment war es mir wichtiger, meine Haut zu retten.

»Unterbrich die Kornzufuhr«, befahl Sorgrad.

Ich war bereits an der Rutsche, die das Korn aus dem großen Fülltrichter im nächsten Stockwerk heranführte. Der Schieber, mit dem man die Kaskade stoppen konnte, war auf den ersten Blick erkennbar, und ich rammte ihn an seinen Platz. Sorgrad war mit den Hebeln beschäftigt, mit denen die von den Wellen und Achsen angetriebenen Zahnräder eingestellt wurden, die wiederum von den Wasserrädern tief unter uns gedreht wurden. Während er arbeitete, hörte ich das anschwellende Tosen des Wassers, das durch die Schleusentore schoss.

»'Gren hat die richtigen Seile gefunden.« Ich musste brüllen, um das Getöse der Mühle zu übertönen, die rasch immer schneller lief.

»Er ist ja nicht dumm.« Sorgrad tat irgendetwas, und die Mahlsteine begannen sich rasend zu drehen. »Nicht, wenn er die Gelegenheit zu so einem Spaß hat.«

Ich sah zu, wie das Korn, das schon zwischen den Steinen lag, zu einem feinen Puder gemahlen wurde, der in spiraligen Fahnen über den Rand der Steine geweht wurde. »Wir sind hier fast fertig.«

Sorgrad zog die Bodenklappe auf, unter der die Winden

lagen, mit deren Hilfe die Säcke zwischen den Etagen der Mühle auf und ab gehievt wurden. Helle Wolken stiegen von unten auf, und er hustete. »Mach die Klappe zu.«

Ich tat, wie mir geheißen, und behielt dabei die Mahlsteine im Auge. Ein Knirschen, als wenn ein Messer über eine Tonscherbe fährt, zeigte an, dass kaum noch Korn übrig war, das die groben Steine zermahlen konnten.

»Zeit zu gehen«, warnte ich ihn.

Sorgrad wusste ebenso gut wie ich, was passieren würde, wenn diese rauen Steine Funken schlagen würden, weil kein Mahlgut mehr da war. Wir hielten uns nicht mit den Leitern auf, sondern packten ein geflochtenes Lederseil und ließen uns durch die nächste Bodenklappe auf die untere Etage hinab. Ich hustete und blinzelte durch die Luft, die fast undurchsichtig vor Mehl war. 'Gren schlitzte noch immer Säcke mit seinem Messer auf und warf das Mehl mit den Händen in die Luft. »Komm schon!«

Auch ihm mussten wir das nicht zweimal sagen. So weiß, als ob er gerade aus einem Schneesturm kam, rannte 'Gren, ohne zu zögern, zur Tür. Ich war ihm dicht auf den Fersen, gefolgt von Sorgrad.

»Wie scharf waren diese Steine?«, schrie Sorgrad, als wir über den Damm flüchteten. »Wie hart?«

»Ich bin nicht stehen geblieben, um zu gucken!« Voraus konnte ich Ryshads ernstes Gesicht hinter den Dornbüschen sehen, Shiv erhob sich neben ihm, auf seinem hageren Gesicht malte sich die Besorgnis deutlicher ab.

»Runter!«, winkte ich ihnen zu.

Während ich sprach, explodierte hinter uns die Mühle. Der Lärm war unglaublich, ein Donnerschlag, der die Ohren traf wie ein Hammer und meinen Schädel brummen ließ. Ein Stoß wie eine plötzliche Bö ließ mich stolpern, 'Gren wurde vor mir genauso durchgeschüttelt, als die Druckwelle an uns vorbeilief und die Büsche schüttelte, in denen Shiv und Ryshad warteten, raste dann weiter und verlief sich in dem Buschland. Vögel stoben in erschreckten, kreischenden Wolken von dem aufgewühlten Wasser des Teiches und den felsigen Ufern hinter dem Damm auf.

Trümmer regneten herab. Läden von den Reihen unverglaster Fenster wurden im Ganzen abgerissen und segelten bis zum Mühlteich oder fielen klatschend in das Wasser, das jetzt ungehindert zum Meer strömte. Dachschindeln zischten durch die Luft und fielen auf die Steine des Damms. Ein größeres Stück traf mich voll in den Rücken, und ich zog die Schultern ein und fluchte. Kleinere Stücke prasselten mir auf Kopf und Schultern. Ein gewaltiges Krachen ließ den Damm unter unseren Füßen erbeben und sagte uns, dass ein Fußboden oder eine Wand nachgegeben hatte. Ich drehte mich nicht eher um, bis wir die relative Sicherheit der Dornbüsche erreicht hatten. Ryshad trat heraus, um mich aufzufangen, als ich mich vom Damm stürzte. Ich hing in seinen Armen und schnappte nach Luft.

'Gren warf sich neben uns auf die Erde, mit bebender Brust, das Gesicht leuchtend vor Freude. »Da hast du es, Shiv. Keine Spur von Zauberei nötig!«

Shiv blickte die Ruine der Mühle mit einer verwirrten Mischung aus Schock und Lachen an. »Kein Wunder, dass du nicht das Gefühl hast, in Hadrumal studieren zu müssen, Sorgrad.«

Er blickte mit einem merkwürdigen Gesichtsausdruck zurück. »Ihr Magier könntet mir wahrscheinlich sagen, wieso ein Funken dazu führen kann, dass Pulver in der Luft hochgeht wie ein Schlagwetter.«

Ich wand mich aus Ryshads Armen, um zu sehen, was wir erreicht hatten. Bei dem einen Mal, bei dem ich mich von 'Gren zu so etwas hatte überreden lassen, war es eine kleine

Windmühle gewesen, aus der wir Kleinholz gemacht hatten. Es verblüffte mich zu sehen, wie umfassend ein solch großes, stabiles Gebäude zerstört worden war.

»Diese Leute nehmen nicht genug Holz für ein wirklich anständiges Feuer«, sagte 'Gren enttäuscht.

»Damit können wir uns zufrieden geben.« Ryshad schüttelte den Kopf über die Zerstörung. In jeder Seite der Mühle klaffte ein Loch in der Wand, und noch immer bröckelte der Putz. Die Balken und Streben des Daches waren zerbrochen und fielen mitten in die Trümmer der Achsen, Winden und Zahnräder, die die Mühlsteine angetrieben, die Säcke hochgezogen und für die übrigen geheimnisvollen Arbeiten des Müllerhandwerks gesorgt hatten. Ein rasch größer werdendes Feuer füllte das hohle Herz des mitgenommenen Gebäudes, gefräßige Flammen leckten immer höher. Als der ständige Wind hilfreich die Flammen anfachte, übertönte das gierige Brüllen die scharfen Geräusche des weiteren Einsturzes.

»Du sagst, ihr habt das schon mal gemacht?« Ryshad schloss die Arme enger um mich.

»Zweimal«, bestätigte 'Gren fröhlich.

»Aber ich war nur einmal dabei«, erinnerte ich ihn.

»Warum?« Ryshad klang so verwirrt, dass ich den Kopf drehte, um ihn anzuschauen.

»Wir brauchten ein Ablenkungsmanöver«, sagte ich achselzuckend.

»Und das wollten wir hier auch.« Sorgrad teilte zwar noch nicht 'Grens schlichten Jubel, aber seine Augen strahlten vor Vergnügen. »Ich würde sagen, das ist uns gelungen.«

Jenseits des Dammes hatte die abrupte Zerstörung der Mühle Olrets Leute in völlige Verwirrung gestürzt. Mädchen rannten schreiend aus den Ziegenställen, zu verblüfft, um die Tore zu schließen, sodass ihnen unverzüglich ihre blökenden

Herden folgten. Mädchen wie Ziegen stießen mit Männern und Frauen zusammen, die aus den Lagerschuppen bei der Feste strömten, einige rannten zum Ufer, andere blieben stehen und starrten die Berge im Landesinneren an. Wilde Gesten sprachen beredt von ihrer Angst, dass ein unterirdisches Feuer ausbrechen und sie vernichten könnte. Klügere Köpfe hätten die Situation vielleicht in den Griff bekommen, blieben aber ungehört, als die Menge aus den langen Schuppen bei den Bootsanlegern strömte und sich dem Tumult mit Fragen anschloss, die niemand beantworten konnte.

Zu zweit und zu dritt rannten Männer unaufgefordert auf den Ort der Zerstörung zu, wurden aber fast sogleich abgelenkt, weil die Ziegen die Gelegenheit ergriffen, in den Höfen und Feldern herumzulaufen. Einige sprangen über die Einfassungsmauern der Felder, begierig darauf, sich an den kostbaren Gewächsen gütlich zu tun. Andere stöberten um die Tröge mit ausgenommenem Fisch herum, mit hoch erhobenen Köpfen und witternden Nasen. Ein paar versuchten zu entkommen, indem sie auf die Landestege rannten, sich verschätzten und mit einem Platscher ins Meer oder in ein Boot purzelten und das Chaos noch vergrößerten.

»Zeit zu gehen, Shiv.« Ryshad hielt mich noch enger an sich gedrückt.

»Es muss schnell gehen, also wird es ziemlich ruppig«, warnte der Zauberer.

»Dann behalt dein Frühstück bei dir«, riet 'Gren.

Ich hätte ihm am liebsten die Zunge herausgestreckt, hielt es dann aber doch für sinnvoller, die Zähne zusammenzubeißen. Die Magie war dieses Mal anders, eine schnelle Decke aus kaltem Nebel, mit jenem Blau durchzogen, das uns in einem halben Atemzug einhüllte. Dornbüsche, Damm und Mühlenteich verschwanden in gleißendem Weiß. Der Transport war brutal und rüttelte mich von Kopf bis Fuß durch, aber seltsamerweise war mein Bedürfnis, mich zu übergeben, diesmal geringer. Ich rieb mir die Augen, weil ich immer noch Nebel davor hatte.

»Ah!« Shiv stieß ein raues Keuchen aus. »Einen Zauber habe ich noch in mir.«

»Dann nutze ihn gut«, schlug 'Gren vor.

»Wo sind wir?«, fragte Sorgrad drängend.

Als mein Blick sich wieder klärte, sah ich, dass wir in dem Korridor unter dem Stockwerk mit den gefangenen Frauen standen. Ich eilte zur Treppe, Ryshad mit gezogenem Schwert neben mir. 'Gren sagte etwas, das ich nicht verstand. Ich drehte mich um und sah ihn und Sorgrad den Korridor in die andere Richtung entlangrennen.

»Was haben sie vor?«, wollte Ryshad wissen.

»'Gren ist gerade etwas eingefallen«, war alles, was Shiv gereizt dazu sagen konnte.

»Lass sie.« Ich sortierte meine Dietriche und kniete vor dem Metallgatter nieder.

»Wir hatten uns auf einen Plan geeinigt«, schäumte Ryshad.

»Es ist immer nur so lange ein Plan, wie sie mitzumachen bereit sind.« Ich sah zu ihm auf und merkte, dass er den dringenden Wunsch hatte, über die Gefahren solch schlechter Disziplin zu referieren. »Pass du auf und lass mich die Tür öffnen.«

Shiv stand so, dass er den Korridor im Blick hatte, und Ryshad ging, um die Treppe besser im Auge zu haben. Der Tumult unter uns kam und ging in Wellen, drängende Rufe übertönten wütende Stimmen, die unmögliche Fragen beantworteten. Menschen rannten hin und her, Türen wurden geknallt, aber wie wir beabsichtigt hatten, richtete sich die ganze Aufmerksamkeit auf die unerklärliche Katastrophe auf der anderen Seite des Dammes. Dorthin eilten alle, entweder zum Helfen oder, wahrscheinlicher, um einfach nur zu gaffen und über das Unglück zu jammern.

»Kannst du diesen Zauber des Verbergens sprechen?«, fragte Ryshad leise und vorsichtig.

»Soll ich dabei auch noch mit ein paar Messern jonglieren?« Ich murmelte leise die geheimnisvollen Worte und tat mein Bestes, um den Refrain im Kopf zu behalten, während ich an dem Schloss herumfummelte. Ich schloss die Augen, um mich besser konzentrieren zu können, und meine Finger erinnerten sich an das Muster, das ich den verborgenen Formen schon einmal entlockt hatte. Das Schloss öffnete sich mit einem Klicken. »Das war's.« Ich stand auf und stieß das Tor auf.

»Schließ hinter uns wieder ab«, befahl Ryshad.

»Was ist mit 'Grad und 'Gren?«, wandte ich ein.

»Lass es sein.« Shiv hastete bereits, immer zwei Stufen auf einmal nehmend, die Treppe hinauf. »Falls Olret hinter uns her ist, hat er ohnehin einen Schlüssel.«

Ich zuckte die Schultern, Ryshad zischte durch die Zähne, und wir beide liefen hinter dem Magier her.

»Ich bin es.« Ich klopfte zweimal kurz an die verriegelte Tür. Ryshad kniete nieder, um den unteren Riegel zurückzuschieben, Shiv griff nach dem oberen. »Mit Freunden.« Ich wischte hastig jeden Wunsch nach Verbergen aus meinen Gedanken und hoffte ernsthaft, jemand da drinnen besaß die Fähigkeit zu erkennen, dass ich die Wahrheit sagte. Sonst waren wir in größeren Schwierigkeiten, als ich mir vorstellen wollte, und ohne Verbündete im Rücken. Ich holte tief Luft, ehe ich mich dem Gestank da drinnen aussetzte und hob den Riegel.

»Bringst du Hilfe?« Wie zuvor vergeudete die Herrin von Shernasekke keine Zeit mit Höflichkeiten. »Hast du mit unserer Sippe gesprochen?«

»Wir helfen euch, wenn ihr uns helft«, entgegnete ich ebenso direkt. »Wir haben Ilkehan getötet, und jetzt will Olret uns umbringen. Gebt mir euer Wort, dass eure Freunde uns verteidigen, und wir bringen euch hier raus.«

»Ich schwöre bei der Pflicht, die ich dem Land meiner Vorfahren schulde und den Menschen meines Blutes.« Die blauen Augen der Frau waren blass in ihrem ausgemergelten, schmutzigen Gesicht.

»Das genügt.« Ryshad ging vorsichtig auf den Käfig zu, in dem sie sich befand. »Tritt zurück.« Er trat einmal, zweimal und mit einer Verwünschung ein drittes Mal hart mit seinem Stiefel gegen das grobe Schloss. Es hatte vielleicht den Fingern der Frauen standgehalten, aber diese Attacke verbog es so weit, dass Ryshad die Tür aufreißen konnte. Die Frau nahm ihre kleine Tochter bei der Hand und zog sie aus ihrem Gefängnis, wobei sie auf dem kotigen Boden ausrutschte.

Shiv stand an der Tür Wache. »Wie weit müsst ihr von hier weg sein, um eure Sippe mit Zauberkunst zu rufen?«

Sie sah ihn verständnislos an.

»Mit eurem Können.« Mir fiel das Wort der Bergsprache für die Ätherzauber der Sheltya ein. »Wahre Magie.«

Das Gesicht der Frau erhellte sich, dann zog sie eine Grimasse. »Habt ihr etwas zu essen? Ich bin völlig ausgehungert.«

Ich wollte gerade sagen, dass wir jetzt keine Zeit zum Essen hätten, als Ryshad ein mit Ziegenfleisch gefülltes Fladenbrot aus seiner Tasche zog. »Meine Dame.« Er bot es ihr mit der instinktiven Höflichkeit an, die ihm die Jahre in D'Olbriots Diensten eingebläut hatten.

»Ich bin niemandes Dame mehr, werter Herr.« Sie brachte ein schiefes Lächeln mit vollem Mund zustande, ehe sie den Rest mit keineswegs damenhafter Grazie verschlang. »Nur einfach Frala Shernasdir.«

»Bring uns hier raus«, verlangte die Großmutter drängend. »Wenn wir uns anfassen können, können wir zusammenarbeiten!«

Ryshad befreite sie, und ich knackte die Schlösser an einem Käfig, in dem eine von Fralas Schwestern saß. Sie packte meine Hand, als ich die Tür aufstieß. »Dir ist der lebenslange Dank von Gyslin Shernasdir sicher.« Ihre glühenden Worte besaßen eine Förmlichkeit, die nicht recht zu ihrem fleckigen grünen Kleid und dem schmutzigen Gesicht passen wollten.

»Gern geschehen.« Ich ging zur nächsten Schwester, die praktisch schon vor Verzweiflung an den Gitterstäben rüttelte. Ryshad befreite die jüngeren Mädchen, die sich aufeinander stürzten und sich zitternd in die Arme fielen.

»Reißt euch zusammen«, fauchte die Großmutter. »Vergesst eure Wehwehchen und euren Bauch, und konzentriert euch auf das, was getan werden muss.«

Natürlich, erkannte ich mit Verspätung. Olret war nicht nur ein rachsüchtiger Schurke, weil er sie in so einem Dreck gefangen hielt. Er stellte damit auch sicher, dass ausreichend körperliches Unbehagen ihre Fähigkeit behinderte, wenn nicht gar völlig unterband, Zauberkunst auszuüben. Ich wühlte in meiner Tasche nach allem Essbaren, das 'Gren hineingestopft hatte, und teilte es, so gut ich konnte, zwischen Gyslin, ihrer Schwester und ihren Töchtern auf.

Ryshad reichte der Großmutter ein zerdrücktes Stück Wurst und hakte die Wasserflasche von seinem Gürtel. »Shiv . . .«

Der Zauberer unterbrach ihn mit einer ungeduldigen Handbewegung. »Jemand kommt die Treppe herauf.« Er stellte sich hinter die Tür und spähte durch die Spalten an den Angeln.

Die Frauen erstarrten, das Essen war vergessen. Ryshad

drückte sich flach neben die offene Tür, das Schwert in der Hand. »Shiv, kannst du sie verriegeln?«

Ein drängender Pfiff durchdrang die angespannte Stille. »Nein, wartet.« Ich ließ meine letzten paar Wurfpfeile in meiner Gürteltasche. »Sie sind's.«

Ryshad murmelte etwas vor sich hin. Shiv schloss die Tür nicht, und ich riskierte einen raschen Blick um sie herum. Sorgrad und 'Gren kamen von der anderen Treppe her den Korridor entlanggerannt, jeder mit einem in Tücher gewickelten Bündel über der Schulter und dem Schwert in der Hand.

»Hier!« Ich winkte sie herein, und sie ließen ihre Last klirrend zu Boden fallen.

»Nicht gerade die rechte Zeit, um auf Raubzug zu gehen«, tadelte ich Sorgrad heftig.

Sorgrad hob unschuldig die Augenbrauen, ohne jede Spur von Reue. »Nicht mal für Kellarin-Artefakte?« Das gemusterte Tuch fiel zur Seite und enthüllte das Glitzern alten Stahls und die Kupferbindung eines Dolchgriffs. »Vielleicht sogar die Letzten, die ihr braucht?«

'Gren grinste ebenfalls. »Aber was Guinalle nicht haben will, gehört uns, vergiss das nicht.«

»Ihr gebt mir einen Anteil ab, sonst werde ich ungemütlich.« Ich musste grinsen, bis ich das Blut auf 'Grens Schwert sah. »Wen hast du dafür umgebracht?«

»Niemanden«, protestierte 'Gren gekränkt. »Das stammt von dem Müller. Die Krankenschwester hat sich fast in die Hose gemacht und lief davon wie ein Hund, dem der Schwanz brennt.«

»Ich vermutete, dass er Kostbarkeiten in dem Raum versteckt hatte, in dem sein Sohn liegt.« Sorgrad beantwortete Ryshads unausgesprochene Frage herausfordernd.

'Gren betrachtete die Angelegenheit bereits als erledigt

und machte eine tiefe Verbeugung vor den Frauen, die die beiden mit lebhafter Neugier betrachteten. »Meine Damen, zu Ihrer Verfügung.« Er zwinkerte mir zu. »Wir hätten uns nicht die Mühe machen müssen, ein Bad zu finden.«

Ryshad hatte Wichtigeres im Kopf. »Shiv, bring uns jetzt hier weg.«

Ehe der Magier antworten konnte, verschluckte sich die Großmutter an ihrem Fleisch. »Olret kommt«, keuchte sie.

Ihre drei Töchter fassten sich sofort an den Händen, Frala stand in der Mitte.

»Rasch.« Gyslin winkte ihre Tochter und ihre Nichte herbei. Die Großmutter humpelte zum anderen Ende der Reihe, und das kleine Mädchen verbarg ihr Gesicht in Fralas Röcken.

»Wir müssen es einfach riskieren.« Shiv reckte das Kinn.

»Nein!«

»Guinalle?« Ich konnte nicht anders, ich drehte mich tatsächlich um, um zu sehen, ob die Demoiselle hier war.

»Was?« Ryshad und Shiv starrten mich an, als ob ich den Verstand verloren hätte.

»Livak, ich bin es.« Ich hörte wieder die Stimme der Edelfrau, aber nach den verwirrten Gesichtern ringsum zu urteilen, war ich offenbar die Einzige. »Lass nicht zu, dass Shiv irgendwelche Magie wirkt«, drängte sie. »Olret wird ihn töten.«

»Keinen Zauber, Shiv. Guinalle sagt, du darfst nicht zaubern.« Ich versuchte gleichzeitig ihre Worte zu hören, während ich erklärte. »Usara sucht uns mit Weitsicht, und Guinalle hat ihre Zauberkunst daran gekoppelt.«

»Wie machen sie das denn?«, fragte Shiv interessiert.

»Kann das nicht warten?« Ich warf ihm einen finsteren Blick zu. »Denk einfach daran, dass du keine Magie ausüben darfst, ohne durch Zauberkunst abgeschirmt zu sein, sonst wird Olret dich töten!«

»Schwerter könnten uns verdammt viel schneller umbringen.« Sorgrad stand der Tür am nächsten, neben ihm ’Gren. »Da ist eine halbe Kohorte unterwegs.« Das Getrampel genagelter Stiefel hallte düster durch das Treppenhaus.

»Schließ die Tür«, befahl Ryshad. »Und eine verriegelt sie.« Er deutete mit seinem Schwert auf die Frauen.

Ich hörte, wie die Bolzen in ihre Halterungen rutschten, während ich versuchte, mich auf Guinalles ferne Stimme zu konzentrieren. »Ich muss mit den Adepten sprechen, die ihr gefunden habt. Stell dich in ihre Reihe.«

Das wollte ich nun wirklich nicht, und nicht nur deshalb, weil die Hand des Mädchens, das mir am nächsten stand, so schmutzig war, aber uns gingen die Möglichkeiten aus, also packte ich ihre Hand.

Der Raum wurde dämmrig und einen beängstigenden Augenblick lang dachte ich schon, ich würde ohnmächtig. Dann merkte ich, dass ich irgendwo in einer Ecke meines eigenen Verstandes eingeschlossen war und Guinalle meinen Körper, meine Stimme, meine Bewegungen kontrollierte. Ich konnte zwar durch meine eigenen Augen sehen, aber auf eine seltsame, verkrampfte Art und Weise und nur direkt geradeaus und wie durch Ryshads Fernglas. Ich versuchte mein Bestes, um die Panik zu unterdrücken, die in mir aufstieg, und erkannte dann, dass es mir nichts nützen würde, dem Impuls, zu schreien, zu protestieren, gegen den Zauber zu kämpfen, nachzugeben. Ich hatte keine Stimme, um um Hilfe zu rufen, keine Kraft zurückzuschlagen.

»Ich bin Guinalle Tor Priminale, Schülerin von Larasion, der Disziplin Ostrins verschworen.« Sie sprach mit meinen Lippen und hob meine Hand Richtung Großmutter. »Werdet ihr mir helfen im Namen von all dem, was euch heilig ist?«

»Wir werden.« Die Stimmen aller sechs Elietimm-Adepten echoten rings um mich her, als die Großmutter Guinalles

Hand nahm, um den Kreis zu schließen. Der Raum war sofort überlagert von neuen Bildern, von flüchtigen Eindrücken Suthyfers und dem wieder eroberten Landeplatz, von Vithrancel und dem geschäftigen Marktplatz, von Edisgesset und dem einfachen Reich der Bergarbeiter. Jeder Ort und jeder Mensch darin so beständig und gleichzeitig flüchtig wie die Wirklichkeit, die ich nicht mehr unter meinen Füßen fühlen konnte, die mir nicht mehr gehörte. Etwas gefror um mich herum, und Guinalle zerschlug es, wie jemand der im Winter das Eis zerschlägt, um das schnell fließende Geheimnis des Flusses darunter zu enthüllen. Meine Mutter hatte mich davor gewarnt, auf einem zugefrorenen Fluss zu spielen, mit bildreichen Geschichten von Kindern, die unter das Eis gerieten und ertranken, weil sie nicht mehr an Licht und Luft kamen. Die Angst, die ich damals empfunden hatte, war nichts im Vergleich zu dem Grauen, das mich jetzt lähmte, selbst als ich fühlte, wie die Frauen von Shernasekke nach der ätherischen Macht griffen, die ihnen so lange vorenthalten worden war, mit dem verzweifelten Durst von verirrten Reisenden in einer wasserlosen Wüste.

Ich wollte nichts davon haben, kämpfte, um nicht in diesen Strudel aus Geheimnis und Gefahr zu fallen, mühte mich, die Welt hinter der Verzauberung zu sehen, die mich gefangen hielt. Ryshad und Shiv zerschlugen die Käfige, so gut sie konnten, 'Gren und Sorgrad stapelten die verbogenen Stäbe und Rahmen gegen die Tür, klemmten Metallstücke darunter, in die Angeln, unter die Klinke.

All das war weniger wirklich als Guinalle, die jetzt vor mir stand, gekleidet in die stolze Eleganz des Alten Reiches. An jedem Finger funkelten Ringe, ein goldener, mit Diamanten besetzter Haarreif glänzte in ihrem Haar, weitere Diamanten um ihren Hals strahlten im Feuer eines unsichtbaren Lichtes, das auf der Seide ihres flammenfarbenen Gewandes glitzerte.

Die schmutzigen Gesichter der ausgehungerten Frauen verblassten hinter einem Abbild davon, welchen Anblick sie bieten wollten. Fralas Haar erhellte sich zu dem Blassgold von sonnengebleichtem Stroh, hoch auf den Kopf getürmt mit beinernen Nadeln, die mit blutroten Steinen besetzt waren. Ihr bodenlanges Gewand war kastanienbraun, das von ihrer milchweißen Haut abstach. Gyslin und die andere Schwester waren im gleichen Stil gekleidet, in unterschiedlichen Blautönen, eine vielreihige Kette aus seltsamen, milchigen Schmucksteinen lag um Gyslins Hals. Die jüngeren Frauen trugen weniger kostbare Schattierungen von Grün, Kleider, die kindliche Anmut hervorhoben statt damenhafter Zurückhaltung. Die Großmutter trug Schwarz, was durch einige wenige silberne Verzierungen noch strenger wirkte. Mit dem schmalen Gesicht und der scharfen Nase sah sie einer Krähe ähnlicher denn je. Nur das kleine Mädchen trug weiter ihr verdrecktes Hemdchen und umklammerte mit einer schmutzigen Hand die Röcke ihrer Mutter und mit der anderen ihr schmuddeliges Kuscheltier.

Ein Dröhnen an der Tür half mir, meinen Verstand wieder in die reale Welt zu reißen, wo Ryshad und Shiv sich gegen das Holz stemmten und 'Gren und Sorgrad immer noch ihre hartnäckige Barrikade verstärkten.

»Wenn wir nicht alle unter Olrets Händen sterben wollen, brauchen wir Hilfe«, begann Guinalle.

Zum Kuckuck mit der Höflichkeit, dachte ich wütend. Mach schon!

»*Seldviar namayenar ek tal rath*«, sagten die Elietimm-Frauen im Chor, und suchend zogen sie mich mit sich. Jetzt überlagerte eine dritte Ebene von Wirklichkeit oder Illusion alles, und ich wusste mit Gewissheit, dass ich sehr real in der Gefahr schwebte, von den Strömungen des Äthers hinweggefegt zu werden, die um mich herum tosten.

»*Har dag Vadesorna abrigal.*« Frala beschwor einen stämmigen Mann herauf, kahlköpfig wie ein Ei, mit Schultern, die sich vor Zorn zusammenzogen, während sie auf ihn einsprach, allerdings so schnell, dass ich kein Wort verstand. Er wandte sich ab und stürmte davon in die Unsichtbarkeit, verging wie ein eingebildeter Schatten in Rauch.

»*Edach ger vistal mor din.*« Gyslin und ihre Tochter flehten eine nervös aussehende Frau an, der der Mund vor Schreck offen stand, schattenhafte Gestalten eilten herbei und scharten sich um sie.

»*Olret evid enames Froilasen ral Ashernasen.*« Die Großmutter hatte nicht die Absicht, sich irgendeinen Unsinn von dem muskulösen jungen Mann anzuhören, auf den ihr Zauber gefallen war. Glücklicherweise schien er ebenso auf Taten erpicht wie sie, ein Speer erschien in seiner Hand als Antwort auf seinen unausgesprochenen Wunsch, und sein Hemd verwandelte sich in einen dunklen Kürass aus gehärtetem Leder.

Frala wandte sich an Guinalle. »Wir haben Hilfe gerufen. Sie kommen, so schnell sie können.«

Würde das schnell genug sein? Obwohl die Zauberkunst meine Wahrnehmung verschleierte, hörte ich das splitternde Krachen, als eine Axt in die Tür geschlagen wurde. Ich zwang mich, mir den Raum, Ryshads und Sorgrads Gesicht vorzustellen, Shivs schlaksige Gestalt und 'Grens kleinere, drahtige. Der Gedanke wurde wirklich, und ich sah das Holz splittern, als die Schläge hart und schnell kamen und Ryshad und Shiv zurückwichen, um nicht ein Auge oder Schlimmeres zu verlieren.

»Olret kommt!« Gyslins Abbild wandte sich zur Tür, obwohl ihre wahre Gestalt fest im Kreis verankert blieb.

Selbst durch die Wand fühlte ich Olrets völlige Überzeugung, dass sein Wille stark genug war, um die physischen Hindernisse von Holz und Metall, die ihm den Weg versperrten, zu überwinden. Er irrte sich nicht. Die Tür zersplitterte zu Kleinholz fast ebenso wie die Mühle, und Splitter verletzten Ryshad und die anderen. Ihre Schwerter trafen auf die von Olrets Männern, die durch die schmale Türöffnung drängten. Ryshad und 'Gren übernahmen die vordersten Wachen, während Sorgrad und Shiv mit verbogenen Metallstäben die zweite Staffel bildeten.

Olrets Zauberkunst hieb in den Kreis der Frauen, aber er hielt stand. Ich konnte den Schuft hinter dem Gefecht in der Tür sehen, das Gesicht hassverzerrt.

»Guinalle! Guinalle!« Er klang, als wäre er eine Meile entfernt, aber es war entschieden Usaras Stimme. »Gib mir den Ring! Temar, steck ihn an!«

»Ich kann dich nur für kurze Zeit schützen.« Das war Temars Stimme, gleichermaßen grimmig vor Entschlossenheit und Drohung.

»Das reicht.« Es verblüffte mich, Allin so entschlossen sprechen zu hören. »Shiv! Sorgrad! Wir bilden einen Nexus, also haltet euch bereit!«

Eine Lichtkugel erschien zwischen den beiden, dem gut ausgebildeten Zauberer und dem ungeübten Magiegeborenen. Sie brannte mit einem rötlichen Feuer, nicht dem Dunkelrot der elementaren Flammen, sondern dunkler, geheimnisvoller, gewichtig von der Kraft der Erde. Shiv streckte ihr eine Hand entgegen, und die Farbe verdunkelte sich weiter, brannte aber widersinnigerweise umso heftiger, als sein eigenes Zauberlicht ihn mit einer smaragdgrünen Aura umgab. Shiv nickte Sorgrad zu, der die Zähne zusammenbiss, um dieser Herausforderung ebenso wenig auszuweichen wie jeder anderen, der er je gegenübergestanden hatte. Er breitete die Hände in einer seltsam trotzigen Geste aus, und ein blaues Leuchten umgab ihn, das feine blonde Haar wurde zerzaust wie von einem Wintersturm. Sorgrad senkte den Kopf wie ein angriffslustiger Bulle und stieß die Hände vor, mit den Handflächen auf den wirbelnden Nexus der Macht. Der Zauber saugte an dem himmelblauen Licht, und das Durcheinander der Farben verbrannte und ließ nur noch ein in den Augen schmerzendes Weiß zurück.

»Jetzt!«, befahl Usara.

Der Nexus löste sich in eine Flammenwand auf. Sie schoss durch den Raum und setzte Olrets Männer in Brand, sodass sie schreiend von der Tür flüchteten, als die Ersten mit verkohltem Fleisch und blanken Knochen zu Boden stürzten. Der Zauber ließ Ryshad und 'Gren unversehrt, und sie stürzten sich auf Olret, der ebenfalls irgendwie gegen die Magie gefeit war.

Olret hob die Hand, und eine unsichtbare Kraft warf 'Gren rückwärts gegen Ryshad. Die beiden fielen hart zwischen die Trümmer der zerstörten Tür und Käfige. Der Elietimm kam näher, das Gesicht bedrohlich verzerrt. In der seltsamen Doppelsicht, die die Zauberkunst verursachte, sah ich, dass er sich selbst für ein gutes Stück größer und besser aussehend hielt, als ein Spiegel ihm je zeigen würde. Jede Einzelheit des Abbilds war akkurat, die Haut glatt und frisch gewaschen, ein brauner Umhang mit eingewebtem orangefarbenem Muster hing um seine Schultern und ließ darunter eine Uniform aus grauem Leder sehen, die mit Kupfernägeln besetzt war.

Jeder Instinkt in mir schrie danach, mich zu bewegen, wegzulaufen, meinen Dolch zu ziehen, meine Wurfpfeile, selbst danach, den Unrat vom Fußboden gegen den Mann zu schleudern, aber da Guinalle meinen Körper kontrollierte, konnte ich mich nicht rühren. Ich hätte vor Frust geweint, wenn ich noch die Kontrolle über meine Augen besessen hätte.

Shiv und Sorgrad bauten sich zwischen Olret und dem Kreis der regungslosen Frauen auf. Er knurrte etwas, seine

Hände bewegten sich, als ob sie Fliegen verscheuchen wollten, aber stattdessen wurden sie in weißes Licht gehüllt, und es geschah nichts, was ich sehen konnte.

Olrets unbarmherziges Vorrücken wurde langsamer. Er sah aus wie ein Mann, der sich durch einen Sumpf kämpft. Sorgrad hob eine Hand, und ein Blitz schoss heraus wie eine Peitsche. Mit wutverzerrtem Gesicht wedelte Olret ihn zur Seite, aber ein schwarzversengter Fleck erschien trotzdem auf seinem Ärmel. Sorgrad peitschte wieder und wieder auf ihn ein, und zum ersten Mal zeigte sich Bestürzung in Olrets Augen.

Shiv straffte die Schultern, und jetzt waren Olrets Stiefel praktisch wie am Boden festgeklebt. Er konnte kaum mit den Füßen über den Boden schlurfen und mühte sich ab wie ein Gefangener mit einer schweren Eisenkugel am Fuß. Aber das war nur der wirkliche Olret. Sein Abbild kam angestürmt und fegte durch Shiv und Sorgrad und das Licht, das sie einhüllte, als ob sie gar nicht da wären.

Die ätherischen Verkörperungen der Frauen wirbelten herum und bildeten einen neuen Kreis, mit den Gesichtern nach außen, untergehakten Armen und entschlossener Miene. Olrets arrogante Vorstellung von sich selbst marschierte durch den Ring ihrer physischen Formen, die offenbar kein Hindernis für ihn waren, und schlug Gyslins Abbild hart ins Gesicht. Sie kniff die Augen zu und biss die Zähne zusammen, und diesmal hieb er ihr mit der Faust voll auf den Mund.

»Das wirst du nicht!« Fralas Wut bescherte ihr Olrets Hand, die in ihr Haar Griff und ihr den Kopf so gewaltsam zur Seite riss, dass er einer realen Frau das Genick gebrochen hätte.

»Ich verfluche dich«, keuchte sie, »dich und deine Nachkommen bis zur neunten Generation!«

»Ich bringe dich um!«, brüllte er, schüttelte ihren Kopf hin und her und schlug mit der anderen Hand auf sie ein. Da ihre Arme festgehalten wurden, konnte Frala sich nicht verteidigen. Ich sah mit wachsendem Entsetzen zu, wie ihr Abbild zwar nicht blutete oder blau wurde, stattdessen aber allmählich unter diesem Angriff verschwamm und verblasste.

»Das wirst du nicht!« Diesmal war es nicht eine neue Stimme, sondern drei. Die Menschen, die Frala und die anderen um Hilfe gebeten hatten, tauchten plötzlich auf. Jetzt war Olret umzingelt. Der jüngere Mann packte dessen erhobenen Arm und verdrehte ihn hinter seinem Rücken, als der ältere Kahlkopf die Finger des Schurken aus Fralas Haaren wand. Sie zogen Olret fort und zwangen ihn, sich zu der zögernden Frau umzudrehen, die ihm voll ins Gesicht schlug.

Es war kein besonders harter Schlag, aber welche Kraft auch dahinter lag, sie richtete mehr Schaden an, als wäre ihm ein Breitschwert durch den Schädel gedrungen. Olrets Gesicht wurde aufgerissen, verzerrt wie die Lehmfigur eines Kindes, die zertreten wird, weil sie nicht gelingen will. Die Frau schlug ihn erneut, und die Farbe begann aus seinen Kleidern zu rinnen, Braun, Grau und Kupfer verliefen ineinander in eine stumpfe, schlammige Ungewissheit. Sie schlug ihn ein drittes Mal, nicht härter als zuvor, und jetzt begann er zu verblassen. Nicht auf einmal, nicht wie ein böser Traum, wenn man merkt, dass man aufwacht, sondern es erschienen klaffende Risse in seinem Kopf und Körper, die bald groß genug waren, dass man durch ihn hindurchsehen konnte. Sein Abbild wurde in Stücke zerrissen, die zu Boden flatterten und dort verschwanden. Sein verdrehter Kopf verschwand als Letztes, mit wild rollenden Augen und heraushängender Zunge.

Der Kahlköpfige sah hinunter und wandte sich dann an Frala. »Wir kommen«, sagte er schlicht, und alle drei verschwanden.

»Ich kann nicht bleiben«, keuchte Guinalle, und ihr Abbild floh ins Nichts, sodass ich zusammenbrach. Ich riss meine Hände aus dem gnadenlosen Griff der Großmutter und des Mädchens auf der anderen Seite. Sobald der Kreis gebrochen war, fielen alle zu Boden und japsten wie Tiere. Nur das kleine Mädchen stand noch aufrecht, verwirrt betrachtete sie die zusammengesunkenen Gestalten rings um sie herum.

»Mama?« Sie kniete nieder und rüttelte Frala an der Schulter.

Ich hatte mich auf die Knie gestützt, hätte aber nicht einmal auf die Beine kommen können, wenn Saedrin selbst es von mir verlangt hätte, doch vom Korridor klang noch immer Kampflärm herein. Ich rieb mir so heftig die Augen, dass es wehtat, war aber entschlossen, jeden Rest von ätherischer Verschwommenheit zu verscheuchen. Ich fummelte an meinem Gürtel herum, auf der Suche nach Pfeilen, Dolchen, einfach allem, was ich gegen diejenigen einsetzen konnte, die durch die Tür kamen.

Ich zwang mich, den Kopf zu heben, und blinzelte wütend, als mir Tränen in die Augen stiegen. Olret stand einfach in der Tür, der reale Olret. Er stand stocksteif da, und nach dem flackernden Muster des vielfarbigen Lichtes zu urteilen, das um ihn herumwirbelte, war es eine magische Schlinge, die die Zauberer mit ihrem Nexus um ihn gelegt hatten. Seine übrig gebliebenen Männer taten ihr Bestes, um zu ihm zu gelangen, aber Ryshad und 'Gren standen zu beiden Seiten und versperrten den Weg mit tödlicher Wirkung.

Dieser Bastard war nicht tot, was auch immer mit seinem ätherischen Gegenstück geschehen war. Ich holte tief Luft und tastete vorsichtig nach einem Pfeil, wobei ich mich ermahnte, dass es kolossal dämlich wäre, wenn ich mich aus Versehen selbst vergiften würde. Ich hätte mir keine Sorgen zu machen brauchen.

Sorgrad schleuderte eine Hand voll Blitze auf Olret, und diesmal verbrannten sie ihn von Kopf bis Fuß, Die Haut schlug Blasen in seinem geschwärzten Gesicht, und sein Fuß war zerschmettert. Falls er nicht durch Zauberei aufrecht gehalten worden wäre, wäre er zusammengebrochen. Trotz der Magie, die ihn antrieb, schrie er vor Schmerz auf.

»Jetzt kann dich nichts mehr retten, Mistkerl«, sagte Sorgrad hämisch.

»Töte ihn einfach«, sagte Shiv müde.

Das wirbelnde Licht schloss sich um Olret zusammen, und er brach in Flammen aus. Das Feuer brannte geruchlos und so heiß, dass ich es auf meinem Gesicht fühlen konnte, und das Rot, Grün, Bernstein und Blau in den lodernden Flammen war so gleißend, dass es den Augen wehtat.

Ryshad und 'Gren stolperten durch die Tür herein, als alle ihre Gegner plötzlich zurückwichen, da ihre Angst sehr viel stärker war als die Loyalität zu Olrets Männern. Ob beide bluteten oder mit dem Blut anderer bedeckt waren, das konnte ich nicht sagen.

»Verbrenn ihn, verbrenn jeden einzelnen Knochen. Verstreu ihn in alle Winde, damit er sich im endlosen Ozean verliert.« Das war die Großmutter, die auf Händen und Knien kauerte. Das weiße Feuer, das Olret verzehrte, spiegelte sich in ihren hungrigen Augen.

Ryshad taumelte auf mich zu und fiel auf die Knie, er blutete aus einer Hand voll leichter Schnittwunden an Armen und Beinen. Ich schlang die Arme um ihn, und gemeinsam sahen wir Olret sterben. Die alte Frau bekam ihren Wunsch erfüllt. Als die Flammen in sich zusammensanken, bis sie schließlich verschwanden, war nichts mehr übrig außer einem Häufchen Asche. Shiv zerbrach die Fenster mit einem Hagelschauer, und Sorgrad fegte alles, was von Olret noch übrig war, mit einem Schwall eisiger Luft davon.

»Sind wir fertig?« Ich zitterte so sehr, dass ich kaum sprechen konnte.

»Bei Dasts Zähnen, besser wär's.« Ryshad schlang die Arme um mich, grausam fest, aber das machte mir nichts, denn seine Kraft kämpfte das Zittern nieder, das mich schüttelte. Ich konnte für einen Augenblick auch auf das Atmen verzichten. Er legte den Kopf an meinen und wisperte Worte nur für mich allein. »Schon gut, schon gut. Ich weiß, ich weiß.« Das war keine sinnlose Versicherung, und ich klammerte mich an die ferne Verheißung von Ruhe. Ryshad wusste Bescheid. Ich hörte die Wahrheit alldessen in jedem Schlag seines Herzens, das unter seinen Rippen hämmerte. Er war ein Gefangener der Zauberkunst gewesen, dem Willen eines anderen ausgeliefert. Ich würde nie wieder ungeduldig sein wegen seines Misstrauens gegenüber Zauberern, schwor ich mir. Ich hätte mich an meine alte Überzeugung halten sollen, dass Magie nichts als Scherereien mit sich bringt.

»Ich brauche saubere Tücher und Wasser!« Sorgrads dringender Ruf riss mich aus meinen unzusammenhängenden Gedanken.

»Was?«

»Wo?«

Sorgrad kniete über 'Gren. Er lag mit dem Gesicht nach unten auf dem schmutzigen Boden, und Sorgrad schnitt ihm das Wams auf, das bereits zerrissen und blutgetränkt war. »Einer hat ihn erwischt, als er sich umdrehte«, erklärte er knapp.

»Mist!« Ryshad versuchte das Blut von 'Grens Rücken zu wischen, aber es war einfach zu viel. Es lief über seine Hosen und sammelte sich in einer Pfütze am Boden um Ryshads Knie. Sorgrad war bereits bis an die Ellbogen voll Blut.

Ich hob 'Grens Kopf aus dem Dreck, nahm sein Gesicht in meine Hände und biss mir so fest auf die Lippe, dass es blutete, und ich freute mich über den Schmerz, der meinen

Kopf klar genug machte, dass meine Hände endlich aufhörten zu zittern.

»Halt durch«, sagte ich mit einem Lächeln, das den Schmerz verbarg, der in mir wühlte wie ein glühendes Messer. Drianon, Halcarion, Saedrin, Poldrion, jeder verdammte Gott, der mich hören konnte, bitte, lasst das nicht geschehen, bitte lasst ihn nicht sterben. Wir hatten gewonnen, oder? Warum konnten wir nicht einfach mit unserem Sieg davongehen? Warum musste er so blutbefleckt sein?

'Gren blinzelte mit einem blauen Auge zu mir auf, das vor Schmerz verschleiert war. »Es tut weh, Mädel. Es tut verdammt weh.« Er versuchte zu grinsen, brachte aber nur eine verwirrte Grimasse zustande.

»Macht mal Platz.«

Ryshad rückte beiseite, um Shiv heranzulassen, und Wasser floss aus den Händen des Zauberers auf 'Grens nackten Rücken. Als er sauber gewaschen war, sahen wir alle den tiefen, schartigen Riss, der knapp über der Hüfte tief in seiner Seite saß. Er verschwand wieder, als 'Grens Lebenssaft weiter herausschoss. Ryshad riss sich sein Wams und Hemd herunter, Sorgrad desgleichen, dann banden sie den Stoff fest.

»Komm schon, du dürrer kleiner Mistkerl«, murmelte Ryshad. »Verwende deine Sturheit zur Abwechslung mal zu was Gutem. Sag Poldrion, wohin er sich seinen Staken stecken kann.« 'Gren bedeutete Ryshad herzlich wenig, aber Aiten war mehr als zehn Jahre lang sein bester Freund gewesen, und ich sah, wie die Erinnerung an diesen Verlust die Augen meines Liebsten beschattete.

»Lasst mich ihn sehen.« Die Großmutter war neben mir.

»Du fasst seine Wunde mit deinen üblen Händen nicht an«, knurrte Sorgrad, und wenn er nicht vollkommen damit beschäftigt gewesen wäre, das Blut zu stillen, ich schwöre, er hätte sie geschlagen.

Aber sie wollte die Wunde nicht berühren. Sie legte stattdessen sanft die Hand auf 'Grens Kopf, der in meinen Händen ruhte. »Was für ein Mann bist du?«, wunderte sie sich leise.

'Gren war kaum bei Bewusstsein. »Wie Misaen mich geschaffen hat.«

»Und das ist . . .«

Ich wusste, warum die Großmutter so scharf die Luft einsog. Ich liebte 'Gren wie einen Bruder, aber das machte mich nicht blind gegenüber seiner fröhlichen Gewissenlosigkeit. Dazu kam die unkomplizierte Freude, die er daran hatte, mit jedem willigen Mädchen ins Bett zu gehen, und gegen jeden Mann zu kämpfen, der dumm genug war zu glauben, 'Gren würde ihn nicht einfach nur wegen des Spaßes töten, sein Können zu beweisen und ein paar Münzen einzustreichen.

»Er ist mein Freund«, flehte ich sie an. »Und er hat sein Leben riskiert, um euch alle zu retten.«

Die Frau sah mich mit harter Miene an. »Das würde vielleicht zählen, wenn er achtete, was er aufs Spiel gesetzt hat, wenn er achtete, wofür er gekämpft hat, wenn er je über den Augenblick hinausgeblickt hätte.«

Auf einmal war ich stinkwütend auf die magere alte Schachtel. Was wusste sie von 'Gren und was er für mich bedeutete, ganz gleich, wie er war? Und ich würde nie wieder jemanden auf diesen gottverdammten Felsen zurücklassen, nicht, nachdem wir Geris und Aiten an diesen entsetzlichen Ort und seine grausamen Bewohner mit ihren vereisten Herzen verloren hatten.

»Was immer du tun kannst, tu es einfach.« Ich flehte nicht mehr, ich befahl, und ich zerbrach mir den Kopf, wie ich sie irgendwie dazu zwingen konnte, zu handeln. Leider fiel mir nichts anderes ein, als ihr auf den knochigen Hintern zu hauen, was weder besonders wirkungsvoll sein würde noch für uns andere besonders sicher.

Sie versuchte aufzustehen, taumelte aber. Frala ergriff ihren Arm, half ihr auf die Füße, und etwas geschah zwischen ihnen, das Fralas Ausdruck der Verwirrung einer misstrauischen Abneigung weichen ließ. »Wer seid ihr, dass ihr solche Forderungen an uns stellt?«, fauchte sie knapp. »Fremde seid ihr und besudelt die wahre Magie mit eurer schmutzigen Berührung.«

Shivs Unbehagen verwandelte sich in bittere Wut. »Ohne unsere Zauberei, werte Dame, hätte Olret euch den Kopf abgerissen!«

»Ruhe!« Die Großmutter schnitt Frala mit einer Handbewegung das Wort ab.

»Es wird weniger, die Blutung lässt nach.« Erleichterung und Unglauben mischten sich in Ryshads Stimme.

Ich blickte von der alten Frau zu der furchtbaren Wunde und sah, dass es tatsächlich schwächer blutete. Noch während ich zusah, hörte es ganz auf, um den hässlichen Riss bildete sich eine Kruste, und die Haut wuchs schon wieder zusammen und schloss sich rasch zu einer dicken, roten Narbe.

»Danke«, sagte Sorgrad gepresst.

»Ich will deinen Dank nicht.« Die Großmutter fixierte ihn mit einem kalten Blick. »Ich will nicht, dass sein Blut irgendeinen Anspruch auf dieses Land erhebt, obwohl es das Land meines ärgsten Feindes ist. Und ich will auch meinen eigenen Hargeard nicht dazu verdammen, solche verrufenen Gebeine zu beherbergen.«

»Das Leben eures Freundes begleicht alle Schulden zwischen uns«, erklärte Frala endgültig und mit einer Spur Feindseligkeit. »Stellt keine Ansprüche mehr an uns.«

»Sie sind hier, Vadesor und seine Männer.« Gyslin hatte es geschafft, sich zum Fenster zu schleppen, und spähte in den Hof hinunter. Ich stellte fest, dass ich eine gewisse Unruhe hörte. »Olrets Männer ergeben sich.«

Die jüngeren Frauen schauten zum Fenster und dann einander an, ihre ängstlichen Mienen sagten deutlicher als Worte, dass sie ihr Glück eher mit gleich welcher Armee versuchen wollten, die unten aufgetaucht war, als mit einem von uns vieren, die wir noch auf den Beinen waren.

»Ihr könnt gehen«, sagte Frala unversöhnlich. »Sobald ihr wollt.«

»Das werden wir.« Sorgrad warf die blutdurchtränkten Reste seines Hemdes weg und deutete auf 'Gren, der noch immer ausgestreckt und bewusstlos auf dem Boden lag. »Helft mir, ihn hochzuheben.«

Ryshad legte 'Gren bestimmt eine Hand zwischen die Schulterblätter. »Nein. Wir wollen ihn so wenig wie möglich bewegen.«

Ich begann wieder zu zittern, erschöpft, zu müde, um jetzt auch noch einen Streit zwischen Ryshad und Sorgrad zu ertragen, zu verängstigt und zu wütend, um diesen undankbaren Ziegen zu sagen, was ich von ihnen hielt, zu wütend auf mich selbst dafür, dass ich jemals vorgeschlagen hatte, auf diese gottverfluchten Inseln zurückzukommen.

»Shiv«, sagte ich mühsam. »Benutz diesen Scheiß-Nexus und bring uns nach Hause.«

Obwohl mir sofort die Galle in die Kehle stieg unter dem Ansturm der Magie, hieß ich die Übelkeit willkommen.

# Kapitel 9

An Keran Tonin, Mentor der Universität zu Vanam,
von Casuel D'Evoir, wohnhaft im Hause D'Olbriot,
Toremal, durch die Güte des Auserwählten.

Hochverehrter Mentor Tonin, meine besten Wünsche.

Meine Forschungen in jenen Archiven, die bis zum Chaos zurückreichen, fördern immer wieder Dokumente von beträchtlichem Interesse zu Tage. Ich lege Euch die Abschrift eines offenen Briefes von Hafrein Den Fellaemion bei, der während der letzten Fürstenversammlung in der Regierungszeit Nemiths des Seefahrers zirkulierte. Es erstaunt mich nicht, dass Nemith der Letzte über solche radikalen Bestrebungen für die Kolonie Kel Ar'Ayen entsetzt war, aber vielleicht ist die Zeit gekommen, dass Temar einige dieser Wünsche in die Tat umsetzt. Ich habe deshalb auch eine Kopie an Sieur D'Alsennin geschickt für sein eigenes Archiv.

Euer bescheidenster Diener,
Casuel, Junker D'Evoir

*Hiermit tue ich kund und zu wissen allen Männern mit Mut und Tugend, dass ich kürzlich von meinen Reisen in die Weiten des Meeres zurückgekehrt bin und Neuigkeiten mitbringe, um alle, die über Tugend und Tapferkeit verfügen, zu ermutigen.*

*Ich bringe Neuigkeiten von einem unbewohnten Land jenseits des*

*Meeres, wo sich ausgedehntes Grasland, reich an Tieren und tief genug für den Pflug, zwischen großen Flüssen erstreckt, die in ihren weiten Mündungen sichere Häfen und leichten Zugang zu dichten Wäldern bieten, die voller Wild und Holz sind, das reif zum Fällen ist. Dahinter erheben sich gastliche Hügel, auf denen wir bereits Steine zum Bearbeiten, Erze zum Verhütten und in den Kiesbetten der Flüsse selbst Edelsteine gefunden haben.*

*Lasst uns uns diesem neuen Land zuwenden, das Dastennins Gnade und Saedrins Güte enthüllen, statt uns damit zu plagen, die abbröckelnden Grenzen unserer alten Provinzen zu halten angesichts rebellischer Undankbarkeit und selbstsüchtiger Bosheit. Lasst uns nicht die Kraft unserer Jugend mit Unternehmungen vergeuden, von denen sich sowohl Talagrin als auch Raeponin abgewandt haben, sodass unseren Kohorten kaum eine andere Möglichkeit blieb als ein ungeordneter Rückzug.*

*Ich lade alle Männer ein, die kühn und unerschrocken sind, mit mir zusammen dieses wilde und schöne Land zu zähmen. Wer edlen Blutes ist, aber das Land seiner Vorväter durch die langen Jahre des Darbens verloren hat, mag sein Vermögen zurückgewinnen. Kaufleute und Handwerker, die durch die jüngsten Handelsbeschränkungen verarmt sind, mögen sowohl neue Märkte als auch neue Rohstoffe finden. Das einfache Volk mit nichts weiter als seinem breiten Rücken und starken Armen wird für seine Arbeit mit unbelastetem Land belohnt, das es für sich selbst bearbeiten kann.*

*Niemand, der sich auf diese Reise begibt, darf aus falschen Hoffnungen auf Privilegien seine Pflichten vernachlässigen. Achtung muss in diesem neuen Land genauso verdient werden, wie es feststeht, dass diejenigen mit Brot und Fleisch belohnt werden, die säen und jagen. Wer seinen Verpflichtungen nachkommt oder sie gar übertrifft, wird aufsteigen, ohne von der leblosen Last überkommener Gebräuche oder von jenen zurückgehalten zu werden, die sich nicht verändern wollen. Jeder ist aufgerufen, Verantwortung sowohl für sich als auch für seine Kameraden zu übernehmen.*

*Ich verspreche keine Muße oder Luxus. Ich biete Arbeit und Schweiß. Was solche Arbeit euch einbringen wird, sind eine unbeengte Zukunft und das Recht, daraus zu machen, was ihr nur könnt, in dem sicheren Wissen, dass ihr alles, was ihr erreicht, unbeschränkt an eure Erben weitergeben könnt.*

## Suthyfer, Fellaemions Landeplatz
## 29. Vorsommer

Es gibt Söldner, die den Gleichgewichtssinn und die Koordination, die sie im Nahkampf erworben haben, auch beim Tanzen umsetzen können. Viele können das nicht, aber das scheint sie nicht aufzuhalten. Ich sah zu, wie sich verunglückte Vierecke und Kreise bildeten und wieder auflösten und rasch die Richtung wechselten, Rufe schollen über ein Sammelsurium aus Flöten und Trommeln. Eine annehmbare Nachahmung von Musik stieg in den Spätnachmittagshimmel auf, zusammen mit einem plötzlichen Ausbruch an Gelächter, als drei Söldner eine Tanzfigur besonders falsch darboten.

»Meinst du, sie kriegen es bis zur Sonnwende richtig hin?«, fragte ich belustigt. »Oder feiern wir aus irgendeinem Grund Mittsommer verfrüht?« Ich war seit Tagesanbruch mit einer Gruppe auf der Jagd gewesen und hatte nicht erwartet, bei unserer Rückkehr ein improvisiertes Fest vorzufinden.

»Nur ein bisschen Fröhlichsein, um den Doppelvollmond zu feiern.« Halice deutete mit einer ausladenden Handbewegung auf die Spieße am Ufer, an denen Minares Burschen die eindrucksvolle Ausbeute an Wildbret rösteten, die wir aus den Wäldern der Inseln geholt hatten. Rosarn und Deglain machten sich an Töpfen zu schaffen, in denen Wurzeln und Gewürze köchelten, sowie an einem großen Kessel, in dem Schellfisch garte. Brote, belegt mit allem, was die Wälder an frühen Früchten schon hergaben, wurden auf blank geschrubbten Brettern gebacken, die so aufgestellt waren, dass sie die Hitze des Feuers abbekamen.

»Trink etwas.« Halice bot mir einen Hornbecher an.

Ich schnüffelte misstrauisch, war aber angenehm überrascht vom Duft eines califerischen Roten. »Das hat Vaspret jedenfalls nicht aus Beeren, Zucker und Hoffnung zusammengebraut.«

»D'Alsennin hat die *Mahlstrom* mit allem beladen lassen, was von seinem Keller noch übrig war.« Halice deutete auf die in der Meerenge vor Anker liegenden Schiffe. »Es war reichlich Platz für die Rückreise.«

»Sie haben die Reise schnell geschafft.« Ich nahm einen zufriedenen Schluck. »Wenn Temar seinen Keller leer geräumt hat, wird er auch bei mir Wein kaufen, sobald Charoleia eine Ladung organisiert hat.«

»Du solltest besser überlegen, was du noch verladen willst«, sagte Halice erheitert.

Ich verstand nicht. »Wieso?«

Halices Grinsen wurde breiter. »D'Alsennins jüngster Erlass: Wer Luxusgüter zum Verkauf herbringt, muss für dieses Privileg mit ein paar der langweiligen lebensnotwendigen Dinge, deren Transport sich kaum lohnt, bezahlen.«

»Nägel und so was?« Ich hatte oft genug gehört, wie Ryshad darüber stöhnte, dass es an diesen Dingen mangelte. »Wessen brillante Idee war das denn?«

»Offenbar die von Großvater D'Alsennin. Anscheinend war das eine Regel, als das Haus Besitz über halb Dalasor verstreut hatte.« Halice, ganz Kriegerin, hatte ihre eigene Vorstellung von lebensnotwendigen Dingen. »Ich für mein Teil würde Bogenruten und eine Wagenladung von Pfeilen vorschlagen.«

»Ich schreibe an Charoleia«, sagte ich ohne große Begeisterung.

»Sie wird aus all diesen Neuigkeiten als Erste Vorteil ziehen.« Halice musterte den Liegeplatz. Keine Spur der Festung war mehr zu sehen, und da Ryshad beteiligt gewesen war, wirkten die ordentlich gebauten Holzhäuser, die die Trümmer der kurzen Besatzungszeit durch die Piraten ersetzt hatten, ausgesprochen dauerhaft.

»Sie besitzt reichlich Leckerbissen, um die richtigen Leute dazu zu bringen, ihre Börsen zu öffnen.« Ich blickte hinüber zu dem leeren Galgen, der sich schwarz vor dem Himmel abzeichnete. Der letzte der Gehenkten war abgeschnitten und den Haien vorgeworfen worden. »Was meinst du, wie werden die Gilden von Inglis auf die Neuigkeit von Muredarchs Tod reagieren?«

»Temar wird an ihren Stadtrat schreiben.« Halice sah belustigt aus. »Und wird die Belohnung auf Muredarchs Kopf ebenso beanspruchen, wie die Konzessionen über die Tarife darlegen, die er dafür erwartet, dass er ihnen einen solchen Gefallen getan hat.«

»Das würde Charoleia sicher auch empfehlen«, lachte ich. »Wessen Idee war das?«

»Sorgrad hat ihm vielleicht einen Tipp gegeben, aber allmählich hat er den Bogen raus. » Sie sah sich nach Temar um. »Wir passen heute Abend besser ein bisschen auf ihn auf. Er muss eine ganze Menge Unannehmlichkeiten ertränken, und dies ist die erste Gelegenheit, die er sich selbst erlaubt.«

»Der Doppelvollmond ist eine genauso gute Ausrede wie jede andere.« Jede Wette, dass dies Halices Idee gewesen war, um uns allen einen Abend mit Essen und Trinken zu gönnen, bei dem wir die Probleme der letzten halben Jahreszeit vergessen konnten. Wer konnte, würde mit den Seinen wiedervereint, wer nicht, konnte seine Trauer mit anderen teilen. Wo es möglich war, war das Eigentum zurückgegeben worden, und Temar hatte aus Muredarchs Truhen anständige Entschädigungen für die Verluste ausgezahlt. Heute Abend konnten die beiden Monde, der große und der kleine, auf ein schlichtes Vergnügen herabscheinen, und Halcarion würde uns allen einen neuen Weg weisen. Uns allen, auch den Letzten aus dem Volk von Kellarin, jetzt, da Guinalle die übrigen Schläfer von Edisgesset mit den Artefakten, die wir mitgebracht hatten, wieder aufgeweckt hatte.

Ich merkte, dass Halice mich schief ansah. »Was ist?«

»Hast du vor, in einen Weinschlauch zu krabbeln und ihn von innen fest hinter dir zuzubinden?«, fragte Halice herausfordernd.

»Nein«, antwortete ich entschieden. »Das ist der Morgen danach nicht wert, selbst wenn ich D'Alsennins besten Tropfen trinke.«

Trotzdem, stechende Kopfschmerzen und saures Aufstoßen waren ein kleiner Preis gewesen für das Vergessen, das mir der von den Söldnern geschnorrte Schnaps bei unserer Rückkehr geschenkt hatte. Ryshad hatte Halice überredet, mich in Ruhe zu lassen, hatte mich zu Bett gebracht, als ich nur noch unzusammenhängend und undeutlich redete, und hatte mir kaltes Wasser, trockenes Brot und ein Plätzchen im Schatten gesucht, wo ich meine Dummheit am nächsten Tag bereuen konnte. Er hatte Verständnis für die lähmende Angst, einzuschlafen, nur um mich als Gefangene der Zauberkunst wieder zu finden, voller Angst, dass ich beim Aufwachen immer noch in meinem eigenen Kopf eingesperrt sein könnte und jemand anders meinen Körper beherrschte. Halice nickte zufrieden und schenkte mir noch Wein nach.

»Hat er etwas über Ingella gesagt?«, fragte ich.

»Temar?« Halice schüttelte den Kopf. »Er hat sich gut gehalten, als es so weit war.«

»Rechtsprechen gehört zu den Pflichten eines Sieurs.« Ich warf unwillkürlich einen Blick zum Galgen. »Aber ich glaube, es hat ihm nicht geschadet, dass die Leute gesehen haben, wie widerwillig er eine Frau gehängt hat.«

»Nicht solange er es durchgeführt hat.« Halices Stimme war hart. »Sie wurde ohne jeden Zweifel verurteilt.«

Ingella und die anderen Überlebenden von Muredarchs Abschaum hatten sich Temars Gericht stellen müssen. Er hatte sie mit grimmiger Autorität verurteilt und uns alle beeindruckt. Nachdem die unangenehme Pflicht getan war, verdiente er so viel Wein, wie er nur wollte, um die Erinnerung an die strampelnden Verurteilten auszulöschen, die auf ihrem Weg zm Galgen jammerten und fluchten.

»Es ist nicht unsere Aufgabe, auf Temar aufzupassen«, erklärte ich Halice. »Das ist inzwischen Allins Job.«

Halice kicherte in ihren Becher. »Diese Neuigkeit am rechten Ort müsste sich für Charoleia in Gold auszahlen.«

Ich hob fragend eine Augenbraue. »Was meinst du, wie die Adelshäuser Toremals darauf reagieren, dass Temar eine Zauberin als Geliebte hat?«

»Wir sind auf der anderen Seite des Ozeans, und es gibt nichts, was sie dagegen tun könnten«, sagte Halice mit ausgesprochener Genugtuung.

»Heiraten sie zum Sonnwendfest?«, fragte ich. »Hier oder in Vithrancel?« Das würde jedem Fürsten zuvorkommen, der Ärger machen wollte, aber ich hatte nun mal das Gefühl, dass Allin etwas Besseres verdiente als so eine überstürzte Geschichte.

»Nein, zur Herbst-Tagundnachtgleiche«, erzählte Halice. »Mit allen Ehren für Drianon in altem Stil, und alle Sieurs und ihre Damen und Junker werden nach Vithrancel eingeladen.«

»Und sie sollen ihr bestes Angebot für den neuen Handel mitbringen«, fuhr ich fort.

»Und ihre Reise hier unterbrechen, damit sie sehen, dass

diese Inseln wirklich und wahrhaftig beansprucht sind«, schloss Halice. »Jeder der diesen Punkt anfechten will, darf damit rechnen, dass ihm Zauberfeuer die Zehen verkohlt.«

»Obwohl niemand das natürlich so krass sagen würde. Es könnte ein interessanter Ort werden, in ungefähr einem Jahr«, überlegte ich.

»Vor allem, wenn Usara Nachrichten aus Hadrumal mitbringt«, stimmte Halice zu. »Hast du Guinalle heute schon gesehen?«

Ich schüttelte den Kopf. »Nicht, dass ich wüsste.«

»Gehst du ihr aus dem Weg?« Halices Worte waren eine Mischung aus Frage und Vorwurf.

»Sie hat dafür gesorgt, dass Pered sich anständig um die Verwundeten kümmerte, während sie weg war.« Ich konnte selbst hören, wie wenig überzeugend mein Protest klang. »Oder sie debattiert dauernd mit Usara über magische Übereinstimmungen.«

»Genau das haben sie gemacht, was?« Halice grinste. Ich fragte mich, wie lange es wohl dauern würde, bis die Demoiselle begriff, dass die fröhliche Befriedigung, die morgens in Usaras Gesicht leuchtete, solche Ausreden überflüssig machte. In der Zwischenzeit ließ Halice meine eigene Ausrede nicht zu. »Sie verdient einen Schluck, ehe der ganze gute Wein weg ist. Such sie und gib ihr dies. Ich hole etwas zu essen.« Sie reichte mir den Wein und ging davon, ehe ich widersprechen konnte.

Ich schwenkte die dickbauchige Flasche an dem langen Hals und überlegte, ob ich sie jemand anderem geben sollte. Pered und Shiv standen Arm in Arm an der Tanzfläche und scherzten mit zurückhaltender Freundlichkeit mit denen, die die Piraten überlebt hatten und so gut sie konnten versuchten, auch fröhlich zu sein. Guinalle würde diejenigen trösten, deren Erinnerungen noch zu frisch und schmerzhaft waren. Halice hatte natürlich Recht, verdammt! Die Demoiselle verdiente einen Schluck, und wenn sie den Mund voll Wein hatte, konnte sie mich auch nicht nach meinen Gedanken über die Zauberkunst der Elietimm ausfragen, in die sie mich hineingezogen hatte. Es war Zeit, dass Guinalle akzeptierte, dass ich keine Meinung dazu hatte, abgesehen davon, fest entschlossen zu sein, mich nie wieder darin verfangen zu wollen. Als ich den Hang zum Wald hinaufstieg, merkte ich, dass ich die Flasche so hielt, als wollte ich damit eine Wirtshausschlägerei veranstalten. Ich änderte meinen Griff, ich würde kaum damit die Wahrheit in Guinalles Schädel hämmern können. Ich würde mich in Ruhe mit Usara unterhalten, wenn er wiederkam, und Ryshad bitten, ein paar Anmerkungen fallen zu lassen.

Ich hörte, dass in der Hütte mit dem Zeltdach, in der Guinalle wohnte, ein Gespräch stattfand und blieb stehen, sodass ich von der Tür aus nicht zu sehen war.

»Alle sagen, sie wüssten genau, wie ich mich fühlen müsste.« Naldeths Stimme war gallebitter.

»Wie können sie das?« Guinalle war so ungerührt wie immer. Nein, das war nicht gerecht, ich hatte sie in letzter Zeit sogar lächeln sehen, und die Farbe auf ihren Wangen war garantiert Usara zu verdanken. »Obwohl ich genauso abgeschnitten von dem Leben war, das ich gekannt hatte, wie dir dein Bein genommen wurde.« Es erstaunte mich, Guinalle so offen sprechen zu hören. »Falls du aus meinen Fehlern lernen kannst, wie man damit umgehen kann, dann kannst du dir selbst einigen Kummer ersparen.«

»Bei dir klingt das so leicht.« Die Antwort des Magiers war nicht weit von einer Beleidigung entfernt.

»Es ist das Schwierigste, was ich je getan habe«, gab Guinalle zurück. »Aber die einzige andere Möglichkeit ist Verzweiflung, und du bist genauso wenig ein Feigling wie ich.«

»Ich habe nicht deine Kraft, werte Dame«, sagte Naldeth mit tränenerstickter Stimme.

»Dann nimm die Kraft derer, die bereit sind, sie dir zu geben«, sagte Guinalle leise. »Weine nicht dem nach, was verloren ist und quäle dich nicht mit Dingen, die sich nicht ändern lassen. Schließ nicht die Menschen aus, die dir helfen wollen. Wenn das der Preis dafür ist, die Tür vor Schmerz und Bedauern zu verschließen, ist er es nicht wert.«

»Ich kann nicht zurück nach Hadrumal«, sagte Naldeth trostlos. »Ich kann nicht mit den Fragen, dem Mitleid leben, wie die Leute an den Ecken flüstern ...«

»Sprich mit Usara darüber«, sagte Guinalle brüsk. »Außerdem, wer sagt, dass du nach Hadrumal zurückgehen musst?«

»Ich kann mir kaum ein neues Leben in Kellarin auf einem Bein mit einer Krücke aufbauen.« Naldeths unberechenbare Stimmung schwenkte wieder Richtung Zorn. »Die Leute werden Muredarchs Werk bis zum Ende meiner Tage sehen. Du hättest genauso gut sein Brandzeichen auf meiner Brust hinterlassen können.«

Sie konnten beide etwas zu trinken vertragen. Ich ging davon und kam dann wieder näher, wobei ich ein Stück der Tanzmelodie vor mich hinsummte, die am Ufer gespielt wurde.

»Halice möchte, dass ihr auch etwas abbekommt.« Ich steckte meinen Kopf durch die Tür und wedelte fröhlich mit der Flasche. »Gibt es hier auch Gläser, die nicht für Arzneien gebraucht werden?«

»Ich kann ein paar holen.« Guinalle erhob sich von der Bettkante, wo Naldeth mit einer zusammengerollten Decke im Rücken saß. Minare trug ihn jeden Morgen trotz seines Widerstandes hierher. Guinalle war entschlossen, den Magier nicht seiner Einsamkeit zu überlassen, damit er über seinen Wunden brütete.

»Du könntest Halice nach ein paar Tricks fragen, wie man damit umgeht.« Ich deutete auf die Krücke, die in der Ecke stand, unberührt, seit Ryshad sie dorthin gestellt hatte.

»Sie hat das wahrscheinlich inzwischen vergessen.« Das klang schon wieder bitter.

»Sie ist fast ein ganzes Jahr lang mit dem Ding herumgelaufen«, sagte ich mit Nachdruck. »Und hat sich gefragt, was sie mit ihrem Leben anfangen sollte. Ein verkrüppelter Söldner hat herzlich wenig Möglichkeiten im Vergleich zu einem Magier. Du brauchst nicht beide Füße am Boden, um Magie ausüben zu können.«

»Ich weiß nicht, ob du eine gute Krankenschwester bist oder nicht, Livak.« Guinalle wandte sich von der Truhe ab, die ihre Tinkturen und Salben enthielt. »Werden deine Patienten einfach deshalb gesund, um deiner aufmunternden Art zu entkommen?«

Das brachte ihr ein widerwilliges Lachen von Naldeth ein, also ließ ich der Dame ihren Sarkasmus, vor allem, weil ich in ihren Augen berechnenden Humor erkannte.

»Genießt ihn.« Ich stellte die Flasche hin und lehnte dankend ab, als Guinalle meinen Becher noch einmal füllen wollte. »Nein, trotzdem danke. Ich werde Ryshad suchen.«

Ich schlenderte davon, ganz zufrieden mit meiner Flucht. Ich hatte getan, worum Halice mich gebeten hatte. Ich würde ihr sagen, dass Guinalle mit Naldeth beschäftigt war, und vorschlagen, dass sie half, den Zauberer wieder auf die Füße zu bekommen – na ja, auf Fuß und Krücke. Falls Guinalle fand, dass ich zu grob war, sollte sie mal Halice sehen, wie sie jemanden aus seiner Trübsal zerrte. Ich hatte schon Söldner gesehen, die halb tot waren und die sich hinsetzten und ihr Aufmerksamkeit schenkten, wenn auch nur, weil sie lieber Halice gehorchten, als vor Poldrion zu erscheinen.

Das brutzelnde Fleisch duftete verlockend. Minare und ich

hatten eine Wette abgeschlossen, wie die hasenlippigen Tiere, die Vaspret in den schmalen Tälern beim Fressen gefunden hatte, wohl schmecken würden. Minare vermutete ähnlich wie Kaninchen, ich schätzte eher nach Wildbret.

»Livak!«, rief Sorgrad mir zu und schwenkte eine Flasche. Er und 'Gren lehnten an einem Stapel Feuerholz, das jeder täglich suchen musste. Ryshad hatte Leute beauftragt, die Stapel mit einer Haube aus Reisig abzudecken, um sie vor Regen zu schützen.

»Einen Schluck?«, fragte 'Gren.

Ich schüttelte den Kopf. »Was habt ihr beide heute getrieben?«

»Mit Pered und Shiv geredet.« 'Gren kratzte sich abwesend die Seite, wo die Wunde, die ihn eigentlich hätte umbringen müssen, noch immer juckte, während sie heilte. »Hast du gesehen, was sie für das Innere des Schreins planen?«

»Du meinst, du hast Pered abgelenkt, wo er doch Listen für D'Alsennin aufstellen sollte.« Sorgrad warf mir einen sardonischen Blick zu. »Pered redet davon, bei Guinalle Zauberkunst zu studieren, er schätzt, aus ihm könnte ein Adept werden.«

»Das wird ja ein lebhafter Haushalt.« Ich zuckte die Achseln. »Ich wünsche ihm und Shiv viel Glück mit Magie und Zauberkunst unter einem Dach.«

»Angst?«, neckte 'Gren.

»Ziemlich viel«, gab ich zu. »Waldtricks sind ja gut und schön, aber die Demoiselle kann ihre Höhere Zauberkunst gern für sich behalten und damit basta. Ich stecke lieber sicher in meiner eigenen Haut und mit beiden Füßen fest auf dem Boden, vielen Dank.« Ich wandte mich an Sorgrad. »Was ist mit dir? Hast du Geschmack an Zauberei gefunden? Werden wir dich nach Hadrumal verabschieden?«

Er schnappte nicht nach dem Köder, sondern lächelte nur

faul. »Ich warte ab und sehe, welche Nachrichten 'Sar von Planir mitbringt.«

»In Lescar müsste es einen Krieg geben, der es wert wäre«, bemerkte 'Gren. »Sobald wir herausfinden, welche Seite das meiste Geld hinter sich hat. Ich möchte auch gerne sehen, welchen Preis wir für diese roten Steine bekommen können, die Olret uns gab.«

»Eine halbe Jahreszeit Ruhe und Frieden, und schon langweilst du dich wieder«, spottete ich. »Du weißt einfach nicht, wann es dir gut geht.« Ich war zu dem Schluss gekommen, dass Langeweile mehr Vorzüge hatte, als ich zugeben wollte. Außerdem sagte Mutter immer, wer sich langweilt, sucht nur nicht gründlich genug nach etwas zu tun. Ich fing langsam an zu glauben, dass sie Recht hatte. Wohlgemerkt, ich dachte nicht an Dinge, die sie immer gern vorschlug: Messing putzen, Wäsche stopfen oder Kamingitter schwärzen.

»Ich könnte an Lessay schreiben, falls jemand eine Ahnung hat, wohin ich schreiben müsste«, überlegte Sorgrad.

'Grens Gedanken waren schon weitergezogen. »Sie brauchen noch jemanden für diese Runde. Pass auf meinen Wein auf, 'Grad.«

»Diese Wunde hält ihn also nicht zurück.« Ich sah ihm zu, wie er sich geschickt vor einem Mädchen verbeugte, das sich unsicher nach einem Partner umsah. »Und wohl auch nicht die Vorstellung, dass er jetzt eigentlich tot auf den Eisinseln liegen müsste?«

»Du kennst doch 'Gren«, sagte Sorgrad leichthin. »Wo kein Verstand ist, ist auch kein Gefühl.«

Das scheue Mädchen blühte unter 'Grens Charme auf. »Ich nehme an, sie hatte noch keine Gelegenheit zu erfahren, wie viel sie ihm verdankt, seine Narbe zu sehen und sie zu küssen, damit sie besser verheilt?«

Sorgrad nickte. »Aber sie sieht wieder viel besser aus, nicht?«

Ich musterte das Mädchen, aber außer einer vagen Erinnerung an hysterisches Weinen, konnte ich sie nicht unterbringen.

»Guinalle hat ziemlich viel für die am übelsten Missbrauchten getan«, fuhr Sorgrad fort. »Sie hat den Erinnerungen die Schärfe genommen und die Träume abgemildert. Scheint so, als könne Zauberkunst den Geist ebenso heilen wie den Körper.«

»Ich bin trotzdem nicht interessiert«, erklärte ich fest.

»Das wird Ryshad freuen.« Jetzt war es an Sorgrad, mir einen Köder hinzuwerfen.

»Wann hast du das letzte Mal gesehen, dass ich mich hinter den Wünschen eines Mannes verstecke?« Ich stülpte meinen leeren Becher auf seine Weinflasche. »Du wirst mich nicht dazu überreden, zu Guinalles Füßen zu sitzen und Unterricht zu nehmen, nur damit du eine Ausrede hast, um mit Shiv und 'Sar über Magie zu quatschen.«

»War einen Versuch wert.« Sorgrad grinste ungerührt.

Ich beobachtete, wie 'Gren fröhlich das dunkelhaarige Mädchen herumwirbelte. »Es macht ihm wirklich nichts aus, oder?«

»Wie soll ich etwas trinken, wenn mir jeder irgendwelche Sachen zum Festhalten gibt?« Sorgrad runzelte die Stirn über die Becher und die Flasche in seiner Hand. »Was? Nein, du kennst doch 'Gren. Die Zukunft liegt nicht darin, dass man in die Vergangenheit schaut, sagt er immer.«

»Eine vernünftige Philosophie, meistens jedenfalls«, gab ich zu. »Aber ein bisschen Vorwärtsplanen schadet auch nicht.«

»Worte, die Ryshads Herz erwärmen werden«, spöttelte Sorgrad.

Ich biss noch immer nicht an. »Sein Vater ist Steinmetz, 'Grad. Pläne zu machen bedeutet, dass das Haus nicht über deinem Kopf zusammenbricht.« Alles rings um uns war beinahe zusammengebrochen. Es war höchste Zeit, dass ich wieder zu einem Leben zurückkehrte, wo das größte Risiko im Fall der Runen und dem Gewicht meiner Börse bestand.

»Wo ist er?« Sorgrad prüfte die lebhafte Szene am Wasser. »Du gehst besser und suchst ihn und sagst ihm, es gibt was zu essen.«

»Trink den guten Wein nicht ganz allein.« Ich sah mich um, konnte Ryshad aber unter den Tanzenden oder der hungrigen Meute an den Feuern nicht entdecken.

»Versuch's doch mal am Schrein«, meinte Sorgrad achselzuckend.

## Die Inselstadt Hadrumal
## 29. Vorsommer

Die volle Nachmittagshitze brannte auf Hadrumals Dächer hinab, ließ silbrigen Staub von den Schieferdächern aufsteigen und tönte das Mauerwerk golden. Planir stand an seinem Fenster und blickte auf das bunte Treiben im Hof hinunter. Lehrlinge eilten mit Aufträgen vorbei, die sie von ihren Meistern erhalten hatten. Magier, die in den Status eines Studenten erhoben worden waren, gingen langsamer zurück zu ihren Unterkünften, niedergedrückt von sorgfältig gehegter Würde und den schweren Büchern, die viele bei sich trugen. Kleidungsstil und eine allgemeine Vorliebe für Grundfarben waren allen gemeinsam, aber Schnitt und Qualität des Tuches unterschieden unvermeidlich diejenigen, die in größeren Wohlstand hineingeboren waren und deren Familien nicht zulassen wollten, dass der Zufall einer Magiegeburt sie voneinander entfernte.

In schlichteren Kleidern und ohne etwas von den erhabenen Belangen der Zauberer zu wissen, kam und ging das einfache Volk von Hadrumal, Wäscherinnen, Dienstmädchen, Lehrjungen, die etwas lieferten oder abholten, damit weltliche Angelegenheiten diejenigen mit einer Affinität Privilegierten nicht vom Studium ihrer geheimnisvollen Berufung ablenken konnten.

Planir sah mit kalter Miene zu. Als es an der Tür klopfte, rührte er sich nicht. »Herein.«

Usara trat ein. »Erzmagus.« Er trug Alltagshosen in verwaschenem Braun und ein langärmeliges Hemd unter einem hellbraunen Lederwams mit beinernen Knöpfen. Beides war für einen Mann geschnitten worden, der in der Taille kräftiger und in den Schultern breiter war. Über seiner Schulter hing eine einfache Ledertasche an einem geflochtenen Riemen.

»'Sar.« Planir rührte sich noch immer nicht. »Ich hörte, dass du zurück seist.«

»Erst seit einem Tag. Ich musste dir einiges bringen.« Usara ging zum Tisch, dessen leere Oberfläche so sorgfältig poliert war, dass sie glänzte. Der ganze Raum war blitzsauber und ordentlich. »Diesen Brief zum einen.«

Planir wandte den Kopf. »Von wem?«

Usara zuckte bei der Besorgnis und dem Hunger im Gesicht des Erzmagiers zusammen. »Nur von Temar.«

Planir brachte ein kaltes Lächeln zu Stande. »Was kann ich für den Sieur D'Alsennin tun?«

»Ich vermute, er bittet um deine Erlaubnis, Allin heiraten zu dürfen.« Usara legte den versiegelten Brief auf den Tisch. »Er hält dich für denjenigen, den er fragen sollte.«

Planir starrte wieder aus dem Fenster. »Es war immer die Pflicht des Erzmagiers, sich um die zu kümmern, die in Hadrumal Unterweisung und Rat suchten.« Seine Stimme war heiser vor Selbstvorwürfen.

Usara nahm eine kleine Kupferurne aus seinem Rucksack und stellte sie mit sanfter Hand auf den Tisch. Das rundliche Gefäß war mit leuchtenden emaillierten Blättern und Vögeln verziert, der nicht ganz passende Deckel mit Wachs und Kordel gesichert.

Planir drehte unwillkürlich bei dem leisen Geräusch den Kopf. »Larissa?«

»Sie hat zahllose Leben gerettet.« Traurig betrachtete Usara die Urne. Er griff unter sein Hemd und zog ein Band über den Kopf. Der Silberring war sicher daran geknotet. »Wir hätten niemals Zauberkunst und Magie zusammen anwenden können ohne dies, und wir hätten diese Frauen nicht vor Olret retten können.«

»Worüber ich als Erzmagier natürlich froh sein müsste.« Planir drehte sich wieder zum Fenster um. »Verzeih mir. Noch kann ich die positiven Auswirkungen nicht schätzen, dass ich die Frau, die ich liebte, an einen entsetzlichen Tod verloren habe.«

»Halice hat uns die Urne gegeben. Offenbar hat sie immer eine dabei, da sie davon ausgeht, dass sie früher oder später getötet wird.« Usara legte den Ring auf den Tisch. »Temar möchte eine der Suthyfer-Inseln nach Larissa benennen. Wir haben einen Schrein gebaut, und es wird ihrer dort ehrenvoll gedacht werden, wenn ihre Asche dort ruhen soll.« Er zögerte. »Aber ich dachte, du hättest sie vielleicht lieber hier. Das musst entscheiden.«

»Meine letzte Pflicht als ihr Erzmagus?« Schmerz durchbrach Planirs Sarkasmus.

»Dein Recht als ihr Geliebter«, sagte Usara leise.

»Ist das alles?«, fragte der Erzmagier knapp.

»Nein.« Usara fuhr sich mit der Hand über sein nicht vorhandenes Haar. »Verzeih mir, aber ich habe Kalion und Troanna auch hergebeten.«

Planir starrte ihn finster an. »Das wird meinen Tag ja dann abrunden.«

Usara straffte die schmalen Schultern. »Ich habe euch allen etwas zu sagen, in eurer Eigenschaft als Erzmagus und Elementmeister.«

»Ach, wirklich?« Ein Funken Interesse kämpfte sich durch die Trauer, die Planirs graue Augen umschattete. »Dass Kalions Traum einer engeren Verbindung mit dem Kaiserlichen Tormalin jetzt wahr werden könnte, da Temar endlich begriffen hat, dass die kleine Allin ihn schon seit fast einem Jahr liebt?«

Usara wurde unter seinem blonden Bart rot. »Ich hege auch Hoffnungen, in dieses Haus einzuheiraten.«

»Ja?« Planir lächelte schwach. »Guinalle hat dich akzeptiert?«

»Ich habe sie nicht richtig gefragt«, gestand Usara. »Noch nicht.«

»Temar ist ihr rechtmäßiger Oberherr.« Planir ging zu dem hochlehnigen Stuhl vor dem Kamingitter und winkte Usara in den anderen. »Du wirst ihn um ihre Hand bitten müssen. Soll ich ihm sagen, dass er Allin nicht heiraten darf, wenn er dich ablehnt?« Die Vorstellung ließ den Erzmagier überrascht auflachen.

»Daran hatte ich gar nicht gedacht.« Usara wirkte schockiert. »Dass Temar Rechte in dieser Angelegenheit hat, meine ich.«

Eilige Schritte erklangen auf der Treppe.

»Kalion ist unterwegs.« Planir setzte sich mit berechneter Sorgfalt zurecht und nickte Usara zu, das Gleiche zu tun. »Ich hatte auch nicht angenommen, dass er lange brauchen würde.«

Usara tat sein Bestes, um die lässige Haltung des Erzmagiers nachzuahmen, doch die Anspannung machte ihn steif wie den Schürhaken in dem leeren Kamin. Als die Stille im Zimmer nur durch die sich nähernden Schritte unterbrochen wurde, wurde er blass vor Entschlossenheit.

»Herdmeister, herein.« Planir winkte, als Kalion mit rotem Gesicht und schwer atmend an der Tür ankam. »Troanna, nimm doch Platz.«

Die Flutmeisterin marschierte an Kalion vorbei, der noch immer versuchte, wieder zu Atem zu kommen. Abgesehen von einer kräftigen Farbe in ihrem runden Gesicht zeigte sie kein Anzeichen ungebührlicher Hast. »Usara, welch angenehme Überraschung.« Sie setzte sich auf einen der steifen

Stühle am Tisch und warf einen Blick auf den Brief, die Urne und den Ring. Ihre Miene wurde nachdenklich.

Kalion ließ sich schwer auf einen Stuhl neben ihr fallen. »Usara.« Er hielt inne, um wieder Luft zu holen. »Ich sollte dir sagen, in aller Freundschaft, dass ich ernsthafte Bedenken über deine Eignung für ein Amt hege. Ich kann unmöglich deine Nominierung dem Rat übermitteln, ohne sie ihm mitzuteilen.«

Usara runzelte verblüfft die Stirn. »Ich bitte um Verzeihung?«

Kalion sah Planir an. »Es geht doch um den Steinmeister, oder?«

»Du hast mich nominiert?«, staunte Usara.

Planir lächelte rätselhaft. »Usara hat euch hergebeten. Wie es scheint, hat er uns allen etwas zu sagen.« Er warf Usara einen herausfordernden Blick zu.

Usara hob das Kinn. »Ich war mir nicht bewusst, dass ich auch nur als Steinmeister in Betracht gezogen werden könnte, aber mit allem Respekt – und aufrichtigem Dank –, ich hätte eine solche Ehre auch abgelehnt.«

»Was?«, schrie Kalion auf. Die Auswirkung von körperlicher Anstrengung und Empörung verhinderten, dass er weitersprechen konnte.

Troanna schlug ihm auf den Arm. »Lass ihn reden.«

»Ich bin gekommen, um euch zu sagen, dass ich in Suthyfer bleiben werde, ebenso wie Shiv und Allin.« Usara räusperte sich.

»Dann wünschen wir dir alles Gute.« Troanna machte Anstalten aufzustehen.

»Und wir werden jeden Magier willkommen heißen, der mit uns zusammen sowohl Elementmagie als auch Zauberkunst studieren will.« Usara sprach ein wenig schneller als sonst. »Wir wollen eine Halle für die Erforschung der Magie in all ihren Erscheinungsformen gründen. Wir fangen an, indem wir unsere verschiedenen Fähigkeiten nutzen, um dabei zu helfen, neue Siedlungen in Suthyfer und Kellarin zu bauen. Ich werde dies den hiesigen Hallen bekannt geben, ehe ich wieder abreise.«

Kalion riss den Mund auf. »Ich verbiete es!«

»Verzeih mir, Herdmeister, aber dazu hast du kein Recht.« Usara sah Planir an. »Und soweit ich weiß, brauchen wir auch deine Erlaubnis nicht, aber wir würden uns freuen, wenn wir deinen Segen hätten.«

»Es ist die Pflicht eines Erzmagiers, alle Auswüchse in der Zauberei zu unterbinden«, wütete Kalion. »Wenn die Errichtung einer mit Hadrumal rivalisierenden Halle kein Auswuchs ist, dann wüsste ich gern, was einer sein soll!«

»Schsch.« Troannas Finger krallten sich so fest in Kalions Arm, dass sie ihm das Wort abschnitt. »Siehst du dein Unternehmen als Konkurrenz zu Hadrumal, Usara? Nur mit euch dreien und ein paar Unzufriedenen, die ihr überreden könnt, sich einem Risiko auszusetzen?«

»Ganz und gar nicht, Flutmeisterin. Wir wollen eher das Lernen hier ergänzen.« Der Magier deutete mit der Hand auf die nicht zu sehenden Hallen und Höfe jenseits des Fensters. »Hier gibt es eine solche Unmenge an Wissen, dass es neue Denkweisen geradezu ersticken kann. Jeder Lehrling mit einer eigenwilligen Idee neigt eher dazu, die Bibliotheken zu durchforsten nach einem Hinweis, dass jemand diese Idee schon vorher einmal ausprobiert hat, als sie tatsächlich weiterzuverfolgen. Wenn sie nichts in dem gesammelten Wissen von Hadrumal finden, das sie leiten könnte, geben sie nur allzu oft die Idee ganz auf.«

»Dann hältst du dich für klüger als alle Magier, die ihr Leben mit dem Studium verbracht haben, um dir und deinen rücksichtslosen Freunden gerade die Fertigkeiten zu vermitteln, um deine angeborene Magie zu beherrschen?«, erboste sich Kalion.

»Wir wollen diese Fertigkeiten nutzen, um die Zauberei voranzubringen«, gab Usara zurück. »Was sich nicht immer machen lässt, wenn die gewichtigen Traditionen Hadrumals leider jede Initiative unterdrücken.«

»Das ist eine schwerwiegende Anschuldigung«, sagte Troanna streng. »Über welche Art von Initiative reden wir hier? Die verrückten Verwüstungen einer Bedrohung wie Azazir?«

»Selbstverständlich nicht«, antwortete Usara gepresst.

»Kannst du uns von einer guten Idee berichten, die ins Nichts gelaufen ist?«, fragte Planir milde, die Finger unter dem Kinn verschränkt, entspannt in seinem Stuhl sitzend.

Usara holte tief Luft, ehe er antwortete. »Denk doch mal an Casuel, Erzmagier. Als Temar und der Sieur D'Olbriot letztes Jahr angegriffen wurden, verhinderte er das Entkommen der Angreifer, indem er die Reben eines gemeißelten Steintors wachsen ließ, sodass sie ihre Hände und Füße fesselten. Es war höchst eindrucksvolle Magie, und ich würde zu gern wissen, wie er das fertig gebracht hat, aber er hat keine klare Vorstellung davon. Schlimmer noch, er weigert sich, es noch einmal zu versuchen ohne Zustimmung aus den Aufzeichnungen eines toten Zauberers, der ihm versichert, dass es sicher ist.«

»Du beabsichtigst, jede wilde Idee auf diesen Inseln Amok laufen zu lassen?« Troanna sah Usara streng an. »Werdet ihr euch genügend fern von D'Alsennins Volk halten, damit ihr nicht alle in Flammen und Verwirrung aufgeht?«

»Wir werden jede Vorsichtsmaßnahme gegen Torheit ergreifen, Flutmeisterin«, antwortete Usara steif. »Wir werden alle Sicherheitsvorkehrungen anwenden, die sich hier schon so lange bewährt haben. Wir wenden Hadrumal nicht den Rücken zu, sondern entfernen uns nur einen Schritt.«

Planir erwiderte so rasch, dass er Kalions heftiger Entgegnung zuvorkam: »Du hast da einen interessanten Punkt mit Casuel angesprochen. Er hat nie wirklich sein Potenzial begriffen, nicht wahr?« Der Erzmagus sah von Kalion zu Troanna. »Er ist nicht der Erste, den wir unglücklich und eingeschüchtert sehen von all diesen schlecht konzipierten und fehlinterpretierten Legenden, die hier an diesem Ort kleben.«

»Casuel war von seinen eigenen Unzulänglichkeiten verdreht, ehe er auch nur einen Fuß an diese Ufer gesetzt hat«, fauchte Kalion.

»Vielleicht«, gab Planir zu. »Aber wer sagt denn, dass er diese nicht hinter sich gelassen hätte, wenn er sich nicht von Vorgängern umringt gesehen hätte, denen er es nie gleichtun zu können glaubte? Was ist mit Ely, Kalion? Sie hält sich zurück aus Angst zu versagen.« Er fixierte den Herdmeister mit strengem Blick. »Sie hat eine so starke Affinität wie ich selten eine gesehen habe, gibt sich aber damit ab, Gerüchte zu verbreiten und das Leben anderer mit ihrem Klatsch zu vergiften. Um gerecht zu sein, auch wenn ich das Mädchen nicht leiden kann, glaube ich einfach nicht, dass sie dafür geschaffen ist, über die Fehler und Vorzüge von Theorien zu debattieren. Sie könnte viel mehr leisten, wenn sie mehr Freiheiten hätte, ihre Fähigkeiten so einzusetzen, wie sie es am besten kann.« Seine Worte waren schneidend. »Sag mir, Troanna, wie viele Lehrlinge haben es nicht geschafft, deinen Anforderungen zu genügen oder haben dich enttäuscht, indem sie sich für den begrenzten Bereich eines Wald- und Wiesenmagiers entschieden? Ich habe viel zu viele davonhuschen sehen zu einer weltlichen Stadt einen halben Tagesmarsch von der nächsten Hauptstraße entfernt, weil sie dort aufgewachsen sind und weil sie sich nicht an die erhabenen Hallen und Befindlichkeiten Hadrumals gewöhnen konnten.«

»Einer ist schon einer zu viel«, sagte Troanna knapp. »Das gestehe ich dir zu.«

»Du kannst ein solches abtrünniges Unternehmen nicht gutheißen«, rief Kalion. »Ich werde es nicht zulassen. Der Rat wird es nicht zulassen!«

»Und wie will der Rat das verhindern?«, fragte Planir mild. »Keiner der Grundsätze, die Trydek für diesen Ort niedergelegt hat, verbietet Magiern ein anderes Zentrum der Gelehrsamkeit einzurichten. Keiner dieser Grundsätze berechtigt den Rat, gegen andere Magier einzuschreiten. Das ist die Aufgabe des Erzmagiers.«

»Nach Beratung mit dem Rat«, schnappte Kalion.

»Um zu gewährleisten, dass er sich nicht zu einem Kurs magischer Tyrannei verlocken lässt«, nickte Planir. »'Sar und Shiv zu verbieten, die Bandbreite magischen Lernens zu erweitern, klingt für mich unangenehm nach Tyrannei.«

»Alle Magier haben sich Hadrumals Autorität zu unterwerfen.« Kalion starrte Planir finster an.

»Und diese Autorität begründet sich auf Zustimmung, wie du mich so gern erinnerst.« Planir setzte sich gerader hin und blickte ernst. »Falls sie ohne guten Grund missbraucht wird, verschwindet diese Zustimmung wie Schnee in der Sonne. Wo steht die Zauberei dann?« Er stach herausfordernd mit dem Zeigefinger nach Kalion. »Du bist doch so darauf bedacht, dass die Magie in der Außenwelt anerkannt wird. Wenn man sieht, wie die Zauberei Menschen in ihrem täglichen Leben hilft, wird das nicht die Ängste und den Aberglauben lindern, statt uns zu verteufeln? Mächtige Magier von einer verborgenen Insel, die nur reisen, um sich mit Herren einzuschließen, die bereits die Macht über Leben und

Tod in Händen halten, beruhigen die Allgemeinheit nicht gerade. Ich kann mir auch andere Vorteile vorstellen. Zauberer inmitten dessen, was ein starkes Handelsnetz zu werden verspricht, befinden sich an einem sehr guten Ort, um von Zwietracht oder Harmonie unter den Mächten des Kontinents zu hören.«

Kalion suchte verzweifelt nach einer Antwort, und so fuhr Planir unbarmherzig fort.

»Nicht alle sind geschaffen für die Lehren Hadrumals, aber das schändet es nicht oder wertet es herab. Das Studium wird immer seinen Platz haben, Kalion, ich glaube nicht, dass wir uns von 'Sars neuem Unternehmen bedroht fühlen müssen. Genau genommen wird es sich selbst als Studium erweisen und Papiermachern und Buchbindern Lohn und Brot verschaffen. Hat Sannin mit euch über ihre Idee gesprochen, dass die Fähigkeit für Magie sich mit ihrem tatsächlichen Gebrauch verstärkt? Sie wird fasziniert beobachten, was bei 'Sars Unterfangen herauskommt.« Er warf einen Blick zu Usara. »Rafrid und Herion würden bestimmt gern ein Glas Wein mit dir trinken, ehe du gehst. Sie sind daran interessiert zu erforschen, wie sich Magie verbinden lässt, sei es in einem formalen Nexus oder in weniger strukturierten Anwendungen. Du und Shiv, ihr solltet ihnen berichten, was ihr dabei gelernt habt, auch wenn bei euch viel Glück und Zufall im Spiel war.« Planirs Tonfall war leicht tadelnd, doch das gefiel Kalion nicht, in dessen Gesicht das Misstrauen immer noch die Oberhand über seine Empörung hatte.

Troanna hatte andere Bedenken. »Diese Halle, oder wie ihr das auch nennt, würde also auch ein Ort für das Studium der Zauberkunst sein?«

»Du hast doch ganz klar zum Ausdruck gebracht, dass du solche Studien hier für eine sinnlose Ablenkung halten würdest«, antwortete Planir barsch. »Außerdem, wenn eine solche Halle unter D'Alsennins Schirmherrschaft in Suthyfer gegründet würde, hätte der Kaiser keinen Grund, eine neue Universität ins Leben zu rufen. Als Konkurrenz zu Hadrumal würde ich mir größere Sorgen um eine Schule für Zauberkunst machen, zu der wir keine Verbindungen hätten, als um Shivs und Usaras Unterfangen, in dem bewährte und zuverlässige Freunde beide Disziplinen unterrichten.«

»Wir beabsichtigen, alle Ähnlichkeiten und Unterschiede zwischen Ätherzauber und unserer eigenen Magie zu erforschen«, sagte Usara fest.

Kalion schnaubte verächtlich.

»Meinst du nicht, dass das ein erstrebenswertes Ziel ist?«, fragte Planir. »Willst du nicht wissen, wie du dich vor dem lebenden Tod retten könntest, den Otrick erlitt, oder dem tödlichen Schock, der auf Larissa zurückprallte? Ich wette, jeder andere Magier in Hadrumal wäre dankbar für solches Wissen. Eine ganze Reihe werden es zu schätzen wissen, dass die Elietimm sich mit ihrem Hass noch auf etwas anderes konzentrieren können, falls es je wieder so weit kommt. Ich freue mich gewiss über jedes Bollwerk gegen einen Angriff und über eine Zuflucht, falls Hadrumal selbst je niedergeschlagen wird. Wir sitzen alle in einem Boot, Kalion. Uns mit Nebel und Magie zu verbergen ist schön und gut, aber du kannst nicht leugnen, dass das auch heißt, dass wir uns gründlicher vom Festland abschneiden, als gut für uns ist. Du hast immer eine größere Beteiligung an der Außenwelt vertreten.« Er lächelte, um seinen Worten die Schärfe zu nehmen. »Unser Gespräch dreht sich allmählich im Kreis. Hat einer von euch noch etwas zu sagen?«

Usara stand auf, als alle schwiegen. »Wenn du mich entschuldigen wolltest, Erzmagus, ich möchte gern mit Aritane sprechen.« Er konnte sich einen Blick auf Troanna nicht verkneifen. »Guinalle hat etwas über einen alten Exil-Ritus in

Erfahrung gebracht, den die Elietimm noch immer praktizieren. Sie möchte die Sheltya bitten, dass sie ihn als Basis akzeptieren, Aritane nicht zur Todesstrafe zu verurteilen. Dann könnte sie auch mit nach Suthyfer kommen.«

»Warte noch einen Augenblick.« Planir deutete auf den Tisch. »Kalion, sei so gut und reiche mir den Ring.« Er beugte sich mit ausgestreckter Hand vor.

Kalion nahm die Schnur und runzelte die Stirn, als er den silbernen Reif musterte. »Otricks Ring?«

»Und davor gehörte er Azazir.« Troanna beugte sich ebenfalls vor.

»Du hast ihn selbst verzaubert.« Kalion beäugte Planir scharf, doch der lächelte lediglich und hob die Hand, um die Narbe zu zeigen, wo er sich die Finger verbrannt hatte.

»Jetzt ist er durchdrungen von dreien der vier Elemente«, überlegte Troanna. »Nur Feuer fehlt noch.«

»Was seine Macht verdoppeln und vervierfachen wird.« Planir legte den Kopf schief. »Kalion?«

»Ich habe nicht diese Tiefe der Affinität.« Der Herdmeister reichte ihn Planir.

»Du würdest über dich selbst staunen.« Der Erzmagier zuckte die Achseln. »Aber ich beuge mich deiner Meisterschaft. Die Frage bleibt, was sollen wir damit tun?«

Keiner der drei anderen Magier wagte es, dem anderen in die Augen zu sehen. Usara setzte sich langsam wieder, als Planir sich den Ring an den Zeigefinger steckte. »Ich weiß, dass es dir wichtig ist, uns zu versichern, dass ihr keine Konkurrenz zu Hadrumal sein wollt, 'Sar, aber mir scheint, ein gewisser Wettbewerb kann der Forschung durchaus auf die Sprünge helfen. Die Gelehrten von Vanam und Col machen immer dann viele Fortschritte, wenn sie neue Einblicke in ein gemeinsames Forschungsziel gewinnen.« Er schürzte die Lippen. »Ich würde gern sehen, ob der erste Magier, der diese spezielle Quadratur des Kreises vollbringt, wohl aus Hadrumal oder Suthyfer kommt. Bis dahin ...« Er warf Usara den Ring zu, der ihn überrascht auffing. »... nimmst du ihn. Du sagtest, er hat sich als wesentliches Element bei der Verteidigung deiner Magier gegen ätherischen Angriff erwiesen. Ihr seid von nun an die erste Verteidigungslinie gegen so etwas.«

Kalion sah ihn finster an. »Verzeih mir, Erzmagus. Usara, ich werde mich bei dir melden, wenn ich diesen Ring brauche.« Er stampfte aus dem Zimmer.

»Bist du nicht einverstanden, Troanna?«, fragte Planir.

»Für mich und meine Schüler bedeutet es recht wenig, so oder so.« Die Flutmeisterin sah Usara an. »Hältst du die Elietimm noch immer für eine Bedrohung?«

Usara zögerte. »Für den Augenblick, so wie Guinalle die Situation interpretiert, nein. Hoffentlich gibt es keinen Grund mehr für uns, Feinde zu sein. Es gibt vier oder fünf Sippen, die um die Vorherrschaft über die Elietimm streiten, die an Land Leuten und Adepten ebenbürtig sind. Sie sind klug genug zu erkennen, dass jedes Streben nach Vorherrschaft niedergeschlagen werden wird von den anderen, die sich gegen jede Möglichkeit eines neuen Ilkehan miteinander verbünden. Sie haben ebenso viele Bedenken uns gegenüber wie wir ihnen gegenüber, also glaube ich nicht, dass wir jemals Freunde werden, wenn auch D'Alsennin die übrigen Gefangenen aus Kellarins Minen zurückschickt als Zeichen seines guten Willens.«

»Das klingt recht gut. Du wolltest doch Aritane suchen. Lass dich von mir nicht aufhalten.« Troanna machte keine Anstalten, ebenfalls zu gehen.

»Ich verabschiede mich.« Usara stand auf und machte eine flüchtige Verbeugung. »Ich müsste auch mit Strell sprechen, Planir. Temar möchte, dass sie weiß, dass sie sich jederzeit an D'Alsennin wenden kann, wenn sie etwas braucht.«

»Ich hoffe, das ist ein kleiner Trost.« Planir zweifelte offenbar daran. Usara schloss leise die Tür hinter sich. »Du hast mir etwas zu sagen, Troanna?« Die Lebhaftigkeit fiel von Planir ab.

Troanna betrachtete das Zimmer. »Selbst wenn man die Sorgfalt deiner Dienstboten in Betracht zieht, gibt es keine Anzeichen dafür, dass du mit Geschirr um dich wirfst. Der üblichen reichlichen Auswahl an Wein und Likören nach zu urteilen, ertränkst du deinen Kummer auch nicht. Du bist zwar im Gesicht schmaler geworden, aber ich habe dich mit deinen Schülern beim Essen gesehen, also hungerst du auch nicht.«

»Was willst du mir sagen?« Planirs Gesicht war eine eisige Maske.

»Ich habe zwei Ehemänner und drei Kinder begraben, Planir.« Troanna verschränkte die Arme. »Ich will nicht behaupten, ich wüsste, was du fühlst, weil jeder Verlust anders ist und genauso tief geht. Aber was ich weiß, ist, dass du trauern musst, oder Larissa wird für dich genauso tot bleiben wie die Asche in dieser Urne.«

Planirs Antwort war ätzend. »Willst du, dass ich mir vorstelle, wie sie glücklich durch die Anderwelt wandelt, wo Saedrin ihre Tugenden für ausreichend hält, um sie vor Poldrions Dämonen zu bewahren?«

»Sei nicht albern.« Troanna blieb ungerührt. »Du hast ebenso wenig Bedarf für Priester und ihren Aberglauben wie ich.«

»Und was soll ich dann deiner Meinung nach tun?«, fauchte Planir.

»Erkenne deinen Verlust an und seine Ungerechtigkeit«, erklärte Troanna heftig. »Auf welche Weise es dir auch immer Erleichterung verschafft. Geh zum höchsten Punkt der Insel und schrei deine Wut in den Wind, den Göttern entgegen oder dem gnadenlosen Schicksal, das dem armen Mädchen einen so frühen Tod beschert hat. Das habe ich auch schon getan. Sieh dir ehrlich den Pfad an, der sie dorthin führte, und erspare dir endlose Selbstvorwürfe darüber, was du hättest tun können oder nicht. Wir sind keine aldabreshischen Barbaren, die glauben, jede Wendung des Schicksals sei von unheimlichen Vorzeichen vorherbestimmt, dass man jedes Böse abwenden kann, wenn man nur die Zeichen lesen kann. Sie ist tot, und du hast das Recht zu trauern, aber nicht dich endlos über ein Schicksal zu kasteien, an dem du keine Schuld hattest.«

»Ich habe sie auf den Weg gebracht, der zu ihrem Tod führte«, sagte Planir heiser.

»Blödsinn.« Troanna schüttelte den Kopf. »Wenn du so denkst, machst du sie nur kleiner. Larissa war zwar jung, aber sie war ein intelligentes Mädchen und traf ihre eigenen Entscheidungen. Ich habe eure Verbindung nie gutgeheißen, aber niemand kann dir vorwerfen, dass du ihre Entscheidungen beeinflusst hast.«

»Zu gütig«, sagte Planir kalt. »Aber das war eher, weil ich sie liebte als aus Achtung vor deiner Empfindlichkeit. Sie ist trotzdem tot.«

»Und bis du trauerst, wird sie es auch bleiben.« Troanna fuhr mit dem Finger über die Rundung der leuchtend verzierten Urne, anscheinend ohne zu merken, wie angespannt Planir war. »Es gibt eine Vorstellung auf dem Archipel, die ich inzwischen teile. Niemand ist tot, solange ein Mensch, der ihn im Leben kannte, ihn noch so in Erinnerung behält, wie er war. Gewähre Larissa diese Ehre.« Sie stand brüsk auf und nickte zum Abschied. »Du weißt, wo ich bin, wenn du weiter mit mir sprechen willst, als kleine Abwechslung davon, Kalion die Daumenschrauben anzulegen. Sprich mit Shannet. Sie hat fast ihre ganze Generation überlebt und weiß alles über Verluste. Dies ist wahrscheinlich das Einzige, in dem wir je übereinstimmen.«

Planir sagte nichts, als die Flutmeisterin diese letzte Bemerkung über die Schulter zurück machte. Er saß noch lange reglos in seinem Stuhl, bis endlich, ohne dass sich sein Gesichtsausdruck änderte, die Tränen über seine Wangen rollten.

## Suthyfer, Fellaemions Landeplatz
## 29. Vorsommer

»Für den Sohn eines Steinmetzes gibst du einen sehr ordentlichen Zimmermann ab, aber kannst du nicht wenigstens einen Abend mal deinen Werkzeuggürtel an den Nagel hängen?« Ich übertrieb, Ryshad hielt nur einen kleinen Hammer in der Hand.

Er streckte den Arm aus, und ich schmiegte mich an ihn. »Sieht doch gut aus, oder?«

Ich betrachtete den Schrein. Ausgewählte Steine mit gleichmäßiger Farbe und glatter Oberfläche bildeten ein solides Fundament für festgefügte Holzwände. Das Dach wurde von Balken getragen, die mit derselben Sorgfalt bearbeitet waren. Am Fuß der Wand hauchte der kräftige Duft nach frischem Holz Leben in die Nischen, in denen widersinnig prosaische Gefäße mit der Asche von Suthyfers ersten Toten standen. Holzkohlemarkierungen und schwache Kerben im Holz wiesen auf künftige Schnitzereien hin, ich konnte Saedrins Schlüssel, Drianons Adler, Halcarions Krone und Raeponins Waage erkennen. In der Mitte des Fußbodens bildeten die hellsten Steine, die Ryshad und die anderen Handwerker hatten finden können, einen Sockel, der auf die Gottheit wartete, der dieser Platz geweiht werden würde. Die großen Türen standen offen, und ein Sonnenstrahl erhellte den leeren Kreis.

Ich schlang meinen Arm um Ryshads Taille, um seine beruhigende Kraft und Wärme zu spüren. »Hat Temar schon was über eine Statue gesagt?«

Ryshad schüttelte den Kopf. »Guinalle hat Larasion vorgeschlagen.«

Ich konnte verstehen, warum. »Seeleute, die hier vorbeikommen, werden immer um gutes Wetter beten wollen.«

»Dastennin ist der Herr der Meere, und vier von fünf Männern in Zyoutessela schwören eher bei ihm als bei einem anderen.« Ryshad hielt mich geistesabwesend, aber liebevoll an sich gedrückt. »Guinalle hat es sich ohnehin anders überlegt. Als sie über die neue Halle sprachen, die sie und 'Sar gründen wollen, fiel ihr ein, dass Ostrins Schrein das meiste Ätherwissen im Alten Reich enthielt.«

»Bau einen größeren Sockel«, schlug ich vor. »Lass sie gemeinsam herrschen, wie im Tempel in Relshaz.«

Ryshad lachte. »Es wird noch eine Weile dauern, ehe sich Suthyfer etwas so Großartiges leisten kann. Du könntest den gesamten Landeplatz in dem Tempel dort unterbringen.«

»Er wird so schön wie jeder Kaiserliche Tempel, wenn er fertig ist.« Ich zog Ryshad mit mir, um mir die schwachen Zeichnungen auf der Innenwand näher anzusehen. »Falls Pered dabei ein Wörtchen mitzureden hat. Ist das Larissa da neben Halcarion?«

Ryshad nickte. »Er versucht, so viele der Verlorenen einzuschließen wie möglich.«

Ich musterte das große Stück der Mauer, das Pered für die erste Hälfte des Kreises plante. Er folgte der Landschaft draußen so genau, dass es, wenn es fertig war, fast aussehen würde, als hätte der Schrein Fenster anstelle von Mauern. Wer hier Trost suchte, würde die Götter und Göttinnen beruhigend im Umgang mit der Bevölkerung des Landeplatzes finden. Trimon saß mit seiner Harfe da, umrahmt von tanzenden Kindern. Larasion flocht Girlanden für die Mädchen, die bei Halcarion saßen, alle kämmten ihr Haar im Spiegel eines stillen Teiches, der, wenn ich recht darüber nachdachte, hier so gar nicht existierte. Aber egal, Ryshad würde bestimmt einen graben. Drianon flocht Schilfkörbe an der Tür eines stabilen kleinen Hauses, um sie herum geschäftige Hausfrauen. Talagrin stand ein Stück entfernt mit einer Gruppe von Männern, um zur Jagd aufzubrechen und die Töpfe zu füllen, die Misaen in seiner Schmiede hämmerte.

»Mir gefällt es«, sagte ich.

»Mir auch.« Ryshad küsste mein Haar.

Eine Sammlung mit Deckeln versehener Töpfe, die bestimmt zu klein für Urnen waren, fiel mir ins Auge. »Was ist das?«

»Shiv hilft Pered bei seinen Farben.« Ryshad grinste. »Er sagt, die Flutmeisterin Troanna wäre entsetzt über einen solch weltlichen Gebrauch seiner Affinität, aber sie ist ja nicht hier und kann es sehen.«

»Also kann es sie auch nicht stören«, beendete ich den Satz für ihn. Ein unbehagliches Schweigen hing zwischen uns.

»Pered spricht davon, Zauberkunst studieren zu wollen«, sagte Ryshad mit betonter Lässigkeit.

»Er kann das Liederbuch haben.« Ich wählte meine Worte ebenso behutsam. »Ich brauche es nicht mehr.«

»Nicht?« Ryshad sah auf mich herab.

»Waldrätsel und Zauber, die in Liedern steckten, das hat Spaß gemacht«, erklärte ich. »Sheltya, Elietimm, Guinalle und ihre Adepten, das ist mir alles zu ernst.« Unwillkürlich überlief mich ein Schauder. »Viel zu gefährlich. Sie können ihre Geheimnisse gern für sich behalten, vielen Dank.«

»Und was willst du nun tun?« Ryshads dunkle Augen musterten mich prüfend.

»Vithrancel ist langweilig.« Ich erwiderte seinen Blick, ohne zu blinzeln. »Aber da steht unser Haus, und es hat Wände, ein Dach und ein anständiges Klo, also reicht es für den Augenblick. Sobald Suthyfer dasselbe und noch mehr zu bieten hat, wie zum Beispiel Schänken für Seeleute, in denen sie ihre Heuer auf den Kopf hauen können, und Markthallen, in denen man tauschen und feilschen kann, möchte ich hierher zurückkommen. Ich habe bereits an Charoleia geschrieben, dass sie mir mit dem ersten Schiff eine Ladung Wein schicken soll.« Ich grinste ihn an. »Ich werde mich als Kaufmann versuchen. Das ist nur eine andere Form des Spielens.«

Ryshad nickte langsam. »Dann kann ich den Job annehmen, den Temar mir aufdrücken will.«

Ich spürte eine plötzliche Unruhe. »Er will dich in den Dienst D'Alsennins nehmen? Mit Eid?«

»Nein, und das würde ich auch nicht machen, wenn er es täte«, sagte Ryshad fest. »Temar weiß das. Er möchte mich als Verwalter für Suthyfer. Jemand, der die Dinge hier organisiert, und er findet, dass ich der richtige Mann dafür bin.«

Ich wusste nicht, ob Ryshad nun geschmeichelt oder verlegen über dieses Lob war. »Du hast D'Olbriot gedient, du kennst Zyoutessela in- und auswendig, du weißt mehr über Kellarin als jeder andere. Er hätte keine bessere Wahl treffen können.«

»Ich hoffe, du hast Recht.« Ryshad drückte mich an sich.

»Natürlich habe ich Recht.« Ich runzelte die Stirn. »Aber du lässt dich nicht auf ihn einschwören?« Ich wollte keine Bindungen mehr, die mich und Ryashad auseinander rissen, nie mehr.

»Nein.« Ryshad küsste mich wieder auf die Haare. »Es wird Zeit, dass ich mein eigener Herr bin. Außerdem wird der Kaiser Suthyfer lieber in einer gewissen Unabhängigkeit von D'Alsennin sehen. Das kann er der Fürstenversammlung leichter verkaufen.«

Der Sieur D'Olbriot würde Ryshads Integrität und Fähigkeit gegen jeden Einwand verteidigen, das stand fest. »Also, wem bist du verantwortlich?« Ich fragte mich, welche Möglichkeiten diese Geschichte bot.

»Mit der Zeit wird es Kaufmannsgilden und andere Schreinbruderschaften geben, Handwerkerzünfte. Sie alle wollen mitreden. Wenn 'Sar und Guinalle ihre Halle gründen, werden sie auch ihren Senf dazugeben wollen.« Ryshad sah auf mich herunter und grinste. »Ich muss natürlich wissen, was man sich in den Kneipen und den Markthallen erzählt, wenn ich immer einen Schritt voraus sein will.«

»Natürlich«, stimmte ich zu, und mein Grinsen wurde breiter. Stolz darauf, dass Ryshads Talente endlich wirklich anerkannt wurden, wärmte mir ebenso das Herz wie die Aussicht auf den Spaß, der vor uns lag.

»Im Augenblick«, fuhr Ryshad fort, »bin ich vor allem mir selbst verantwortlich. Das hat Temar auch gesagt. Er wird sich melden, wenn er etwas erledigt haben will, oder er schickt einen Hauptmann seiner Kohorte.« Ich spürte ein Kichern tief in Ryshads Brust. »Ich hätte mit dir wetten sollen, dass wir niemals erleben, wie Halice einem tormalinischen Sieur den Eid ablegt.«

»Halice?« Mir klappte der Mund auf. »Sie soll sein Hauptmann werden, mit allen Eiden und der ganzen Zeremonie?«

»Er hat sie heute gefragt, und sie hat ja gesagt. Sie wird D'Alsennins Abzeichen tragen, sobald er einen Silberschmied findet, der es herstellt.« Offenbar fand das Ryshads Beifall. »Er findet, sie hat sich mindestens fünfmal bewiesen. Sie ist mehr als bereit, sein Zeichen zu tragen und sich zur Abwechslung mal ein paar Rechte in dem Land zu verdienen, für das sie kämpft.«

»Sorgrad und 'Gren wird das nicht beeindrucken«, sagte ich, ohne zu überlegen. »Sie wollen mal sehen, was der Sommer an Kämpfen in Lescar gebracht hat.«

Ich fühlte, wie Ryshad sich versteifte. »Aber du bleibst auf dieser Seite des Ozeans.«

»Werde ich«, beruhigte ich ihn. »Ich halte es diesmal mit Halice. Sorgrad und 'Gren können gern mit einem verrückten Plan abziehen, um schnell reich zu werden. Wir finden, es ist an der Zeit, ein längerfristiges Spiel zu spielen.«

»Wir werden alles sicherstellen, dass der Lohn die Mühen wert ist.« Ryshad ließ den Arm von meiner Schulter fallen und griff in die Innentasche seines Wamses. Er brachte ein bronzenes Medaillon zum Vorschein. Es war nicht das, was ich ihn schon hatte tragen sehen, denn das hatte er Messire D'Olbriot zusammen mit seinem Eid zurückgegeben.

»Aiten hätte es hier gefallen«, sagte ich leise.

»Ja, ihm und Geris auch, meinst du nicht?« Ryshad suchte in einer Hand voll Nägeln nach einem, der in die Öse passte. Sein Freund hatte das Medaillon an einem Lederband um den Hals getragen.

Ich lächelte. »Er hätte sich zu gern mit 'Sar und Guinalle in ihre Studien gestürzt.«

Ryshad zog die Tür auf, sodass er das Innere sehen konnte. Eines Tages würde es unter Zeichen von geleisteten Gelübden und Gaben, die von den Göttern erbeten wurden, nicht mehr zu sehen sein, aber noch war es makellos. »Haben wir die Rechnung mit den Elietimm nun beglichen?«

»Ich denke schon.« Es gab noch keinen Weihrauch, aber ich fand ein paar duftende Holzspäne und schichtete sie auf den Sockel. Ryshad sah mir zu, wie ich einen Funkenschläger aus meiner Tasche zog. Er schlug den Nagel ein, und Aitens Amulett war an der Tür befestigt. Ich zündete die Späne an und hoffte, dass der Rauch das Geräusch in die Anderwelt trug. Vielleicht würden sie irgendwie, irgendwo wissen, dass sie gerächt waren.

Ryshad senkte langsam seinen Hammer und spähte aus der Tür. »Willst du mich heiraten?«

Es war kein richtiger Antrag, nicht, wo das Gewicht der

Frage auf dem ersten Wort lag, aber auch keine jener Herausforderungen, die einen verleiten, nein zu sagen. Er klang einfach neugierig, aber ich wusste, meine Antwort musste genauso ausbalanciert sein zwischen Leichtigkeit und Bedeutsamkeit. Es war keine Frage, die er müßig stellte, nicht jetzt, wo wir ein Leben vor uns sahen, dass wir als ebenbürtige Partner teilen konnten.

»Diesen Mittsommer? Nein. Mein Haar wäre keinesfalls lang genug für einen Hochzeitszopf und hätte wahrscheinlich immer noch diese scheußliche Farbe. Zur Tagundnachtgleiche? Zur Wintersonnwende? Unwahrscheinlich. Ich kann mir nicht vorstellen, dass ich mich in ein solches Getue verstricke. Nächstes Jahr? Übernächstes Jahr? In fünf Jahren? Keine Ahnung. Ich glaube nicht, dass ich jemals heiraten will.« Mein Herz klopfte, als ich auf absolute Ehrlichkeit setzte. »Ich bin mir jedoch sicher, dass ich nicht ohne dich sein will. Ich kann mir ein Leben ohne dich nicht vorstellen. Ich werde nirgendwo hingehen ohne dich an meiner Seite.«

Ryshad nickte langsam, sagte aber nichts.

»Das ist die beste Antwort, die ich dir geben kann.« Ich wartete.

Ryshad drehte sich um und warf den Hammer beiseite, damit er mich in die Arme schließen konnte. »Das ist mehr als genug für mich. Solange ich dich habe, habe ich alles, was ich mir nur wünschen kann.«

Ich küsste ihn, und es war genug, mehr als genug für jenen glücklichen Augenblick, und soweit ich sehen konnte, würde es das immer sein.

## Der Zauber wurde vor Jahrhunderten gewirkt – und erfasste alles und jeden ...

Irene Radford
DER SCHATZ DES ZAUBERERS
Roman
416 Seiten
ISBN 3-404-20553-7

Der Magier Jaylor entsendet die beiden Zauberlehrlinge Marcus und Robb auf eine Mission. Sie sollen die verschollenen Drachen von Coronnan finden und ins Königreich zurückholen. Doch die Mission führt sie zu einer ganz anderen Entdeckung: zu einem uralten Schatz ... der eine ungeahnte Wirkung auf sie ausübt. Als die beiden nicht mehr nach Hause zurückkehren, macht sich Margit, ebenfalls eine fahrende Magierin, auf die Suche nach ihnen. Niemand ahnt, dass sich derweil Dinge entwickeln, die die Zukunft des Königreiches für immer verändern könnten ...

## Der krönende Abschluss der Unmagier-Trilogie

W. J. Maryson
DER UNMAGIER –
DER HERR DER TIEFE
Roman
496 Seiten
ISBN 3-404-20558-5

Auf der Magier-Insel Loh wird erstmals seit Jahrhunderten ein Kind ohne jedes magische Talent geboren – der Unmagier Lethe. Gemeinsam mit seinen Gefährten nimmt er den Kampf gegen die Farbenlose Magie auf, die seine Welt bedroht. In den mysteriösen Schluchten der Insel Lan-Gyt erkennt er den wahren Wert seiner Unmagie. Die Abwendung der Gefahr schient zum Greifen nahe. Doch unversehens taucht eine neue Bedrohung auf: Der Düstere Herrscher der Nachtsee überfällt das Reich, und Lethe muss feststellen, dass das Schicksal schier Unglaubliches für ihn bereit hält …

Bastei Lübbe Taschenbuch